The Traveling Culture

崔濟哲 著

遠行的文化

水有源
人有緣
文化亦有緣

目　錄

序

文化的自白

中國遠古神話皆緣於文化，人類與萬物最大區別就在於文化，沒有文化的人類還是舊石器時代的原始人，人類進步的標誌是文化的啟蒙。盤古開天是盤古開文化，女媧補天，補的正是文化。一萬五千年前在法國拉斯科山洞發現了舊石器時代的洞穴壁畫，讓人瞠目結舌的是壁畫上竟然畫著一匹"中國馬"，即使在中國，也是到了西周初年才有了"中國馬"；而在二萬至三萬年前的中國寧夏大麥地岩畫中，竟然有一幅清晰的"太陽神"巨畫，和南美洲瑪雅文化中的"太陽神"幾乎一模一樣。

近年在墨西哥瑪雅金字塔下面第一次發現了大量水銀，根據瑪雅人咒語的圖解，那是代表另一個世界中的大海、湖泊和河流。而在中國秦始皇陵下也發現大量的水銀，那些水銀同樣代表著湖海河流。

古埃及的金字塔有說不盡的神秘，許多不解之謎已遠非科學能解釋，只能問計於文化。比如古埃及法老的詛咒，在打開圖坦卡蒙墓室時，發現有幾句詛咒銘文："誰打擾了法老的安眠，死神將張開翅膀降臨他的頭上。""任何懷有不純之心進這墳墓的，我要像扼一隻鳥兒一樣扼住他的脖子。"從此也拉開了金字塔闖入者必死之謎的序幕，哪管你是辯證唯物主義論的無所畏懼者，還是藐視一切的科學學者。

在金字塔中發現的鮮花種子，四千年後依然能開花且鮮美不敗，數千年不腐不爛。中國考古界有句近乎定論的"行規"："乾千年，濕萬年，不濕不乾就半年。"埃及金字塔內正處於不濕不乾的環境，卻四千年不變。考古科學家曾在其中發現一隻死去的貓，令所有科學家迷茫不解的是，貓屍竟然不腐不爛，竟然變成木乃伊。

在古埃及的帝王谷考古挖掘中發現，隧道上殘留的壁畫上的日月星辰竟然和中國西漢彩棺頂上畫的陰間世界的天空幾乎如出一轍，是大自然的驅使？還是文化的使然？

克勞塞維茨在《戰爭論》中講過一句名言："戰爭無非是政治通過另一種手段的繼續。"克勞塞維茨不懂文化，他不知道戰爭也是文化傳播的另一種手段的繼續。公元前 3 世紀，亞歷山大率數十萬馬其頓大軍征服了波斯、埃及、小亞細亞、兩河流域直到印度，這次橫跨歐、亞、非三大洲的戰爭，直接促進了三大洲的貿易交流、人員交流和文化交流。古希臘文化、古羅馬文化、古埃及文化、兩河文化、古波斯文化、古地中海文化，潤物無聲地滋潤著古印度文化，印度文化開啟了繁榮發展的歷程。印度文化的多元化與這次戰爭引起的文化融合有極大關係，印度是亞洲文化最早開放和遠行的國家。

中國先秦文化也受文化遠行影響？秦統一六國後，收天下兵器在咸陽鑄12個巨大的"金人"立在咸陽宮兩側，公元前的金屬雕塑始於中國？據說匈奴使者到秦朝覲見，看見"翁仲"，巨大的石雕人像雕得活靈活現，讓匈奴的使者生畏，以為是秦國的勇士和將軍，再也不敢侵犯中國。公元前中國的石雕竟然能雕刻得如此逼真，以假亂真，那是在米開朗基羅的《大衛》誕生前一千五百年前，難道中國人像的美術雕塑不是由印度的犍陀羅傳進的？不是那次亞歷山大大軍帶來的文化遠行？

中國文化的遠行，還是借重於"戰爭"，西漢張騫通西域就是為了"戰爭"扼制和戰勝匈奴，引來西域文化、兩河文化、羅馬文化的百川匯流。西漢彷彿是片窪地，中國文化開始多元化和真正的"百花齊放"，是到"五胡亂華"時代。就文化而言，實際一定程度上是"五胡濟華"，像胡笳、胡琴、胡板、胡鼓，即使是胡說、胡畫、胡言亂語、胡說八道，那也恰恰是"五胡"的語言、五胡的文字，那種"胡言"、"胡說"，極可能是"五胡"時代的民族語言，"亂語"是因為民族的融合使不同語言混雜，"八道"恰恰是胡地民族文字的形成，像以後西夏党項族的語言、圖騰，很可惜它們都殘酷地消逝了。"五胡"時代使中國文化更加包容，更加複雜，更趨多樣性，且看秦觀倚"胡床"："攜杖來追柳外涼，畫橋南畔倚胡床。月明船笛參差起，風定池蓮自在香。"（《納涼》）再比如說北魏時代，可以說是中國文化極大繁榮、極大豐富、極大融合的黃金時期，當你走進敦煌石窟、雲岡石窟、龍門石窟、麥積山石窟、克孜爾石窟，你就會恍然大悟，這是世界文化、歷史文化、宗教文化、遠行的文化。

西戎、東夷、南蠻、北狄，無處不文化；朱雀、玄武、青龍、白虎，皆文化結晶。唐之盛，還在於其為遠來文化之厚土，文化遠行之源頭。唐之都首先是文化之都。

遠行的文化留下多少撲朔迷離的文化懸念，它竟然是現代科學解釋不了的"文化密碼"。科學家雖然能解開"狹義的相對論"和"廣義的相對論"，能解開宇宙間

的 "黑洞現象" 和 "黑洞理論"，但他們至今也解釋不了英國的 "巨石陣" 和智利復活節島上的石像謎。他們因何而來？為何而立？是祈禱還是詛咒？是企望還是恐懼？是紀念還是彰顯？是凱旋還是出征？是天國還是地獄？離大陸 3000 多公里，數十噸重，皆為無腿無腳之 "翁仲"，其詭秘只有天問。那英國的巨石陣，180 塊巨石，一塊重達幾十噸。卻極像中國東漢三國時期的八卦陣，難道那是一種文化的感應？它比牛頓的 "三大定律" 還要複雜難解。

美國芝加哥市政中心前廣場上有座極雄偉壯觀的鋼鐵雕塑，是藝術大師畢加索的大作。其乃 "摩天雕塑"，光鋼鐵就用了 160 噸，足有五層樓那麼高，據說其名曰：裸女。但凡來過芝加哥的人，無論科學家、文學家、美術家、雕塑家、醫學家、生理學家，沒有人能看懂，在任何一個角度看都不盡相同，像花、像鳥、像獸、像風、像雲、像山、像神、像妖，唯獨不像人，更不像女人。愛因斯坦能證明時間可以拐彎，但或許他說不明白這是什麼。文化的怪異荒誕常常與文化的深奧和不可理喻相輔相成，有一千個觀眾就有一千個哈姆雷特，有一萬個兵馬俑就有一萬個不同的秦朝戰士。而一道數學題，恆有一解。

捷克首都布拉格伏爾塔瓦河畔卡夫卡博物館門前的廣場中心是兩個 "爺們" 面對面 "呲尿"，很多人都難以理解，卡夫卡是現代派文學的鼻祖，難道只有這座文化雕塑才能代表卡夫卡的心情？卡夫卡說，他也不懂，但那就是文化。

文化遠行的 "解鈴人"

不能忘記讓中國文化遠行、走向世界的四位 "解鈴人"，20 世紀使中國古代文化遠行的第一位 "解鈴人" 是北大著名教授辜鴻銘。

辜先生是中國歷史上第一位將《論語》、《中庸》翻譯成英文的先行者，並用英文寫了一本《中國人的精神》於 1915 年在國外出版，成為外國學者了解中國的必修書。認識中國人，先看《中國人的精神》。這本書在國外影響很大，沒有圖書館沒有這本書的，沒有書店不出售這本書的。辜鴻銘是文化遠行的使者。他精通九國文字，在北大用英語講授英國文學，用拉丁語開設拉丁文學課，用古希臘語講授古希臘詩歌，捨其北大再無他人。英國著名作家對辜先生進行了採訪，徹底感慨，連聲稱其為 "德高望重" 的哲學家，希望他能在歐洲開設哲學、戲劇、文學和歷史課。

德國大學成立了"辜鴻銘研究會",在中國學者中他是唯一。辜鴻銘號稱"四洋"教授:生在南洋,學在西洋,娶在東洋,仕在北洋。許多外國人到北京有"兩必訪":訪問故宮紫禁城,訪問辜鴻銘教授。

第二位便是中國雙語作家熊式一。1934年,熊先生的第一個英文劇本《王寶釧》在英國出版,引起轟動,同年搬上英國舞台,劇院爭演,群眾爭看,好評如潮,形成"中國文化熱",甚至一直熱到美國。有評論道,茶餘酒後,萬眾爭說《王寶釧》,連續三年演出900多場,可謂空前絕後。在美國上演時,紐約街頭上的廣告隨處可見,看此劇成為社會時髦。後熊式一又把《西廂記》翻譯成英文,得到蕭伯納的好評,多次推薦此劇。1943年,熊先生出版英文小說《天橋》,又形成"中國文學熱"、"中國文化旋風";這是一部以辛亥革命為背景的社會小說,介紹中國社會、中國風俗、中國文化。一年之內竟然重印5次,並且很快被翻譯成7種歐洲文字,暢銷歐美。讓中國文化如此遠行,熊先生當歷史留名。

第三位先生當推林語堂。清華、北大、廈大教授,南洋大學校長,曾兩度獲諾貝爾文學獎提名,翻譯出版了《孔子集語》、《老子》等,還編輯出版了《當代漢英詞典》,用英文撰寫了大量散文、隨筆,在美國產生了巨大影響,美國一些學校把林先生的著作開為必修課。美國著名作家、教育家安德森這樣評價他:"他一生融匯了東西方的智慧,只要把他的書讀上數頁,你就會覺得在與一位高人雅士促膝談心,他的作品機智優美,巧慧閒適,不論涉及人生任何方面莫不如此。"

第四位是楊憲益先生。楊先生從20世紀30年代開始,致力於中國文化遠行,將中國優秀的文化典籍翻譯到世界。他與其英籍夫人戴乃迭夫妻合作,聯袂翻譯了上百種中國文化經典著作,尤其是他們的譯文準確、生動、典雅,從先秦文學一直到中國現代、當代文學,跨度之大、數量之多、品質之高、影響之廣,堪稱奇跡,在中外文化交流史上豎起了一塊豐碑。

助力於中國文化遠行的還有四位"洋學者"。

中國通,必須是中國文化通。文化不通,九竅俱塞;文化通,方得一通百通,耳聰目明。李希霍芬是也。

李希霍芬是位德國天才,他在德國曾任波恩大學、萊比錫大學和柏林大學的教授,曾任柏林大學校長,是世界公認的地理學、地質學的權威。他是1868年9月來到中國的,他認為中國地大物博,沒有勘察過中國的地理學、地質學,不能稱為"權威"。他五年跑遍當時中國 18 個行政省中的 13 個，行程 5 萬里，被稱為 "李希霍芬長征"，寫下一本影響極大的書《中國》。他在《中國》中第一次提出了 "絲綢之路"，從西漢張騫通西域開通了這條貿易文化之路，竟然無人能命名，無人敢命名。孔子云：名不正，言不順，言不順，事不成。直到李希霍芬在 1877 年才冠之 "絲綢之路"，既是一條貿易之路，亦為一條文化之途；"絲綢之路" 起得何等好、何等亮、何等美，等了足足 1902 年。非大智百通之士不可為，李希霍芬不但有學問，而且有文化，有中國文化。"絲綢之路" 光耀千秋。

第二位是瑞典的科學家、地質學家、考古學家安特生。安特生是民國政府特聘的礦產勘探技術顧問，此處不講在其帶領和努力下在河北發現了一座大型煤礦和鐵礦，當時的中華民國大總統袁世凱曾專門接見，專講他在文化遠行上的 "解鈴" 處。

1917 年，安特生在勘探地礦時發現北京周口店的 "雞骨山"。他鑒定那不是老百姓說的 "雞骨"，而是大批嚙齒類動物的骨化石和石英碎片，他甚至發掘出一枚古人類的牙齒，安特生斷言："我感到人類的祖先就睡在這裏，就在我的腳下。" 從此揭開了周口店北京猿人的發掘考古活動。人類祖先可能要感激安特生。安特生的論文讓世界震驚。

1918 年，安特生在河南澠池縣北部一個偏僻的農村發現大量彩陶器，其中一些彩陶上繪滿各種圖案，雖然那些神秘的圖案當時還看不明白，但安特生考察研究認為，他們是出自距今約 7000 年至 5000 年的人類古文化的殘存，它們是那個時代的文化密碼、文化標誌、文化印證，是那個時代的斷代文化。華夏文化是一條歷史長河，何時何處斷代是門大學問，也是對一個民族的考試，比如此後對夏、商、周的斷代。史前和史後文化的斷代是項大工程，本應由中國人完成，但沒想到是由這位瑞典人安特生不避艱辛苦難，將其命名為仰韶文化，因為最初發現彩陶的小村莊其名為仰韶村。仰韶文化是一個時代的代表，安特生因此有一個赫然壯哉的稱呼："仰韶文化之父"。"仰韶文化" 把中國考古文化作了一個新的定性，為中國考古文化研究開闢了一個嶄新的領域，它甚至像一個定理，把許多中國考古文化明確起來，證明了它的文化年代、時代的年譜。以後出現了齊家文化、馬家窯文化、紅山文化、龍山文化、良渚文化等等。"仰韶文化" 是那個時代的文化解碼。安特生是彩陶考古的文化定格者、拓荒的先行人。

第三位是英國人李約瑟。

李約瑟是天才，也是鬼才。世上人皆稱漢語最難學。李約瑟 37 歲才開始學習中文，說他是鬼才是因為他一上手就學習中國的古漢語，讀的第一課是《論語》、《詩經》，修的第一門功課是《管子》，合上書就能登台演講，現場答疑。現在大學一年級的文科學生未必能達到他的水準。李約瑟下工夫研究中國古代科技史，能同時翻閱查看幾本中國古代歷史原裝書，自查自譯，不但驚倒英國的大學漢學教授，也著實讓北京大學的教授吃驚。

他的著作等身，令世人刮目相看的是他的《中國科學與文明》講中國古代文化，在世界上影響甚大，是西方了解中國文化、科技、社會的必修書和“敲門磚”。李約瑟的《中國科學技術史》填補了中國科學技術史研究上的空白，提出了著名的“李約瑟難題”。

李約瑟對中國的文明、文化，對中國歷史，對中國科學，對中國人的智慧和才學的最大貢獻，是他總結並向世界提出了“中國古代四大發明”，使中國古代文化遠行，行走世界有了強勁的推動力。中國古代的四大發明，世界沒有總結，我們自己沒有總結，只有馬克思曾經提出世界古代的“三大發明”即指南針、火藥、造紙術，但馬克思沒有明確是中國的古代發明，因為馬克思沒能來中國，他當時缺少科學和文化的依據。馬克思不懂中文，更不懂中國的古漢語、古文言文。而真正能懂那些中國古綫裝書上詰屈聱牙的古文言文的，又真正懂得古代科學技術的，似乎非此鬼才莫屬。中國文化之遠行，中國人民不會忘記他。

第四位傳奇似的人物是英國傳教士李提摩太。他 25 歲來到中國，那時的中國正是積貧、積弱、積困、積難的時刻，李提摩太來到中國“插隊”，一“插”就是 45 年，幾乎跑遍了中國，整整接受了 45 年中國文化、中國社會的“再教育”。言其傳奇，因其著迷執著於中國；言其接受“再教育”，因其三教九流，諸子百家，無所不師，無所不學。他自己傳教基督教，但對儒教、道教、佛教誠心受教，刻苦鑽研，深入城鄉，潛在江湖，既敢深入到餓殍遍野的災區，又敢登堂入朝見一品大員；他的確在苦苦尋求救中國的良醫妙方，中國怎樣才能脫貧致強致富？中國社會向何處去？中國文化又向何處發展？45 年如一日，心甘情願無怨無悔地“插一輩子隊”，幾乎無時無日不在為一個又窮又弱、幾乎國將不國的中國操心，這才是最難最難的啊！

李提摩太曾經不止一次地和李鴻章探討救國之路；與張之洞對策是實業救國還是教育救國；與左宗棠討論先強軍還是先教育；與袁世凱議論是為軍隊辦學校還是

為孩子辦教育；與孫中山討教救國之路，是發動暴力革命，還是走教育救國之路。

李提摩太響亮地向中國提出教育救國，只此一路，豈有他哉？他提出了著名的"種子論"。李提摩太的教育救國思想至今仍未過時，坦率地講，至今我們仍然沒能完全詮釋這道大題，做好這道大題。時代愈發展，文化愈遠行，科學技術愈發達，教育唯大唯上唯重甚至唯一的思想就會愈重，"種子論"光芒萬丈。

1882年李提摩太第一次當面向李鴻章提出"種子論"的教育思想。他認為清王朝積貧積弱，貧在教育上，弱在育人上，要強國興國，教育為本，育人唯一，"八股文"的教育腐朽無用，新式教育必須從"種子"抓起。從"種子"抓起才是根本。李提摩太向李鴻章提出政府應該拿出一百萬兩白銀，即"種子"錢，辦新式學校，開設全新教程，聘請新式老師。李鴻章說國家真的拿不出那麼多錢！李提摩太提出了他著名的"種子論"，他說那一百萬兩白銀是"種子"錢，春天一粒種子，秋後百顆糧食，種下種子，就有希望，種子錢必須得花，割肉賣血都得花，這個道理，中堂不會不懂吧？李提摩太問的是真理，李鴻章答的也是真理。李中堂問：從種到收需要多少年？李提摩太說要二十年。李鴻章苦笑著說，我們恐怕等不及從種到收了。悽悽慘慘戚戚，李鴻章等不及種子生根、開花、結果。

誰都沒有想到，這筆"種子"的經費和"種子"的播種竟然都與義和團有關。

義和團運動引發了八國聯軍的侵華戰爭，導致"辛丑合約"，清政府被迫做出"庚子賠款"。李提摩太首先遊說英國政府把庚子賠款中賠給英國的錢，拿出一部分在中國辦教育，育"種子"，在中國建立一所全新的大學，這就是山西大學堂。山西大學堂不設八股文教育，設立物理、數學、機械等理工學科，完全模仿英國的大學，從課程到課目，煥然全新，絕無"三味書屋"，全新"洋為中用"。繼英國以後，美國等也緊跟其後。一些全新大學紛紛開辦，一直影響到今天。"開門辦學"直接導致了"出國留學"，那些"顆粒飽滿，天資優質"的"種子"得以直接出國留學。這批優秀的"種子"，都成長為國家的棟樑之才，中國的"導彈之父"、"火箭之父"、"原子彈之父"等等都是從這批"種子"中開花結果的。李提摩太的"種子論"對中國教育是個里程碑式的建設。坦率地講，李提摩太"種子論"到今天仍然有著嚴峻的現實意義，"種子"怎麼種？怎麼育？怎麼讓其開花結果？怎麼讓它生長成棟樑之才？直到今天仍然待解、難解，李提摩太的偉大也在於他提出的"種子論"至今仍然是我們民族的難題。

大院文化始末

大院文化是流星文化，耀眼而短暫。

大院文化是讓人唱紅的，一幫高幹子弟在大院中折騰得翻天覆地，風生水起。大院文化似乎是"紅色文化"，《夢從這裏升起》、《陽光燦爛的日子》，其實那是一種海市蜃樓的虛假倒影。在 20 世紀 60 年代初，住在新華社大院中的高幹充其量不過三四戶，和新華社大院頭尾相銜的海、空軍大院，將軍級的高幹加起來也不過十幾位；真正的高級幹部住在胡同裏的四合院，沒有住大院的。倒是高幹子弟集中的幾所中學折騰得山呼海嘯的，北京大院中真正有文化的，是灰色大院文化。

形象地說，文化就像水，有水則靈、則秀；無水則枯、則亡；"流水不腐，戶樞不蠹"；老子言：上善若水。老子在講文化。滴水穿石，水擊三千里；莊子言之：覆載萬物，洋洋乎大哉。非文化無敢為水。有漩渦就有靜流，外面的世界是"紅色的海洋"，灰色大院中的文化卻靜水流深，真水無香。

大院外"紅色海洋"雲水怒，在大院中卻是暴風雨中的漩渦中心，除去偶爾有抄家抓人的造反派，那也是雨過風停。院裏的大部分孩子漸漸學會從驚慌失措、心驚肉跳的革命衝擊中冷靜下來，沉澱下來，因為他們不屬於"紅色風暴"中的水珠。他們也不願、不敢去學校，因為學校才是紅衛兵折騰的舞台，有些人兇神惡煞似的，一回到生他養他的大院裏，竟然有"立地成佛"的表現，文化似水，水能滅火。我們這些大院中的孩子絕大部分出身於"職員"即知識分子或一般幹部，既夠不上"上綱"，也拉不到"上綫"，百無聊賴，似乎是在無奈中被動地選擇了讀書，打發時光。"跳出三界外，不在運動中。"找個背靜旮旯的地方讀書。

讀書逐漸形成了一個一個小圈子，像水流形成的一個個漩渦，讀書的沙龍，讀書的聚會，相互借書、換書、淘書，甚至抄書。很多名著都是那個時代讀的，像老托爾斯泰的《戰爭與和平》、《復活》、《安娜·卡列尼娜》，小托爾斯泰的《苦難歷程》，巴爾扎克的《人間喜劇》，陀斯妥耶夫斯基的《被侮辱和被損害的人》、《罪與罰》，蕭洛霍夫的《靜靜的頓河》，雨果的《笑面人》、《巴黎聖母院》、《悲慘世界》，羅曼·羅蘭的、莎士比亞的、莫泊桑的、馬克·吐溫的、傑克·倫敦的、狄更斯的、茨威格的、海明威的……說一句誑語，一生讀的外國名著，有一半都是那個時期讀的，讀得還十分下功夫，挑燈夜讀，白天能連續看十個小時，六百多頁的長篇小說能一天一夜看完，關鍵是看完還得能"侃"，"侃"出情節，"侃"出心得體會，這樣讀書圈裏的人才肯把書傳給你，因為那個時候借書都有嚴格的期限，越是"禁書"期限越緊，因為後面排著一大隊人，都眼巴巴地等著你看完。在讀書圈裏借書、換書也是有潛規則的，"禁"的級別越高，批判得越猛烈，價值越大，"份"越高，比如蕭洛霍夫的著作《一個人的遭遇》比《靜靜的頓河》還走俏，還吃香，一些書幾乎不分晝夜地轉，沒有一分一秒能空置，因為後面排著長長的候讀人。

記得我曾和我們大院對面的中央工藝美術學院宿舍大院的鄭教授的兒子冒著嚴寒騎自行車，從白家莊一直蹬到北京大學宿舍，就為借回一本《十日談》，書還沒拿到，已有十幾個排隊等閱的人不停地催問，因為薄迦丘的《十日談》當時是有名的"黃書"，我們也是拿《紅與黑》和《基督山恩仇記》二換一的，換期也不過二十天。當時雖然沒看過《十日談》，但讀書圈裏早有"先行人"介紹、顯擺，說全書最經典的是第三天的談，講的故事是赤裸裸的性愛、性交、性道德，絕對火辣誘人。《十日談》講的是七位小姐和三位男青年為躲避瘟疫在鄉間的別墅裏講各自的故事。我們拿到書以後，找個背風的地方，急不可待地翻開書，果然，那本書翻得最髒最破的真的就是第三天的部分。我們相視而笑，那就是那時的青春衝動。

隨著"文革"運動的發展，"逍遙派"文化圈越來越多，越來越多的大學生也逐漸走入我們中學生的讀書圈子裏。最使我感到震驚和難忘的是有位大學生在我們面前竟然用英語全文背誦美國總統林肯長達十三分鐘的《葛底斯堡演講》，鎮得我們這幫中學生瞠目結舌，方知是林肯那位長得怪模怪樣的短命總統提出要建立"民有、民治、民享的政府"。隨著大學生的融進，傳閱書的種類也讓我們耳目一新。一些哲學、經濟學的書籍傳進來，包括黑格爾的、克魯泡特金的、康德、雅斯貝爾斯、弗洛伊德等等，像托馬斯·莫爾的名著《烏托邦》就是那時讀的，我數十年也只在那個時期讀過一次，卻一直能理解、能記憶。讀書要下功夫，還要早下功夫。

由於這群沉澱下來的大院兒的孩子們，沒有資格"破四舊"、"鬥批改"、"大串聯"，他們的文化圈子就抱得更緊，後來因為許多"老紅衛兵"漸漸也厭倦了"階級鬥爭"、"派性鬥爭"轉而回歸文化、回歸逍遙，大院文化出現了空前繁榮。除了讀書圈，相繼出現打球圈，且分為打乒乓球、打籃球、踢足球；出現了下棋派，且細分為圍棋、中國象棋、國際象棋、軍棋；打牌圈也分為爭上游和拱豬、打橋牌。最讓我驚訝和難忘的是幾個大院的孩子以大院為單位，在北京女四中禮堂一下子擺開20桌圍棋，進行大院與大院的對抗賽，真讓人大開眼界。在煤炭部籃球場舉行大院之間的錦標賽，印象最深刻的是賽場實行一主兩副三名裁判制，一名主裁判是抽籤協商的，兩名副裁是一邊大院出一個，以示公平。誰能想到，這些大院的中學生竟然比國際公認的三裁判制整整早了40年。大院裏有文化。

大院內部舉行乒乓球賽、撲克賽，玩得不亦樂乎，忘乎所以。記得我們大院有兩個創舉，一是彈球比賽，彈玻璃球，三場定乾坤。第一場是"打漁殺家"，名字都起得十分文化，在地上劃一個寬40公分，長60公分的方框，中間分兩排放上玻璃球，在離方框七八米遠的地方劃一條橫綫，按排好的順序用手彈玻璃球，把方框內的玻璃球擊出方框。第二場叫進洞，先挖好五個洞，按梅花瓣排列，也是從遠處橫綫處彈玻璃球，誰彈進去的多，多者為勝。第三場叫"放馬追鷹"，就是逐對追射，誰先射中誰為勝，一個大院的孩子叫起號來，啦啦隊的喊聲一丁點不比遊行示威大批判小。後來一個偶然的機會才發現，30年後外國才開始彈玻璃球比賽，且比賽規矩竟然和我們大院裏玩得一樣。

1967年秋天始，大院中的各種文化圈層出不窮，一圈套一圈，一環帶一環，各有千秋，文化色彩愈濃，文化底色各不相同。有的宿舍大院出現"外語圈"，極像20年後出現的"外語角"。有的自發圍成一個圈，拼裝各種電子玩具，比如"坦克"，電子操作，最遠可達20米，"坦克"可以爬坡下溝，可以360度轉動炮塔，可以曲綫前進，也可以倒退自如，讓人大開眼界，那些文化圈子中的人整天忙著淘買電子配件，忙著互相交換"情報"，交換零部件。大院文化開始向更文化、更專業發展。有的大院裏竟然出現了一種叫"過橋"的活動，簡單地講，就是大院之間設置"密碼"，互相進行"恩尼格瑪"破譯比賽，"過橋"活動竟然讓一些高校專業的大學生也興致勃勃地參加進來，一度"火"過橋牌比賽。所有人都覺得這些文化圈的活動要比衝上社會打打殺殺、批批鬥鬥有益至少一萬倍。

到1968年秋天，大院文化發展得五彩繽紛，百花齊放，也正發展到爭奇鬥豔，方興未艾。但隨著"插隊"到農村去接受貧下中農再教育的政策出現，這些大院文化的締造者和履行者都是鐵定要去農村插隊的人，大院文化便戛然而止，從此成為文化多元發展的一個橫切面，沉寂在歷史塵埃之中。懷念那個時期的大院文化。

文化伴我“再教育”

知青文化，是一種特殊文化、青春文化，也是一種“朝露”文化、“無底色”文化、值得反思的文化。

風乍起，一夜到白露。那一年，改變了中國1600多萬城市青年學生的人生軌跡。他們在無可奈何又無可選擇的情況下，中斷了學業，也中斷了學生的生涯；中斷了正常生活，也遠離了家庭；中斷了他們熟悉的“社會”，遠離了生他們養他們的城市；上山下鄉，到農村去接受貧下中農“再教育”。驀然回首，竟然人事皆非，已然五十多年過去了，鬢微霜，又何妨？往事並未成煙，往事能越千年。抽刀斷水難，斷愁難，斷文化更難。何況書寫知青文化的是浩浩盪盪的千軍萬馬。

當年這1600多萬上山下鄉的知識青年幾乎佔到當時全國具有城市戶口的16歲到23歲在校學生的90%以上，幾乎把66屆至70屆初高中畢業生“連鍋端”，在北京符合上山下鄉的中學生幾乎無不中籤，有的一家甚至多至三四個孩子去兵團，去插隊。大院文化頓時成為沙漠文化。有人估計，“知識青年到農村去，接受貧下中農再教育”這一運動，涉及和影響到中國近二億人，幾乎相當於當時全國人口的四分之一。從在校的中學生，一下子變成廣闊天地之中的農民。這種身份的驟變，環境的巨變，人與人之間關係的劇變，幾乎是在24小時之內發生的這一急速而反差巨大的變化，讓那些過去幾乎從沒接觸過社會，接觸過苦難，接觸過現實，接觸過農村，接觸過貧下中農，單純得近乎透明體的“孩子們”，不得不面對，不得不接受，不得不適應，個中的酸甜苦辣豈是三言兩語能說清的？那些沒有經歷過知青生活的後來人很難理解我們這些插隊知青的心情、思緒、觀點、理念，他們看不透這些經過插隊、兵團磨煉過的“老傢夥”們了，因為他們再也不是“透明體”，他們幾乎都是“混濁體”、“沉積體”。

當你看見那麼多老知青默默地站在那些描繪當年知青插隊生活的油畫面前，沒有哪一個不是面沉如水，心重如鉛，他們那一張張充滿歲月敵意的蒼老的臉上，已然飽經風霜；吃過太多苦，受過太多難，遭過太多白眼的眼神裏，有的是沉默、祈禱、懺悔、悔恨，有的悄悄地抹去湧出的淚，已是混濁的老淚；整個那麼大的展廳中，無一人言語。談插隊知青的生活、日子、感想、反思，只有插隊知青最知情，最切膚，最真實。那就是知青生活的原版畫，知青文化的寫實版。

2018 年 11 月，是我第七次回到我插隊的山西省定襄縣橫山村。這次似乎在心靈上感覺就不一樣，因為五十年前的這一天，是我第一次到橫山村，誰能想到，一待就是七年，2500 多個日日夜夜。我有一句自以為非常精闢的總結："當時難熬，過時難忘的那段歲月，當是我人生不可多得的財富。"時間過得越久遠，那種情感就愈深厚、愈熾熱，也愈凝重。我讀劉皂這首詩，曾潸然淚下："客舍并州已十霜，歸心日夜憶咸陽。無端更渡桑乾水，卻望并州是故鄉。"（《旅次朔方》）許多知青都公認有一條經過實踐檢驗的真理：凡是在農村插過隊，經受過農村生活磨礪的知識青年，無論他們以後走到哪裏，無論他們生活如何、工作如何；無論是"登廟堂之高"，還是"處江湖之遠"；他們都絕不會忘記那段知青歲月。那種記憶刻骨銘心，終生難忘。

走過我們村的地，跨過我們村的渠，我還能依稀記得當年給我分的二分七厘自留地。當年我們植的兩排"知青樹"，如今只剩一株，但已然枝繁葉茂，高陽之下，滿地綠蔭。橫山最讓我難捨難棄難忘的，是讓我留戀終生的鄉親情。

說幾件小事。

一個蓋簾四種餃子。因為什麼房東大娘請我吃餃子我忘了，但我忘不了的是那四樣餃子。上了炕坐在炕桌前我才發現，準備下鍋的餃子是四個模樣。白的是純白麵，灰白的是全白麵的，粉灰色的是蕎麥麵的，紫紅色的是高粱麵的，這樣"五花八門"的餃子，恐怕全國也不多見。大娘盛餃子的笊籬把握得十分準，盛到我碗裏的全是純白麵的餃子，大爺碗裏盛的是白色和灰白色兩色餃子，孩子們吃的是蕎麥麵的，大娘吃的是高粱麵的，什麼話都別說，你能不激動？我說什麼也要盛上四種餃子，大娘大爺說什麼也不幹，我淚快下來了，望著鍋裏的四種餃子，就是石頭人也會掉淚。

那年秋收，突下大雨，社員們都拚命往家跑，該著倒霉，我一腳踏在莊稼茬子上，一頭捽倒在泥地上，腳掌扎了個大口子，血和泥水流了一鞋，轉眼之間，地裏不見一個人。無奈之際，我咬著牙拐著腿，一步一掙扎，淋成落湯雞，終於回到村。走到張先文家門口，正碰上他娘打著個破雨傘要出門，見我只喊了一聲：娘啊！把我連拉帶架弄到屋裏，洗乾淨腳之後，血又湧出來，止也止不住，大娘從灶膛裏掏出一掬掬柴灰，把我扎傷的腳捂住，又淋著雨，從她家院裏的醋缸裏，刮出一把醋糟，糊在傷口上，大娘幫我脫了衣服躺在炕頭上，一會兒又端上一大碗熱氣騰騰的薑湯，捧著那碗薑湯，看著大娘沒顧上擦去的汗水、雨水，我哆嗦著一句話也說不出來，人非草木，孰能無情？

這樣的故事似乎不應該寫在序裏，但它們都留在我的知青歲月中。

在插隊的第四個年頭，全村北京插隊知識青年已從一百一十六人，"走"得只剩二三十人，老鄉戲稱"缺苗缺壟"。也就在這極度苦悶煩愁之時，結認了我們村橫山中學的一位張老師，一交就十分對脾氣，他是單身一人在橫山中學任教，好像也很不得意，有的是時間，我們就常常閒聊。我去找他時，挎一書包從鄉親家收購來的雞蛋，他出一瓶高粱酒，野蔥一把，胡麻油炒雞蛋，對酒當歌。我發現他小小的宿舍中竟然有那麼多書，而且幾乎都是中國古典文學的經典，四大名著不用說了，"三言"、"二拍"，還有《鏡花緣》、《老殘遊記》、《莊子全譯》、《楚辭全譯》、《搜神記全譯》，我翻開《史記》一看，竟然是 1955 年的版本。我那時真如沙漠遇清泉，常常一借就是一書包，背回去之後，連工都不出了，大門不出，二門不邁，有時候連飯都省了，實在餓極了，就跑到老鄉家蹭頓飯，渴了扯開瓢喝上一肚子涼水。這時候我才明白了一個文化的現象：讀書可以伴生，可以解憂，可以去愁，可以讓人忘乎所以，"不知天上宮闕，今夕是何年"，可以讓人醉臥泥屋茅舍，方知酒醉人，書亦醉人。後來看到流沙河當年勞改後被安置在書庫，用他的老朋友曾伯炎的話說，叫"瘦狗跌進茅坑裏，讓牠吃個飽！"這話不知四川人聽了彆扭不彆扭，我聽了似乎帶幾分罵人的調侃味，但流沙河也因此讀了許許多多的書，用他的話說，塞翁失馬，焉知非福！那兩年，我把張老師的所有藏書一本沒漏，全部讀完，而且是精讀，有的甚至讀過二三遍。忽笑忽叫，忽唱忽唸，有時老鄉們認為我有些"神經"了。我真是深醉其中。張老師的那些書恰恰補了我中國古典文學的短板，許多書，包括像《紅樓夢》、《水滸傳》等都是那時讀的，以後再也沒系統翻過，但做一般性研究也足夠了，有的節章三十年後仍能脫口而出。那個時候並沒有刻意去學習、去背誦，只是在苦悶和無望中找精神寄託，沒想到竟然受益終生，讀書還要趁早，趁年輕。後來我看到胡風先生在獄中寫評《紅樓夢》的書，因為是坐牢並無《紅樓夢》對照，但胡風先生愣是憑記憶把整本書都批改評論下來，別人不相信，我信。因為我多少有過點這方面的經歷。

到工廠的四年也是我讀書的四年。

當年工人和農民的最大區別在於工人有工資，我當時還是"光棍"，不但沒有負擔，父母還給我寄錢，因此我在第二個月就訂了一份《光明日報》，它的文藝、哲學、歷史、理論專版都讓我讀了一遍又一遍，有的還剪下來，夾在日記本中。記得有一期報紙我沒有收到，我一直找到縣郵局，人家也奇怪我為什麼這麼"較真"？道理很簡單，因為那天的報紙正該出一期歷史研究專版，正在討論太平天國忠王李秀成的問題，不讀心裏猶如有隻不落地的靴子。

最大的意外收穫就是縣城的新華書店離我住的單身宿舍快步走不過十五分鐘。我第一次上門淘書就趕上書店開展"紅展台"活動，把書店最迎面、最敞亮的櫃檯辦成馬、恩、列、斯、毛著作的展台，同時把"過時、過期"的舊書、舊刊、破書、賣不出去的書按檔要求進行處理。書店一共三個阿姨、一個大娘，都幹得上氣不接下氣。我是生力軍，又是內行，且自願義務勞動，一不怕髒、二不怕苦，一連幹了三天，淘回去足有兩大捆書，其中不乏一些"珍品"。有《中國文學史》、老版的《紅樓夢》、缺片少頁的《中國通史》等等，像周立波的《暴風驟雨》、《山鄉巨變》，梁斌的《紅旗譜》、茅盾的《子夜》等等，十幾本當時被清理出來的"半黑半白"的著作，因為又破又髒，只要了我三塊錢，書店經理說，這其中也有我三天的勞動報酬。當然也有嶄新的書，都是剛剛發行的單行本，比如馬克思的《資本論》、《關於費爾巴哈的提綱》、《格達綱領批判》、《黑格爾法哲學批判》。最使我感到撿了便宜的是竟有一套 1963 年出版的《茨威格小說全集》，四本一套只下三本，其中兩本還被用黑墨筆在封面上打了叉，書店經理一開始要銷毀，被我死纏活磨才同意供我批判，一分錢也不要。我擔著滿滿一擔書回到男單身宿舍，也驚動了整個宿舍的人，師傅們一開始驚訝，以為書店不要錢白給，隨便拿。隨後又為我發愁，這麼多書，一個字一個字唸，一行字一行字讀，一頁字一頁字地看，什麼時候能看完？我說，我不是愁看不完，我是怕看完，看不完才好呢！師傅們下班也沒事幹，就到我宿舍來看書，看那四大摞書，還是替我犯愁。我只好搬出一尊神來，我說愚公都能移山，我就不能"移"書？從此再無驚訝。那些書陪伴著我整整讀到 1978 年考上大學。

沒有不拐彎的河，沒有不下船的客；五味俱全，方為滋味，一覽無餘的人生絕非幸福。文化伴我，既有鐵板銅琶，亦有美芹悲黍；既有路漫漫其苦，亦有上下求索其樂。

序無定式，以此為序。

遠方的呼喚

PART 1

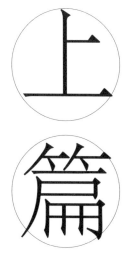

上篇

古希臘的石頭文化

石頭文化是人類文化的經典。史前的人類要用石頭表現一種什麼文化？表達一種什麼信息？表示一種什麼象徵？什麼祈禱？什麼告誡？什麼氣場？什麼昭示？什麼慶典？直到今天，人類對於世界的認識已經幾乎無所不至，甚至探索到宇宙的黑洞、磁力場、引力波，但史前的石頭文化卻依然未能破解，依然是個奧秘，依然讓人類困惑。

英國史前的巨石陣，它是 30 根巨大石柱上架著巨大的石頭橫樑，石頭彼此之間用榫頭、榫根相聯，形成一個封閉的石頭圓陣。在巨石陣東北側先人們留下一條神秘的通道，在通道的中軸綫上豎立著一塊完整的 "飛來石"，高 4.9 米，重約 35 噸，而每年冬至和夏至從巨石陣的中心遠望 "飛來石"，日出正巧隱沒在 "飛來石" 之後，只見霞光不見日。據現代科學家研究，早期人類根本就不可能建成巨石陣。這個巨石陣已經 4300 年了，比金字塔還要早 700 多年，至今仍然神秘地傲立在蘇格蘭南部的沙利斯伯里，依然傲對青天、碧海、綠地，向後人求解，難道再過 4300 年依然無解？

土耳其東南的哥貝克力石陣更古老、更偉大、更隱密，石頭文化的咒語究竟在哪裏？

據史學家考證，這是由數個巨石祭壇組成的巨大的石頭佈陣，每個祭壇由重達數噸的 T 形巨石呈環狀排列，數十根巨大的石柱排成一連串的圓環，讓人更感到奇妙和神秘不解的是，一些巨大的石柱表面是光滑的，而另一些則環繞雕刻著狐狸、獅子、蠍子、禿鷹。要知道這個極偉大、極巨大、極神秘、極不可思議、至今仍未破譯的石頭佈陣的修建是在大約 11500 多年以前。我們中國人常說萬歲，喊了 2000 多年，其實人類的祖先在土耳其擺下的石頭謎陣才真正是萬歲。

古埃及金字塔屹立在開羅也有 4000 多年了，胡夫金字塔高達 146 米，在建成之後的 3800 年一直是星球上最高的建築，它由大約 200 萬塊巨石構成，巨石平均質量達到 2.5 噸。現代機械工程學家認為，即使利用現代的建築科技，想要再建一個屹立數千年的金字塔也絕不可能。古埃及人當時是如何把重達數噸的巨石搬運到金字塔的頂端的？千百年來各種稀奇古怪的解答無奇不有，有的甚至認為是外星人幫的忙，外星人也懂石頭文化？很多去埃及旅遊的中國人都要去參觀盧克索神廟，古埃及的王朝對石文化的追求而發生了變化。自胡夫王朝之後，國王們不再修建大型的石頭金字塔，其中可能有一個原因，再高高不上天，再大大不過胡夫，因此他們改修神廟。埃及的卡爾納克神廟佔地竟達 30 多公頃，有大小神殿 20 餘座，其中最大的寬 102 米，深 53 米，由 134 根巨大的石柱支撐，其中 12 根巨柱各高 23 米，直徑約 3.5 米，周長 15 米，頂端之大竟足以容納 50 人站立。用中國人習慣的計算方法，緊湊點擺四桌麻將。盧克索神廟完全是一座賦予石頭以生命、以文化的石頭世界。

2007 年我去智利訪問，當我站在太平洋岸邊時，我才發現那 600 多尊巨人石像離我還有 3600 多公里，去復活節島的飛機每週只有兩班，我無緣去探望那些充滿神奇、充滿詭秘、充滿傳說、充滿疑惑的石頭巨人。600 多位可能誕生於公元 400 年的石頭巨人，高 7-10 米，重 30-90 噸，有的石頭巨人還頭戴一頂帽子，而這頂帽子竟重達 10 噸之多，所有的石頭巨人都沒有腿，只取其半身，表情格外傳情，額頭狹長，鼻樑高起，眼窩深凹，嘴巴上翹，大耳垂肩。據看過的人說，每個石人不能久看，越看越活，越看越動，彷彿要把人拉入到面向大海的石頭人中。1600 多年過去了，無數科學家、學者都來考證過，這個石頭文化究竟要表現什麼？它們代表什麼？它們張望什麼？它們訴說什麼？它們又期待什麼？這些巨大的石頭是怎樣運到復活節島上的？彷彿已成千年之謎，恐怕還將迷惘人類數千年。

2008 年正值初秋時節，我率新華社國外工作考察組去希臘，時間安排得非常緊，省去吃飯時間，一路緊行，去雅典城外的衛城，那是古希臘文化的經典，也是世界石頭文化的聖城。

衛城在雅典城外，是建在一個不高的山丘上的"石頭城"，剛一踏進衛城就有一種巨大的蔽穆之感，這就是和老子、孔子一個時代的建築物？這裏曾經留下過蘇格拉底、亞里士多德、柏拉圖的足跡？這闊大的廳堂中就曾經迴盪過這些先哲們激動高亢的聲音？我想起一個故事，據說當張汀第一次走進山西大同雲崗石窟時，他被感動得抑制不住地嚶嚶哭泣起來，那是藝術撞擊心靈所產生的力量，催人淚下。我彷彿聽見衛城也有嚶嚶的哭泣聲。

地中海的餘霞照耀著帕提隆大神廟，愛琴海的涼風吹拂著多利安石柱，我悄悄地坐在偉人們走過的石台階上，感受那還微微發燙的餘溫，抬頭望，那威武雄壯的帕提隆神廟，有誰心中會不怦怦直跳？那時那刻不知是你走進了 3000 年前的歷史，還是古希臘的文明史融進了你？

公元前 800 年，古希臘人就建立起了衛城，那大約相當於我們的西周後期。古希臘人不知怎麼想的，衛城建的不是皇宮，是神廟、劇場、體育場，那可能是雅典的第一風水寶地。有石頭作證，三千年未滅，其可能一萬年不變。

衛城最著名的是帕提隆神廟，它供奉的是雅典娜女神。但帕提隆神廟中的雅典娜女神雕像已經毀於 300 多年前的戰火。但那些巨大無比的石頭還在，那石頭雕刻製作的文化還在。那足以讓你魂走魄遊、心往神會，足以讓你震撼，足以讓你沉醉，足以讓你流淚，足以讓你臣服。

帕提隆神廟建在高高的石階之上，石階底座上都有花雕鑲嵌，它長 70 多米，寬 31 米，有 46 根高大的石柱支撐著巨大的石頭樑頂，樑下有一排排古希臘時代的雕塑，我估計都是古希臘的傳說，它們都是古希臘文化的見證。雖然經過 2500 多年的歲月侵蝕，卻依然風采奕奕。那迎面的 8 根巨大的多利安石柱，矗立、筆直、威武、雄壯，古希臘人當年是怎樣把他們雕塑得那樣精細？又是怎樣像擺 "積木" 一樣把它們豎立起來？建設起來？那麼精細，那麼高雅，那麼藝術，那麼偉大。那些從附近山上開採出來重達 40 噸的巨石，巨石和巨石之間的建築縫隙只有一毫米的二十分之一，頭髮絲也插不進去，要想看清巨石與巨石之間的接合處，需要放大 60 倍才能看清。公元前 447 年的那些偉大建設者是怎樣建起這座偉大的石頭工程的？撫摸著、瞻仰著這些世界文明的 "大石頭"，彷彿在聆聽一場史前文化的大課。

公元 1687 年，佔領雅典的土耳其人把衛城當成了防守古城的要塞，他們在帕提隆神廟中儲存了大量的彈藥，在戰鬥中，進攻者威尼斯人的大炮擊中了這些彈藥，引發了一系列驚天動地的爆炸，它罪惡地摧毀了帕提隆神廟的殿堂，即使是成噸的彈藥猛烈地爆炸，

神秘的希臘衛城

它也不能把代表古希臘文化的古建築徹底摧毀，帕提隆神廟當與地中海、愛琴海長存！

比帕提隆神廟晚數百年的秦王朝的宮殿，被項羽一把火燒得灰飛煙滅，公元前的中國古建築蕩然無存。

這是歷史的悲劇，也是木文化的必然！

在帕提隆神廟的側後，是著名的埃利赫特神廟，也是一座無限神奇的石頭文化的結晶，讓世人讚頌和震驚的是埃利赫特神廟那巨大的石頭屋頂，由六位美麗如仙的希臘少女姿態優美地共同頂起，那是世界上最美的石柱。

我在中國看到過攀龍的石柱、貼金的石柱、彩繪的石柱，卻從來沒有看到過六位各具風姿的少女石柱。那六位希臘少女還清晰地保存著 2500 年前的微笑、青春、風采、神態。古希臘的石文化太神奇了，為了建築的美，更為了建築物的千秋萬代，他們把少女的頭髮留成像現代的披肩長髮，這樣就可以增加少女頸部的支撐；他們又讓每一位少女頭頂上都戴著一頂橄欖枝葉編成的花冠，這樣就分散了大石頭屋頂的壓力，使其數千年紋絲不動。古希臘的建築設計大師和藝術大師，數千年以後也讓人敬佩不已。

我們在新華社駐希臘分社社長梁業倩的帶領下來到古希臘的一座古劇場——埃皮達夫入斯劇場。

埃皮達夫入斯劇場是一座 2500 年前建的石頭劇場，它能容納13000 人同時就坐，是一座露天大劇場。我不知道當年雅典有多少人口，2500 年後的雅典，常住人口也不過幾十萬人。它修建的石座位，每排有 260 個座位，一共有 52 排，採用階梯螺旋建築，由低往高，由小漸大，極像我們現代的露天體育場。埃皮達夫入斯劇場的高明之處在於無論觀眾坐在劇場的哪一排哪一座，無論在哪個角落，都能清楚地看見舞台上的表演，都能清楚地聽見舞台上的唱詞。沒有任何音響設備，要達到這種視聽效果，即使在今天我們也很難做到。我問那位陪著我們參觀的希臘朋友，這座 2500 年前的大劇場的設計奧秘在哪裏？他微笑著說，說出來可能並不複雜，但是

古希臘伊瑞克提翁神廟女神像門廊

要做到那就太複雜了。不是嗎？阿基米德說給我一個支點，我能把地球撬起來，槓桿原理自阿基米德發現以來已經不是秘密，但誰能像阿基米德說的那樣做到呢？您心中千萬別笑，如果阿基米德健在，誰又能斷言大師做不到呢？

更讓我吃驚的是，埃皮達夫入斯劇場不是博物館，不是展覽館，它正在上演4000多年前的古希臘悲劇，300多齣古希臘悲劇至今在埃皮達夫入斯劇場已經上演了2000多年，演出了一萬多場，他們對我說，不但現在演，將來還要演，希臘人民、歐洲人民、全世界人民都喜愛她。

暮色降臨，華燈初上，燈光下的埃皮達夫入斯劇場更美了。來看古希臘悲劇的人已經開始陸續入場了，那麼多男男女女，說說笑笑地從四面八方走來，我悄悄地問了一下，每張入場券大概要40多歐元。比正在上演的美國大片還要貴，人們還願意看4000年前的古希臘悲劇，寧可擦著眼淚，掐著人中出來。這也是石頭文化的永恆。正如古希臘的悲劇大師歐里庇德斯死後，歌德就說："沒有一個人能給他提提鞋跟。"

我從埃皮達夫入斯劇場最高的一排座位，一級一級地走下來，又一級一級地走上去，我彷彿在穿越那偉大的石頭文化。

石頭文化是歐洲文化的代表。

古希臘滅亡了，消失了，但古希臘的文化還在，還在一代一代繁衍，石頭文化不會變成朽木糞土。

古希臘文化又迎來了古羅馬文化，石頭文化又長出了新的花枝。

那天我們到羅馬時正趕上秋雨，綿綿的細雨讓排在羅馬鬥獸場外面等著進去參觀的隊伍變成了一枝開著五顏六色鮮花的枝條。到過羅馬的中國人多忙多急也要擠時間去看看那座2000多年前的鬥獸場，那該是古羅馬文化繼承古希臘文化的證明，也是石頭文化的另一枝奇葩。

這個能容納8萬多人的競技場，建成的年代相當於中國的春秋戰國時期，竟然建設得那麼雄偉、那麼壯觀、那麼巨大、那麼"現代化"、那麼"科學"。凡是去過意大利羅馬的人可能都去看過這座聞名世界的鬥獸場，雖然你可能嗅見血腥味，不錯，就在這座用石頭建造起來、充滿古希臘古羅馬文化的超級競技場裏，第一場人獸大戰竟然持續了整整一百個晝夜，有九千頭獅子和五千多名角鬥士血染場中黃沙。據說一共有72萬人死在這座至今讓羅馬不知道該驕傲還是懺悔的大鬥獸場裏。

凡是參觀過這座曾被戰爭破壞，但當年雄姿依舊的石頭建築物，都會被它高超的設計建築和科技運用所折服。那是石頭文化的又一座經典標誌。如果是土木結構的建築那早就在戰火和數千年磨難中灰飛煙滅，變成一抔黃土了。

離大鬥獸場僅一箭之遙，便是羅馬凱旋門，它是世界上十幾座石頭凱旋門中的第一座凱旋門，至少要比巴黎的凱旋門早 1500 年以上。羅馬凱旋門是羅馬軍隊勝利的標誌，也是石頭文化的一塊里程碑。

羅馬萬神殿那用巨石搭架起來的建築美，幾乎到了讓人擊掌稱絕的地步。其規模之大、造物之美、裝修之精、穹頂之高，已經遠遠超出現代人的設想。萬神殿整整修建了一個半世紀，真應了中國人的那句老話：慢工出細活。在中國知名度很高的法國巴黎聖母院，是公元 1163 年開建的，相當於中國的金朝最鼎盛的時期，200 年過去了，當巴黎聖母院建成時，金朝已經滅亡了。意大利有座美麗的城市叫米蘭，在米蘭廣場上有一座米蘭大教堂，白色的大理石建築，有 135 個尖頂高高地指向藍天，它是世界上最大的哥特式建築。非常巧合，米蘭大教堂是 1368 年開始建設的，恰恰和朱元璋建立明帝國同年，而它整整建設了五個多世紀，當它完工時，在中國早已改朝換代，已經到了清王朝的光緒年間。德國的亞琛大教堂從唐朝興起開始建設，當唐王朝被朱溫的後梁取代而滅亡時，亞琛大教堂剛剛建成。它現在高高聳立在萊茵河畔，雖然經歷了那麼多戰爭卻完好無損，它是德國第一個被評為世界遺產的大教堂，也是世界上第二個被記錄在世界遺產名錄中的。離亞琛大教堂不遠的便是德國的科隆大教堂，前後一共修建了 700 多年。我沒聽說中國的哪家廟宇寺院經過一百年甚至數百年才修建而起的。道理似乎很簡單，我們的建築物是土木結構的，我們的寺廟中供的神龕多是泥胎塑就的。而歐洲是石結構的房，石結構的堂，石頭雕塑的像。石頭文化讓歐洲的古代文明避開了多少天災人禍，躲過了多少戰火兵燹，又留給後世多少珍貴無比的藝術珍品和文化經典。我去過意大利那不勒斯的龐貝古城。公元 79 年 10 月 24 日，維蘇威火山突然噴發，由天而降的火山灰埋沒了整個龐貝城，直到 1784 年一位農民在深挖自己家的葡萄園時才無意中發現了埋葬在地下長達千年的古城。當我 2005 年去參觀時，古龐貝城近 2000 年前的一切幾乎毫無損壞地保留下來了，石頭街、石頭牆、石頭院、石頭屋，石頭建造的神台、廣場、法庭、商店、劇場、殿堂，凡是石頭建造的都保存下來，凡是木頭建造的都消失了、燃燒了、毀滅了，只有石頭文化和文化石頭保留下來了。它為人類保留下了 2000 年前世界上最美麗、最繁華的一個城市。

歐洲文明乃至古埃及，乃至底格里斯河和幼發拉底河的兩河文明，都是依靠石頭作為基礎，作建築，都是依靠石頭才留下了輝煌燦爛的石頭文化。

當我站在梵蒂岡聖彼得大教堂前，我深深感到宗教和藝術結合的完美和產生的巨大衝擊力量。僅僅是矗立在大教堂廊檐上的十一尊高大的大理石雕像，就足以讓人抬頭仰視，駐足細品。我在中國也看見過不少幾百年前的石雕人像，幾乎都是僵硬地挺立在帝王陵的"神道"兩側，那些臣子、將軍、使節、內侍的造像都是那麼千篇一律，好像是從機器中壓鑄出來的"模型"。面色呆板，有形無神。

中國也有石文化，也有輝煌耀眼的石頭文化，那在遙遠的北魏時代，公元386 年。

那時候鮮卑族出了一位堪稱偉大的人物——拓跋珪，15 歲就"心胸天下，放眼世界"，就提刀躍馬，帶兵征戰，結束了中國歷史上最混亂的五胡十六國時代，結束了長達 130 多年昏天黑地的軍閥大割據、大混戰時代。拓跋珪統一中國北方後，定國號為魏，史稱北魏，成為北魏帝國的開國皇帝，他和北魏第三代皇帝拓跋燾皆人傑，中國皇帝榜上的開明治國安邦皇帝，上馬提刀能開弓，下馬治國能安邦。

就是在北魏時代，中國的石頭文化得到了宗教的力量，有了極度的發展和卓越的成就，躋身於世界石頭文化之林，讓世界的石頭文化驚訝。

雲岡石窟、龍門石窟、敦煌石窟已被稱為世界三大石窟，都是在北魏時期建造的。麥積山、少林寺也都始建於北魏。北魏時期曾有 3 萬多處梵宮、佛寺、石窟、石刻、碑銘……

我不止一次地站在雲岡石窟的大佛石像前凝視。

那石頭高大雄偉，又善良慈祥，既在天上，又在人間。

圓鬢方額，高鼻深目，眉眼細長，嘴角上翹，巨耳垂肩，膀闊肩寬，五官端正，雙手疊放，威中有慈，莊中有親，氣度既恢弘又睿智。雲岡石窟中最能代表雲岡藝術兼收並蓄的當屬第 12 窟，此窟分前後兩室，前室北壁上，伎樂天們手持中原、草原、西域、中亞的各種古代樂器，或撥或彈，或吹或奏，或擊或打，或敲或拉，組成了一支一千年後再看也不落伍的大型交響樂隊。中國的石頭文化為何到北魏就似乎到了頂峰了呢？

我登泰山，泰山上的碑銘、石刻、石文化處多達 6000 多處。其中有秦時的《李斯碑》，雖然僅存 9 個半字，但彌足珍貴。經石塔的《金剛般若波羅蜜經》石刻，現存 1067 字，每個字竟有半人之高，南北長 56 米，東西寬 36 米，彰顯了中國石頭文化的魅力。

到大唐初，貞觀年間，還有“唐昭陵”六駿石雕，不知為什麼，是什麼力量使石頭文化銷聲匿跡？是什麼原因使中國的石頭文化竟然從此如白蠟入火……

我多次冥想，2500 年前，古希臘的建築為何能告別土木結構，進入石頭時代？為什麼中國的建築，以至建築代表的美術、藝術、文化、文學卻始終停留在木結構時代？

空谷有回音，如逆風過耳，為什麼……

眺望歐洲城堡

　　歐洲給中國人留下最深印象的有兩大文化名片。之一是教堂。歐洲的十大教堂，如梵蒂岡聖彼得大教堂、意大利米蘭大教堂、佛羅倫薩大教堂、巴黎聖母院、德國科隆大教堂等，高大宏偉，氣勢非凡，不但是歐洲建築史上的經典，而且每座教堂都是各種文化薈萃的寶庫。走進教堂，幾乎沒有人不為之動顏，為之心跳，為之肅然起敬。

　　如果說歐洲的教堂是歐洲中世紀的發展史，那麼歐洲的城堡就是歐洲中世紀留下的最亮麗、最豐富、最形象的一部歷史文化的教科書。它記載著整個歐洲一個極其重要的歷史階段，中世紀歐洲文化的起源、興盛與凋零。了解歐洲的歷史，翻閱歐洲的文化，領略歐洲的風采，知曉歐洲的人情，就不能不去探訪歐洲的城堡。當你一步步走進歐洲的城堡，你會發現，你竟悄然推開了歐洲中世紀的大門，就在那條窄窄的門縫裏，你竟然看到了從公元 5 世紀到公元 15 世紀長達一千多年的歷史文化畫卷。在那巨石高牆森嚴壁壘、尖塔林立高聳入雲、依山傍水關隘重重的歐洲城堡中，曾經演繹過多少驚天地、泣鬼神的歷史篇章；多少悲歡離合、醉生夢死的故事；多少骨肉相殘、血濺城堡，令人驚心動魄的歲月；上演過多少王子與公主、僕人與夫人、公爵與少女、江山與美人的恩恩愛愛，情深意切；那都是一場場真實的人間悲喜劇，就發生在以歐洲中世紀為背景的一座座神奇的城堡中。要讀懂歐洲中世紀文化，焉能不走進歐洲的古城堡？

一

　　歐洲古城堡是典型的中世紀建築，高聳雄偉，尖塔入雲，建築得花團錦簇、富麗堂皇；古堡壘、古城牆、古隧道、古兵道，建造得鬼斧神工、出神入化；現在看來也是曲徑通幽、神鬼莫測，讓人產生無限的遐想。但歐洲城堡不是迪士尼樂園，它是伴隨著封建割據，伴隨著侵略、兼併、戰爭、殺戮，伴隨著流血、屠城，攻與防、生與死的鐵血規則，歐洲第一座城堡在血雨腥風中誕生了。

歐洲的第一座城堡可能始於英國的倫敦。根據英國歷史記載，英國的第一座城堡倫敦塔，始於羅馬帝國入侵的公元 43 年，羅馬皇帝克勞狄一世率領龐大的聯合艦隊渡過英吉利海峽，搶灘登陸的地點就選擇在泰晤士河的入海口。羅馬軍隊像海嘯狂飆，英國軍隊難以抵禦，讓幾乎戰無不勝的羅馬鐵騎差點敗回到戰艦上的，是倫敦塔。倫敦塔堅實厚重的城堡，在那個時代，幾乎刀槍不入。所有的歐洲大公國都明白了一個真理，要不為人所欺侮、所殺戮、所奴役，似乎只有一個辦法，就是趕快修起城堡。從公元 1 世紀始，歐洲封建割據蜂起，大公國林立，公、侯、伯、子、男幾乎都有封地封城，彷彿是中國商周時期八百諸侯國相爭，戰爭幾乎無時無刻不發生。中國有句古語：春秋無義戰。歐洲的中世紀亦然。

在歐洲中世紀，歐洲大部分地區缺乏或者還沒有建立起像“秦皇漢武”一樣的中央集權，政治上長期處於四分五裂，“裂土而王”，社會衝突在各個領域和階層不斷發生，貴族們不僅有“內戰”，而且還面臨著“外戰”，有時候武力和戰爭將決定一切。隨著羅馬帝國的崩潰，歐洲的經濟、政治和社會發展都出現了倒退與停滯，近千年的中世紀黑暗漸漸拉開帷幕，這時期歐洲也誕生了一個新的階層：騎士階層。騎士階層與日益興盛、不斷完善的城堡成為中世紀歐洲政治、經濟相對穩定的雙重因素。

正是城堡與騎士撐起了整個歐洲中世紀。歷經長達千年的中世紀，城堡修築得越來越堅固、越來越科學，也越來越漂亮，各種各樣的城堡遍佈歐洲各地。無論在崇山峻嶺還是在交通要道，無論是在關隘碼頭還是在城市周邊，也無論是在田野深處還是沃土良田，中世紀的城堡幾乎無處不在。

歐洲城堡起初不過是一座簡單修築起來的山寨。據現代藝術家複製的英國比約克郡赫爾姆斯利城堡看，它不過就是一個土牆壘起的環形村鎮；四周引水成河，像中國古城池四周的護城河；為了便於防守，土城堡的城牆是用方石砌成，修有城牆垛口，便於防守射擊，城門處修有進出的簡易木橋，利於通往，又便於在緊急防守時拆毀；土城堡中修有一座高高的城塔，上面既可瞭望，又可防守；土城堡中修有水井，建有糧倉槍械庫，甚至修有馬廄。但那個時代的古城堡總體上講還屬初創型、簡陋型、臨時型、野戰型，在法國和普魯士，這個時期的古塔更多的是木製的，外圍的木製柵欄、木製防禦工事、木製的塔樓，對防禦入侵的敵人騎兵還是有效的，但不知那時是怎樣防備敵人火攻的，中國歷史上有"火燒連營七百里"的故事。但有一點是確定的，歐洲早期的城堡完全是防禦性的，不在於殺傷多少敵人，只注重擋住敵人的進攻，保衛自己的人身和財產安全，從這一點看，真有點像中國封建社會晚期的一些"土圍子"、"寨子"和大戶人家的"大宅院"。

那是歐洲城堡的初級階段。

二

進入公元 11 世紀以後，歐洲城堡在逐漸強大的公國和封地中建設得愈加成熟、愈加鞏固、愈加完善，基本上淘汰了木製城堡。城堡的設計、規模、結構、用料，甚至用途都發生了根本變化。城堡從城牆到堡壘，從城堡的主塔到四周的碉堡，一般都採用巨大的石塊，即使用大炮火藥也難以摧毀，頂端都設計有射擊孔，在城垛、碉堡和城樓之間修有暗道，關鍵部位修有屯兵洞。據稱當時歐洲最高的城堡主塔高達 58 米，直徑 32 米。多波次的"同心圓城堡"，一層緊扣一層，一層高過一層，層層相連，一處需要，多方增援。隨著公元 12 世紀十字軍東征、拜占庭人和阿拉伯人關於戰爭的攻防理論的深入和實踐，這些理念也不斷地融入到歐洲城堡建設之中，城堡的主塔也開始向圓形和半圓形過渡，更趨向於堅固、實戰，用蘇格蘭著名史家史蒂文森的描述說："城堡上方到處是士兵和大炮，你可以看到軍隊在高高的校場列隊；每逢初冬的夜晚與冬夜的黎明將至之時，戰鼓聲和軍號聲隨風傳遍愛丁堡各個角落。"好一派戰場蕭殺之氣。

從羅馬帝國崩潰以後，歐洲再無大一統的國家。自封為爵，自立為公，自稱公國，各樹一幟；公國林立，何止三千？霸權主義，強權政治，武力擴張，兼併消亡，幾百年的征戰，使多少面大公國的旗幟被焚燒、被踐踏；多少個高懸在城堡主塔上的爵位爵章被摘除、被廢棄；隨著城破國亡，一頂頂王冠落地，一群群騎士被囚，貴族被廢，淪為"賤民"；殘酷的現實教育了所有大公國和整個騎士階層、貴族階級，城堡不破則國存；城堡一旦被攻克，則人亡政息，國破家亡。建國先建城堡，封土先修城堡；修建城堡乃舉國大事，乃國家之根本，不惜一切，傾其所有，也要把城堡建築得更加高大、更加牢固、更加利於防守、更加便於實戰。雄關漫道，巋然不動。撼大公國難，撼大公國的城堡更難。在英國泰恩河畔的大公國城堡城牆高達 6 米，牆厚 2 米多，重甲騎兵可以在城堡上縱橫馳騁。城牆每隔 10 米都修建有屯兵固守的圓形堡壘，既能各自為戰，又能互相支援，射擊孔形成三層互相交叉，不留死角。護城河水修有水閘，一旦軍情緊急，提閘放水，大水環城而湧，形成水灌三軍；最易受敵進攻的城堡大門，一般只開一座，便於集中兵力防守。城門厚達尺餘，包有厚金屬，使城門撞不散、碰不爛、燒不壞，牢不可破。護城河和城門之間的通道也改建成能起能落的吊橋，敵至則將橋高高吊起；城門修有防敵樓，樓道修有暗室暗道；一旦敵入，則前後大鐵閘一齊放下，斷敵退路，又斷其援兵，然後軍號突響，伏兵四起，槍炮齊發，敵入非死即傷，其勢猶如甕中捉鱉。像波蘭馬爾堡城堡城門的大鐵閘，足有數千斤，一旦落下，鬼神無奈，必成死地。

　　城堡越修越堅固，可謂固若金湯，堅不可摧。堅城之下無勝師。數十名戰士把守的城堡，數百上千名精銳之師也奈何不得，不得不鎩羽而歸。1216 年，法國聯軍狂攻十幾天愣沒能攻破僅有 13 名守衛者固守的一座名不見經傳的小城堡。在當時大公國中有句名言：有城堡在，究竟誰怕誰？當你順萊茵河乘船而下時，你能看見在兩岸綠樹叢中，在起伏的山巒之巔，在萊茵河的河灣之處，都會有一片美麗俊俏、宮殿般的城堡，藍天碧水之間更顯得如同世外神境。那些都是中世紀修建的城堡，有羅馬式的建築，有羅曼式的建築，有哥特式的建築，也有混合式的建築；這些建築渾然一體，交相輝映，別有洞天。隱約之間，你能看見一面面獵獵迎風的大公國旗幟，看見高聳在尖塔之上的武士雕像，那一座座造型各異的城堡，雖經幾百年甚至千年卻依然神采奕奕、雄偉壯麗，讓人有一種穿越歷史之感，讓人感到如在夢中遊。現在每逢歷史的節日，歐洲許多城市都要舉行歐洲公國城堡紀念活動，在古城堡前，大公國旗幟翻揚，大公國國歌高奏，身著當年重甲的武士們，騎著身披大公國標誌的高頭大馬，手執旗幟或武器，列隊從城堡開出，又氣勢高昂地走向城堡的城頭、城牆、城樓、高台、高塔；直到今天俯瞰列支敦士登首都瓦杜茲和萊茵河谷的瓦杜茲城堡，依然神威俱在，依然是列支敦士登親王的官邸。

　　只記得歐洲的中世紀是黑暗的、落後的、愚昧的、也是殘酷的歷史階段，沒想到它還給歐洲留下了那麼多燦爛的、輝煌的、偉大的、不朽的文化。

三

去過巴黎的中國人數以萬計，有戲言：百萬雄師下巴黎。但真正到過巴黎"帝王谷"的中國人卻屈指可數。

距離巴黎不遠，僅僅兩個小時的車程，藏青色的柏油馬路跟隨著碧清碧清的盧瓦爾河徜徉在翠綠翠綠的大森林中，白雲藍天之下，青草綠樹之間，會有一座座雄偉高聳的城堡，濃綠藏古堡，清水映高樓。有時造型古樸別致的古城堡會隔岸相望，相對而出；偶爾還會有古老的號角吹響，花哨俏麗的"國旗"飄揚，飄逸清脆的鐘聲此起彼落，驚起鹿鳴鷹飛；趕得巧，會有一隊隊騎著披彩掛甲戰馬的中世紀武士，一身閃光四耀的重鎧甲，手執色彩斑斕的大公國國旗，意氣風發地在古城堡外巡邏。號聲響處，古裝古飾的武士們不停地變換隊伍，展現幾百年前的大公國風姿。這就是巴黎的"帝王谷"，在法國第一長河盧瓦爾河兩岸就有一百多座風格各異的古城堡。那是一幅多麼壯麗的歷史畫卷。

要看先看香波古堡，此名是音譯還是意譯？但的確譯得高，香字開頭，波字隨後，似乎暗示了法國王公貴族的奢華和浪漫。

現在看香波古城堡就是一片輝煌燦爛的皇宮，所不同的是它的四周都有聯為一體的高大堅固的古堡壘拱衛，灰白色的石料把香波古城堡打造得堅如磐石，高聳的塔尖上建有瞭望孔，又簇擁著居中的主塔，主塔高高在上，在一片瓦灰色屋頂的襯托下，彷彿半身在雲間，半身在人間。

古城堡四周有護城河，河水又清又緩，既無波更無瀾，彷彿一條青藍透明的玉帶，環繞著香波古城堡。古城堡外是一片綠茵茵的草地，綠得讓人癡迷，幾乎能和西班牙巴塞羅那主賽場的足球場地媲美。

香波古城堡的君主是法國路易王室弗朗索瓦，血統高貴，據說天生的福相，小時候就極端聰明，能觀天品地，4歲剛斷了娘奶，就繼承了昂古萊姆公爵爵位，作為路易十二的繼承人，在母親的陪同下，來到昂布瓦茲古城堡。誰都沒有想到，這位4歲的弗朗索瓦公爵，在一一查看了古城堡之後，用手指著當時還屬布魯瓦公爵的一片土地，信誓旦旦地說："我將要在那裏再建一座新城堡！"一語驚天，幾乎讓周圍所有的人魂飛魄散。

這位神童公爵20歲登基，雖細皮嫩肉，但卻高大魁梧，一米九六的身材，肩寬膀乍，八個月後，一舉奪回曾經屬路易王國的米蘭公國。歡呼聲直上雲霄。4歲娃娃時的一句話，早已被忘到爪哇國內，弗朗索瓦卻銘記於心。四年後，這項曾震驚整個法國的浩大工程開工了，這就是香波古城堡。弗朗索瓦果然不凡。

弗朗索瓦一世把香波古城堡建設成一座大型奢華的皇家行宮。不但在法國，即使在歐洲也堪稱翹楚。440間房間，走廊、平台、門廳巧妙地連通著劇場、歌廳、舞廳、展廳、大型餐廳、大小會客廳，無處不相通，處處有香廳，應有盡有，僅樓梯就有84處。古城堡主塔中心有一雙旋轉樓梯，在法國一百多座古城堡中獨一無二，別出心裁，雙樓梯相互纏繞，旋轉而上，直通主塔塔頂，登塔頂則有"一覽眾山小"之感，半個巴黎盡收眼底。據說建成這座旋轉樓梯的初衷是為避免弗朗索瓦的王后與其情婦"不期而遇"，想得真夠周到的。

走進香波古城堡，恍惚之間，彷彿是誤入巴黎凡爾賽宮。據說香波城堡是法國第一座完全摒棄了軍事防禦能力，專事國王奢華享樂的城堡，弗朗索瓦一世真有創意，在大名鼎鼎的巴黎"帝王谷"中獨樹一幟，獨領風騷。

四

在歐洲最有戰爭經歷，飽經血與火搏殺的中世紀古城堡應推西班牙的塞戈維亞古城堡；它經歷過漫長而殘酷的"八世紀戰爭"，在這個世界上還有第二個八百年戰爭嗎？它又是歐洲最有資格說話的古城堡，因為有它的存在，才保住了塞戈維亞古國，才有了卡斯蒂利亞王國，才有的西班牙王國。塞戈維亞古城堡也是在全世界知名度最高的古城堡，尤其在兒童世界中，因為著名的動畫片《白雪公主》中的城堡就是這座古城堡，留在了無數孩子們童年的記憶中。據說當年好萊塢為了尋找白雪公主的城堡，把歐洲乃至北美、北非的古城堡"翻箱倒櫃"，找了個遍，從入選的三百座古城堡中"三百裏挑一"選中了塞戈維亞古城堡。

塞戈維亞古城堡故事多。

西班牙這個國家何時誕生的似有定論，但西班牙這個國名是誰起的卻無定論。西班牙的歷史不長，它是印在塞戈維亞古城堡上的一個胎記。

最早生活在西班牙這塊土地上的人是比利牛斯山區的巴斯克人，他們不屬於歐洲大陸人，既勤勞又勇敢，民族彪悍。巴斯克人不懂得修築城堡。大約在公元前

1000 年前後，有一支凱爾特人，深入到伊比利亞半島。巴斯克人絕不允許這支從歐洲腹地來的入侵者，戰爭是不可避免的，何況凱爾特人本來就不是“善茬”，來者不善。看看歐洲歷史學家、古希臘地理學家斯特雷波對凱爾特人的評價：“他們整個民族，都瘋狂地愛好戰爭，能非常英勇而且迅速地投入戰鬥。”凱爾特人有多勇敢？“即使在沒有任何武器的情況下，他們也敢瘋狂地戰鬥。”凱爾特人堅信逆我者亡，順我者亦亡。槍桿子裏面出政權。凱爾特人徹底打敗了巴斯克人，但“螳螂捕蟬，黃雀在後”，從北非跨海而來的迦太基人更橫、更兇、更猛、更不講任何道理，橫掃凱特爾人，在西班牙稱王稱霸。羅馬人更厲害，這是個自豪於喝狼奶長大、是狼的傳人的民族。羅馬鐵騎勢不可擋，在對西班牙戰爭中，摧枯拉朽，所向無敵，很快就統一了西班牙。羅馬人開始著手建設塞戈維亞。羅馬人在塞戈維亞留下了歐洲最雄偉、最偉大、最值得後人稱讚的塞戈維亞引水橋，彰顯了羅馬人在公元 1 世紀時期科技、建築的水平，也為 500 年後的塞戈維亞古城堡的建築打下了雄厚的基礎。塞戈維亞的古城堡並非白雪公主憑空帶來的，而是凝聚了塞戈維亞人民數百年的智慧和力量，在埃雷斯馬河和克拉莫雷斯河的岩石峭壁上一石一階地修築起來的。

公元 1 世紀羅馬人經過科學的勘測和精心的設計，在塞戈維亞城的西南方向修建一條幾乎橫跨整個城市的引水渡橋。為的是把雪山融化的雪水，通過渡橋引入城市，引進農田，不但解決城市用水，而且還要灌溉塞戈維亞城北的大片農田。這是 2000 多年前歐洲的 “南水北調” 工程，僅在塞戈維亞城中就要凌空而行 700 多米，最高處達 30 多米，總共有 167 個槽孔。建設的難度還在於引水渡槽要過鬧市，要雙層高架，要高跨度石拱構成，建築材料全部是用二萬多塊石塊。那個時代既沒有水泥，也沒有像中國古人使用的糯米汁，羅馬人用什麼黏合劑把一塊塊石頭像鑄鐵似地黏合到一起，使之牢不可破、堅不可摧，至今都是難題。若干年後，被稱為 “蠻族征服” 的阿拉伯摩爾人攻佔塞戈維亞城後，也想毀滅羅馬人的偉業，打算毀掉塞戈維亞的引水渡橋，令他們不得不作罷的是，這座看上去高高在上的兩層高架渡橋竟然如此堅固，以至於令他們不得不罷手，摩爾人也真心讚服它。

西班牙的歷史也從側面驗證了中國封建社會發展的一條規律，“其興也勃也，其亡也忽焉”。塞戈維亞城堡終於用塞戈維亞渡水橋的工藝和技術、材料建設起來。光城堡中的中心塔，由十個圓形的碉堡緊緊環抱拱衛，堅固得如同全身重甲、刀槍不入的石頭巨人。天地之間何人能奈何？自其建成，竟然再無人能攻克。

塞戈維亞城堡的故事性、戲劇性、歷史性還在於從這裏走出了一位在西班牙歷史上曾經濃墨重彩的女國王，在歐洲歷史上堪稱巾幗不讓鬚眉；正是在這座古城堡裏見證了這位幾近光輝不朽的卡斯蒂利亞王國的女國王伊莎貝爾。伊莎貝爾為什麼有那麼高的威望？西班牙史料中很少提及，有一點是確鑿無疑的，當卡斯蒂利亞前國王剛一"駕崩"，第二天黎明，消息傳到古城堡，所有的王公大臣、貴族教士聚集一起，匯集起塞戈維亞的平民百姓，扛著卡斯蒂利亞王國的旗幟，高唱著卡斯蒂利亞王國的歌曲，群星捧月般把伊莎貝爾擁進塞戈維亞城堡，給她戴上王冠，讓她手握權杖，伊莎貝爾成為卡斯蒂利亞王國的第一位女王。塞戈維亞城堡也因為出了個伊莎貝爾而輝煌光耀起來。

伊莎貝爾的雕塑在西班牙不止一座，據說這位女王是歐洲最令人目眩閃亮的美女政治家，一頭金髮，兩眼碧藍，鼻子不高不尖，健壯俏美，習武講兵，騎烈馬，爬險山，徒手獵鹿，但又愛俊喜俏，每天要洗浴四次。

塞戈維亞古城堡還是當年伊莎貝爾公主和阿拉貢王國王子斐迪南結婚的喜宮洞房。之後兩個人都做了兩個王國的國王，就在塞戈維亞城堡內使卡斯蒂利亞王國和阿拉貢王國合為一體，也開創了在塞戈維亞城堡內的國王大廳內並設兩把王座的先例，在雙王座的背後，是一隻張開雙翅的蒼鷹，這隻傲視四野的蒼鷹胸前掛著伊莎貝爾設計的雙國圖。這在全世界歷史中似乎從未有過。雙王、雙座、雙執政。塞戈維亞城堡作證。從那時那刻，西班牙便誕生了，世界才有西班牙，從這個意義上講，西班牙從這裏走來，塞戈維亞城堡對西班牙有養育之恩。

登基之後，伊莎貝爾果然出手不凡、執政有方，招招都正中在命脈上。

她首先整頓軍隊，把兩國之前的軍隊徹底正規化、軍事化，花重金請來當時歐洲最精銳的瑞士僱傭軍，幫助軍隊整肅，提高戰鬥力；又從法國、德國高薪聘請許多專家成立兵工廠，生產最先進的火藥和炮彈，建立起一支當時在歐洲最強大的炮兵，最大的重炮長 12 英尺，口徑達 14 英寸。實際演練步、炮配合的攻防戰，很有些現代戰爭的味道。伊莎貝爾沒有辜負她的臣民對她的期望。

伊莎貝爾終於點起三軍，去收復伊比利亞半島上摩爾人的最後據點，也是被摩爾人定為首都的格林納達。摩爾人十分自信，格林納達城堡在腥風血雨中已然巍然屹立 800 年矣。這也是伊斯蘭教在伊比利亞的最後宗教聖地，"兩教"相爭，伊斯蘭教與基督教的最後一戰。

伊莎貝爾女王可能有“潔癖”，因為據說她一日要洗浴四次，更衣四次。這次出征之前，伊莎貝爾女王宣誓，不攻破格林納達絕不沐浴更衣。

摩爾人城堅兵利，但擋不住西班牙軍隊的新式戰法，摩爾人終於繳械投降，斐迪南國王代表伊莎貝爾國王手持銀製的十字架，率領得勝的三軍，浩浩盪盪開進格林納達城堡，清真寺上的新月一律被十字架取代，宣告偉大的“再征服”獲得最終勝利，“再征服”被看作是整個基督教對伊斯蘭教的勝利，克城之日，全歐洲幾乎所有的基督教堂都響起了鐘聲，而全歐洲的第一聲鐘聲就是由伊莎貝爾敲響的。1496年，羅馬教皇亞歷山大六世授予斐迪南和伊莎貝爾兩人為“天主教國王”，授冕儀式依然在塞戈維亞城堡中舉行。這在基督教的歷史上也是空前絕後的！

劉禹錫有句名詩：“舊時王謝堂前燕，飛入尋常百姓家。”一代風流終逝去，埃雷斯馬河和克拉莫雷斯河依然日日夜夜深情地觀望著塞戈維亞古城堡，但塞戈維亞古城堡已然換了人間。據說塞戈維亞城堡內胡安二世塔，最終淪落為監獄，讓人不禁望古堡而長嘆……

五

中國京劇有齣名戲《斬馬謖》，又叫《失街亭》，街亭雖小，事關三軍。馬謖把營寨設在孤山之上，讓魏軍圍住，斷其水源，兵馬自亂。

難道愛丁堡城堡就是愛爾蘭的“街亭”？難道愛丁堡失守後也有被斬的“馬謖”？

愛丁堡古城堡在公元 5 世紀末 6 世紀初，建於愛爾蘭首都愛丁堡的制高點，相當於中國北魏時期的建築，可能和大同雲崗石窟同時代。愛丁堡古城堡建在全城最高處 135 米高的死火山岩頂上，高立雲端，俯瞰全城，一城之上，為堡所挾。當初不知哪位大師選擇，愛丁堡城堡三面懸崖，石山孤立，拔地而起，壁立千仞，地勢險峻；另一面，網開一面，方有奇路相通；可謂一夫當關，萬夫莫開。是先有愛丁堡古城堡，還是先有愛爾蘭之國尚無定論，足見愛丁堡城堡在愛爾蘭歷史中的地位。

愛丁堡城堡突立高頂，是天然的軍事要塞，奪取愛丁堡，佔據愛爾蘭，非先拔此城堡不可。愛丁堡城堡不像歐洲其他一些古城堡，尖塔林立，建築優美。愛丁堡古城堡高築崖頂，離地 30 多米未有任何窗口，絕無任何攀登落腳之處；城堡上碉堡林立，並無作秀示美的尖塔，堅固的環城工事，炮位林立。主炮位的“芒斯蒙哥”

大炮，不誇張地說，像放倒的“鍋爐”，半大小夥子幾乎可以直接走進去，其炮彈的直徑至少有一米二三；當年這種“芒斯蒙哥”大炮是怎樣運上愛丁堡古城堡的？此炮焉能小視？在堅守愛丁堡城堡的戰鬥中，肯定會遇到馬謖失街亭的情況，愛丁堡古城堡是怎樣解決長期被圍困以後的吃水問題？但這個生死攸關的問題似乎被歷朝歷代的軍候們疏忽了，難道是有意迴避了？

愛丁堡古城堡歷盡滄桑，稱得上“閱盡人間春色”。摩爾人、凱爾特人、斯科特人，都曾氣勢洶洶，屯雄兵於城堡之下，殺得天翻地覆，在數百年鋒火連天的戰爭中，無論哪一方得勝，愛丁堡都巋然不動；無論在愛丁堡下流過多少血，橫過多少屍，得勝一方都沒有遷怒於城堡，反而一次次加固，一次次修葺。時至今日，愛丁堡古城堡風采依舊，傲然屹立。

在愛丁堡古城堡的正門處，一左一右鑲嵌著兩尊巨大的青銅雕塑，猶如中國民間大門一左一右的兩尊門神，這在歐洲中世紀城堡中甚為罕見。

迎面相迎的右邊一尊左手執三角盾牌，右手拄劍的“大鬍子”是威廉·華萊士。這位被愛丁堡人奉之為“神”的英雄，起於草莽之間，聯絡起 30 多人就敢武裝造反，直接伏擊英國軍隊；幾經戰鬥，華萊士深得愛爾蘭人的擁護，軍隊越打越強，軍威越打越壯，很快把整個愛爾蘭都要解放了，蘇格蘭和威爾士人組成的正規部隊逼近愛丁堡。據說當時威爾士的長弓手使用的錐形箭，一箭可以射穿 300 米開外的鎖子甲，3000 名長弓手能在一分鐘內向華萊士的起義軍發射 1.8 萬支錐形箭，掩護蘇格蘭的重甲騎兵衝鋒。最終華萊士的起義軍兵敗潰散，華萊士被捕，後被押至英國倫敦的威斯敏斯特廣場被當眾斬首，英國人對華萊士深惡痛絕，竟然用中世紀的狠招，把華萊士肢解成四塊，分送四方，以震懾叛逆。

華萊士的青銅雕像是後來裝嵌上的。他的左側是他的後來人羅伯特·布魯斯。

布魯斯絕非等閒之輩。戰爭磨練了他，死神教育了他，仇恨武裝了他。布魯斯的任務就是拿下愛丁堡城堡，把驅趕英國人的鬥爭推向一個新階段。

布魯斯曾經防守過愛丁堡城堡，可謂識之深矣。靠死打硬拚只能被城堡中的英國軍隊打得丟盔解甲，血流成河。布魯斯組織強大的攻勢，正面佯攻愛丁堡城堡，自己組成敢死隊，趁著大雨滂沱的夜晚，從英國人認為不可能爬上來的懸崖偷襲城堡；經過短兵相拚，肉搏血戰，布魯斯的愛爾蘭軍隊終於戰勝了英國軍隊，一舉拿下了愛丁堡城堡。布魯斯是位戰神，他率領裝備不如英軍、訓練不如英軍的軍隊，面對數倍於己的英國軍隊，採用了許多游擊戰法，成功地把英國軍隊全殲，其中還包括 4 名英國貴族和 70 多名騎士，把英國徹底打得低下了頭。布魯斯終於打得讓英國人承認了蘇格蘭王國的獨立地位。布魯斯帶著勝利之師，把代表蘇格蘭的英國王家紅獅徽章掛在愛丁堡城堡的大門門楣之上，讓蘇格蘭的旗幟高高飄揚在愛丁堡城堡的上空。

愛丁堡城堡中的每一個故事都是真實的，幾乎每一個愛爾蘭人都能掰著手指頭說上來。愛爾蘭人對愛丁堡城堡的感情融匯了深厚的民族情操。我是後來才知道愛丁堡城堡中也曾發生過類似中國的“鴻門宴”。

那是發生在布魯斯死去 100 多年以後，蘇格蘭已經是世之公認的王國了，為了爭奪王位，在愛丁堡城堡大衛塔堡的一樓，曾經發生過“黑色宴會”，也是愛爾蘭人不願提及的歷史醜聞。當時任愛丁堡城堡總督的克賴頓爵士野心勃勃，又大權在握，蘇格蘭的國王才 6 歲，克賴頓把他的主要政治對手道格拉斯千方百計地騙到愛丁堡城堡中，音樂聲中，歡歌笑語，宴會正在有條不紊地進行。每一個人都進入到耳酣酒熱之際，克賴頓突然給道格拉斯一行送上一個牛頭，原來這個翻著白眼的牛頭是“宣判死刑的標誌和象徵”。於是劊子手衝進來，二話不說，拉到院裏，被判斬首。這的確不如中國歷史上的“鴻門宴”，摔杯為號，刀斧手一呼而上，等不及宣判罪狀，立時在酒席上就被剁成肉醬。還是中國人厲害！愛丁堡城堡也厲害，愛爾蘭人幾乎沒有人沒前來參觀過，進愛丁堡城堡猶如中國人進革命聖地一般。也難怪，他們認為他們的國家就是從這裏走出來的。

每一座歐洲中世紀的古城堡幾乎都像愛丁堡城堡一樣，都是一捲歷史的畫卷，都是一位不死的歷史證人；它們不但記錄和眼見了波瀾壯麗的中世紀的戰爭，也見證和目睹了一場場似悲似喜、似甜似苦的愛情故事。

那就是歐洲中世紀的城堡。

仰止荷馬

PART 1

一

　　高山仰止，景行行止。巍峨之上，仰目荷馬。世界唯一一位盲人大詩人，唯一一位史前的史詩大詩人。《詩經》讓我們懂得了什麼是詩，屈原讓我們知道了什麼是詩人，早於《詩經》五百年，荷馬就已經彈著古希臘獨有的七弦琴、吟唱著《荷馬史詩》走四方。荷馬是盲人，他邊走邊唱，邊唱邊說，遊說天下，他比屈原悲憤投汨羅江整整早了六百年。嗚呼！

　　荷馬不是在單純地歌唱愛情，追逐幸福，嚮往自由；也不是向皇天后土表白自己的忠心，表述自己的忠君，表達自己的生命，表示自己的追求。荷馬是像作《史記》的司馬遷一樣，在用詩表述那段 3500 多年前的真實歷史，真正的歷史演變、王朝內部的殘酷爭鬥、血與火的搏擊、國與國的戰爭、幾十萬軍隊的拚殺、滅亡與興起、新生與死亡、愛情與淫蕩，那是發生在公元前 17 到前 12 世紀的歷史。荷馬，他真的不是神的化身？他怎麼能用詩歌來表述 3500 年前幾乎是一片空白的古希臘文明史？一個盲人，他是怎樣看見世界的？他是怎樣看穿歷史的？

　　公元前 5 到前 4 世紀，東方的孔子是靠遊說和講演，始得《論語》和儒教，他的弟子們何時把孔子的演講變成文字，似乎未有準確的記載，但肯定是在孔子逝去之後，至早不會早於公元前 3 世紀。釋迦牟尼的傳經也是他出家後演講的 300 場傳經會，口口相傳，佛陀涅槃以後，也是由其弟子們根據他生前的講經記錄整理而成。佛經成 "經" 應該更遲，大約在佛陀去世後 300 年終出佛經，因人員不同、場所不同、記憶不同，直到千年以後依然存在爭議和補充，最終經卷的版本有 100 多種。

　　早於東方聖賢 400 多年的荷馬，也是依靠自我傳播，把發生在古希臘克里特文化和邁錫尼文化時期的最重大的歷史變革用詩的語言、詩的格律、詩的音調，自我彈奏，自我吟唱，自我朗讀。而荷馬的《荷馬史詩》成書可能要早於佛陀、孔子數百年，是被後人記錄在埃及最古老的埃及莎草紙上，極有可能是世界上第一本書、第一本詩集、第一本史詩。有研究家考證，《荷馬史詩》在公元前 8 世紀下半葉就出現了多種手抄本，並且一時"洛陽紙貴"。

僅以西方論。

荷馬當之無愧地矗立在西方文學之源，甚至無愧於西方文明之源。

沒有荷馬，西方文化的大幕可能要晚幾個世紀才能得以拉開。正像我們東方人言孔子："天不生仲尼，萬古如長夜。"西方如果不生荷馬，極有可能還會在荒蠻落後的黑暗中長期探索文明的光芒。

在西方，每當人性處於焦慮和迷惘、混沌和不解的時代時，他們往往是一次次叩問古希臘，回望荷馬。他們總是從古希臘借得光芒，望荷馬而看清道路。

莎士比亞、但丁、彭斯、歌德、葉芝、普希金、艾略特、拜倫、雪萊、泰戈爾等等，這些可稱不朽的詩人都一概拜伏在荷馬腳下。

比荷馬稍晚的古希臘著名詩人赫昔俄德，也金光閃耀。但後人的評價是："如果赫昔俄德是一輪蒼白的月亮，那荷馬就是光芒四射的太陽。"以太陽相比荷馬，荷馬是"光芒四射的太陽"。在那個催生文明的時代，荷馬就是一輪冉冉升起在古希臘半島上的璀璨的太陽，照耀著西方世界，照到哪裏哪裏亮。

希臘的國土面積大概比中國雲南省略小一些，但卻擁有 2000 多個島嶼，海岸綫竟有 1.5 萬公里，相當於中國的二分之一。荷馬就出生在愛琴海東部的一個小島上，此島的名稱為希俄斯島，沒有確切的考證。自幼荷馬就感到黑暗世界中時時有海濤的歌唱，海風的輕拂，陽光的燦爛，月光的輕柔。我在博物館見過荷馬的石雕像，鬈曲的長髮，濃密曲鬈的絡腮鬍子，面頰高隆，雙唇緊閉，尖尖的鼻子，臉廓棱角分明，肌肉生動，額頭廣闊，一張睿智多慧的臉。最讓人關注的是那雙眼，荷馬的雙眼大而圓。一雙大眼，石像雕刻得非常成功，讓人一眼就能分辨出那雙眼睛是盲眼，眼大無光無神。可憐的荷馬。

我還見過油畫中的荷馬，畫中荷馬的雙眼是痛苦地緊閉著的，像我們通常所見的盲人的眼。最可怕、最不忍看、最不能直視的就是盲人的眼。雖然他看不見，但你會覺得那乾癟、緊閉、乾枯的眼睛裏時時射出目光來，那目光是那麼痛苦、無奈、悔恨，甚至悲憤。就是殺人的劊子手，也沒有勇氣再看第二眼。

荷馬的眼睛更可怕，他什麼也看不見，但卻能看見人的靈魂，能看見早已滅亡、早已消逝、早已化為泥土的歷史。他能清楚地看見幾百年乃至千年以前古希臘發生的一切；能清楚地看見克里特島、邁錫尼古城的一草一木、一山一水；能清楚地看見特洛伊戰爭的血腥場面；能清楚地看見千艘戰艦的起錨航行；能清楚地看見勝利的旗幟上沾滿了戰士的鮮血，崩塌的宮殿裏掩埋了多少年輕的生命；他甚至能夠看見鮮血的迸濺和戰士臨死之前的最後一瞥……

荷馬的眼睛厲害！他能穿透幾百年的歷史塵埃。

但荷馬是盲翁。

那尊翻著白眼的荷馬石雕可能是公元前 5 世紀希臘藝術鼎盛時期的作品，晚於荷馬 300 多年，應該是最靠近荷馬的，也是最值得相信的。

荷馬的雙目是何時失明的？據說是先天的。古希臘多神，無事不神，無時不神，無處不神。繆斯是女神，據說她十分喜愛和欣賞荷馬的才華，又怕生活的幸福會毀了荷馬的才華，正應了中國的一句名言：文章憎命達。就悄然取走了荷馬的雙眼，同時給予了他美妙的歌喉。

荷馬是不是先天就失明？我不信。他能分辨出那麼多鮮豔的色彩；能把身邊愛琴海的藍看得那麼真、那麼豔、那麼深、那麼美；他能把黎明的霞光和黃昏的落暉吟唱得那麼逼真、細膩、透徹、生動，除非荷馬也是神。

> 當那初升的有玫瑰色手指的黎明呈現時，
>
> 他們就開船回返，向阿開奧斯人的廣闊營地出發，
>
> 遠射的阿波羅給他們送來溫和的風，
>
> 他們就立起桅杆，展開白色的帆篷。
>
> 和風灌滿帆兜，船行的時候，
>
> 紫色的波浪在船頭發出響亮的歌聲，
>
> 船破浪航行，走完了水程。
>
> 他們到達阿開奧斯人的寬闊營地，
>
> 把黑色的船拖上岸……

二

荷馬偉大，不朽的《荷馬史詩》是由兩部史詩組成 ——《伊利亞特》和《奧德賽》，這兩部如太陽光照歷史的史詩分別是 16000 行和 12000 行。這每一行詩都不是簡單的文字排序，也不是自我多情地抒發。每一行，每一字都可以任憑後人去窮盡想像力地解讀，回味無窮，意境無窮。詩中所述的竟然是遠逝的歷史，像中國《史記》中的真實描寫。在古希臘那麼一個特殊時代，在愛琴海沉寂而壓抑的黑夜中，《荷馬史詩》發出的是歷史的感召光芒，照亮著愛琴海，照亮了古希臘，照亮了克里特文明，照亮了邁錫尼文化。

荷馬的偉大和神奇還在於其多才多藝。他是一位傑出高立、卓爾不群的藝術大師，繆斯女神賦予他一副天生的好嗓音，嘹亮、脆靈、寬闊，繆斯沒有給他的是才藝。沒有記載，甚至沒有傳說，荷馬什麼時候學會的彈七弦琴，又跟什麼人學會的？但他就是一邊彈著七弦琴，一邊吟唱著《荷馬史詩》，一邊漂流四方，送走了黑夜，又迎來了黎明。每到一地，人們都紛紛湧聚而來，像慶祝盛大的節日，又像迎接偉大的聖人，人們把荷馬看成是古希臘諸神中的一位，傾聽他的吟唱。荷馬的偉大和神奇還在於他不但能把人唱來、唱攏，唱得人人爭相向前，前擁後擠；還能把幾百年前的歷史史詩唱得人人愛聽，人人願聽；人人爭相傳頌，人人奔走相告；人人聽了還想聽，聽不煩，聽不夠。荷馬真大師矣！荷馬的名氣越傳越大，越傳越神，影響越來越大。

一個盲人走四方，該有多難？該比孔子帶著弟子們遠遊四方講學難多少？該比佛陀不斷走向遠方，一直走到靈山，難多少？他們有多少弟子和信徒？坦率地說，荷馬是一步一摸索，一步一探求，不懈不停地邊唱邊吟，傳播文明、文化。只講盲翁的說唱傳播，他可能比中國的盲翁傳播要早 1800 多年，多麼漫長而近乎無盡的星空。

幾乎和荷馬相隔兩千年的南宋大詩人陸游曾有詩，吟唱的正是盲翁吟唱："斜陽古柳趙家莊，負鼓盲翁正作場。死後是非誰管得，滿村聽說蔡中郎。"（《小舟遊近村捨舟步歸》）

三

荷馬的鴻篇巨製《伊利亞特》和《奧德賽》，中國人並不感到陌生，因為正是在《伊利亞特》史詩中，荷馬講述了一件世界歷史上的、空前絕後的“奇跡”——特洛伊木馬之戰。我琢磨，特洛伊木馬之戰的奇異性、戲劇性、詭秘性有些像兩千年後中國三國時期蜀魏之間的“空城計”。

古希臘半島是歐洲乃至世界古代文明的發源地之一。政治的最高階段就是以戰爭形式演繹政治，又從政治需要美化戰爭。特洛伊戰爭爆發了。

歷史上引發戰爭的原因萬千，特洛伊戰爭的爆發點因一位傾城傾國的絕色美人而戰，兩國整整苦戰十年，這在世界戰爭史上恐怕也是唯一的、絕無僅有的。

特洛伊戰爭爆發的大背景是發生在古希臘半島的邁錫尼時代，是邁錫尼文化重彩的一幕，大約應在公元前 1600 年到公元前 1200 年，相當於中國的夏末商初時期，而邁錫尼文化又是從克里特文化發展而來。荷馬對克里特文化尤其是邁錫尼文化的研究和知曉是讓後人崇拜的，荷馬是怎樣研究那些距他生活的年代已經相隔 500 至 800 年之前的歷史和文化、人文和地理的？至今也可能永遠是個謎了。

去希臘的中國人，沒有人不去雅典的；去雅典的人，沒有不去衛城的，沒有不去看帕提農神廟遺址的。衛城古老，帕提農神廟真美，三面環山，一面臨海，那就是愛琴海，湛藍湛藍的，藍得醉人，藍得迷人，藍得勝過愛琴海的藍天。愛琴海，古希臘人稱之為希臘海，它養育了荷馬。不知哪位中國人把希臘海譯成愛琴海，荷馬還青史有名，這位中國人卻默默無聞地走向歷史深處。衛城，帕提農神廟沒能看見荷馬，也未能聆聽過荷馬彈著七弦琴在橄欖樹下唱著他的史詩《伊利亞特》，沒能沐浴邁錫尼文化的春雨，更沒有經歷過克里特文化的秋風。

克里特島是希臘星羅棋佈在愛琴海中 2000 多個島嶼中最大、最美，也是最有歷史和文化的第一大島。克里特島文明、克里特島文化，在公元前 20 世紀初到公元前 16 世紀末，璀璨光耀，它就像愛琴海上高聳入雲的燈塔，照亮了整個希臘、意大利乃至南歐地區。有考古專家考證，早在公元前 19 至前 18 世紀，克里特島文明就曾跨越愛琴海、地中海一直擴展到兩河流域，底格里斯河和幼發拉底河之間的美索不達米亞地區，即現在的敘利亞境內。

在克里特居住的是米諾斯人，其所建王國也稱米諾斯王國，似乎他們的國王就叫米諾斯，他們的文明也稱米諾斯文明。

　　米諾斯人修建的王宮，從發掘的現場看，高大宏偉。基礎皆方正如刀切的巨石，堅固無比；三層高的宮殿比中國大明王朝九門中最高大的正陽門還要高大，寬大的議事廳堪比大清王朝的太和殿，所用大理石經 3500 多年，仍然鮮紅華潤，我懷疑那該是意大利的紅色大理石。那麼多巨大的石料，米諾斯人是怎麼運過海的？怎麼登陸的？怎麼運輸的？怎麼起吊的？用什麼工具鑿切的？如果荷馬未言明，世人便永不知。像這樣的宮殿，像這樣的城堡，經過近、現代科技發掘，至少有數十座。而荷馬在《荷馬史詩》中吟唱道：“像這樣的城市，克里特島上有九十座。” 3000 多年過去了，從發掘的古代遺址看，這些城市風格相似，建築結構相近，分佈在克里特全島，不但有豪華宮殿，而且還有能容納數百人同時觀看的露天劇場、人民議事大廳、觀禮台。荷馬看不見，難道他從第六感覺中得知的？

　　20 世紀初，有位法國考古學家在克里特島上挖掘出兩萬多件刻有文字的泥板，那是當年米諾斯人的文化建設，充分顯示了克里特文明的超前性。米諾斯人把一種符號即米諾斯人創造的古文字刻在一種當地特殊的泥板上，然後晾乾，烤乾，直至燒乾。它應該和中國甲骨文都是青銅器晚期的璀璨文明。經過現代考古，把克里特島米諾斯王宮、特洛伊遺址和邁錫尼城堡並列為三大早期考古發現，它們都證明了荷馬詩歌中的描述是那麼真實可信。荷馬，一位天生的盲人是怎麼做到的？希臘人稱荷馬是神，我堅信。

　　克里特米諾斯文明是怎樣衰退的？邁錫尼文明是如何興盛的？說法不一，似乎荷馬在他的史詩中也未明確。之一是說克里特島曾經發生過一次劇烈的地震，地震毀滅了一切，也毀滅了米諾斯人。之二是說公元前 1600 年，邁錫尼人逐漸強大，終於跨海攻克了克里特，隨之邁錫尼文明的時代到來了。這似乎符合中國人的說法：五百年必有王者興。

　　荷馬更熟悉、更鍾情、更熱戀著邁錫尼文化，其中有近 500 頁

天堂般的愛琴海

都是在描繪邁錫尼時代發生的史實和故事。

《伊利亞特》講述了震驚世界的特洛伊戰爭。在《荷馬史詩》中，展開的是一長卷波瀾壯闊的戰爭鴻篇，無論是海戰還是陸戰；在公元前 1200 年前荷馬詩行中的海戰裏上千艘的艦隊在行動；在陸上，有十萬多名穿著青銅鎧甲，戴著青銅頭盔，手執青銅長矛和利刃的戰士在衝鋒，在攻城，在搏殺；又有一樁又一樁人與人，統帥與統帥之間的恩恩怨怨、仇仇恨恨；糾結著愛情與愛國，生命與信仰，死亡與再生的理不斷、情還亂的情節，數百個有名有姓的歷史人物在赤裸裸地表現，無拘無束地去愛、去恨、去殺、去鬥；情在一時大於理，思在一時大於仇，而且九九歸一化仇為愛，變愛為恨。十年戰爭的血湧屍堆，白骨骷髏，"可憐無定河邊骨，猶是春閨夢裏人"，荷馬該如何吟唱這部偉大而浪漫的史詩？尤其是那數百年前的一山一水、一城一堡、一船一艦、一樓一房，他怎麼能做到如掌上觀紋？又何況他一生從未見過自己的掌上之紋？而荷馬的吟唱不但震驚了整個希臘，而且其聲如詩，其論其述，竟然穿透了歷史幾千年的沉積，讓世界、讓歲月為《荷馬史詩》鳴鑼擊節。我更加堅信，荷馬是一尊不朽的古希臘之神。

四

特洛伊戰爭的引爆點就是為一位美麗的已婚婦女海倫，海倫有多美？荷馬並未正面描述。只是說，當十年為海倫而戰的流血犧牲戰爭結束以後，海倫歸來，當她走到斯巴達王國的殿堂時，走到幾乎所有正在激烈討論這場戰爭的得失的人面前時，立時讓所有文臣武將皆目瞪口呆，皆如同被攝取走了魂魄，皆被一種世上沒有的神仙美所征服，隨之爆發出歡呼聲，眾口一辭，為了海倫，十年之戰值得！中國那些傳統的溢美之詞統統失色，傾國傾城、沉魚落雁、國色天香。荷馬未見過海倫，從未見過任何一位女人，但他能把女人美之魂唱出來，這就是荷馬。

就是因為海倫美，所以特洛伊國王之子帕里斯，以外交特使的身份出使古希臘的斯巴達王國，在一個外交場合，他見到了斯巴達國王的王后海倫。他的魂、他的神、他的一切都徹底歸屬海倫，上天入地，非海倫相隨，登基為王，非海倫不行。這就是美人的力量，要美人可以不要江山，要美人，可以無畏一切，遑論戰爭？他終於帶上他愛得如同愛琴海一樣深的海倫，跑回特洛伊，抱得美人歸。

中國有句成語：“是可忍，孰不可忍。”對於被擄走“國母”的斯巴達王國來說，是不可忍，孰更不可忍。斯巴達國王怒不可遏，整個古希臘都群情激憤。不捍衛情，亦須捍衛法、捍衛德。在斯巴達國王之兄邁錫尼王國國王的共同憤怒之下，美人戰爭終於爆發了。邁錫尼國王阿伽門農點起五萬虎賁之軍，率領一千艘戰艦組成的藍色渡海艦隊，橫渡愛琴海，直抵特洛伊城下，意在一舉蕩平特洛伊，奪回海倫。這麼複雜的陳述，荷馬卻安排得有條不紊，細膩而不繁亂，文字功夫如此了得，關鍵是他要把這場十年戰爭都要伴隨著七弦琴而吟唱出來，還要吸引住聽唱的聽眾，讓他們不但聚而不散，而且興致勃勃，越聽越想聽，越聽越愛聽，那可是史詩。可見荷馬之功夫。

浩浩盪盪、殺氣騰騰的陸海大軍，直撲到特洛伊城下，誰也沒想到洶湧澎湃的地中海巨浪竟然撞擊到了堅硬的礁石上。帕里斯王子既然敢抱得美人歸，就敢為美人決死一戰。特洛伊雖是彈丸之地，但此城之堅固堪稱克里特第一城堡。特洛伊的城牆都是用巨石壘砌起來的，城門皆巨石構成，無一磚一木，城高達十幾米，無處可攀，在青銅器時代可謂堅不可摧。

特洛伊城這座石頭王城只有一個雙獅把守的石頭門，門石重達數噸，極像中國西漢年間王陵墓道中的巨大塞石，森嚴壁壘，虎士相峙。然後是攻守大戰，血流成河，甚至連古希臘的天神們也介入他們的戰爭，像中國人熟悉的雅典娜、阿波羅。

看看，聽聽荷馬對這場戰爭的描述和吟唱，熱血都會凝固，渾身都會顫慄。

> 槍尖擊中潘達羅斯眼旁的鼻子，
> 穿過白色的牙齒。
> 那支頑強的銅槍把舌頭從根上鑿掉，
> 槍尖從頷下衝出去。

荷馬肯定是位經歷過那場戰爭的老兵，剛剛從戰場上下來，身上、臉上沾滿鮮血，肩上、腿上還流淌著鮮血。荷馬應該是位身經百戰、出生入死的虎賁。即使是死，也是戰場上的死，戰士的死。

> 有似女神美麗的卡斯提阿涅拉所生。

他的腦袋垂向一邊，

像花園裏的一朵罌粟花受到果實和春雨的重壓，

他的腦袋也這樣低垂，

被銅盔壓倒。

　　再看荷馬對氣勢宏大、場面匡遠的戰場描述。把十幾萬遠征將士的軍威，雄壯地烘托到熾熱，彷彿荷馬就是指揮千軍萬馬的統帥。

像焚掃一切的烈焰，

吞噬無邊的森林，

破毀覆蓋群峰的林木，

從遠處亦可眺見火光閃爍，

同此，戰士們雄赳赳地向前邁進，

燦爛輝煌的青銅甲械射出耀眼的光芒，

穿過氣空，直指蒼穹。

　　誰敢再言荷馬是天生的盲人？誰敢相信這是荷馬在描述公元前1200多年前的一場大戰？誰敢承認那一切都遠距荷馬已然400多年？天神也難做到，荷馬做到了，這就是荷馬。

　　遠在東方的中國，在公元前1046年曾經發生過中國歷史上的第一次改朝換代的戰爭——牧野之戰。這幾乎和發生在古希臘邁錫尼時代的特洛伊戰爭相呼應。以周武王率領的五萬大軍與商紂王的十七萬軍隊在商都朝歌城外的牧野大戰。但歷史上卻很少有文字記載，因此中國歷朝歷代都有夏、商、周斷代難的歷史問題。中國有屈原，但沒有荷馬。直到1976年在陝西臨潼縣零口鎮出土了一件國寶，青銅器利簋，因其內有銘文4行33個字。在33個字中，只有8個字是述說武王伐紂戰爭的："武王伐商，唯甲子朝。"這可能是東西方文化的區別，也是東西方文明的不同。荷馬的史詩是書寫在由埃及人發明的莎草紙上，而武王伐紂的牧野大戰是在青銅器上鑄

荷馬憧憬過的未來

造，也恰恰是因為它是青銅器上的銘文，是"利"這位跟隨武王伐紂並立有大功的功臣鑄的簋，才把夏、商、周斷代的歷史難題解開，再無人質疑。而記寫在莎草紙上的《荷馬史詩》卻遭到了許許多多無情的質疑和質詢，但歷史最終是由真實寫就的。荷馬卻讓人不可思議地把公元前1200多年前的那場打了十年的特洛伊戰爭真實鮮活地記述下來。那可是厚厚的500多頁，分24卷的史詩。

五

特洛伊戰爭對後世有啟迪，也流傳最廣的是"特洛伊木馬"，用智慧、用計謀，邁錫尼聯軍在第十年終於攻破特洛伊城，隨即屠城，把特洛伊古城夷為平地，破壞成廢墟，然後搶得美人歸。

特洛伊木馬成為戰爭史上的傑作，也成為經典的故事。

邁錫尼的聯軍到底把這匹木馬造得有多大？荷馬似乎忽略了，他看不見，也可能是他有意讓後人揣測。馬肚子裏能容納下手持軍械、身披重甲的十幾名士兵，它的容積應該不會小於40—50平方，那匹木馬連頭帶腿至少要高十幾米，它必須讓特洛伊的士兵認識它，一眼便知那是一匹高大而逼真的木馬，不會把它看得走樣，更不能讓特洛伊的將士們懷疑它。因此，馬的比例應該是真實的。這麼一個龐大而沉重的戰利品，怎樣才能保證"勝利者"不會在現場，即戰場上就把它肢解，而是"牽"回城裏，荷馬也未闡述。荷馬要唱、要誦、要說的太多了，那幾十位陣前的將軍，其名其姓，那幾十處吶喊衝殺的軍隊，那些旗幟、那些番號、那些陣容、那些次序，他甚至要一口氣把特洛伊城下的戰場前後左右的地形、地貌都要和著琴聲有節奏地唱出，連邁錫尼聯軍三十支艦隊的組成和隊形他都要一一唱出，即使是今天好萊塢拍攝這場電影，也至少需要幾十台攝像機同時運轉。而荷馬只有一張嘴，一雙失明的眼睛。是我們疏忽了，荷馬在低聲吟誦中交代得很清楚，那匹巨大的藏滿武士的木馬是從戰艦上推上岸的，而特洛伊的勝利回朝，也是把特洛伊木馬推回城中的。

戰爭使人類變得更加狡猾，更加陰險，更加兇惡。

特洛伊人沒有那麼缺乏頭腦，無緣無故就把一匹巨大的木馬"牽"回城中。邁錫尼人有文化、有計謀。他們像每年的戰爭一樣，歷時百天，當又打不贏時，他們就會匆匆忙忙地登上艦船，揚帆起航，回到克里特島，回到希臘去從事生產，繼續生活，戰爭不是一蹴而就的。有牧野的一夜之戰，也有特洛伊的十年鏖戰。這是最後一次暴風驟雨般的進攻。

> 有如海浪在西風的推動下，
>
> 一個接一個沖擊那迴響的沙灘在海面露出浪頭，
>
> 隨即在地上打散，
>
> 發出巨大的聲吼，
>
> 躬著背湧向岬角，
>
> 吐出鹹味的泡沫，
>
> 達那奧斯人的隊伍就是這樣出動的，
>
> 一隊接一隊，繼續不斷，奔向戰場。

邁錫尼聯軍又一次，也是第十年進攻的最後一次衝鋒，終於又兵折城下，一聲長嘯，邁錫尼聯軍匆匆忙忙撤退，龐大的艦隊滿載著疲憊的士兵駛離了小亞細亞西北的海面，漸漸駛向希臘。

特洛伊人徹底相信了，他們也在向著大海嘲笑邁錫尼人，特洛伊人相信神，尤其是相信宙斯是和他們在一起，勝利是屬他們的。他們要把繳獲的木馬拉回城中，獻給宙斯大神，獻給國王和海倫，讓特洛伊徹底歡慶一番，十年來最輝煌的戰爭勝利。

但特洛伊將士還保持著高度警惕，他們認真地查看了邁錫尼軍隊撤退後留下的一切，確認敵人是潰退逃跑。特洛伊人的心還在懸著，他們四處偵察，搜尋敵人的蹤跡。邁錫尼龐大的艦隊漸漸遠了，駛向天際，駛向地中海的深藍處。

邁錫尼的艦隊並沒有駛遠，他們駛離了小亞細亞西北的海面，駛離達達尼爾海峽。一直駛到站在特洛伊城頭上，甚至爬到城後山崖上也看不見邁錫尼艦隊的影子，特洛伊人才終於徹底放心了，可以盡情歡慶了。

特洛伊的悲劇開始了。一切都計劃得那麼周密準確，恰到好處。千艘戰艦的艦隊突然調轉船頭，疾駛特洛伊海岸，所有士兵都做好登陸衝殺的準備，當特洛伊夜正深、歌正濃、舞正艷、酒正酣時，木馬的暗門被打開，內藏的武士悄然而至。他們殺死守衛，打開城門，接應的大部隊正好衝鋒到城下。剩下來的就是屠城、殺戮、血腥地毀滅。似乎十年深仇今日得報。

但有人質疑荷馬，有沒有特洛伊城？有沒有特洛伊戰爭？就像有人質疑中國文明史是 3000 年還是 5000 年？歷史上真的有夏王朝嗎？為什麼甲骨文上隻字未提呢？

我沒想到，直到 150 多年前，站出來用實際行動回答這一 3000 多年前的歷史懸案的竟然是一位德國年輕人。此人因此而大名鼎鼎——海因里希·謝里曼，也因此而讓人不可思議，因為他純粹是門外漢，幾乎對古希臘的克里特文化、邁錫尼文化，甚至對考古學基本上是"一竅不通"。但他卻憑藉對荷馬的信任、對荷馬的崇拜、對《荷馬史詩》的解讀，堅定地認為，荷馬的史詩千真萬確，歷史上的確有特洛伊城，的確發生過特洛伊戰爭。直覺告訴他，特洛伊古城還在，特洛伊古城的寶庫還在，有荷馬為證，有《荷馬史詩》為憑。他可能是世界上最認真攻讀《荷馬史詩》的人，他從史詩讀到考古，從考古讀到探險，從探險讀到珍寶。"書中自有黃金屋"，直到在《荷馬史詩》中讀出他需要的一切。

謝里曼十分自信，就像三十年前他幾乎赤手空拳玩"空手道"就白手起家一樣，他堅信自己的投入，堅信自己的意識、敏感和研究分析。他竟然出賣了他當時價值 2 億美元的商業帝國，義無反顧地跑到邁錫尼文化的發源地。他時刻不離《荷馬史詩》，他要對號入座，按圖索驥，去開啟只有愛琴海才知曉的特洛伊寶庫。就是這個幾乎讓所有人都認為他神經出現問題的海因里希·謝里曼，最終獲得了"邁錫尼考古之父"的偉大稱號。

沒有人能相信海因里希·謝里曼的"考古"能"考"出什麼名堂來，更沒有人相信他會根據一本《荷馬史詩》就能實現他的黃金夢。因為很多人都從根本上懷疑：兩千多年前的一位盲翁的唱詩有多少根據？又有多少真實？全世界也只有謝里曼自己堅信，他對荷馬的信任和崇拜從未動搖過。

謝里曼讀《荷馬史詩》不是逐句逐段地讀，而是一句一字反反復復地研究，從細微之處分析，就像他研究股市，分析行情，琢磨走勢，看待風險。謝里曼把《荷馬史詩》分成若干主題，立項研究，他像中邪走火入魔一樣，完全浸進在幾千年前的時空中，完全被荷馬的敘述所著迷。謝里曼可能是當時世界上最聰明、最精幹、最有才的人，他終於走進了特洛伊王國的宮殿，終於走到了特洛伊王國秘密金庫的門前。

謝里曼情鍾於荷馬，迷戀於荷馬，癡迷於荷馬。無論他走到哪裏，他手中都握有一本《伊利亞特》，他無時無刻不在閱讀、不在背誦、不在品鑒、不在嚮往。

謝里曼讀《伊利亞特》，從逐句逐段逐章地朗讀、背誦，漸入佳境，逐漸一句一字地反反復復地研究，從細微之處冥思苦想地分析，努力把自己擺進去，努力讓自己跟隨在荷馬的身後。荷馬的一觀一看，他都要觀三望四；荷馬的一吟一唱，他都要一遍又一遍地吟，一次又一次地唱；他甚至模仿荷馬的行走姿態，這樣他能根據荷馬的詩歌來判定方位和距離。謝里曼把所有的時間、精力、思考、分析，所有的一切都投入進去，已經達到廢寢忘食、如醉如癡、沉迷至深、難以自拔的地步。

沒有資料表明誰去研究過謝里曼的遺傳基因，但謝里曼屬於那種無師自通、一點即懂的高智商人，他一生完全靠自學精通 18 國語言。他在荷蘭流浪期間，曾經因為生活工作和學習，一年學會法語，二年學會荷蘭語、西班牙語、意大利語、葡萄牙語，第三年他又因為工作很快就掌握了俄語。謝里曼學習語言的神奇不僅是能講能聽，而是能讀其理論文章，欣賞詩歌歌劇，起草文件合同，翻譯法律文書。

謝里曼決心把畢生精力，盡其所有都投入到尋找《荷馬史詩》中的特洛伊古城中。

特洛伊古城現在土耳其境內，而謝里曼一句土耳其話也聽不懂，在土耳其寸步難行。

謝里曼有句狂言："我不需要翻譯，我需要隨心所欲。"謝里曼果然厲害，僅僅三個星期，不足一個月，他操起土耳其語來能和當地人熟練地對話，看土耳其語的文檔合同，一目十行。

謝里曼手捧《伊利亞特》，像拿著《聖經》，又像航海家手執指南針，探險家拿著地圖，信心十足地尋找 3000 多年前《荷馬史詩》中吟唱的一山一水，一河一丘。謝里曼的直覺告訴他，有荷馬撐腰，值得孤注一擲。1870 年 7 月，他僱傭 128 名工人，在他根據《伊利亞特》史詩中描繪的地方開工開掘！謝里曼也有辛苦，無論颶風下雨，無論酷暑嚴寒，他都要身先士卒，絕不離開挖掘現場一步。用中國人的話形容：晴天一身汗，雨天一身泥。他甚至把新婚的妻子也帶到挖掘現場一同受罪，一同工作。大有不見古城絕不罷手之意。最令人感動的是，每天無論多晚、多累、天氣多壞，他都要背誦《伊利亞特》，他都要挑燈夜讀，披星戴月研究《荷馬史詩》，他始終堅信荷馬每時每刻都在期望著他。但更多的業內人士都在冷眼相看，沒有一個人不認為謝里曼做得是一場殘夢，無圓之夢。用中國話說，是"竹籃打水"，哪裏有依靠一本史詩就能按圖索驥的？

六

謝里曼真執著，每一天太陽冉冉升起，就像荷馬慢慢地向他走來；海風吹拂著沙土發出的聲音，就像荷馬彈著七弦琴在吟唱。在荷馬的鼓勵下，謝里曼整整挖掘了三年，開掘了 25 萬立方米的土方，謝里曼確有愚公移山的精神。

有《荷馬史詩》在，就有荷馬在。是荷馬指引謝里曼一步一步前進，一層一層挖掘。他終於挖掘出特洛伊王國厚重的城牆。古希臘時代的城牆和中國古城牆不同，古老的中國直至晉王朝之前，城牆都是黃土壘成的，用牆板打出的土牆，大約到了宋朝（公元 10 世紀之前），中國的城牆始用青磚結構。而在克里特、邁錫尼時期，所有王國的城牆和宮殿都是用巨石砌起來的，我沒有考證過古希臘是哪朝哪代開始燒土為磚、使用磚瓦的。但特洛伊王國的石牆、石屋、石門、石雕經過兩千多年後再見藍天時，其風貌依舊，幾乎紋絲未變，黃土彷彿是這裏石頭文化臉上的一道蓋頭。謝里曼一次又一次地興奮，是他證明了荷馬的神靈健在、《荷馬史詩》的偉大。

第三年，謝里曼終於捧著《伊利亞特》，帶著土耳其血統的年輕妻子索菲亞來到剛剛挖掘出的兩扇大石門門前。石門寬大厚重，上面雕刻有貓頭鷹、太陽、飛鳥和花木，巨大的石板鋪就了通往大門的通道，進石門後又有一道一道巨石鋪就的台階。

按地質年代論，謝里曼開掘的特洛伊王國是土質的第七層，層層剝筍，謝里曼終於揭開了特洛伊王國的秘密，終於第一次向世界證明荷馬的偉大，證明《荷馬史詩》的偉大，空前絕後的偉大。謝里曼充滿自豪地向世界宣佈他的發現，這就是荷馬在《荷馬史詩》中所說的特洛伊國王普里阿摩斯的宮殿，他就站在這座代表那個時代的宮殿的中央。

中國有句老語叫"兜頭潑得冷水來"。謝里曼沒想到他的帶有歷史性的發現竟然引來無數的質疑、嘲笑、詆毀、爭議、白眼，甚至辱罵。但有一句話也深深地刺痛了謝里曼的心："既然是發掘出特洛伊王國的宮殿，那《荷馬史詩》中記載的普里阿摩斯國王的寶藏呢？"

坦率地說，不能說謝里曼對古物古跡沒有興趣，但讓他深信荷馬，給他以動力的正是普里阿摩斯國王的寶藏。荷馬明明對後世有所交待，在《荷馬史詩》中有直白的吟誦，那為什麼至今杳無音訊、蹤跡皆無呢？謝里曼並沒有懷疑荷馬，也沒有懷疑自己。他有"兩個堅信"：堅信荷馬，堅信自己；他認為是自己和荷馬的緣分尚差一步，哪怕這一步僅僅只有一英寸。

三年堅苦卓絕的挖掘經歷，對謝里曼是個天大的考驗。風餐露宿是家常便飯，愛琴海有溫柔甜美詩一樣的笑臉，也有兇惡狂暴像煞神一樣的兇險。風暴說來就來，暴風雨之後的悶熱又常常如蒸如烤，斷飲、斷水、斷交通的情況時有發生，疾病、毒蟲、野獸防不勝防。連謝里曼也不止一次病倒，甚至不止一次病危，但他硬是靠信仰和意志硬挺下來。艱難困苦，玉汝於成。謝里曼心中有太陽，心中有荷馬，他堅信荷馬的光芒。

難道荷馬真的在冥冥之中為他指引方向？難道荷馬真的被謝里曼的精神所感動？

謝里曼的九九八十一難終於修成正果，荷馬真的顯靈？否則如何解釋這樣突然、神奇、不可思議、極具戲劇性的發生？1873 年 5 月中旬的一天，謝里曼準備徹底結束在這裏的發掘工作，收尾工作正在緊鑼密鼓地進行，似乎一切都已經"俱往矣"。但就在這一時刻，就在離謝里曼不遠處的一個挖掘角落，離地面 10 米左右的地方，謝里曼，似乎只有謝里曼一個人看見在巨大的石縫中間閃耀著奇異的金屬光芒。謝里曼也不敢相信，這是他一生以來第一次不自信，難道這是真的？他終於打開了藏有普里阿摩斯國王寶藏的石門。

還有比這更激動人心的時刻嗎？

滿堂生輝，滿室珠光寶氣，滿眼金光燦燦。幾乎是在一瞬間，謝里曼就擁有了一切。他雄辯地向世人證明荷馬的偉大，證明《荷馬史詩》的偉大。從這座寶庫中，謝里曼一共清理出 19000 多件珍貴的寶物，足夠擺放一個博物館的中央大展廳。那可都是公元前 1200 年的古董文物，焉能用金錢標價？其中有兩個金王冠，極可能是普里阿摩斯國王的王冠，它可能是世界上出土最早、最完整的王冠。其中一個王冠竟然有 90 根金鏈子，鏈子上鑲嵌著閃耀著奇光異彩的各種鑽石、珠寶，讓人望而生畏。王冠上還吊墜著 12271 個金環，有的金環上面還鏨刻著各種圖案和符號，4066 個心形飾板，16 個神像。細細研究，那頂王冠簡直就是公元前 1200 年間的文化史。從文化的角度看，謝里曼是世界上最富有的人；從擁有邁錫尼時期的珠寶、黃金看，謝里曼更是世界上最富有的人。謝里曼望著太陽，望著眼前如碧如天的愛琴海，望著身後的山坡峭壁，他彷彿看見了荷馬，荷馬正手握著七弦琴，微笑著看著他。謝里曼相信，正像他能夠看見荷馬，荷馬也能看見他。

有許多事情匪夷所思，荷馬真的能看見？荷馬真的看見了？荷馬真的如古希臘的神一樣能看見他生前 400 多年的一情一景？親自目睹了那歷經十年的特洛伊戰爭？

謝里曼真是個神乎其神的人。他挖掘完特洛伊戰爭中特洛伊一方的古城、古堡、國王普里阿摩斯的寶藏，已經絕對"大出風頭"，成為名赫一時的人物。他還把普里阿摩斯國王寶庫裏的珍寶佩戴在妻子索菲亞的頭上、頸上、胸前、腰間，著實風光了一把。他沒有忘記，讓索菲亞也時刻手捧《荷馬史詩》，彷彿在教導索菲亞飲水思源，莫忘掘井人。現在，謝里曼不再想打道回府了，他想再接再厲，繼續在荷馬的光輝照耀下向邁錫尼文明再前進。他要去發掘當年和特洛伊王國開戰的邁錫尼聯合軍隊的首領阿伽門農的陵墓。邁錫尼文化取代了克里特文化，邁錫尼人稱王稱霸克里特島，也正應了中國《易經》之言：五百年必有王者興。邁錫尼王國也是克里特島若干王國中的盟主，相當於中國春秋時代的霸主，而阿伽門農是高高端坐在"霸主"王位上的權威，他是古希臘各城邦的統帥，一聲令下可發動三軍，揮手之間可踏平小中亞細亞。阿伽門農生前聚集了多少財寶？應該像那滿天的繁星。特洛伊戰爭就是阿伽門農發動的，因為被特洛伊王國掠走媳婦海倫的斯巴達國王就是阿伽門農的兄弟，斯巴達國王梅內萊厄斯根本無力發動戰爭，是他跑到邁錫尼王國求救於阿伽門農，阿伽門農一怒引來十年大戰。現在謝里曼要去"拜見"這位古希臘最有權勢的統帥。

中國《儒林外史》的作家吳敬梓有開篇闋詞說得明白："百代興亡朝復暮，江風吹倒前朝樹。"克里特島的霸王盛世也幾經升起，幾經吹落。糞土當年萬戶侯。邁錫尼文化終於從繁榮走向凋零，邁錫尼王國終於毀於更加強悍、更加兇猛的古希臘北方部族多利安人。他們摧毀的還不僅是邁錫尼王城，他們把荷馬高歌頌揚的克里特島上的九十九座繁花似錦、高度文明的城市就像邁錫尼聯軍徹底摧毀特洛伊城一樣，夷為一片廢墟。兩千多年過去了，就像中國的秦長城，高聳巍峨，雄偉壯觀，如今不過一道淺淺的石棱棱。何處尋覓阿伽門農的王城？

邁錫尼文化輝煌。雖然殘牆斷壁，仍難掩飾當年的豪華壯麗，尤其是那一排排巨石壘起的王城城牆，落霞之中更顯得沉穩高尚，歲月難掩，煌煌帝王氣。

謝里曼依靠的找寶圖還是奉若聖經的《荷馬史詩》。

但謝里曼絕非"早行人"，邁錫尼古城早已有"早行人"光顧，早"人來客往"，已難查清誰是"早行人"。有人估計在謝里曼之前的千年之前就有多批次的盜墓者，甚至不止一撥的盜墓人有時匯聚一處，各挖各的洞，各找各的墓。但似乎所有的"早行人"皆為滿興而來，敗興而歸。

來邁錫尼想要發掘文化的、挖掘邁錫尼王國寶庫的，幾乎沒有一個人把《荷馬史詩》精讀過三遍的，更不要說張口就背，奉為金科玉律。唯有謝里曼特殊，開口必讀荷馬，一步一趨必稱《史詩》，在空曠荒野之上，他彷彿正步入莊嚴輝煌的國王大殿。只有他能說出克里特島上克諾索斯王朝的幾度興衰，幾度輝煌。自從公元前2100年前後，正好對應中國的夏王朝，興建的第一期宮殿以來，至少經過三次破壞後重建，重建後又毀於戰火和破壞，大約在600多年以後，邁錫尼人才雄起起、氣昂昂地開進克諾索斯，邁錫尼文化正式翻頁。

邁錫尼王國在克里特島上最醒目、最高聳、最值得說道的是在一片荒涼廢墟上的"巨人牆"，就是用巨大的岩石，切成數十噸的石塊，最重的石塊達百噸以上，最厚的城牆厚度過8米。壘砌起來邁錫尼王國的城牆，風雨無阻，歲月無妨，只有石縫中的荊棘和枯草一歲一枯榮，顯得那麼高尚和自傲。那座被荷馬呼之為"神座門"的獅子門，後人因其門上有雙獅把守而稱之為獅子門。我看獅子門，非中國人想像中的門，準確地說應該是門洞、牌坊。也可能原來有門有栓，後因兵燹、地震毀於一旦。中國的門絕無正方形的，現存最早的中國門是春秋時代的齊國國門，也是長方形的，木門、門框、木栓、木檻，相當於中國西周時期的邁錫尼王城的國門全是石製的，且是方方正正的四方形大石門，門框、門栓全部是一塊整石而製。據說光門上的過樑就有20多噸，搭建得科學準確，不是沒有人想破壞，包括滅亡邁錫尼王國的多利安的遠征軍，他們是想把這一美麗的邁錫尼王國夷為一片平地。看看荷馬是這樣縱憤歌唱它的：

有一座海島，

在那酒藍色的大海之中，

那裏土地肥沃，景色秀麗，海浪擁抱，

住著許多生民，多得難以數計，

擁有九十九座城市⋯⋯

島上有一座城市，宏偉的克諾索斯，

米諾斯曾在那裏為王⋯⋯

那就是雙獅把門的邁錫尼王國。

　　非常可惜，大門上的雙獅頭被破壞了，成為無頭之獅。邁錫尼文化，決定他們的雙獅不是分左右蹲守在門邊，而是縱身直立而上，在石門橫樑上守衛著一根石栓，我認為那根石栓是守城人心目中的門栓、門顱。因此，它由兩頭巨獅看守著。巨獅無頭，是被後來的入侵者有意敲碎的，他可能表示戰爭的勝利，拔城奪隘，門栓在握；也可能是出於一種宗教的需要。那應該是研究公元前 1200 年時期邁錫尼文化的重要佐證。

　　公元前 1200 年前的邁錫尼文化，乃至它之前的米諾斯文化都屬青銅器文化，也屬青銅器時代。但古希臘的青銅器時代和中國商、周的青銅器時代有所不同，古希臘似乎在青銅器晚期就進入到黃金時代，在許多重要的場所、重要的設置、重要的祭祀、重要的儀式上更多的是金器。黃金的製品閃亮登場，黃金成為權力、地位、財富、實力的標誌。我們出土的夏、商、周文物中，最珍貴、最知名、最了不起的國寶多是青銅器，少有黃金製品。而在古希臘的米諾斯時代、邁錫尼時代，甚至在整個青銅器時代，享譽盛名的青銅器寥若晨星，大量出土的珍寶是黃金製品，甚至殿堂之中皆黃金。謝里曼恰恰是看中這一點，他為黃金而來，他為黃金而不惜一切。

　　經過長時間的 "踩點"，謝里曼率領一支近 200 人的龐大發掘隊伍進駐 "考古" 點。他的開掘點和 "拉溝" 的方向走勢讓許多考古專家覺得可笑，是一種聰明的智者對弱智者犯傻的嘲笑。他的開掘點離考古專家們確定的邁錫尼王宮南轅北轍，東西錯位，那裏有可能挖穿地球，但絕無可能找到邁錫尼王國的寶藏。

　　謝里曼信心滿滿，他依然懷不離荷馬的《伊利亞特》，那是他的金科玉律，那是他的尋寶指南。

七

不知道為什麼，荷馬把酒形容成藍色的，把愛琴海比喻為藍色的酒一樣的大海。我去希臘時，特地去過幾家葡萄酒釀造廠，從未見過藍色的酒。但雅典有位調酒大師對我說，夢裏的酒、最美好的酒是藍色的。我才明白，荷馬在黑暗中看到的最好的美酒是藍色的，可能是碧藍碧藍的、湛藍湛藍的、青藍青藍的，藍得就像愛琴海一樣。

謝里曼絲毫不走樣地在邁錫尼王國望見海的地方，搭建了數十個高十幾米的平台，每當夕陽西下，他都要登上搭建的簡易平台深情地觀看愛琴海的落日，把隨身攜帶的測量儀器架好，他在尋找荷馬在詩中所說的，阿伽門農站在平台上能看見愛琴海的兩個太陽，落霞之中的橘紅色的落日，朝霞之中的金色朝陽。在落日和朝霞的交匯點上，就是阿伽門農的宮殿，就阿伽門農寶庫的平台。謝里曼誰也沒告訴，連他的妻子索菲亞也蒙在鼓中，望著他神神經經地爬上爬下，古裏古怪地忙這忙那，俄爾歡快地高叫，俄爾又雙手高舉著荷馬的《伊利亞特》淚流滿面。誰也不理解他，更弄不懂他；誰也都嘲笑他，認為他肯定被當地的一種土蠅蜇傷了。謝里曼終於確定了開挖的"金點"，畫出了開挖的"金溝"。200 多人的開挖隊伍安營紮寨，聲勢浩大，但沒有一個人知道往哪兒挖？挖多深、多遠、多寬、多大，但必須盡心竭力地挖，風雨無阻地挖。

迎來了愛琴海上的朝霞，又送走了愛琴海上的落日，風餐露宿，夜以繼日。一天又一天，一年又一年。多少人都失去信心和耐心，多少人都認為是一種病態的發洩和舉動。但謝里曼卻十分輕鬆，十分高興，他的自信彷彿與日俱增，彷彿離勝利日近。那種自我感覺、自我意識，直覺的自我喚醒，彷彿只有兩個人，荷馬和他。

三年，愛琴海足足等了他三年；他讓多少落霞與孤鶩，長天共秋水白白等過；挖掘人員至少換了幾十茬，人們等不來勝利，也等不來失敗，只有無休無止地、盲目地挖掘。誰能想像，天天抱著荷馬的《伊利亞特》讀，依照能天天讀天天新的謝里曼卻感到，他正在一步步走近阿伽門農的王宮，已經踏上這位邁錫尼王國國王寶殿的階石，正在舉手推開曾經率領克里特聯軍攻打特洛伊統帥的宮殿大門。

謝里曼的直覺近乎神奇。

當十條"探溝"、五個"探眼"大規模鋪開時，所有人都認為必然以鬧劇開場，以啞劇謝幕。當挖掘出邁錫尼王朝許多宮廷用品，包括一些武器和鐵鎖、雕像時，謝里曼並未淺嘗輒止，也未被發現物所左右，按照他認準的方向不斷探索，不斷挖掘，他心中的準星就是《荷馬史詩》。

當發掘一處特別的大理石鋪地的圓形廣場時，謝里曼雙腳踩定，翻開荷馬《伊利亞特》中的詩句，果斷地判斷，腳下就是阿伽門農和貴族們議事的大廳。隨著挖掘工作的加速進行，他在反復查看了在議事大廳最前方出土的一根石柱後認為，那石柱就是墓碑，猶如中國古墓王陵中的墓誌銘，邁錫尼王國的王陵就在石柱所指的基岩底下。

神奇就是這樣出現的，這樣不可思議地出現了。

謝里曼從荷馬的史詩中得到的是真諦，是荷馬指引他幾乎一寸不差地揭開了邁錫尼王國的秘密。

據文獻所記，邁錫尼王國的國王墓葬面積很大，王室墓葬並排而列，中國墓葬文化深遠，講究很多，古希臘的墓葬文化追求似乎也有極深極厚的文化背景。古希臘多神說一直影響著他的墓葬文化。他們隨神而行，與神共住，因此也相信未來、相信再世、相信靈魂、相信重生。他們的厚葬也追求事死如事生，生要帶來，死亦要帶走。轉世說和陰陽說似乎和東方的古老中國同出一說。越是偉大而超凡的帝王或統帥，越重視或越迷信神靈附身的再現，陽間的一切，從財富到權力，從生活到統治都會轉移到陰間。陰間是陽間的再現，也是邁錫尼文化的重要組成部分。

邁錫尼人的墓葬似乎和中國遼、金時期的磚砌圓頂陵墓相像，採用圓頂墓，墓內石壁上雕有壁畫、文字，墓內象徵似地"種植"著橄欖、穀物和葡萄，陪葬品幾乎應有盡有，追求"滿堂生彩"。和中國青銅器時代的墓葬陪葬品不同的是，他們少有青銅器，極少見到玉器，多是黃金飾品、黃金製品，珍珠、寶石、水晶等等。說明同時期中國的文化在古希臘是"天外來客"，古希臘不產玉，而在中國，良渚文化是比夏王朝還要早一千年的古文化，還沒有跨進青銅器時代，首先進入的是玉文化時代。

古希臘無玉，荷馬從沒有唱過玉，他肯定沒有見過玉，他可能不知道玉為何物。我難以理解的是古希臘的墓葬中，尤其是像邁錫尼王國的墓室中竟然見不到一件青銅器的陪葬品，難道荷馬也沒見過青銅器？難道邁錫尼的青銅器時代真的就是古希臘史前的黃金時代？

謝里曼終於打開了邁錫尼王國國王的陵墓，終於面對面地見到了這位克里特島上諸位王國霸主的真面目。

即使在那個時代，也只有謝里曼親眼見過阿伽門農，因為當石棺的棺蓋被打開以後，僅僅幾個小時，阿伽門農的骨骼就被風化得只剩下枯白的粉灰，繼而隨風飄揚，像古希臘神話傳說中的仙逝一樣，已然無影無蹤。

阿伽門農是位高大魁梧的統帥，但所有資料中均未記載他的身高，究其原因，是因為只有謝里曼看見了，而他又終未得一鳴，未鳴而亡。但伴隨阿伽門農所有的一切都被完整地保存下來，他們都是最具有發言權的“過來人”。阿伽門農頭部覆蓋著一頂純金的面具，金光閃閃，3000年了，依然王氣十足、霸氣十足。純金面具做得極細緻、極講究、極逼真，工藝的細微之處，把阿伽門農的雙眼皮、粗眉毛、凸挺的下巴、絡腮長鬚、緊閉的雙唇、寬闊扇風的耳朵，甚至連耳輪耳垂的紋路都清晰可見。邁錫尼時代就流行大鬍子，直到3000年後，歐洲的這一男人的傳統似乎仍沒變。

阿伽門農佩有黃金護甲。在中國有稱“黃金鎖子甲”的鎧甲，但不是黃金打造的，而阿伽門農的護甲是純金打造，他的頭盔、權杖、腰帶皆為黃金製品，身邊放著他時刻不離身的青銅長劍，而其劍鞘也是黃金的，上面掛滿了裝飾的珠寶。

狂喜的謝里曼按捺不住，他是歷史的唯一見證人，他立即給希臘國王喬治一世發去了電報，他要向全希臘乃至全世界宣佈，他親眼看見了阿伽門農，世界上再無第二人。

看看謝里曼多麼自豪、多麼狂傲、多麼自信，那就是謝里曼。

在這些墳墓裏，我找到了一筆巨大的財富：純金的古代物品。這些財富可以裝滿一個巨大的博物館，它將會是世界上最美的博物館，並且在未來的那些世紀裏，將把千千萬萬的外國人吸引到希臘來。

他向世界炫耀：他所發現的寶藏，就是把全世界博物館的東西加在一起也不及它的五分之一。

謝里曼真可謂豪氣萬丈，得意之態足現。中國人云：人生得意須盡歡。謝里曼的人生哲學為：人生得志須盡耀。

古希臘的文明史、文化史在荷馬高高舉起光照整個古希臘前史的明燈以後，漫漫長夜之中，漫漫歲月之中，似乎再無後者，古希臘歷史彷彿進入數千年的沉寂；直到兩千多年後，終於走來了謝里曼，無論後人如何評論他的神、他的怪、他的無常，他的世界觀、人生觀，但誰也不能否認一個近乎偉大的事實，是謝里曼揭開了邁錫尼時代的大幕，是謝里曼又一次地讓荷馬的光芒照耀著希臘的歷史，照耀著邁錫尼的天空。

但無論如何，荷馬是為克里特文化、為邁錫尼文化高唱讚歌的人，而謝里曼是為那個時期的希臘文明唱輓歌的人。在中國有約定俗成的戒律，古墓盜不得，盜古墓者必有惡報，何況皇陵王墓？即使謝里曼在希臘，他似乎也難以逃過此戒律，雖然謝里曼也算一位徹底的唯物主義者。

1890 年，謝里曼終於受到了“戒律”的懲報，被病痛折磨得生不如死、死去活來。後回到德國動了手術，但病痛仍時時困擾著他。謝里曼即使是功成名就了，仍然不忘荷馬，他常常手不釋卷，這是他大半生的精神寄託。奇怪的是當他捧起荷馬的《伊利亞特》朗讀時，鑽心的疼痛就會突然襲來，疼痛使他不得不放下詩卷，不得不閉目緘口默默祈禱，只有這樣，疼痛才會漸漸逝去。如果再拿起荷馬詩卷，再朗讀荷馬詩篇，疼痛會更猛地襲來，謝里曼有時近乎絕望。

就在 1890 年的聖誕節那天，謝里曼步履蹣跚地經過希臘雅典的一個小鎮時，突然癱倒在地，人事不省，生命垂危。警察從這個衣衫破舊的老人身上找到了醫生的處方，一袋金幣和一本荷馬的詩集。他就是謝里曼，在教堂鐘聲敲響時，隨著橄欖樹枝葉的枯萎，謝里曼在那個小鎮的醫院裏痛苦地閉上了雙眼，是醫生用手輕輕地讓他閉上了一直大睜的雙眼。

謝里曼艱難地走了，難道是荷馬在召喚他……

圖坦卡蒙的陰謀

我去埃及"帝王谷"的目的只有一個，就是想去看看圖坦卡蒙的"地宮"；看看那滿墓道奇形怪狀的象形文字和神奇的圖畫，那數千年前的法老的木乃伊；想親眼看看圖坦卡蒙黃金的王冠和王冠正中黃金鑄成的蒼鷹和眼鏡王蛇，看看圖坦卡蒙那張年輕英俊的"少年天子臉"；那是數十個密葬在"帝王谷"中唯一一個下巴沒有長著鬍鬚的古埃及法老。他被秘密葬入帝王谷時才 19 歲，然而他卻又是全世界最為人熟知又最令人困惑的法老。他的陵墓被發現是 20 世紀全世界公認的最偉大的考古發現。他是了解和探明巔峰時期古埃及文化的鑰匙，世界古代文明的許多密碼都在他身上，他是世界四大古國中發現的最神奇、最奧秘、最不可思議的人物。

一

這也是一道未解的歷史難題，在尼羅河畔、沙漠之端，矗立著大大小小 90 多座金字塔。其中位於開羅西南吉薩的三座古埃及第四王朝法老的金字塔，胡夫、哈夫拉和門考拉的陵墓，是三座最高大、最雄偉、最有氣勢的金字塔，在日出的朝霞與落日斜暉中發出輝煌耀眼的金光，與一望無際的沙礫背景形成金色的呼應。金字塔竟然閃耀著耀眼的金光，與日月齊輝，它們會在陽光的作用下，或昇華到金光燦燦的太陽光照中，或漸漸融進一片黃金本色的大沙漠中，原來這才是金字塔的原意。古埃及人選擇建造金字塔的巨大石塊皆為淡黃色的石灰石，這種尼羅河畔特有的黃金般的石頭，在陽光特定的角度和光亮度下觀看金字塔，那簡直就是由黃金砌成的。這三座金字塔，原來四面都有一層磨光的石面，這是古埃及人為了使其更好地反射沙漠和太陽的"黃金光"。據說有福氣的智者會在月光下看見金光閃閃的金字塔，至今只有哈夫拉金字塔塔尖上還殘破著一小塊，讓人能在雲蒸霞蔚中想像。古埃及人把色彩形象地奉獻給了太陽神，把整個民族的智慧和創造力奉獻給了他們的法老，那就是金字塔的原意。

金字塔是古埃及的象徵，是古埃及人心目中的太陽，是他們祖祖輩輩頂禮膜拜的"神像"。位於開羅郊區吉薩高地的胡夫金字塔，是古埃及第四王朝時期修建的，距今已有 4500 多年的歷史。這座神秘的金字塔依然傲然屹立，它是古代世界七大奇跡中目前唯一存世的，不僅僅值得古埃及人驕傲，也足以使全世界、全人類自豪。

　　我在驕傲與自豪中也感到不解，這座立於天地之間的胡夫金字塔，從公元前 2580 年開始修建，一共花了 30 年時間修成。胡夫法老每年從全國徵用的勞工是 10 萬人。站在胡夫金字塔下，我有些疑惑，比胡夫晚 2300 多年的秦始皇為修自己的陵墓，在全國徵集 70 萬勞工修驪山墓，費時 38 年，該如何評價他們？於是後人開始進行科學考察、推算，認為胡夫金字塔絕非人力所能及，應該是外星人的構建。也有的說是亞特蘭蒂斯島人修建的，古希臘哲學家柏拉圖曾對這個島作過描寫，據說早在公元前一萬多年前就出現了輝煌的人類文明，生產力和科技的發達程度遠非現代人能想像的，是一個神奇的世界、神奇的島嶼，不知道柏拉圖其言有據否？但柏拉圖說，這個又稱大西洲的神秘島在一次特大的地震和洪水中發生了劇烈的地殼運動，大西洲沉入海底，只有一小部分人逃過劫難，乘船漂流到北非尼羅河流域，正是這些亞特蘭蒂斯島上的人修建的金字塔。他們把科學知識隱藏於金字塔中，這些人死去以後，金字塔也就成了千古之謎。2360 多年前的柏拉圖說出了金字塔的一個天大的秘密，那些金字塔不是法老的墓葬，而是別有用處。自此，對金字塔的猜測數千年來至少有一千種，對古埃及法老的木乃伊推測至少有一千種，用中國的一句成語概括：神鬼莫測，蓋棺難定。無數個未知數中，只有一個已知定數，那就是金字塔始於古埃及王國的第三王朝，其設計大師為伊荷太普，是不是亞特蘭蒂斯島上流落到古埃及的人，雖無考證，這位伊荷太普幾乎沒有什麼文字記錄，他本人確實留下過可能是秘訣的咒語，可能是對天、對神的祈禱或保證，但幾千年間無一人能破譯。可以肯定的是，隨著最後一位亞特蘭蒂斯島上的智慧人老死，閉上他混濁的雙眼，金字塔的秘密也似乎永遠終結了。

　　我去胡夫法老金字塔時，曾懷著極大興奮，手腳並用地爬過長長的能令人幾乎窒息的石頭通道，爬到胡夫法老在金字塔的墓室，但那墓室中只有一副石頭棺材，空空的石頭棺材，什麼也沒有。專家告訴我不是有人把棺材中法老的木乃伊盜走或保存在哪個博物館中，是從發現的那刻起，原封打開封閉得嚴嚴實實的墓室時，所有人都驚呆了，是副空棺，石棺之中什麼也沒有；法老的木乃伊根本就沒有入殮於金字塔，金字塔是空有其塔，10萬勞工花費30年修建的古埃及法老的陵墓是一座空墓，這究竟是為什麼？似乎只要亞特蘭蒂斯島人不再復活，這千年之謎會一直謎至萬年。

1839年一位英國探險家差一丁點就拿到了那把金字塔的鑰匙。沒有查到這位近於偉大的英國探險家的名字，只知道他費盡千難萬險，甚至九死一生進入到門卡烏拉金字塔，發現了一具花崗岩石做成的石棺，打開石棺竟然發現石棺內安然躺著法老的木乃伊。可謂驚天發現，可能解開千年之謎，還歷史一個真相。經研究決定把這副石棺、木乃伊及所發現的門卡烏拉王朝的文物都裝船運回英國進行進一步的深入研究。出發前預測了天氣，精選了日期，一路無風無浪更無險情，但船卻在西班牙附近的海域神秘地失蹤，意外地沉沒了。無比珍貴的石棺、木乃伊及文物都沉入到大西洋海底。後來埃及和西班牙兩國政府決定採取聯合行動，打撈沉船，拯救文物，解開金字塔之謎，但幾經努力，終歸失敗，從此石沉大海，再無音信。金字塔太神秘了，否則該如何解釋，世界都無法改變拿破崙，而金字塔卻徹底改變了拿破崙；世上無人敢住進金字塔，只有拿破崙敢在胡夫法老的金字塔中度過整整七個小時？

1798年夏天，拿破崙率領3萬多名遠征軍征服埃及，繼而又向敘利亞進軍，1799年拿破崙率領的法國軍團攻佔"聖地"敘利亞，8月拿破崙回師開羅。這位讓人不可小覷的法國將軍不可思議地進入到胡夫金字塔內度過了一個夜晚，僅有一名隨從和一名穆斯林陪伴他來到"國王室"——胡夫法老的墓室。拿破崙是怎樣進入到金字塔的說法不一，但公認是他讓那名隨從打著火把順著進入金字塔的隧道在前面爬，他自己是匍匐著，用法國軍人的標準動作爬過又窄又不平又似乎缺氧的石頭隧道。拿破崙為什麼要深夜爬進金字塔？爬進胡夫的墓室？沒有人知道。七個小時，整整一夜，似乎在難熬和神秘中度過，當第二天天一亮，面色蒼白、貌似受驚的拿破崙從金字塔中爬出來，他坐在金字塔下大口大口地呼吸著空氣，向藍天白雲翻著白眼。他的下屬和親信圍著他，像看外星人，再三追問他，拿破崙只說了一句話："就算說了，你們也不肯相信！"關於拿破崙在金字塔一夜的經歷說法如天上的繁星，因為光是寫拿破崙的傳記的書，全世界就有一千多種。但有一點似乎是一致的、肯定的，那就是金字塔的一夜徹底改變了拿破崙的性格，儘管在軍事上法國軍隊敗北，但拿破崙在政治上卻實現了質的騰飛。11月，他發動了著名的"霧月政變"，接管了革命政府的一切事務，開始為期 15 年的獨裁統治。拿破崙在胡夫法老金字塔墓室內到底聽到了什麼？見到了什麼？悟出了什麼？金字塔是怎樣改變拿破崙的？可能會像金字塔一樣，成為世上永恆的秘密。

宇宙無限大，變幻無限。金字塔矗立在那兒，面向整個大千世界，近 5000 年間卻無一人能徹底解開金字塔的秘密，似乎它真有守恆的咒語，那難道真是亞特蘭蒂斯島人的設計？

二

站在位於考姆艾赫坦的阿孟霍特普三世停靈廟前，仰望那兩座高達 18 米的巨大石像，藍天之下，白雲之間，讓我又情不自禁地想到亞特蘭蒂斯島人。這兩座巨大的青石雕像都是端坐在石凳上，如果站立起來該有多高多大？讓我吃驚的是，這兩位巨大的石像是坐在寬敞的石椅上，在中國直到宋朝才有椅子坐，之前都是跪足而坐，或坐於胡床，難道真是亞特蘭蒂斯島人的智慧結晶？這兩座巨像後面的停靈神廟已茫然無存，但也給後人留下了巨大的想像空間，門神尚如此，廟堂何煌然？它應該足以堪比世界七大古代奇跡中的"巴比倫空中花園"。而在埃及的阿布辛貝神廟，順山勢雕成四位端坐的法老，要看清楚四位法老的頭飾、眉眼，當需乘坐直升飛機。這四位法老端坐在無扶手的短靠背的椅子上已然近 4500 年，偉大得近於讓當代人無法想像。他們到底是什麼人，用什麼辦法、什麼工具雕鑿出來的？據專家考證，胡夫金字塔的石頭是勞工們用青銅小鑿子，一鑿子、一鑿子鑿出來的，因為那個年代青銅工具已經是最先進的了，但其硬度不及鋼的一半，每位勞工每天要鑿平三把青銅鑿子，全工廠每天要更換數千把，僅這一項該是多麼巨大的工程？據科學的推測，需要 2000 萬把青銅鑿子！站立在這些直矗天空的石像面前，我似乎明白了，金字塔作為法老的陵墓為什麼是空的？圖坦卡蒙的木乃伊何在？中國古代帝王的意識是事死如事

圖坦卡蒙時代的昭示

生，把生前的一切都帶入地下，在地下仍然稱王稱帝，他的“金身”是萬萬不可離開陵墓的。而埃及法老的思想是事死如事神，他們夢想著有朝一日隨神而去，遇神而活，絕不能在地下永伴陵墓，古埃及每位法老都有一個遇神成神的美夢。而金字塔只是他們敬仰祭祀神靈的神聖殿堂。但西方的科學家、探險家不相信“神說”，亦懷疑“空說”。1993年，德國考古學家魯道夫·甘登貝林試圖通過現代科技來發現未被發現的金字塔奧秘，他操作一台小型機器人對胡夫金字塔進行更深入的實際探索，但這台小型機器人爬過了一條狹窄的、似乎非人能過的石頭甬道後，終於被一道厚重的石門擋住，想盡一切辦法，也無法越過這道緊閉了4300多年的石門。傳過來的圖像上表明，石門上有一排排從未見過的文字，至今無人能破譯。有專家推測，可能是開門的密碼，也可能是開門的咒語。直到2002年9月17日，由美國國家地理學會組織的考古學家再次藉助機器人“金字塔漫遊者”，對胡夫金字塔再次深入探索，這次準備工作做了整整五年，功夫不負有心人，“金字塔漫遊者”終於繞過了那道石門，驚破金字塔的沉夢，這是人類對金字塔的一次最成功的探索，實踐無情，仍沒有發現胡夫法老的木乃伊，他真的遇神上天了？整個世界，整個世界的科學界、考古界都沉默了，他們不得不相信這一殘酷的事實，金字塔是座空塔。

據說古埃及法老金字塔的經歷和中國古代帝王陵墓走向有相同之處。中國自先秦以後，王陵講究高封土，帝王當得越輝煌，其陵墓封土就起得越高大。引得歷朝歷代盜墓幾近瘋狂，無墓不被盜，且盜相極殘，有的不但碎棺破屍，還焚燒棺槨，搗毀陵園。後世逐漸“醒悟”，不再高起封土，張揚於世，而是秘密下葬，或乾脆打空石山，藏墓於石山之中。沒想到古埃及亦然，不同的是古埃及法老的“醒悟”比遠方的中國要早足足兩千多年。

公元前4000年，瘋狂的古埃及盜墓賊曾潛入到金字塔中盜竊法老的木乃伊，他們潛入到法老澤爾王妻子的墓室，竟然肢解了王后的木乃伊，竊取了木乃伊身上的水晶和綠松石，致使墓室一片狼藉，木乃伊肢殘體碎，慘不忍睹。到第十七王朝的圖特摩斯法老，他決定不葬在金字塔中，秘密安葬在神秘的陵墓中，他要讓世上所有活著的人都不知道最終的法老走向何處，又從何處奔向神的仙境。法老最痛恨的就是盜墓賊，早在5000年前古埃及就制定下殘酷嚇人的法令，在廣場上當眾用削尖的木棍把盜墓賊從頭到腳穿透，然後在列日下暴曬，直到曬乾他的血，曬臭他的肉。盜墓賊卻無所畏懼，與陵墓中的珍寶相比，死又何惜？法老怕“死”，怕死後被肢解不能復生，不能與神共存，在法老和古埃及人心目中，木乃伊是人死復生、人身變身的載體，死者的靈魂只有依附於木乃伊才能永生不竭，才能在冥冥之中等待神的召喚、神的降臨。因此古埃及的法老們無比重視自己的木乃伊，甚至超過自己。他們在有生之年最重視的大事就是如何保護好木乃伊，木乃伊神聖不可侵犯。他們除了制定各種酷刑嚴法來懲罰和嚇退盜墓賊外，在陵墓的設計上也挖空心思，費盡心機。比如有條條暗道，設置了數不盡的機關暗器等等，但法老們最終明白了一條最近的真理，那就是不能躺在金字塔防備盜墓賊，而要讓盜墓賊找不見自己的木乃伊。古埃及第十七王朝圖特摩斯終於找見了被後世人稱為“帝王谷”的神秘墓葬地。

我去“帝王谷”時，但見滿目荒涼，似乎無一草一樹，石礫覆蓋著岩石，溝壑縱橫，山谷曲折，延綿數百里，無水、無土、無人煙，氣候乾燥，彷彿無植物無動物。圖特摩斯選擇了其中一條地勢最險惡、最難以攀登進入的乾石溝，在這裏建立了第一座法老陵墓。圖特摩斯的這一選擇近乎偉大，讓他的木乃伊在這條石溝深處整整安靜了近 4000 年。在他以後歷代法老都延續這一選擇，安葬於此，這座連鬼都不停步、鳥都不願飛的乾石谷成為“帝王谷”。

圖特摩斯一世的陵墓修建在“帝王谷”的懸崖峭壁上，在高峻的峭壁上向石山山中開鑿出一條坡度很徒的隧道，這條狹長的曲折的石頭隧道中有許多暗門，暗門的石門做得幾乎一模一樣，每道暗門都通向一個墓室，但只有一個是真門，只有進入這扇石門，才能進入法老的墓室，那裏安葬著法老的木乃伊。至於法老的木乃伊和那一墓室的黃金珠寶是怎樣運進去的，無人能知，凡是知道和去過的所有人都沒能走出“帝王谷”，包括那些開鑿墓室的工匠們。這竟然和遠在東方，幾千年後的秦始皇修驪山墓的作法幾乎如出一轍。

終於出現了圖坦卡蒙。

三

圖坦卡蒙的發現是世界公認的 20 世紀最偉大的考古發現，他是世界上最為人知悉的古埃及法老，雖然僅僅活了 19 歲，但無數的神秘緊緊包裹著他，無數的古埃及文明的密碼都指向他，他似乎未出生時身世就充滿了傳奇，直到他的早逝，是怎麼死的？為何而死？都充滿了爭論，在他死後 3300 多年間，圍繞圖坦卡蒙的疑團玄說不但沒有減少，反而越聚越多，讓人困惑不已，也引得無數學者盡折腰。唯一沒有引起分歧的是在他的墓室裏發現了數不盡的財寶，讓全世界瞠目結舌，他成為古埃及文物集大成者，也是了解和解開古埃及文明巔峰期的關鍵。在他身後還有那最神秘、最讓人費解的"法老的詛咒"，那是在圖坦卡蒙墓上發現的可怕的詛咒銘文："誰打擾了法老的安寧，死神之翼將降臨他的頭上。"

圖坦卡蒙在"帝王谷"的陵墓是怎樣被發現的？在 20 世紀之前一隊隊探險者、考古者、尋寶者，無不折羽而歸，圖坦卡蒙太神秘了，於是有人編出了一個又一個神奇的探險故事，製造了一個又一個發現的爆炸新聞。但圖坦卡蒙安靜地躺在他的墓室裏，誰都沒有想到他會躺在一個什麼樣的"石棺"裏。

1907 年，英國的卡納馮勳爵請卡特負責圖坦卡蒙陵墓的發掘工作。此前人們曾在"帝王谷"發現過圖坦卡蒙的名字。"帝王谷"中什麼地方發現的圖坦卡蒙的名字？誰留下的這位年輕法老的名字？以什麼方式留下的？為什麼會留下圖坦卡蒙的名字？這些一連串的疑問如同古埃及沙漠上的海市蜃樓，又像尼羅河上偶爾翻滾起來的黑色濁浪，忽然間湧起，瞬息間又消失。有人認為是古埃及有一種原始的"納邁爾石板"，它是記錄公元前 3100 年上下古埃及統一的石板，說是石板，實際上是一種尼羅河畔河泥做成的泥板，後因自然起火，被燒成"石板"，如此，那是誰敢在"納邁爾石板"上留下圖坦卡蒙的名字，其意圖為何？不怕遭到古埃及至殘至暴的酷刑？據說隨著圖坦卡蒙墓室石門的關閉，所有一切都與世隔絕。有誰還能把這王朝天字一號的絕密洩露出去呢？西方的探險者、考古人焉能善罷甘休？就是地獄也要找到大門，就是骷髏也要讓它長出肉來。

發掘工作十分艱苦，幾次遇到絕境，幾次遇到險情，幾次遇到困惑，甚至幾次發生懷疑和退縮。圖坦卡蒙太神奇了。5 年過去了，一無所獲，"銀子花得跟流水似的"，終於卡納馮勳爵頂不住了，這種茫然的發掘如同把金錢扔進尼羅河中。但霍華德‧卡特是位執著而自信的考古專家，他堅信離圖坦卡蒙的墓室已經越來越近，他似乎能夠觸摸到圖坦卡蒙墓室的大門。1922 年 11 月 4 日，風塵僕僕的卡特終於找到了圖坦卡蒙的墓室。當他設法打開那最後一扇石門後，墓室內的隨葬品幾乎讓這位經過風雨、見過世面的考古專家差一點昏過去。墓室內所有的一切幾乎都是黃金製成的，可謂金碧輝煌、琳琅滿目。

卡特看到圖坦卡蒙墓室後的第一句話是：「我看到了美妙的東西！」墓室內到處都是黃金，金光閃閃的黃金。圖坦卡蒙是躺在黃金屋中安寢，金屋非藏嬌，藏的是圖坦卡蒙。陪葬的所有動物、所有生活用品、所有法老的權杖法器，都是黃金做成，上面鑲嵌著各種珍寶。圖坦卡蒙躺的棺材並非石棺，而是一副地地道道的金棺，是用 136 公斤黃金打造的金棺。在中國現出土的帝王棺槨都是木製的，只有為佛陀的舍利製造過金棺。

　　圖坦卡蒙的一切都是黃金打造的，4000 年前的古埃及真的擁有那麼多黃金？是真金還是青銅？比圖坦卡蒙晚 1200 多年的中國西漢梁孝王的陵墓在東漢末年被曹操派軍隊盜掘，據史料記載，盜得黃金 4 萬斤，史書上說，供養曹軍三年。而梁孝王富可敵國，家中竟有黃金 40 多萬斤，按西漢 1 斤等於現在的 248 克，梁孝王家藏黃金有 100 多噸。查資料在 2000 多年後的新中國，1950 年全國全年產黃金僅 6.5 噸。

　　漢武帝也厲害，「金子」花得跟淌海水似的，他一次賞賜大將軍衛青的黃金就達 20 多萬斤，相當於 50 多噸黃金。據《魏曹南北朝史》記載：「西漢初期，黃金的應用總數量在百萬斤以上，即使到了西漢滅亡的王莽時期，年收入仍在 60－70 萬斤黃金。」現在考古證明公元前的西漢年間，中國不可能年產黃金在幾十萬斤乃至百萬斤以上。那時期從未發現大型的黃金礦的開採遺址和冶煉遺址，倒是在江西、山西、河南等地發現了大型的青銅礦的開採和冶煉的遺址。春秋、西漢中國未發現有大型金礦，絕不可能年產百萬斤黃金，那時的黃金大約就指青銅。想起馬克思的一句話：金銀天然不是貨幣，但貨幣天然是金銀。

　　古埃及擁有金礦，出產大量黃金，圖坦卡蒙像漢武帝擁有青銅一樣擁有真正的黃金，圖坦卡蒙的黃金也不是從天上掉下來的，他父親，也有說是其岳父，古埃及第十八王朝的三世國王埃赫那吞比圖坦卡蒙還「闊」。看看這位老圖坦卡蒙的金棺，不但是純金的，而且是三層金棺，用中國考古之語稱三層槨，而最裏層的金棺竟然是一整塊黃金打造而成，金棺長 1.87 米，厚達 3 厘米，重達 1500 公斤，2002 年 1 月曾在埃及博物館公開展覽。金棺金光燦燦，非常精湛，非常雄壯，令人嘆為觀止。

　　老圖坦卡蒙陵墓中還出土了一把黃金打造的金椅子，扶手端是兩隻金獸，四條椅子腿還是獅子獸爪腿，最讓人吃驚的是在椅子的靠背上鑲嵌著一幅色澤華麗、內容豐富的法老和王后的浮雕像，兩個人都頭戴華冠，法老隨意坐在黃金椅上，王后把右手搭在法老的左肩上，正在為他塗抹帶有香料的潤膚油。椅背的正中央不再是鷹與蛇，而是一輪金光閃閃、光芒四射的圓圓的金太陽。椅高 104 厘米。中國封建王朝 3500 多年，只聽說有龍椅，未見有“黃金椅”。在圖坦卡蒙墓室中甚至還出土了馬鞍形黃金寶座，黃金寶座通體黃金打造，金光閃閃，靠背上鑲嵌著各種各樣的珠寶，像夜空中的繁星不停地閃爍，據說這把黃金寶座還是可以摺疊的，真讓人瞠目結舌。據埃及歷史記載，古埃及時就擁有當時世界最大、開採方法最先進的努比亞金礦，一些國家和古埃及交易，直接使用黃金。而且不止一個國的國王曾向古埃及的法老阿孟霍特普三世要黃金，而且覺得要黃金似乎就像要糧食、要牛羊，“給我比他給我父親更多的黃金吧”。說明二世當法老時就到處撒黃金。因為在古埃及“黃金如塵土一樣多”。阿孟霍特普四世在公元前 1373 年竟然乘坐黃金馬車，在太陽照耀下，金光閃閃，君王之氣無出其右。四世法老覺得只有在黃金籠罩的光芒之下，他才能有與神同遊同巡的感覺。因為諸神中，太陽神為尊，而太陽神就是黃金神。

　　卡特發現了世界著名的圖坦卡蒙的黃金面具，那也是太陽神的化身。金面具長 54 厘米、寬 40 厘米，重逾 10 千克，用純黃金打造，鑲嵌著各種色彩豔麗的寶石、玉石、彩色玻璃，以藍玉石為主，塑造出色彩交錯的美感。黃金面具是按圖坦卡蒙本人的面部形象塑造的，逼真形象，當時採用什麼辦法製作的，至今說法不一。圖坦卡蒙就長得那樣，彷彿是繪畫，又好像是照相。年輕卻不失沉穩，寧靜卻飽含哀思。額頂正端有一隻遠眺前方的雄鷹和一條高昂頭顱時刻準備進攻的眼鏡蛇。它們代表著法老的保護神，神明在上。圖坦卡蒙身披黃金鎧甲，兩手交叉在胸前，彎彎的雙眉，靠山大耳，懸膽高鼻，大眼有神，嘴不大，微露門齒，腦後長髮四逸，胸前有一綹長鬚。我想圖坦卡蒙死時才 19 歲，不該有那麼長的“山羊鬍”，又見古埃及法老雕像，無論老幼都留有齊胸長髯，可能古埃及人認為法老的長鬍鬚能增添帝王的美和威。當然，也有另一種說法，法老頜下的鬍鬚，是象徵著古埃及的冥神奧西里斯，神附法老之身。原來圖坦卡蒙就長得這樣，少年英俊，一臉帥氣。3300 多年前，古埃及的黃金製品技術竟然如此高超，無愧為世界古國之首、文明之首。

　　卡特發現的圖坦卡蒙文物共有 5398 件，件件珍寶，件件稱奇，件件令人擊掌稱妙稱絕。美國大都會藝術博物館為借展一部分圖坦卡蒙文物，經過多年的艱苦談判，最後不得不由美國總統尼克松出面，在 1997 年付出了 1100 萬美元的借展費，成功地引進了 55 件圖坦卡蒙文物。美國大都會藝術博物館時任館長托爾斯·霍文終身為此自豪，可見這批文物的珍貴。1100 萬美元按現在的匯率時價升值了至少 27

是不朽的圖坦卡蒙？還是圖坦卡蒙的不朽？

倍，換算應為 3 億多美元，也僅僅是借展，還需要美國總統出面擔保，圖坦卡蒙文物的價值可見一斑。

四

19 歲就不明不白死去的圖坦卡蒙到底有多大的魔力？在他死去 3000 多年後，其魔力氣場依然那麼巨大，讓人費解。現代科學技術這麼發達，卻無法破譯圖坦卡蒙的咒語，想起那句名言：隨著已知世界的擴大，未知世界不是縮小了，而是擴大了。

來自圖坦卡蒙墓室的咒語是繪畫在一張"畫"上，畫的是一個人，應該是古埃及眾多神中的一位，雙手各執一種法器，右手反向執一柄像權杖的法器，左手拿一短柄上有班節標誌的法器。這位古埃及的神靈長髮披肩，頭上兩角高聳，長著一張狐狸形的臉，尖尖的細鼻，長嘴向前直挺，看不清楚眼睛，身著兩色的短戰裙，上身著黃金護甲。神像的左邊是一長幅似圖似畫似文的古埃及文字，這段文字就是圖坦卡蒙法老的咒語："誰打擾了法老的安寧，死神之翼將降臨到他的頭上。"西方的探險家和考古學家們都認為那不過是法老嚇人的把戲，在他們眼中只有文物、歷史和財寶，靠恐嚇就能阻止他們打開圖坦卡蒙的木乃伊，那不是可笑嗎？但保護法老木乃伊的神靈是嚴肅的、無情的。

在圖坦卡蒙主墓室一尊神像的背後刻著："我是圖坦卡蒙法老的保護神，我將用沙漠之焰焚燒盜墓賊。"似乎沒有人理會它，他們不會被嚇退的，這種故事他們聽得多了，誰會因為有這道"鬼符"而退避三舍、立地成佛呢？但圖坦卡蒙法老是認真的、嚴肅的。雖然那具黃金面具罩著他的臉，但圖坦卡蒙的臉色陰沉得發暗發綠。突然間，那尊保護神雙手舉起了法器。

不可思議的恐懼真的降臨了。

圖坦卡蒙陵墓被發掘後的僅僅 5 個月，花費巨資投入組成考古探險和發掘工作的英國勳爵卡納馮突然死亡，死亡的原因是連續發高燒，醫院千方百計，用盡各種辦法就是不能使其退燒，且高燒越燒越厲害，伴有模糊不清的胡話，似乎在反復重複什麼沙漠火焰，卡納馮勳爵最終因高燒不退而被"燒"死了，面部表情極其恐怖，四肢抽搐得像被高壓電擊中。醫生竟然拿不出一個準確的論斷。據說這位英國勳爵死的時候，整個醫院突然停電了，一片漆黑，而電力公司竟然找不到停電的原因。

到 1929 年，是圖坦卡蒙法老去世整整 3252 年，這個數字在古埃及"神語"中是懲罰的意思。直接、間接參與圖坦卡蒙法老陵墓發掘的當事人中，已有 22 人不明不白地神秘死去，死亡的原因千奇百怪，有的死亡讓人不可理解。比如第一個接觸圖坦卡蒙法老木乃伊，並給它做了 X 光透視的英國科學家雷德，在去拍 X 光的路上曾經無緣無故地絆了兩跤，摔得鼻青臉腫，奇怪的是路面平坦無障礙，用中國話說就是"鬼絆腿"。在做完木乃伊透視後隨即感到身體虛弱，誰也沒有想到，雷德回到倫敦第二年就死了，臉色竟然是綠色。

法國學者商博良是第一個破解古埃及象形文字的專家，率隊前往埃及探險考古，帶回來一大批古埃及重要文物資料，沒有他的破譯，古埃及文明和金字塔法老的秘密可能還在朦朧之中，但他回到法國後，突然中風，神奇死去。據說死相也猙獰，也恐怖。

意大利著名考古學家貝少尼帶隊前往埃及考察，對法老的陵墓和木乃伊進行了細緻的研究，對圖坦卡蒙的木乃伊和墓室及通往墓室隧道的大量壁畫及文字進行了考察和研究，但這位著名的考古學家突然患上了神秘的怪病，整天發高燒，舉止怪誕，胡話連篇，沒人能懂，並且拒絕服藥，拒絕醫療，時常高喊："我覺得死神的手在我身上。"讓醫生護士毛骨悚然。他自己也在極度恐懼中死去，年僅 45 歲。開羅博物館館長加麥爾·梅菲茲自稱永遠不相信所謂的"法老的詛咒"，奈我如何？誰也沒想到說完這段話一星期後，這位"大無畏"的館長突然抽搐而死。還有很多、很多，誰能躲過"法老的詛咒"？

但我沒有查到第一個進入到圖坦卡蒙墓室的英國考古家霍華德·卡特是否屬正常死亡，似乎這位英國考古專家命大命硬，如果是按"法老的詛咒"第一個受到詛咒的應該是霍華德·卡特，如果卡特能悠然自得地慢慢走到生命的盡頭，那麼"法老的詛咒"的魔力場是否真的存在？

五

圖坦卡蒙法老充滿著神奇的奧秘，在他 19 年生涯中折射出多少古埃及文明、古埃及文化、古埃及社會的七色光譜？

據考證，世界上最早的酒標竟然是在圖坦卡蒙陵墓中發現的，在墓室中 23 個乾涸的酒器上，竟有各自的酒標，用象形文字裝飾著釀酒人的名字、葡萄的來源及釀酒的年份，圖坦卡蒙一下子把世界釀酒業提前了至少 2000 年，因此也有專家認為，圖坦卡蒙嗜酒成癮，因酒醉而死。

圖坦卡蒙到底是埃及第十八王朝三世國王埃赫那吞法老的女婿還是兒子？史料上也說法不一。

從留下的壁畫、雕塑、黃金面具看，圖坦卡蒙應該是位年輕英俊的帥哥少年，9 歲就登基為王，且做過一些大事，把其父王的改革失誤或改革喪失人心的政策都做了修改。圖坦卡蒙十年執政，獲得了祭司階層的擁戴，社會恢復穩定，經濟繁榮，政通人和，往南重新控制了努比亞金礦，往東征服了地中海沿岸，為十九王朝拉美西斯二世的盛世奠定下基礎。可惜，圖坦卡蒙英年早逝。圖坦卡蒙是位極聰明、極智慧的少年天子。但事實似乎又不是，圖坦卡蒙的人生悲劇正是由於古埃及的原始愚昧的婚姻制度造成的，他是一個天生的殘疾兒童，長相十分古怪，兔唇吊眼，扁額尖頭扇風耳，且雙腿內扣，雙腳嚴重內翻，幾乎不能自主行走，因此在他的陵墓中，有 100 多根各種各樣的拐杖。圖坦卡蒙的先天畸形是因為其父母是近親結婚。據史料記載，老圖坦卡蒙娶了自己親生的女兒生出了圖坦卡蒙。悲劇似乎還在繼續，圖坦卡蒙娶的王后，依然是自己的親妹妹。他與自己親妹妹所生子女多有夭折，沒有記錄活下來的是否也殘疾。他的死因至今也未清楚，一說是死於陰謀，為人所害，被人從後擊中後腦身亡；也有說是因腿腳原因從馬車上摔下來，腿斷以後，又感染疾病，誤醫誤診而死；還有一種說法，由於先天不足，抵抗力極弱，多災多病，畸胸嚴重，病重而亡。

圖坦卡蒙法老在世界考古史上知名度那麼高，並不是因為他的執政天才和施政惠民，而是因為在他的陵墓中的巨大發現，因為圍繞他有無數的神秘待解。

圖坦卡蒙的眼神是憂鬱的，面沉如水，似言非語，他帶走了多少秘密？又帶來了多少神奇？2016 年採用現代高科技對圖坦卡蒙法老的陵墓進行了一次掃描，結果又讓人震驚，墓牆內可能還有多個密室，其中一個很可能是古埃及著名的美女王后奈費爾提蒂最後的安息地，墓室可能比圖坦卡蒙的還要大。在奈費爾提蒂墓室的後面可能還有密室，於是進一步研究圖坦卡蒙的工作，幾乎匯聚了國際上考古最前沿的科技精英。神秘的圖坦卡蒙，究竟昭示著什麼？

何年何月能給世人真相？

浴場的祈禱

　　古希臘文明標誌之一，應該就有浴場文明。當年恩格斯對古希臘、羅馬時期的文明有過高度的概括，他說：「沒有古希臘文化及羅馬帝國所奠定的基礎，也就沒有現代的歐洲。」

　　古希臘文明是西方現代文明的源頭，雖然它已經消逝了幾千年，但古希臘羅馬在宗教、法律、文學、戲劇、雕塑、建築、哲學等方面至今讓人飲水思源，不知道恩格斯到沒到過希臘，那幽靜多情的大自然風光，一幢幢像童話般的建築，像天堂一樣的愛琴海。我相信，他到希臘，一定會去看那能容納千人共浴的公共浴場，那是公元前 21 到前 17 世紀的曠世文明——浴場文化，它比馬克思、恩格斯的祖國出現公共浴場要早 3000 年。那個年代應該是夏末商初，直到現在尚未有文字、實物和出土遺址能證明我們的祖先在那個年代是如何解決洗浴的。據史料記載，中國出現公共浴池的年代應在北宋初年，似乎距讓恩格斯讚嘆的希臘文明遙遠了些，那應該是人類文明的起源，至到今日仍讓我們感到心靈的震撼和由衷的嘆服。在古希臘文明起源最早的克里特島上，考古發掘發現了距今 5000 年左右的克諾索斯王宮的遺址，在這個王宮遺址中發現了人類最早的城市供水系統，包括從引水渠到城市供水的分水管網，儲存水、污水與雨水的排水設施。其中最能體現人類文明發展的是在超過 1300 間房間內，發現了浴室和水沖廁所，這是人類迄今為止發現最早的浴室和水沖廁所，也是世界城市水利追溯最早的源頭。

　　引水渠、水井、收集利用雨水的蓄水池，作為城市供水末端設置的噴泉以及公共浴池，沖水廁所，是古希臘文明的重要內容。

　　古希臘人為什麼那麼重視洗浴文化？至今未有明確的定論，但浴場文化實實在在地凝聚了古希臘人的聰明才智和天才的創造力。

　　從雅典驅車向北，穿越蒼山翠嶺，綠樹城鎮，再往西北行是阿爾巴尼亞，這裏有座古希臘時期的古城——布特林特，依山傍水，恬靜、雅致、風光、悠閒；那一座座白色的古老建築不是現代房舍，而是幾千年前遺留下來的歷史印記，古希臘、古羅馬時代的石頭文化。很難想像，公元前 800 年前後，這個現在看著偏僻邊遠，甚至有些冷清的小城，在那個時代到底有多繁榮？可惜沒能留下一張"清明上河圖"來佐證那個時代布特林特的繁榮和興旺，但它卻留下了一片"石頭圖"、"石頭城"。布特林特遺留下古羅馬時代的三處公共浴室，最大的一處公共浴室，四面用白條石砌起，呈長方形；觀其留下的柱礎，很可能是一處室內浴池。每隔十米左右就有一個粗大的灰石羅馬柱，有的柱礎上還刻有花紋和圖案。那座浴池砌得中規中矩，像一個標準的游泳池，讓我驚訝的是浴池的池底呈一邊高一邊低，由高逐漸向低延伸，放上水後，自然分出深水區、淺水區，深水區下竟然設有石階石凳，淺水區中設有平躺搓澡用的平台，這真是 2800 年前的公共浴池？

在當年羅馬帝國卡拉卡拉公共浴場內，還殘存著馬賽克鑲拼地磚的殘片，從所剩下的馬賽克殘片看，其大小相同而顏色卻不同，可以推測，當年這座公共浴場的地不但是由馬賽克鑲拼而成，很可能還是拼圖鋪建的，由此可見，這座能夠容納數百人共同洗浴的浴場是多麼豪華！浴池周邊殘存的柱礎直徑竟然有一米五，可見當年這座公共浴場的建築規模和建築風格，很可能是一座經典的羅馬建築。在秋風冷雨中，它們雖然顯得殘破、淒涼、孤獨、悲傷，但飽經歲月滄桑，閱盡人間榮辱後，尊顏未改，依舊保留著當年那種自豪、驕傲、雄偉、壯觀，氣度不凡。2800 多年前古羅馬時代的公共浴池讓我激動不已，幾乎按捺不住，用手輕輕撫摸那些殘牆斷壁，凝視那些浴池池壁上古怪的文字和"咒符"，看見的是歷史，撫摸的是歲月，感嘆的是曾經。

羅馬帝國縱橫世界近千年，至少有四五百年是"橫行霸道"。

羅馬帝國好大喜功。每征服一處，就留有數處標誌，從神廟到凱旋門；從功德碑到大劇院；羅馬帝國驕狂的勝利者刻意追求豪華、顯赫、鋪張、奢侈，他們把勝利嵌刻在超豪華、超輝煌、超時代、超規模的大劇院、大廣場、大會堂、大體育場、大競技場、大浴場上。比如埃皮達夫入斯劇場，是 2500 年前修建的大劇場，竟

浴場的祈禱

能容納 13000 多人同時就坐，是一個超豪華的露天大劇場，每排有石座位 260 個，一共有 52 排，來用階梯螺旋，無論觀眾坐在劇場的哪一排、哪一座、哪個角落，都能清楚地看到舞台上的表演，都能夠清晰地聽見舞台上的唱詞，簡直神奇！中國史書上很少有關於先秦的諸子百家是如何洗浴的記載，更沒有記載唐之前中國有公共浴場。中國有酒文化、茶文化、儒文化、佛教文化，卻未有洗浴文化。洗浴在中國很長一段歷史時期都似乎是隱私文化。即使到了宋之後，開始有了公眾浴場，也未見有專門記載，更沒有數十人、數百人共同洗浴的公共浴場。與酒肆茶樓、劇場集市相比，似乎難登大雅之堂。浴池似乎只能和廁所相提並論。公共浴場更難提倡。明、清六百年，作為皇宮的紫禁城愣無一間公共廁所，亦無一室公共浴池。要知道最多時，紫禁城內生活著近萬人。不僅在中國，法國凡爾賽宮也不設廁所，內急自行解決，皇帝路易十四終身不洗浴，因為皇宮內沒有浴室，更不設公共浴池，很多人一年四季，甚至終身不浴。

在北京成為元明清帝都後，無公共浴池的記載，直到清末才有"大澡堂子"，但開設在哪一年亦無準確記載，有說道光年間，有說咸豐末年。

據說羅馬帝國的遠征大軍打了勝仗後最重要的慶祝就是全軍痛快淋漓地洗浴，狂洗狂歡。因此羅馬軍隊每到一地都要修建大型公共浴場。軍民同慶，軍民同洗；上至軍官貴族統治者，下至普通市民百姓，都經常去公共浴場洗浴，彷彿在公共浴場內，人人平等，未見當時公共浴場內分三六九等。有研究古羅馬社會的專家認為，羅馬人十分注重身體潔淨，對洗浴有一種近乎癡迷甚至病態的追求，講求不潔淨，毋寧死。這可能和他們當時的信仰和崇奉有關，如果他們得知當國王一輩子不洗浴，他們寧肯當平民；誰能真正理解 3000 年前羅馬人的情操和追求？很多羅馬人甚至把公共浴場當成是社交的場所，在他們眼中，公共浴場幾乎等同於大劇院、大廣場。當時羅馬竟然擁有十幾座大型公共浴場，有的奢侈豪華到如同藝術殿堂，公共浴場中幾乎應有盡有，它們已經是羅馬人生活中不可或缺的一部分，"愛江山，更愛洗浴"，最大的公共浴場竟然能夠讓千餘人同時大洗，真讓人震撼。自羅馬以後，再無人能領略在一個澡堂內千餘人共洗共浴，"此景只有羅馬有"。

羅馬當時最著名的、超豪華的公共浴場不下數座，是羅馬帝國最顯眼、最獨特、最有特色的一道風景綫，也彰顯了羅馬帝國時期的文明程度。如卡拉卡拉浴場、戴克里先浴場、君士坦丁浴場等等。據《世界文明史》記載，到公元前 33 年，古羅馬共有 170 座大型公共浴場；到公元 4 世紀，羅馬帝國已建成公共浴場 856 個，還有 1352 個游泳池。一些著名的大型公共浴場一年四季，不分春夏秋冬，無論大雪紛飛，無論暴雨傾盆，照洗照浴，何論晝夜？夜照如晝，更顯風采，更有趣味。很多人專洗夜場，專洗風場、雨場、雪場。羅馬帝國的大型公共浴場如雨後春筍。浴場文化在羅馬文化中獨樹一幟。

羅馬建築師的聰明才智可能都集中到公共浴場上了，建築是典型的羅馬風格，他們把溫泉的水引過來，浴場完全採用石頭建築，這也是它們能殘存至今的原因之一。以著名的圖拉真大浴場為例，其主體建築為長方形，完全對稱；池中的水溫不同，是由水池的大理石顏色決定；熱水池、溫水池、冷水池皆相對而設，既有進水口，亦留有出水口；進水口在上，出水口在下，高高的進水口甚至能形成小小的瀑布，估計也是當時羅馬人洗浴的 "熱點"，羅馬設計師想得周到，設計得至臻完美。浴場四周有更衣室、按摩室、塗橄欖油和各種香料的室，都是圓拱門洞，柱有雕塑，牆有漆畫。據說還有擦肥皂室、蒸汗室、健身室，讓人匪夷所思，難以相信。

卡拉卡拉大浴場長 216 米，寬 122 米，拱頂高 158 米，堪比 "水立方"，可同時容納 1600 多人洗澡沐浴。真乃聞所未聞，那該是個多麼大的陣式？卡拉卡拉大浴場內甚至還設有游泳池、桑拿池、冷水池，滿足各種人的需要。設計得可謂天衣無縫，想得無微不至。浴場內設有複雜的供暖系統，採用火炕供暖的辦法，設有火炕、火牆、地熱。即使在寒冬，浴場內仍然溫暖如夏，讓洗浴者一進浴場就忘記四季。據說四壁有畫，四處有花，四季同現，見得上太陽，也看得見月亮，說明這座大浴場晝夜開張，好生了得！

後來羅馬人又修建了戴克里先大浴場，恐怕在洗浴場中可稱為 "航空母艦"。浴場長 240 米，寬 148 米，其面積幾乎相當於奧運會游泳比賽用池的 30 倍，最多可容納 3000 人同時洗浴。這麼巨大的浴場，要分冷、熱、溫室蓋頂，該是一項極高尖、極複雜、極困難的工程。據說當年羅馬人採用的是三個十字拱覆蓋，有些像現代的金屬結構架，是古羅馬結構技術的傑出代表作之一，成功地解決了採光、遮擋、最大空間等一系列難題。據說千年以後，歐洲才得以解決。

羅馬的大浴場的設施 "成龍配套"，浴場內有花園，有藝術館，有圖書館，有健身房、劇場和會議室。浴場外一面有體育場、競技場，其餘三面有花園、湖泊，整個浴場佔地面積達 11 公頃。古羅馬的浴場文化稱得上光輝燦爛，更令我感到吃驚的是，羅馬公共浴場還定期開設女性專場。據我考證，中國公共浴場開設女部已經到了民國時期。

羅馬公共浴場也是有規矩的，洗浴者進入浴場時不能立時就浴，因為數百人、數千人同洗同浴，因此除了浴池的水是"活水"外，淨水無時無刻不在注入，活水又無時無刻不在排出，為了保證浴室內的新鮮空氣，除有成片成排的綠色植物，還留有巨大的"天窗"、"排氣門"，洗浴者入池要先入冷水池"過一下"，這道程序按我理解叫去塵、去土、去汗、去油，然後出池用硬木或象牙製成的刮板刮掉身上、腳上的污垢老皮，然後"放涼"，赤條條放鬆，此時，有人會用冷水沖刷，要冷水撲身三四遍後，再下到溫泉水中浸泡，最後再到熱水池中蒸熱。為保持引水的溫度，羅馬人還在引水管下生有火爐，洗、搓、揉、泡之後，再順著不斷降溫的水，逐池換洗，直到最後冷水淋身。羅馬人絞盡腦汁，把當時的最高、最新科技都用在享受上了，這是一個什麼樣的民族？什麼樣的帝國？羅馬帝國開設了那麼多大型的公共洗浴場，這需要一支龐大的服務隊伍，僅在浴場搓澡、按摩的"專業人才"可能就不止數百人。原來維持公共浴場的服務人員，幾乎是一水的奴隸，絕大部分是戰爭勝利的掠奪人口，戰爭越頻繁，勝利越大，奴隸越多。羅馬人讓這些奴隸"轉型"的辦法之一是辦學校，就像角鬥士，為了增加觀賞性、殘酷性，僅在羅馬，就有六所角鬥士的學校，亦稱"死亡學校"，把從奴隸中挑選出來的"勇士"直接送到角鬥士學校培訓，畢業以後作為專業的角鬥士進行與死亡角逐。而為培訓公共浴場的服務奴隸，羅馬人依然是辦學校進行專業培訓，然後把有一技之長的奴隸選派到大型公共浴場。羅馬人有羅馬人的"高招兒"。

為了滿足巨大的奴隸需求，羅馬帝國就瘋狂地進行對外擴張和掠奪人口，他們把戰俘和掠奪來的人口變成奴隸，在奴隸市場上公開出售。奴隸市場在羅馬非常興旺，大型的奴隸市場在羅馬不止一處，每天都有數千名男女奴隸通過這些市場進行買賣，有時候一天賣出的奴隸可達萬名之多。在羅馬人看來，奴隸和其他商品買賣沒有區別，男女奴隸被置放到市場的平台上展示，供人挑選，任人買賣。

羅馬終於跨過了鼎盛，物極必反，極興必衰。羅馬帝國的洗浴文化首先開始"變質"，走向腐朽和沒落。

公共浴場的規矩首先被羅馬帝國的貴族和軍官所破壞，他們把女奴隸和女侍者直接帶進浴場，出現數十人為一人服務，且把豪華酒宴直接搬進公共浴場，在浴場中醉生夢死，無度縱欲，紙醉金迷。只舉一個例子，許多富人和貴族，將軍和官員，每天在浴場每洗浴一次就要在全身塗抹一種珍貴的香脂，為了顯示他們的富有，他們盡情洗了塗，塗了洗，還把龐大的樂隊搬到浴場，無休止地演奏，吃遍天下的美味佳餚，有時甚至吃孔雀的舌頭。即使在腐敗的商紂王時期，也只有"酒池肉林"，未曾聞有吃孔雀舌頭的。據說當年僅羅馬城內就有數萬名妓女，同性戀已經成為上層社會的"通病"，圖奢華、圖鋪張、圖虛榮、圖享受，為慶祝一次戰爭的勝利，竟然毫無節制地狂歡慶祝 123 天。千年的羅馬帝國終於走到了盡頭。

歷史無情，隨著羅馬帝國的崩潰，那些輝煌無比、風光無限的公共浴場也被改朝換代者無情地摧毀，好在那些巨石造就的建築難以徹底摧毀。在羅馬還有一種情況，是宗教的力量，很多修建精美的公共浴場被改建成教堂，改建成廟宇，因而得以保存。像戴克里先大浴場高大的洗浴廳被改建成天主教堂，有的甚至直接改建成博物館。

想起辛棄疾的詞："舞榭歌台，風流總被雨打風吹去。斜陽草樹，尋常巷陌，人道寄奴曾住。想當年，金戈鐵馬，氣吞萬里如虎。"

維納斯的咒語

一

裸體藝術何時產生的，說法不一；裸體藝術作為行為藝術最初產生於何地，說法亦不一。一說其源於古埃及，又說起源於古希臘、古羅馬，也有說最早出現在古印度，但有一點是確定的：世界上四大文明古國中有三個都在公元前六七世紀已經開始從繪畫到雕塑、從官方到民間地出現了裸體藝術。唯獨中國沒有，即使算上中國的"春宮圖"也已然到了公元七八世紀，兩者相隔已有一千多年。

裸體藝術是藝術還是感官刺激？是大雅還是大俗？是青色、無色還是黑色、黃色？在中國乃至世界至今仍有異議。一個原本歸類於藝術問題的話題，能爭論數千年不息不滅，唯裸體藝術。

令我沒想到的是，裸體藝術是因為戰爭而興起，因為戰爭而逐漸發育成熟。戰爭需要炫耀武力，公元前的戰爭，要炫耀自己和壓倒敵人的主要是武士，武士要誇耀顯示他的雄健威猛、肌肉骨骼，裸體藝術應運而生。

裸體藝術的催生劑還在於神話傳說。有了神話，就有了神，就有了男神和女神，就有了愛神、力神、戰神和生活中有的、幻想中的、渴望中的各種神。神賦予人思想、行動、愛情、苦悶、歡樂、渴望、收穫、勝利、家庭乃至戰爭、生與死、愛與懼、性與情、幸福與痛苦，世上原來無處沒有神，真正能表現神的，是神而非人的就是自由，無約束的自由，任我的自由，非我的自由，無我的自由，人類達不到的自由，幻想出來的自由。真正能體現神與人不同的，就是神在任何場所、任何時候，都隨心所欲地半裸、全裸，自由自在地裸，裸體世界是神的世界的標誌之一，任何賦予神的衣服、裝飾都是人而不再是神。神的美麗、健壯就在於他（她）們都充分地、自然地、時時刻刻地表現出他（她）們身體的美和力。現代宗教主義認為，遙遠的理想彼岸就是西方的極樂世界，而古代人類的理想彼岸就是神的世界、神奇的世界、理想的世界。女神婀娜多姿，男神雄壯健美。

　　中國遠古也曾經有一位偉大的女神——女媧，曾為天下補天。女媧也曾為天下創造人類，但她和歐洲神話中的人類起源不同，歐洲人從神話就把兩性看得高於一切，歐洲創造了男神和女神，亞當和夏娃，偷吃了禁果，才有了人類。女媧不同，是無性繁殖，用黃土做人。對裸體的認識，中國和古埃及、古羅馬、古希臘的區別可能是地域關係，但同為東方古國的印度與中國亦有不同。據考古證明，古印度人在4500年前就開始住在帶浴池的城市，就開始捏製一些精美的偶像，其中不乏裸女裸男。這在中國尚未聽說。《哈拉帕男性軀幹像》是公元前3000年古印度河文明時期的作品，一尊裸體半身像，頭、手已失，但其發達的肌肉、健壯的肌體，風采依舊。古印度河文明的標誌之一是湧現出一批裸男、裸女的藝術雕塑。《英恆卓達青銅裸女像》是古印度遺留下的一尊青銅裸體女神。坦率地說，我十分關注中國的青銅器，也自詡看過不少重器，但從未見過青銅裸體女像。在古印度出土的青銅裸女女神像還不止這一尊，像《恆河望水裸體女神像》，這在3000多年前的中國似乎不可思議。就裸體藝術論，中國和其他三國的差異似乎不能用地域文化來解釋。再往後，印度教的一些寺廟中，有和真人一樣大小的雕塑，這些裸體男女雕塑都是在做性交的姿勢，這種群交、亂交在中國被稱為亂倫、淫亂，已絕然不是藝術範疇而是道德和犯罪問題。而在印度教的寺廟中，印度教中有性力派，認為性愛是神聖的，要用全身心去追逐它。有的印度教派甚至認為通過性交可以使男女變成一對男女神。印度在克久拉霍的性愛廟群，便是性與宗教結合的典範，主題是婦女與性愛，這些形態各異的男女神像數也數不清，很多是各種姿勢性愛的男女，密密層層的裸體形象，讓人目不暇接，這些都反映了古印度人形形色色的性生活方式。裸體形象堂而皇之地走向殿堂，走向廟堂，在一座寺廟大殿中，有種種男女群交、混交，甚至與野獸性交等等，讓信者參拜崇信，讓中國人不可思議，至今仍如此，聖拜的人依然虔誠，這裏有信仰問題，也有文化問題。在中國更重要的可能是教育和文化問題。裸體藝術似乎是宗教和道德的底綫。

　　兩河文化時期，裸體藝術達到一個新的平台，由原始的簡單寫生逐漸昇華到一個藝術門類。兩河文化也是人類文明的標誌，女神的形象開始走向神壇，開始走向文化和藝術之壇。主宰一切的女神已經不再是一位而是群神，形態各異、地位不同、主宰不同的女神，幾乎都是裸體，為表現女神的權威、慈悲、母愛、幸福，對女性裸體的藝術創作也在不斷地改進、完善、豐富、發展。在古埃及圖坦卡蒙的金字塔中，就出土了珍貴的堪稱藝術珍品的少女全裸雕塑——《圖坦卡蒙墓中的小船》，少女揚臂、腕有環飾，全裸充分表現了少女天真、活潑、幸福、充滿理想和嚮往的內心，雕刻十分細膩精緻，人體比例精準無誤，體形豐滿青春，肌膚滑嫩柔軟。公元前 1300 多年前的裸體藝術，讓 3000 多年後的今人仍由衷敬佩。又比如古埃及壁畫《宴會中的侍女》、《樂手與舞者》把裸體藝術展現在娛樂的大場面中，把少女的表現、動作、舉止、作派表現得那麼活潑自然，那麼動情青春，即使放在今天也不失為藝術佳作。

古希臘時期思想非常活躍、非常解放，古希臘曾經塑造出多少位神，恐怕連希臘人也說不十分清楚。這些男神和女神，戰神和愛神，兇神惡神和慈神善神，還有山神、林神、酒神、花神、鳥神、英雄神、太陽神、月亮神、歡樂神、智慧神等等，既有人的本性，不失人的行為；又有神的作為，神的無所不能、無所不為。公元前 9 世紀偉大的希臘盲詩人荷馬，在其《荷馬史詩》中就創造了一大批半人半神、真人真神，難能可貴的是這批"閱盡人間春色"的神，一一從詩歌中走出來，演變成壁畫和雕塑，也正因為他們都變成了石頭文化，他們才數千年而不朽，而永垂，而"神態"依然自如。據專家統計，古希臘神像中，有近十分之一的男、女神是全裸的，有近十分之一的是半裸的，裸體藝術在古希臘的造神運動中得到了極大的提升。比荷馬晚 6 個世紀的中國大詩人屈原、中國詩歌集大成者《詩經》都塑造了不少神，有天上的神也有地上的神，有愛神也有恨神，有鬼神也有人神，有風神也有水神，但不知為什麼這些近乎偉大的神卻沒有走出詩歌，從未見有把他們立體化、形象化、藝術化的彩繪和雕塑，更沒有出現以神為主體的裸體藝術。著名的古希臘神廟裝飾浮雕《奧林匹斯山 12 神》，在雅典衛城的帕提農神廟的飾帶浮雕上，描繪的正是奧林匹斯山上這 12 位神與雅典人民共同歡度雅典娜慶典，而讓人驚訝的是其中有著衣的，有半裸的，也有全裸的，各種姿態，惟妙惟肖，栩栩如生。在古希臘神的世界中，宙斯是眾神之首。在奧林匹亞的宙斯廟內供奉著一尊巨大的宙斯像，其高達 14 米，是用黃金和象牙鑲嵌而成，是"世界七大奇跡"之一。全裸的宙斯青銅像，兩臂伸開，兩腿前後拉開，肌體的肌肉成塊成塊地崩起，展示出男性的健壯、雄勃、俊美。把請上神壇的神，讓其全裸，一絲不掛，用中國土話說就是光著屁股。這在中國，即使是 3000 多年後的今天仍讓人接受不了。但馬克思說過："希臘神話不僅是希臘藝術的寶庫，而且是希臘藝術的土壤。"

　　宙斯祭壇建於公元前 180 年至公元前 170 年之間，祭壇座基四周裝飾著巨大的浮雕飾帶，雕塑上的人物比真人還高大，全長 130 多米，表現神與巨人之間的搏鬥。其中宙斯半裸，一條披帶以弧形從身後搭到右肩，下半身似乎是半褪的戰袍，在他的前面，是三個全裸的巨人，正在作法要擒拿宙斯，而宙斯正高揚雷擊棒回擊巨人。這種神與巫的戰鬥，神與惡的搏鬥，與其說是正義與邪惡的相鋒，不如說是為表現力量，彰顯男性的智慧與神力。在古希臘人看來，非裸體藝術難以表達。宙斯是古希臘時期裸體神像中出現最早、最多，也是塑造最成功的形象之一。

　　在古希臘的裸體神像中，出現得最勁、最力、最有藝術性的是阿波羅，《皮翁比諾的阿波羅》是其代表作之一，全裸、青春、健壯、有魅力，阿波羅是宙斯的兒子，用中國話說叫長江後浪推前浪，一代新人勝舊人。阿波羅是太陽神，以太陽為神座，其光芒四射，無所不能，阿波羅有些像一千年後東方出現的佛和菩薩。阿波羅主管光陰、青春、音樂、舞蹈、祭祀等等。阿波羅與宙斯相比，更青春、更朝氣、更浪漫、更善良、更通情達理、更通曉人間，當然也更英俊、更有魅力。裸體的阿波羅神像大約誕生在公元前 7 至前 6 世紀，正巧為中國的春秋時期。我以為此時此刻古希臘的繪畫和雕刻是受到古埃及乃至兩河文化的影響，還沒有跳出古埃及影響，有些繪畫和雕刻帶有明顯的摹仿和比照。但進入到公元前 5 世紀以後，古希臘的繪畫和雕刻水平有了大幅度的提高，越來越濃地展現了希臘風格，尤其是裸體藝術，人物的比例、結構、造型、神態拿捏得越來越準確，藝術成分越來越濃重。他們開始追求神話傳說之外的東西，人體的美、自然的美、藝術的美、風格的美。這個時代的《阿波羅》、《梭蘇——古菲埃阿波羅》、《庫羅斯像》、《赫拉克勒斯像》、《望樓的軀幹雕像》等等，把神與人、力與美集於一身，已經成為世界藝術珍品。

　　我在梵蒂岡博物館見到《拉奧孔》時幾乎驚呆了，那時我對拉奧孔為何遭到兩條巨蟒的攻擊不甚了解，但我震驚於拉奧孔和他的兩個兒子在兩條巨蟒的纏繞下，那種臨難時的掙扎、拚搏、絕望、悲哀，這座可能創作於公元前 2 世紀的全裸雕像把人的驚恐、害怕、絕望、掙扎表現到了極致。

　　古希臘裸體藝術的表現力還在於它不但要表現人體的美俊強力，而且還要表現人的痛苦直至死亡。這可能也是古希臘裸體藝術的一大特點。古希臘裸體雕刻《受傷的戰士》，展現了一位全裸的戰士正痛苦地從自己胸膛中往外拔射進身體的箭，你能感到，他的四肢在痙攣，五官在抽動，眼睛絕望地閉上，右手在用盡最後一點力量去拔射進胸膛的箭。《臨終的戰士》表現一位在戰場上負傷即將陣亡的勇士，側臥在地，左臂還緊套在盾牌上，竭力想支撐著站起來，右手握著劍，他是想站起來繼續戰鬥，不屈的戰士，垂死的戰士。但為什麼要用一個全裸的人像去表現一個這麼莊嚴神聖的題材？古希臘人認為裸露著身體才是最聖潔、最純美、最神聖、也最高尚的，這對在儒、佛、道長期教育下的中國人是難以想像的。

　　古希臘的幾次戰爭，包括著名的希臘波斯戰爭都給裸體藝術的表現提供了更廣闊、更現實、更刺激的藝術空間，像《垂死的高盧人》、《自殺的高盧人》、《菲底亞斯殺敵圖》。戰爭使人瘋狂，戰爭也使藝術擴張。看《自殺的高盧人》，站在這座古希臘雕塑面前，你會心驚膽戰，你會熱血沸騰，你會詛咒戰爭，你會祈禱和平。一名全裸的戰士，全身的肌肉都是隆起的、僵硬的、凝固的，把短劍刺進自己胸膛的一瞬間，戰士並未絕望、悲傷甚至並無仇恨、憤怒，而是那麼平靜、自然，在他身旁，他用手拉著的是他的妻子，他的妻子心甘情願地被他殺死，亦那麼平靜、自然，唯一讓人心悸的是她至死未瞑目，她在想什麼？難道她還在企盼什麼？讓我不能理解的是，這座雕像為什麼把戰士雕刻得全身赤裸，而把更善於表達情感的“妻子”卻塑造成穿著衣服的呢？有人作過假設，因為這些全裸的戰士的雕像大約都在公元前300至前200年完成，相當於中國的秦王朝，因此有人說，如果秦始皇把統一天下收繳的武器鑄造成的12個金人全部都鑄成裸體的又當如何？如果是在古希臘，陪葬的兵馬俑將不再是一身戎裝的秦國戰士，很可能是裸體武士列隊待敵，那時的中國人和現在的中國人能接受得了嗎？歷史能回答嗎？

二

　　公元前770年，東方的中國進入春秋時期，春秋無義戰，處處冒狼煙。幾乎在同一個歷史時代，地處南歐的希臘也進入對內對外戰爭頻發時期。和東方不同的是，戰爭刺激了軍隊的建設，軍隊因戰爭需要大批年輕力壯、體魄強健的戰士。據說從荷馬時代就開始，男嬰一出生，必須經過長老檢查，健壯合格的留下，體弱病殘的一律拋棄山峽。世界上最殘酷的莫過如此，即使是選優留下的嬰兒，還要用酒洗澡，體弱者會在酒精的熏嗆中死去。古希臘人也真能做得出來。戰爭還意外地激發了古希臘的競技體育的發展。公元前776年，希臘歷史上第一屆奧林匹克運動會開幕，規定每四年在宙斯祭壇舉行一次。古希臘人太有想像力了，也太有科學性了，他們在中國春秋剛剛開始的時代，就號召要鍛煉身體，壯身健體衛國。讓我敬佩的是3000年前古希臘人設立的體育競技項目，竟然3000年不變，至今奧林匹克運動仍然進行。中國西漢董仲舒曾提出："天不變，道亦不變。"比他早近一千年的希臘人卻在執行著一條：天變不變，體育不變。2006年我去希臘時，特地到宙斯祭壇去看看奧林匹克運動會的起源地。希臘的友人說當初的奧林匹克運動會是全裸的運動會，所有的運動項目的參賽隊員都必須全裸。友人問我，我們現在的奧運會為什麼不能全裸？如果全裸就不必依靠昂貴的運動衣的幫助提高運動成績，運動員也大可不必為穿高科技的游泳衣而費去賽前的20多分鐘。給我印象最深的是那些雕刻，據說他們都是後仿的，真正的珍品是青銅鑄就的，在公元前6至前5世紀，其中最著名的是《擲鐵餅者》、《擲標槍者》、《拳擊者》、《長跑者》、《摔跤者》，我們現在才具有3000多年前希臘人的目光，只有全裸才能顯示健壯的男人更強、更壯、更有魅力、更有朝氣，也更能體現出男子漢的氣度和體魄。其實，愛神、美神的主角兒還是女神，尤其是從古希臘時代走向古羅馬時代，女神更多是以全裸和半裸來表現。最傑出的、最優秀的、最動人的，堪稱世界珍寶的就是《米洛斯的維納斯》，因此羅馬時代有人也稱其為維納斯時代。

1820年2月，在希臘愛琴海的米諾斯島上，有位農夫在自家葡萄園內挖土意外地發現一尊女性大理石像，就像我們陝西西安附近的農民在打井時不期發現秦始皇的兵馬俑一樣。但這位農夫既未慌張也未猶豫，他立即判斷這是一尊能賣一筆錢的"財神"，這個農民了不起。倘若換上一位中國農民，發現一尊半裸體的女人像，估計他會以為是遇到邪惡，會用鋤頭把她擊碎以辟邪，因為那是一個光著膀子的娘們。19世紀初正是大清王朝嘉慶年間，正是中國社會最黑暗、最腐朽也最封建的時期，你不能期望那個時期的中國農民有多高的審美觀念和美術修養，雖然想發財的意識絕不會比愛琴海邊上的那位農民差。

維納斯一出土，幾乎引發一場戰爭。

為爭奪維納斯，德國艦隊隨時準備行動，而土耳其也毫不示弱，準備為維納斯而戰，維納斯終於在爭奪中被肢解成"殘疾人"，誰都沒有想到，斷臂的維納斯成為一種世間的"絕美"。當然後世之人為維納斯的復原曾經爭論得面紅耳赤，做出過無數個方案，但沒有一個得到公認，公認的原則其實就是一個字：美！在中國也曾引起過爭論，但爭論的焦點是該不該給這位半裸的美婦穿件衣服。

維納斯像高 2.04 米，她那豐滿的乳房，光潤的肌膚，柔韌的腰肢，嫵媚的身姿，讓世人對她的評價近乎絕對，無處不美，多一分則長，少一分則短。我沒有考證過是在《米洛斯的維納斯》之前還是之後，至少又出土過數尊也可能是十幾尊維納斯的雕像，《美第奇的維納斯》、《尼多斯的維納斯》、《沐浴的維納斯》、《維納斯立像》、《加比多林的維納斯》等等，雖然這些維納斯幾乎都是完整的，幾乎都是全裸的，但沒有一尊能比上《米洛斯的維納斯》，那是裸體藝術的高峰，那是裸體藝術的極品，維納斯真美！歐洲進入文藝復興時期，裸體藝術成為揭露、控訴和摧毀愚昧、黑暗的中世紀的最主要和最犀利的文藝手段。

歐洲文藝復興的旗手之一波提切利最著名的代表作《維納斯的誕生》，描繪了在波濤洶湧的海面上，全裸的維納斯以金色的長髮作衣，從一個張開的貝殼中冉冉升起，風吹髮動，美不勝收。波提切利的不凡，就在於他把人的全部美通過裸體奉獻給人。《維納斯和阿多尼斯》更是熾熱。全裸的維納斯和美男子阿多尼斯的戀愛，展現的是人類對美的追求。站在這一幅幅巨大的裸體藝術珍品前，徜徉在一尊尊比真人還高大的裸體藝術雕像前，中國人可能比歐洲人的讚美來得慢一些，但被美征服的感受則是一樣的。德拉克羅瓦的名畫《自由女神引導人民》，畫中的女英雄置生死於不顧帶領戰士去衝鋒，去流血，去犧牲，德拉克羅瓦把女英雄畫成半裸，她的乳房是裸露在彈雨硝煙之中的。德拉克羅瓦深信把美毀滅是邪惡可咒的，也是必然要被摧毀的。

約翰·柯里爾的名作《馬背上的 Godiva 夫人》畫著一位全裸的女人騎在馬背上走過全城，有著一段真實而動人的故事。當年英國考文垂市的統治者伯爵要為支持英國的不義戰爭向全城課以重稅，人民已然民不聊生，貧困至極，其夫人百般勸阻，伯爵憤而怒斥，如果明天你裸體穿過全城，我就免去此次徵稅。第二天早晨，伯爵夫人真的一絲不掛地騎在馬上穿過全城。而全城百姓得知後，為了伯爵夫人的尊嚴，紛紛關門閉戶，街道上闃無一人，誰看了這幅油畫能不為之感動？

法國盧浮宮有三件寶，皆女性：米諾斯的維納斯，達·芬奇的蒙娜麗莎，勝利女神像。中國人說起維納斯像，幾乎沒有人去深究她是古羅馬的女神還是古希臘的愛神，她是忠貞還是放蕩，不管她和多少男人相好、私通，是否生下過 5 個孩子，中國人都知道那是一尊美人像，一尊半裸體的美人像。

其實，達·芬奇還有一件裸體藝術的珍品《麗達與天鵝》，有意思的是，就這個主題至少有三位藝術大師留下過不朽的大作，中國人翻譯過來都叫它們《麗達與天鵝》，其他兩位是米開朗基羅、高雷其奧，我以為達·芬奇表現得最好、最傳神、最動人，也最美麗。麗達豐滿、漂亮、青春，她全身赤裸地站在畫面中央，嫻靜優雅，純樸自然。由於重心在右腿，左腿微屈，身上呈現一條優美的曲綫。化為天鵝的宙斯站在她的左側，從天鵝的眼神中，我們能看出宙斯近乎色情、貪婪、求歡的心理。牠伸出翅膀摟攬著麗達，麗達雙手輕撫著牠身上的羽毛，溫柔而害羞地轉過臉去，嘴角上還有達·芬奇筆下女性特有的"神秘的微笑"，達·芬奇的畫筆太神奇了，他能畫出女人的笑、女人的情、女人的愛、女人的心。

意大利的佛羅倫薩市，是一個美麗的古文化小城。清澈敞亮的阿爾諾河從佛羅倫薩城中穿流而過。在阿爾諾河的南岸有片高地，在意大利乃至整個歐洲都赫赫有名——米開朗基羅廣場。就在這個廣場的中央，有座高大的石雕像，這就是著名的大衛像。米開朗基羅創造的偉大的裸體藝術形象。

我初次踏上這片高地，初次走近大衛雕像，感到心在怦怦跳躍，呼吸有些急促。我不知道別人是什麼感情，別人為何看得那麼專注怡然，我心有些不安，因為我的眼睛正好看見大衛的睪丸，他那巨大的睪丸正好懸在我的頭頂。我敬佩那些年輕的和不太年輕的女人們都平靜而認真地觀看著大衛，審視是從大衛巨大的睪丸開始向上移動的。難道她們都是米開朗基羅的後裔？

大衛是《聖經》中的英雄人物，是米開朗基羅用了近3年時間雕鑿而成的。米開朗基羅開始用錘子和鑿子在那塊5000多公斤重的純白大理石上創作大衛時，僅26歲，和我看見的大衛幾乎一樣年輕英俊。大衛怡然自得，剛毅自信，堅定無悔，左手上舉，握著搭在肩上的"拋石帶"；右手下垂，彷彿要握指成拳，頭微俯直視前方，全身肌肉健壯，敏捷強健，一絲不掛。其實最先映入人眼簾的是大衛睪丸，因為它所處的位置和它的神秘性決定了它的搶眼。

對大衛的評價、對米開朗基羅的評價很多，恰恰沒有人說大衛最"露臉"、最"顯眼"的部位睪丸。

我認真地仰頭，非常仔細地從大衛的睪丸看起，毫不扭捏、毫不避諱地就從睪丸雕塑談起，那才是裸體藝術的階段。

馬未都先生曾經談過歐洲裸體藝術雕塑的真假之辯。馬先生是大師。他說男人睾丸的真假是判斷古代人體雕塑真假的標誌之一，就像鑒定明清時期的青花瓷，都要端起來看看印鑒一樣，要看睾丸，甚至首先看睾丸，必須看睾丸。男人的左右兩個睾丸絕對沒有長在一個水平綫上的，一定會是左低右高，這是絕對真理，是人的生育生理決定的。否則就不是男人，不是真男人。我認真看，仔細看，看睾丸，看得同來的下屬都難為情了，得出的結論是，米大師真不愧是世界級的大師，歐洲文藝復興的扛鼎者。

　　佛羅倫薩市是一個文化積澱十分厚重的城市，又是歐洲文藝復興的啟蒙地。在佛羅倫薩市的大街小巷、殿堂廣場，都有大量的文藝復興時代的雕塑，雖然是複製品，但卻真讓人感動。那些仿古的雕塑十有八九都是人體造型，都是裸體藝術，而且相當一部分是女人的裸體造型。

　　穿過佛羅倫薩美術館，你的周圍幾乎都是美麗無比、高潔無上的裸體藝術造型。米開朗基羅的《創世紀》宏偉開闊、氣勢磅礴，竟然繪出 343 個人物，其中 100 多個人物是比真人體還大 2 倍。而且幾乎全部都是男女裸體藝術的造型，美不勝收，令人流連忘返。你能忘了佛羅倫薩的阿爾諾河，忘了河上廊橋，卻很難忘記那些裸體藝術形象，忘不了大衛。

　　法國雕塑家在中國人心目中的知名度最高的當推羅丹。羅丹的代表作當推《思想者》。羅丹是藝術大師，他的成名，得益於裸體藝術。

　　羅丹的藝術視角有時卻不可理喻。巴爾扎克何許人也？文學泰斗，《人間喜劇》在世界文學史上都是必講的一課。羅丹卻把巴爾扎克塑造成一個一絲不掛的裸體。我曾經站在裸體的巴爾扎克面前，想體會一下羅丹當時創作的思考，但怎麼也琢磨不出來羅丹大師為什麼要用裸體藝術來表現巴爾扎克？

　　羅丹征服世界的是他的《思想者》，還是裸體藝術？羅丹是用藝術手段再現一位一絲不掛的全裸男子來展示他的思想，這在那時的中國是不可想像的，是一種邪念。

　　羅丹的《思想者》，越走近才越能感到他的力量。

　　他強勁富有內力，飽滿的肌體全是腱子肌肉，透出勃勃生機；他成熟而深刻，那生命感強烈的軀體正在一種極艱難、極為痛苦的思想中劇烈地收縮著；他緊皺著眉頭，托腮沉思，彷彿身體的一切都在內心活動中變化、升騰、凝結；他不僅展示了人體的陽剛美，而且還孕育了一種深邃永恆的精神，那是一種思想驅使身體的必然，非裸體藝術難以表述這些內在的美。當然，羅丹的作品數以千計，他的《吻》是男女雙人裸體求愛接吻的雕塑，這種作品即使在今天在中國巡展也可能遭到非議。羅丹不管，羅丹篤信，沒有什麼表現手法比裸體藝術更有衝擊力。

當你走在法國盧浮宮、凡爾賽宮，俄羅斯的冬宮、夏宮、克里姆林宮時，當你從那一尊尊叫不出名的裸體女神和眾神雕像前走過時，你才能體會到羅丹的藝術思想的癲狂。

同樣讓我難以理解的是這尊高約 127 厘米，寬 61 厘米，重 65 公斤的青銅雕塑竟然會在一夜之間不翼而飛，是誰偷走了裸體的巴爾扎克？巴爾扎克全身赤裸，挺胸抬頭，雙臂環抱，高傲地遠望，一臉戲看人間萬象的表情。巴爾扎克死後 40 年羅丹把他赤裸裸地重新推出人間，我似乎頓悟了，難道羅丹創作的原意就是讓巴爾扎克赤裸裸來去無牽掛？以肌體的赤裸清白來對照人世的混濁污穢？這位偷盜者不但愛財，也深懂藝術。當然，羅丹六年後又創作了一尊《穿斗篷的巴爾扎克》，令人不解的是，這尊巴爾扎克裹著大斗篷的雕像卻受到輿論界、藝術界和美術界的譏諷和嘲弄，使得羅丹不得不向法國作家協會退錢，因為巴爾扎克的雕像是當時左拉領導下的法國作家協會為紀念巴爾扎克定做的，羅丹一言未發，去巴黎展館搬回《穿斗篷的巴爾扎克》，一直放在自己家中，直到羅丹去世 22 年後，法國社會才頓悟過來，才理解這尊巴爾扎克的雕像多麼優秀，才把他矗立在巴黎的拉斯帕伊大街上。而《裸體的巴爾扎克》卻未受到這麼多挫折，他從一誕生就為人高讚，從未被冷落，幾經輾轉才"落戶"在以色列的耶路撒冷博物館。

三

文藝復興時期以後，歐洲文藝進入到一個百花齊放、百家爭鳴、百舸爭流、百派叢生的時代。蒙克是那個時代現代表現主義的先驅，蒙克可能是那些現代派中長得最帥最酷的偉大的藝術家了，挪威人看待蒙克皆仰視，用《史記·孔子世家》之語讚之，挪威人說亦不過分："高山仰止，景行行止。"

我知道蒙克並不是因為他的《吶喊》在 2012 年 5 月 2 日晚蘇富比拍賣行拍出天價，據說創當時所有藝術品世界拍賣紀錄。

不知為什麼，蒙克的《吶喊》總讓我想起魯迅的《吶喊》。可能真有相通之處？

蒙克畫面上的這個光頭，聲嘶力竭、竭盡全力地在呼喊，眼睛睜圓，渾身顫抖，鼻孔大張，滿臉彷彿只剩一張圓張的大嘴。色彩彷彿在流動，腳下的橋樑彷彿在顫動，河水也彷彿在奔騰，彷彿因恐懼而狂流。

我的朋友沒有一個看入眼的，可它就是價值昂貴。蒙克真不愧是現代表現主義大師。

蒙克的《吶喊》分三部曲，《不安》、《絕望》、《吶喊》。但我認識這位令挪威仰止的"偉大藝術家"是因為他還畫了大量裸體藝術的作品，《馬拉之死》便是其代表作之一。馬拉是位法國歷史上的名人，是法國革命的先驅，也可以稱為革命的領導者。馬拉是在浴室中被女刺客刺死的，這其中有說不完的傳奇故事。當時有幾十位畫家、藝術家都試圖用藝術的手法來表現法國革命中的這場悲劇，據我所知，這些手法都浸進在裸體藝術之中。蒙克的這幅《馬拉之死》可能是表現最好、最藝術、最現實、也最充分的。據說蒙克一共畫過三幅，我看過的是小圓桌上擺放著水果的那幅。蒙克和其他那些大師不同，他沒有寫實地描繪馬拉被刺，而是把馬拉之死描繪為死在床上。馬拉赤身裸體，一絲不掛地僵死在床上，床單上到處是血，看得出馬拉是位身材健壯的男人，肌肉發達，肩寬胸厚。而站立在床前正面的那位女刺客，全裸呆木，橘黃色的頭髮散亂地披肩而垂，眼神絕望、僵滯，彷彿僵僵地呆立在那裏，她在想什麼？看什麼？打算什麼？無人知曉。大衛也有一幅名畫《馬拉之死》，可能比蒙克的影響還大，大衛是把馬拉當時慘死在浴盆中的情景如實地表現出來了，半裸的馬拉僵死在浴盆裏，手中還拿著要處死"反革命"的命令或名單。但蒙克是引領現代藝術派表現主義畫派的"領袖"，他絕不會寫實般地刻畫，那不是表現主義的藝術手法。後印象派大家高更的《哎呀，你嫉妒嗎》那種描繪裸女形象的手法已經開始不為非現代派的人所接受；塞尚、梵高筆下的裸體藝術讓許多人感受不到那般傳統藝術的衝擊。畢加索一生畫過數百張裸女，包括他的素描，但真正能欣賞的人須對現代派有所了解，否則確有"味同嚼蠟"之感。畢加索的《畫家與模特》畫中的模特是畢加索的一位情人，十分美麗漂亮的一位少女，她裸坐在地上，正專心致志地作畫。但畢加索的畫面上，用外行話說畫得非人非鬼，非妖非怪，沒有一個準確的詞語去描繪她，但有一點可以直述，一點美感都沒有，絕不認為她是一位裸體美人。他的另一幅名畫《草地上的午餐》，裸體女人坐在草地上，卻五官挪位，四肢挪位，唯一能辨認她是女性的，是能分辨出她有豐滿的乳房和誇張的黑色三角區。我去美國芝加哥，在市政中心廣場上有一巨大的鋼鐵藝術大器，光鋼鐵就用了 160 噸，足足有五層樓那麼高，堪稱世界第一；這座摩天藝術雕塑就是畢加索的得意之作，也是這位傳奇式的藝術大師一生中最大的一件藝術作品，那是一個鋼鐵的裸體女人雕塑，堪稱世界最高、最大、最重的裸體女人，但據說所有見過這尊鋼鐵巨雕的人，沒有一個人能看出她是一位女人，一位裸體女人，沒有一個人能指出她為什麼是一位女人，為什麼是一位裸體女人。那些裝模作樣地圍繞著這位世界第一裸女轉來轉去的人，自稱懂畢加索藝術的人，懂現代派藝術的人，其實在他們心中也分辨不清眼前這座龐然大物到底是什麼。是人是妖？是鬼是怪？憑什麼認定她是女人？問天，天可能都不知道，只有去問畢加索。《亞維農的少女》是畢加索的代表作之一，據說是現代派中立體主義創作的扛鼎之作，利用三維空間的錯覺表現五個裸體少女在田園之中遊戲舞蹈，我曾經有幸去美國紐約現代藝術博物館，親身站在這幅《亞維農的少女》面前一動不動地、仔細認真地看，一動不動地、認真仔細地體會，畢大師就是畢大師，即使按照他的鑑賞理論：鳥叫得好聽你懂牠叫的什麼嗎？不懂，但你覺得好聽，願意聽就行了。按照畢加索這一理論去看《亞維農的少女》，依然如夢如幻、如醉如癡、如風如霧。紐約現代藝術博物館太安靜了，那裏沒有鳥鳴。但我知道畢加索的《阿爾及爾的女人（o 版本）》的價格是 1.794 億美元，當時合 11.1 億人民幣，畢大師讓人耀眼，畢大師讓人仰止，但畢大師畫女人尤其是裸體女人也真的不敢恭維。當然論到杜尚的《下樓梯之裸婦》、《新娘也被光棍們剝光衣裳》，我純粹看不懂，什麼也看不出來，既沒看見光棍，更找不出新娘，更別說是被剝光衣裳的新娘，但也確有人喜愛、追逐杜尚的畫，欣賞杜尚的風格。論裸體藝術的欣賞，我更樂意去看安德列的《坐著的女人》，安格爾的《浴女》、《土耳其浴室》、《泉》、《維納斯的誕生》，大衛的《愛神與仙女普賽克》，米基的《愛神與普賽克》，丟勒的《夏娃》，米開朗基羅的《最後的審判》。歐洲裸體藝術的流派也繁多，也泥沙俱下。1960 年 3 月在法國巴黎國際當代藝術畫廊表演上，號稱現代派的克萊因令三位裸女沾滿藍色顏料，在鋪好的白布上滾動，完成他的創作。克萊因可謂走火入魔。

四

人類竟然和毛毛蟲是相通的，要麼作繭自縛，要麼破繭成"妖"。剛剛走出中世紀的歐洲人們面臨的難題竟然也是解放思想，衝破桎梏。安格爾的《泉》剛一面世，就遭到衛道士們的惡毒攻擊，其鳴嘈之聲，其語言之毒，皆已用盡。把《泉》看作是邪惡、淫穢、罪孽、下賤、醜陋、卑鄙等等，安格爾幾乎要被釘在恥辱柱上。

安格爾還不算是最倒霉的，布歇畫的《瑪麗—路易斯·奧墨菲》被視為邪惡、淫穢、傷風敗俗，在油畫中作裸體女模特的 15 歲的少女，因為其趴在床舖上，春情盪漾，含情脈脈，幾乎被看作是妓女，是在賣春，累及這位少女一生坎坷。無獨有偶，像提香的《馬爾此諾的維納斯》、馬奈的《奧林匹亞》都被指責、謾罵，那幅《草地上的午餐》甚至驚動了法國皇帝，拿破崙三世看了以後大為光火，甚至大吼"淫亂"！其實這位法國皇帝的私人生活堪稱淫亂，但他見不得一幅草地上的裸體畫。這使我想起中國有句成語：道貌岸然。就是這位"花"得出名的"騷"皇帝，見到古斯塔夫·庫爾貝畫展上的畫作《浴女》時，怒不可遏，斥之"粗俗"，憤怒之下，一把從隨從手中搶過鞭子，對著《浴女》狂抽。

法國畫家朱爾斯·萊菲博瑞於 1875 年創作了一幅裸體少女畫《克洛伊》，這幅全裸少女畫畫的正是 19 歲少女克洛伊。畫作問世後，曾在爭議聲中贏得很高的讚譽，但到澳大利亞參展時，差一點被澳大利亞的一些人的口水淹沒，用中國話說叫"千夫共指"、"批倒批臭"。誰都想不到澳大利亞有位十分精明的商人，沒花什麼錢就把這幅裸體畫懸掛在自己經營的酒吧內。誰都沒想到，這間酒吧每天從開業到打烊，都爆滿、爆火。連那些罵得最兇的"衛道士"們也都情不自禁地一次又一次地來這間酒吧喝酒。我翻看有關資料，未能查出這位經營酒吧的老闆姓甚名誰，但我可以肯定，是位"人精"。

中國之繭更厚，其縛更重。

中國的裸體藝術比古羅馬至少晚了 2000 多年。直到 1978 年還因裸體藝術的壁畫鬧得不可開交，被認為是"宣傳資本主義腐朽沒落思想"、"宣傳黃色文化"，幸虧當時小平同志說了句話，"我看可以嘛"，才得以在北京新機場大廳展出，但隨之而來的批評聲卻山呼海嘯一般捲來。當時人戲稱"光屁股事件"。

1978 年，北京新擴建的首都國際機場要投入運營，因有"國際"二字，就史無前例地在候機大廳內裝飾了一幅 "大畫"，這幅壁畫長 27 米，高 3.4 米，是以袁運生為首的當時幾位中青年美術工作者製作的。思想交鋒的旋風就從這幅名曰 "潑水節——生命的讚歌" 的壁畫開始的。

這幅壁畫最關鍵的是它的第二部分，象徵著青春幸福的傣族姑娘對生活、人生、愛情的追求，畫面中有 3 位女青年一絲不掛地洗浴。這就是狂風起處。坦率地說，那麼大，像真人一樣的全裸女人畫像，如此逼真、如此細膩，令人臉紅。在中國，在大庭廣眾之下矗立起這麼高大、顏色鮮豔的裸女像，數千年都未見過。

據袁運生回憶說，當時尚未公展，內部就爭論不下，最後擔任這批項目的總負責人李瑞懷說，等小平同志看看再定吧。鄧小平到首都機場看後說："我看可以嘛。" 這才在機場大廳展出。消息傳得比風快。據當時的人回憶，人們為了來看首都機場的 "裸體畫展"，倒 4、5 次車，忙活 5、6 個小時的都有，那時專程來參觀的人的車把首都機場前的廣場停得滿滿的。人們像潮水一樣湧進大廳，又像潮水一樣湧到壁畫前，睜大了眼睛盯住不動以至於機場的工作人員不得不出面疏導，讓前面的人快點走，好讓後面的人擠進來。有的人竟然排幾回隊，反復看。

隨之，責難聲、批判聲、叫罵聲，捲地而來。又加上袁運生 "有折"，1957 年被打成過右派，長期下放勞改，上綱上綫就更自然。就有人把這幅畫視為洪水猛獸，視為卑鄙無恥，視為資本主義復辟。不知是誰出的餿主意，給那三位裸體的女傣族姑娘都蒙上了一層薄紗，似見非見，似穿非穿。但仍然抵擋不住大批判的火力，只好把《生命的讚歌》蒙上了一層厚厚的氈布。專程來看的人，都不顧那麼多，索性過去掀開氈布看，或乾脆鑽到氈布下看。後來乾脆用三合板釘成護欄封起來。裸體藝術就那麼可怕？李嘉誠先生說，我從香港飛北京下飛機後，總要看看《潑水節》的壁畫，看它被圍起來沒有？要是沒有被圍起來我就放心了。

一張裸體藝術畫，竟然關係到一個階層人士的政治信心，裸體藝術的作用何其之大。每說到此，我就想起米開朗基羅的《最後的審判》。這是一幅震驚世界的 "大畫"，畫中有 400 多位人物，其中有近 300 位是裸體人物。當這幅 "大畫" 橫空出世時，世人為之震撼，教會和衛道士們為之恐慌、仇恨，他們用最惡毒的語言攻擊它，詆毀它，咒罵它，扼殺它。其惡招竟然和 425 年後的中國衛道士同行一轍，不知是誰繼承了誰，誰發展了誰？他們對米開朗基羅《最後的審判》也是先遮後蓋，讓人給那些光著的人物都穿上衣服，然後再遮上油布，最後釘上木板，教皇克萊孟八世甚至想毀掉它。裸體藝術能讓那麼多人咬牙切齒，那麼多人耿耿於懷，那麼多人寢食不安，如喪考妣，這也是裸體藝術的魅力。

陳丹晨曾經講過，那個時期他的一位老師曾經開課講裸體藝術，課堂中間放了幾張世界著名的裸體藝術的油畫和雕塑。誰都沒有想到那堂課來了那麼多人，不但把教室擠得滿滿的，連走廊過道甚至連窗戶上都爬滿了人，人們都伸著脖子瞪大眼睛看著講台，像一群池塘內缺氧而探出腦袋呼吸的魚。當關燈正準備放幻燈片時，黑暗中又湧進來一批外校外系的學生，大家都渴望著聽聽裸體藝術，看看裸體的藝術形象。據說，當幻燈片播出裸體時，全場數百人，鴉雀無聲。事後不少人坦言，自己連眼睛都沒眨，捨不得眨。

據說，那位講課的教授叫錢紹五，講完之後，人擠人擁，說什麼也走不了，散不了場，下不了課。一是要求再講一遍，再放一遍；二是異口同聲問：哪天還講，在什麼地方講？

1980年我回到北京，看望我的一位老同學，他原是東北建設兵團的，有股東北大俠的風骨，喝的是東北小燒。他說了一件關於裸體藝術的事。他說，他排了3個多小時的隊，去沙灘中國美術館3樓看一個畫展，是心甘情願排的，一點怨言一句牢騷都沒有。不僅他沒有牢騷，全隊皆無。感謝排隊，感謝登堂入室，否則這屆被稱為"星星畫展"的美術展覽，早已被扼殺取締了。實際上，這也是很值得珍惜的一次展出，隨後就被取締了。

他說，最讓他興奮的是展覽中竟有不少裸體女人、裸體藝術。看得人都傻了，哪兒人多，人擠人，擠都擠不動，擠不走，人人駐足長看，那兒就是一幅畫得特逼真的裸體女人像。

真奇怪，女人穿著衣服站在那兒和裸體站在那兒的魅力截然不一樣。

酒一下肚，話即上路。

他說，咱也是見過點世面、經過點風雨的人，但你站在畫著光光的女人畫像前時，你肯定有異性的衝動感、好奇感、欣賞欲，讓你衝動的，是一種衝擊力、摧毀力、震撼力，那就是裸體藝術的威力。

此兄1989年移居美國，後為倫敦大英博物館工作，曾獲得美國文化界最高獎——麥克阿瑟天才獎的提名獎，後失去聯繫不知去處。

中國石文化的另一個高峰，是1959年，以向建國10週年獻禮的北京十大建築為標誌。這十大建築都是石結構，都有古希臘、古羅馬的建築風格，其中最典型的，當推人民大會堂和中國歷史博物館。

而中國裸體藝術的覺醒，應該是改革開放以後。現在可能沒有人把裸體藝術再看成洪水猛獸了。在20世紀80年代，一批一批人體攝影、繪畫的出版物如雨後春筍般出現，出版商投其所好，"地毯轟炸"似的席捲而來。直至穿著泳裝的各種大美人掛曆鋪天蓋地，徹底讓中國人倒了胃口。

那時代有位朋友講過一個小故事。他認識一位練攤的兄弟，練得就是"文化產品"。當時最受青睞的是裸體藝術，但那時候很多人都好奇，想看又不願意讓人看見，想看又買不起，一本印刷特別上檔次的"大畫"，要幾十塊錢。那時候幾十塊錢夠三個大學生一個月的生活費。這"練攤"的哥們眼裏有生意，他在攤背後放兩個馬扎。有人要看"光屁股"，交5毛錢在後面隨便看，又避人又解渴，沒人催，更不用著急。等到書翻髒了、舊了，他會慧眼識珠，找一個懂貨肯出價又不肥的"好主兒"，打折把書賣給人家，裏外賺了好幾倍，實乃高人。後來據說此人果然經商有術，現已是卓有成績的"文化腕"了。

時間過得真快，從50元買了一張裸體女人的世界名畫的印刷品還羞羞答答、偷偷摸摸，到花11億人民幣買一幅"光屁股"女人的世界名畫，這中間也不過就是20多年，一晃而矣。據報道，在紐約佳士得拍賣會上，中國人劉益謙以1.7億美元的天價購進意大利繪畫大師阿梅代奧·莫迪利亞尼的《斜躺的裸女》。拍賣會收場後，一位"閑人"問現場的拍賣大師，如果是《斜躺的穿衣服的女人》，能拍多少呢？那位美國佳士得著名拍賣專家，曾經拍過一千多場的"大賣"沉思一會兒說，起價位應在500美元吧。

但裸體藝術真正登上中國美術的大雅之堂還是近10年的事。它的起始點，798是一個；它的標誌，李象群算一位。

李象群先生手下有一佳作，不知為什麼題目叫《堆雲·堆雪》，曾在全國第三屆美術展上展出，是一座雕塑，雕的是慈禧太后，看上去應該是老佛爺年輕時，至少不是曾有過一張老照片上照的那麼老時，因為李先生把慈禧雕成一位漂亮美麗的少女，而這位年輕的少女，還是一位裸體的少女，赤條條地坐在一張大太師椅上，一隻腳還踏在椅子的邊上，兩隻手很隨便地放在椅子的扶手上，呈自然放鬆狀。看者蜂擁，議者嘈嘈，成為中國裸體藝術最具爭議的作品之一。裸體的慈禧說明了什麼？看來，解放思想也永遠在路上。

最後一個角鬥士

PART 1

最後一名角鬥士，終於被釘在最後一個十字架上，他的血幾乎已經流盡，他是受重傷於陣前，幾近昏迷後被俘。要處死的角鬥士太多了，已經把釘死他們的十字架都用光了，現在連豎十字架的地方都沒有了，一排排，一行行，釘著角鬥士的十字架密密麻麻地竟然排成了"森林"，連一隻烏鴉和禿鷹也不見。角鬥士的赴死既無反抗，又無呼救，他們把沉默看成勇敢，看成命運，看成使然。他們是從羅馬帝國中走來，也是羅馬帝國的掘墓人。沒有羅馬帝國，世界上就沒有角鬥士，只有角鬥士在冷眼和熱血中觀看著羅馬帝國的興旺、發達、強盛、無敵；也只有角鬥士伴隨著羅馬帝國走向衰落，走向頹敗，走向分裂，走向滅亡。

羅馬帝國兇猛，兇猛得不可一世；羅馬的大軍縱橫歐、亞、非；據耶林考證，羅馬帝國曾經三次征服世界，第一次是以武力，第二次是以宗教，第三次是以法律。耶林是 19 世紀西歐最偉大的法學家，他的這個觀點對不對，我很難下斷語，但羅馬帝國以武力"彎弓射大雕"，稱霸世界是歷史的史實。自羅馬帝國外，沒有哪個國家敢宣稱"地中海是我們的"。

中國人自稱是龍的傳人、龍的子孫，而羅馬人也高傲地宣稱，他們是狼的傳人，是狼的後人，是喝狼奶長大的民族。

龍的傳人把青銅製作成精美的青銅禮器、樂器、祭器、酒器、食器、兵器；而狼的傳人，把青銅用作犁器、兵器，彷彿他們更熱愛土地，耕種第一。在中國的商周乃至春秋似乎未見到出土的青銅犁，都是"土裏刨食"。以農業為主的國家，民族不同，追求不同，受的教育不同，發力必然不盡相同。古羅馬是狼文化，用中國方言講，狼走千里吃肉。我在羅馬就不止一次地看見過"母狼乳嬰"的雕塑，那是羅馬人的圖騰，羅馬人的驕傲；古老的羅馬民族是一個戰鬥的民族，梟鷙的民族，嗜血的民族。

公元前 264 年，羅馬第一次出現角鬥士角鬥，第一次出現鮮血的拚搏、生命的格鬥，這種血肉的廝殺似乎像流進海水中的鮮血，立時激起無數鯊魚的歡呼。一石激起千層浪，迅速波及全國，引起自上而下的亢奮，有時候角鬥士一天角鬥22場，仍然不能滿足人們喋血的慾望，甚至在許多莊嚴盛大的集會上，"壓軸戲"仍然是角鬥士角鬥，否則達官貴人不答應，軍隊不答應，人民也不答應。鮮血飛濺，血肉橫飛，頭顱落地，引發一陣陣歡呼，一陣陣吶喊，一陣陣激情，一陣陣壓抑不住的興奮狂潮。所有人似乎都已被迸濺的鮮血和垂死的生命所陶醉，人人都感到熱血沸騰，激情四溢。讓現代人難以理解的是，那是一個民族的激情和歡呼，一個民族的享樂和追求。角鬥士只能在古羅馬出現，它也是古羅馬帝國的精神支柱。古羅馬帝國的信奉也被鮮血淋淋的角鬥士剝露得一絲不掛，那就是極端的兇殘性，人性扭曲的惡性躁動，終於變成一種不可壓抑的虐待狂、摧殘狂。

最初的角鬥士是從戰俘和死刑犯中挑選出來的，被稱為"死亡遊戲"，挑選的條件只有一個，就是足夠強壯。這樣相拚相殺才有"看頭"，才精彩。後來乾脆廢除了死刑犯入選角鬥士之途，因為戰俘大多條件更好，身強體壯，且都有一定的戰鬥經驗。即使如此，依然不能滿足日益激奮亢進的觀眾。羅馬人不乏智慧，他們不但特別能戰鬥，也特別能"娛樂"。他們在羅馬開設了不止一所角鬥士學校，專業培訓角鬥士角鬥，讓他們鬥得更專業、更兇殘、更血腥、更有回合。大型的角鬥表演常常數十場不歇，不但有人獸大戰，最終讓觀眾忘乎所以、猶如吸食毒品一樣近乎瘋狂的是人與人相鬥，一人和一人鬥，勝者連戰，或一人戰數人。

角鬥士一般都是按羅馬軍士裝備，青銅頭盔，一手持盾牌，一手持寬劍，當然也有手持長矛、利斧、狼牙棒的。相互搏殺絕無花拳繡腿，招招致命，都恨不能一劍封喉，刀劈兩半。即使角鬥士受傷了，也不能退場，更不能罷休，瘋狂、瘋狂、再瘋狂的觀眾會齊聲狼嚎鬼叫，一齊伸出大拇指向下的拳頭，受傷的角鬥士就會在聲入雲霄的吶喊聲中，在數千乃至上萬名觀眾的眾目睽睽之下，被活活殺死，甚至肢解。

歷史上，羅馬軍隊以粗野、殘暴、兇狠、嗜血成性聞名。每當攻陷一個城池，幾乎一律血洗，把俘虜和百姓全部淪為奴隸，再從中挑選身體強壯的送角鬥士學校，因此雖然幾乎每天都有成批的角鬥士被殘暴地殺死，但總有更多的、新的角鬥士走向角鬥場。

希臘人是羅馬人的老師，羅馬文化是在希臘文化的基礎上發展起來，但"學生"也要"先生"的命。羅馬軍隊滅了希臘之後，絲毫不手軟，不念"師生"之情，反而變本加厲，實行"三光政策"，把大批希臘人作為戰俘、奴隸處理，實行瘋狂的劫掠、燒殺，絕不留情。據統計，當年希臘喪失人口的四分之一，有的城市幾乎成為"死城"、"鬼城"，不見一人。

與羅馬有世代冤仇的迦太基人，在全民組建奮起抵抗羅馬的復仇大軍，民族保衛戰整整打了4年，至公元前146年，迦太基城破之時，城內原有的60多萬人僅剩下不到5萬人。羅馬人把這5萬人不分男女老幼全部賣為奴隸。這還不解恨，羅馬人把迦太基城夷為平地，把迦太基的土地用犁翻一遍，再在上面撒上鹽，使它永遠荒蕪，永遠變為不毛之地。

羅馬城有座久負盛名、大名鼎鼎的角鬥士競技場，據說是世界古代第八奇跡，今天看上去雖然殘破，但仍不失當年的雄偉壯觀，仍不失為世界奇跡。我去參觀時，總覺得有些心驚肉跳，感到心靈在顫動；數千年過去了，仍感到有一絲血腥的氣味。

我不知道這座堪稱"偉大"和"不朽"的建築物是誰設計的，但我知道這座當時被命名為"科洛塞奧圓劇場"的建築是由8萬多名奴隸，花費了10年時間建成的，這8萬多名奴隸中有7萬多名是猶太人。羅馬人信奉復仇，有仇必報，睚眦必報，不共戴天。

猶太人與羅馬人似乎仇深似海，羅馬人征服整個地中海，橫掃巴勒斯坦，踏平猶太王朝，滅其國、毀其家、亡其廟，把它納入羅馬的版圖，肆意奴役猶太人。猶太民族也不是一群綿羊，他們奮起反抗，曾把羅馬駐耶路撒冷的駐軍，殺得一個不留。冤冤相報，民族大恨，羅馬鐵騎終於踏破猶太故土。羅馬人復仇的辦法極殘酷，也極簡單，戰爭不要俘虜，把所有俘虜全部活活釘死在十字架上。由於需要的十字架太多，羅馬人驅趕著猶太人趕做十字架，伐木拆房，做完以後，再把他們釘死在他們親手製作的十字架上。栽立完前排十字架的戰俘，全部被釘死在後排，一排又一排的十字架在耶路撒冷城外竟然密密麻麻如林覆地。最後連豎立十字架的地方也找不到了，只好把已經死的摘下來再釘上活的。悲慘痛苦的呼喊之聲晝夜不息，嚇得鳥獸皆無。挑選出來剩下的7萬多名猶太人被直接送到羅馬，被迫去修角鬥士競技場，就是那座當時還冠之以劇院之名的"死亡之場"。

讓我覺得靈魂顫抖的是這座角鬥士競技場是應羅馬人觀賞角鬥士的需要而建的，我以為是為了羅馬軍閥、貴族、富人觀賞才建的，事實是"進門無台階"，凡羅馬人都可以買票觀賞。那個時期，羅馬人喜愛角鬥士鬥技、廝殺，就像 3000 年後西班牙喜歡鬥牛，羅馬人認為那才夠味兒、夠檔次、夠刺激、夠歡樂，甚至全家來看，扶老攜幼，那興奮勁、那瘋狂勁、那種滿足感，捨角鬥士競技，焉有其他？

據史料記載，角鬥士競技場建成那天，整個羅馬城都沸騰了，到處是歡呼跳躍的人群，人們載歌載舞，開幕式可能是千年羅馬帝國最熱鬧、最紅火、最幸福、最值得驕傲的節日。

當時角鬥士競技場是如何佈置的，翻不著史料，但用萬人空巷形容恐怕不過分，用一票難求形容恐怕不誇張。當排場講究、奢侈豪華的開幕儀式終於結束時，能容納了近 10 萬人的角鬥士競技場猶如火山爆發，10 萬條喉嚨，10 萬條胳膊，10 萬張被興奮扭曲的臉，從高達 15 層樓的各階看台上，成圓形三百六十度一齊吶喊，一齊狂舞，一齊憤怒，一齊瘋狂，形成了一種巨大的人造風景。因為所有人企盼已久、心急如焚的角鬥士大拚搏開始了。就在這所被稱為科洛塞奧圓劇場的建築中，開始了長達 100 天包括夜場的角鬥士的拚命表演，參加這種 "死亡遊戲" 的有 5000 頭獅子、老虎等世界食人猛獸，3000 餘名頂著奴隸罪名的無生還角鬥士。伴隨著看台上一陣陣近乎歇斯底里的狂叫聲，一具具血淋淋的屍體被粗野地拖出，如果遇到重傷或奄奄一息的角鬥士，據說還要徵求在場觀眾的意見，如果場上觀眾發出憤怒的吼叫，同時伸出大拇指向下的拳頭，那麼這個重傷的角鬥士必須當場被砍死；如果場上的觀眾一致發出噓聲，並揮舞手帕，就表示可以寬恕這個角鬥士，他將被拖到一個堆滿黃沙的角落，讓他痛苦地、無助地流血，如果角鬥士競技結束後他還沒有死去，那就讓他活下去，如果他挺不到那個時候，就被倒拉出去，因為再也無人關心他的死活、他的生命。這就是古羅馬帝國的心態。

就連角鬥士自己也不再關心自己的命運。他們是最徹底的 "無產階級"，一無所有，連生命都不屬自己。短則三五日，長則三五週，他們都將 "前仆後繼"，踏著同伴和自己的鮮血，悲慘地走向死亡，且死無葬身之地。

角鬥士終於要 "革命" 了，他們想用自己的鮮血索回自己的生命。這就是震驚和幾乎撼動了整個羅馬帝國的斯巴達克起義。

斯巴達克是色雷斯人，查閱史料未能查明斯巴達克到底屬希臘、保加利亞、羅馬尼亞還是馬其頓，因為當年色雷斯人居住在包括東歐和巴爾幹半島一個地域十分廣闊的地區，也曾一度十分強大繁榮，但羅馬帝國更強大、更兇悍，他們的羅馬軍團徹底打敗了色雷斯人，把無數的色雷斯人趕出家園，淪為奴隸。斯巴達克就是在與羅馬軍隊戰鬥時被俘的。羅馬人發現這名戰俘體魄健壯，反應敏捷，勇猛兇悍，力大無窮，就直接把他送到角鬥士學校，把他培訓成職業角鬥士。斯巴達克果然不凡，果然厲害，他是角鬥士競技場上的常勝鬥士，他親手殺死過數百頭兇猛的野獸，據說獅子、老虎見到他都嚇得團縮起來；他也親手殺死過數十名也可能還要多的角鬥士，每次下場，他的臉上、身上都沾滿了鮮血。

公元前 73 年，斯巴達克終於率領他事先聯繫好的 78 位角鬥士，在吶喊和拚死血戰中逃出了角鬥士競技場，他們殺死一切敢於攔截他們的人，殺死一切阻止他們、鎮壓他們的人，他們衝向田野，衝向山區，衝向自由，其勢不可擋，一次又一次地擊敗了前來鎮壓他們的羅馬軍隊。每一位參加起義的角鬥士都非常明白，要麼在戰場上戰死，要麼被俘或投降後被活活釘死；斯巴達克戰前動員只有一句話：用劍去贏得生路、自由。

斯巴達克率領的角鬥士越戰越勇，幾乎勢不可擋，角鬥士的戰鬥力極強，戰鬥勇敢，以一當十，勢如破竹，幾乎摧毀了羅馬帝國的政權。馬克思曾稱讚斯巴達克，稱其為“整個古代史中最輝煌的人物，一位偉大的統帥，擁有高尚的品格，是古代無產階級的真正代表”。馬克思還這樣稱讚過誰？

斯巴達克率領的數萬名角鬥士和奴隸組成的起義軍南征北戰，幾度陷入重圍，又幾度死裏逃生，但終究寡不敵眾，陷入羅馬軍隊的包圍，角鬥士們個個拚死戰鬥，血染戰場。斯巴達克在率眾突圍戰中，大腿被投槍刺穿，血流如注，仍戰鬥不止，仍左衝右殺，直到戰死在陣前，左手仍緊握盾牌，右手仍高舉著短劍，全身被鮮血染紅。而被俘的 6000 多名角鬥士和奴隸，羅馬人把他們全部釘死在從最後的戰場一直排到羅馬城下大道兩旁的十字架上。羅馬人還把從中挑出來的角鬥士押送到角鬥士競技場上，逼他們進行“永不休止的角鬥”，直到最後一名角鬥士死在競技場上，直到他的鮮血流乾在競技場的黃沙上。

據研究古羅馬史的專家考證：斯巴達克和他率領的角鬥士起義者，許多人直到戰死，也未放下手中武器。羅馬人曾把戰死的角鬥士反復核查，但最終未能找到斯巴達克的屍體，沒能把他釘死在羅馬角鬥士競技場的入口處。有人說他是第一位角鬥士，也有人說他是最後一個角鬥士。

當含有血腥氣的烈風把釘在十字架上的角鬥士吹成肉乾後，世上再無角鬥士。

教堂筆記

一

到歐洲去的中國人，幾乎沒有一個沒有進過教堂的。走進教堂尤其是第一次走進歐洲教堂的中國人，會一下子為教堂中那種神秘、莊重的氛圍而屏氣凝神，那道古樸厚重、飽經歲月磨蝕而閃耀著金屬光芒的大門雖然常開不閉，但卻讓人一步跨入另一個世界，眼前的一切彷彿已是歐洲中世紀。

第一次跨入這種歐洲中世紀教堂的中國人，要麼悄悄地溜邊，靜靜地站在最後面；要麼會躡手躡腳地找一個空位子慢慢地坐下；那種神奇的氣場、神秘的氛圍、獨特的環境，莊嚴肅穆，凝神靜謐，人顯得那麼渺小、那麼乖順、那麼認真、那麼摯情。教堂的高大空間裏，姚黃魏紫，金壁輝煌；彷彿每一個方寸都有佈置，每一個角落都有神靈；每一幅彩畫都在訴說，每一個雕塑都在懺悔；每一聲經語都似絲似縷，似唸似喃，似鳴似奏，似有似無。

教堂高大隆起的蒼穹，在七彩玻璃窗中，映出一片彩色的天地，和諧溫柔，這裏的一切靜悄悄。每一個人都十分端正地跪在前排後面的跪拜板上，虔誠地聆聽那誦經台上牧師的禱唸。

許多第一次走進歐洲教堂的中國人，聽不懂站在前方講台上，著一領潔白教袍的牧師在講什麼，也聽不明白坐在旁邊的信徒們在喃喃地唸讀什麼，他們只是閃耀著奇異驚詫的目光在竭力觀察著教堂裏的一切，目不暇接，好奇一切。那碩大的七彩彩繪玻璃窗上的一幅幅圖畫彷彿在講解和宣示著一齣齣古老的神劇；一幅幅珍美的油畫，能看出它們積澱的歲月和高超的畫藝，可以推測出它們的藝術價值，但卻看不懂它們要表現的時代和正在表演的故事；那拱形"天堂"上的雕塑，無聲無語，無行無動，無哭無泣，卻分明又在講經傳道，時而歌，時而誦，時而哭，時而泣，無時無刻不在祈禱、不在祝福，不在望天、不在看人；那受難的耶穌，可憐、痛

莊嚴的藝術殿堂

苦、悲傷、無奈，彷彿並未死去，彷彿正在渴望，彷彿正在開啟心靈，久望心悲，讓人承受不了；青春美麗、朝氣洋溢的聖母瑪利亞，那麼慈祥、和藹、善良，周圍一圈鮮花一樣的臉，瑪利亞懷中抱著的小小耶穌，恬靜、自然、安詳、智慧……突然，教堂音樂聲起，巨大金色合音風管琴被奏響了，低沉、悅耳、平緩、和諧，如訴如泣，如歌如樂，彷彿從天而降，又像由腳下升起。這難道就是《聖經》上說的是聖母瑪利亞的聲音？是耶穌復活之後的佈道？隨之是清脆悅耳的詩歌班的男女合唱，像清泉月下？像風過竹林？像鳥鳴四野？像天音夢回？

當第一次走進歐洲教堂又剛剛走出來時，竟有一種經歷過隆重儀式感後的喘息，喟然長嘆，慨然言之，那種宗教"洗禮"的青澀回味久久難去，他們總是要回首看望，難道那就是許許多多歐洲人懺悔重生的教壇？難道那就是充滿神奇甚至詭譎的殿堂？難道那就是在歐洲徘徊近千年的以黑暗著稱的中世紀宗教的縮影？

二

在中國影響最大、知名度最高的歐洲教堂，當屬法國巴黎聖母院。因有白髮蒼蒼、留著水銀瀉地似的大鬍子的雨果為之佈道，巴黎聖母院享譽盛名。20世紀70年代在老政協禮堂內部放映電影《巴黎聖母院》，看過的孩子，能在半夜把大院的哥們"嚎"起來神侃，那股津津樂道的神勁，堪比剛從巴黎聖母院歸來，不覺東方已白。那時候，在大院讀書圈裏，《巴黎聖母院》是轉得最快的"黃書"之一，常常白天有人看，夜裏也有人看，書無空置，排隊等候，大有相見不說聖母院，說遍其他也枉然之意。可見《巴黎聖母院》風靡一時。

歐洲的中世紀似乎是萬惡之源，千年以後還能隨時嗅見那絞索上的腥臭；雨果的煽情，更像夜入墓地又逢一片閃閃爍爍的鬼火；似乎馬克思、恩格斯並沒有仇恨教堂，仇恨中世紀，暗無天日的中世紀包括不包括在歐洲文明史中？歐洲一次又一次的革命，為什麼沒有把遍地的教堂變成革命廢墟堆上的縷縷青煙？被馬克思讚揚過的拿破崙為什麼還要重新裝修被革命破壞過的巴黎聖母院？自己還要在巴黎聖母院中加冕？雨果希望不希望徹底摧毀巴黎聖母院？就像法國大革命攻陷巴士底獄並把這座碩大堅固的石砌監獄夷為平地？宗教對於歐洲文明是一種什麼概念？是像中世紀的城堡，還是像巴黎公社的殘牆？

在歐洲中世紀建造教堂不知道事先需要不需要觀測風水？但巴黎聖母院佔盡了巴黎好風光，充滿靈氣和風光旖旎的塞納河半環而過，一河碧水靜，兩岸繁華開。春夏一片翠綠欲滴，深秋初冬層林盡染，滿眼盡是彩色世界。巴黎聖母院臨河攬水而聳，兩座高大雄偉的比肩而起的鐘樓，高傲地俯視著整個巴黎；高入雲端的教堂塔頂，簡直就是巴黎古城的定都神針，堪稱“會當凌絕頂，一覽巴黎小”。最讓人稱奇的是在建築塔尖上雕塑著 12 位青銅傳教士，象徵著耶穌的 12 個信徒；他們迎著巴黎黎明的曙光、伴隨著塞納河落日的餘暉走向傳經佈道的四方。巴黎聖母院是中世紀哥特式建築的經典、藝術瑰寶，從 1160 年開始一直修建了整整 180 年，大致相當於中國從南宋一直修到元朝，中國的皇帝已經整整換了幾十位，但巴黎聖母院卻始終工匠不停，建築不斷，巴黎聖母院最終建成了巴黎、法國、歐洲，乃至全世界最精美、最具有藝術性、美學性、文學性、詩情畫意的教堂。我曾認真查看巴黎聖母院的“院牆”，中國人講究慢工出細活，法國工匠手下出真活，每塊大理石都是細縫搭對，嚴絲合縫。中國人砌牆起房講究用糯米汁灌漿，法國工匠用的是一種意大利出產的黏合力極強的“古代水泥”，料石都是意大利產的大理石，堅不可摧，這就是巴黎聖母院為什麼能扛過法國歷次大革命，始終傲然聳立，巋然不動；即使同在巴黎的巴士底獄，在法國大革命中被徹底摧毀，變成殘牆碎石，最終淹沒在巴黎亨利四世大道旁的青草野藤之中。

　　巴黎聖母院有一扇沉重的大門，那是中世紀石雕藝術之門、宗教文學之門、揚善去惡之門、“末日審判”之門。沒有幾個中國人能看懂這扇“怪誕”之門，恐怕也沒有多少中國人能知其名其用，但可以肯定會被那門之精美浮雕所吸引。那一排排、一群群、一個個栩栩如生的男男女女，既忙忙碌碌，又恭恭敬敬；既虔誠朝聖、又各行其禮；既有端坐的“大人”，莊嚴肅穆，也有衣冠楚楚的侍衛隨從各司其職；形態各異，活靈活現。數百個人物喜怒哀樂、我行我素、執著專注，似乎每個人都在昭示著一條法則，每個動作都定格於一條訓示，每個表情都在訴說著前世的公理、後世的來臨。坦率地說，即使是法國人、巴黎人，也不見得能看懂那些用拉丁文書寫的《聖經》片段和警語；如果他沒有讀過一百遍《聖經》，他也說不明白那“末日審判”門上的浮雕，那些曲折動人的故事，那些離奇可訓的人物；其實那就是一幅中世紀基督教的歷史畫卷，是一群中世紀宗教發展史上不可或缺的歷史人物。

　　“末日審判”之門，我理解的是在世界即將進入末日之際，基督教聖靈在逐一審判世上之人，在法庭、法律和公眾之下，決定一個人是升入天堂還是打下地獄；讓邪惡歹毒、醜陋卑鄙、無恥作孽之徒直入烈火和硫磺之地。《末日審判》這本宗教理論書籍的法文版幾乎和《聖經》一樣厚，許多朝拜耶穌的信徒們，都在案頭放兩本書：一本是拉丁文的《聖經》，一本是法文的《末日審判》。

到巴黎聖母院的中國人最想聽到的是巴黎聖母院的鐘聲，因為那鐘聲是敲鐘人卡西莫多敲響的，還有伴隨他的美麗善良的吉普賽女郎艾絲美拉達。歐洲中世紀的教堂只有鐘樓不見鼓樓，只聞鐘鳴，未見敲鼓，晨鐘暮鼓是中國東方寺廟文化。歐洲教堂中的鐘聲也不是撞鐘而響，而是用敲鐘繩拉響，把大大小小、高高低低的鐘都串聯起來，鐘懸而能擺，一搖動鐘繩，教堂所有的鐘會立時鳴奏起來，叮噹之聲清脆悅耳，漸傳漸遠。中國自南朝開始大規模建寺院，往往遵守佛家一條定律──深山古寺，都把寺院、道觀建在遠山偏僻之地。"聞鐘不見寺"。中世紀的歐洲不同，基督教之旨是把教堂建在城市中心，鐘樓要高高在上，鐘鳴之聲要響徹整座城市，要響在每個人的耳畔。倫敦人講究喝下午茶，高雅慵散，自然悠長，像英國音樂大師霍爾斯特的鋼琴曲。巴黎人講究喝下午咖啡，有時要加法國紅葡萄酒，講究要伴著巴黎聖母院的鐘聲品味，像法國德彪西的一曲管弦樂，讓巴黎沉醉。據說，當年卡西莫多敲響的鐘聲能傳遍整個巴黎。

巴黎聖母院的鐘樓是螺旋形盤旋而上，窄窄的、細細的，像一根盤繞而上的紫藤。但此鐘非彼鐘，卡西莫多敲響的銅鐘有 6 個編組 48 個大小不一的銅鐘，且都是中世紀歐洲最棒的能工巧匠精心打造的，據說有的鐘花費整整十年功夫，十年成一鐘絕非妄語。但在法國大革命時期，巴黎聖母院成為革命造反者的革命所向，要徹底摧毀中世紀反動教會的城堡。我們沒有經歷過疾風暴雨般的法國大革命，但拿破崙經歷過，當拿破崙第一腳踏入巴黎聖母院時，他也為法國大革命的革命風暴而震驚。巴黎聖母院在整個中世紀留下的一切文化、一切文藝、一切文明徹底被摧毀了，"家徒四壁"，一切壁畫、一切雕塑、一切珍寶，全都蕩然無存，凡是能打碎的，盡成瓦礫；凡是能破壞的，盡成廢墟；鐘樓上聞名法國的一排排著名的銅鐘被推下樓去，拉出去化為銅汁，澆鑄成銅疙瘩，脫胎換骨；巴黎聖母院只剩下空蕩蕩、白茫茫、肢殘體破的一個石頭屋。法國大革命也是"千鈞霹靂"，要砸碎一個舊世界，徹底革中世紀的命。但巴黎聖母院憑藉"一身堅強"終於挺過了法國大革命，在拿破崙的嚴令之下，巴黎聖母院又在革命的沐浴下重生再現。這也是拿破崙對巴黎對法國的一大功績。拿破崙就是在巴黎聖母院加冕的。不在此處,何以為皇?法國人真有硬骨頭。

巴黎聖母院最著名的還有給唱詩班配樂的大管風琴。5 排鍵盤,109 個音栓,8000 根音管,每當這座大管風琴奏響聲時,彌撒已經進入高潮,點燃的一根根蠟燭在輕輕地搖曳,聖水在額頭上靜靜地流淌,雙膝跪倒的虔誠彷彿隨著琴聲在升騰,那高大雄偉的大管風琴的琴聲漸漸籠罩了整個教堂,教堂的脈搏是隨著鍵盤琴聲在跳動,低沉柔和,寬廣深沉,博大宏亮,彷彿它是由聖母發出的呼喚,懺悔吧,沒有洗不清的罪惡,沒有說不明的委屈,沒有趟不過的河水,沒有曬不乾的濕衣,沒有過不去的石坎。那琴聲如訴如泣,如吟如唱,教堂中的一切都彷彿聽得入神入境了。方知中國成語似乎專為此景所言:繞樑三日。這琴聲中也有大管風琴的心酸,它始建於 1403 年,在法國大革命中難逃被革命的噩運,據說中世紀時期每當巴黎聖母院空中的大管風琴鳴響之時,幾乎全城的信教男女都會放下手中的事,和著大管風器的節拍在低沉地吟唱著彌撒之歌。

三

中國人到歐洲有"三必看":皇宮、教堂、博物館。這"三必看"都離不開中世紀。歐洲的中世紀也來得不易,整個歐洲都經過分娩的陣痛。用馬克思的科學社會觀謂之社會發展的必然規律,不以人的意志為轉移。中世紀不可選擇,不可避免,無論它黑暗還是光明,中世紀在歐洲都會必然而至,而第一道曙光必然是衝破黑暗的光明。

巴黎聖母院"煉獄"之難並未結束,向上帝懺悔的鐘聲始終未停。法國自普法戰爭以後,幾乎歷次戰爭都要把硝煙燃向巴黎,但巴黎卻"刀槍不入",似乎真有上帝保佑;即使在第二次世界大戰期間,巴黎也未落一顆炮彈。這應該是第二次世界戰中最大的新聞。當納粹兵敗要撤退時,瘋狂的希特勒要炸毀整個巴黎城,要把巴黎聖母院徹底摧毀,只剩瓦礫廢墟,直到德軍撤退的最後一刻,希特勒還在催問:"巴黎燃燒了嗎?"巴黎竟然無恙。德國納粹的巴黎守將蕭爾鐵茨將軍在最後一刻選擇了投降,選擇了保存巴黎,選擇了寧肯自己去面對死亡。據說他摘下軍帽的最後一瞥,是深情地遠望巴黎聖母院。他在監獄中服刑時曾說,他看見瑪利亞在向他微笑。而當法國政府元首、三軍總司令戴高樂將軍在巴黎人民的熱淚和歡呼聲中走過凱旋門，他要重整破碎山河，喚起民眾，戴高樂的選擇像蕭爾鐵茨一樣出乎所有人的意料，他徑直走向巴黎聖母院；有人再三告誡他，巴黎聖母院還埋伏著德軍狙擊手，但戴高樂將軍毫不猶豫，大義凜然，虔誠致志，大步走進巴黎聖母院；他要為法國祈禱，為法國人民祝福，為巴黎的明天祝願，什麼也擋不住他；在盟軍所有統帥中，只有戴高樂佩戴的是少將軍銜，有人要加封他為五星上將，加封他為法軍元帥，戴高樂不為所動；他的宗旨只有一條：打回法國去，打回巴黎去！戴高樂至死仍然佩戴著法國少將軍銜。在巴黎聖母院，在聖母瑪利亞和耶穌受難圖前，戴高樂想起受苦受難和死去的法國人民和戰士，虔誠地掉下了眼淚。當那名預先埋伏好的德軍狙擊手在瞄準鏡中真真切切地看到這一切後，他從隱埋地點走出來，把狙擊步槍高舉過頭，向戴高樂將軍真誠地投降，據說這位德國老兵當時也淚流滿面。

但巴黎聖母院終於沒能逃過火的煉獄、火的洗禮和涅槃。2019 年 4 月 15 日，這是一個什麼日子？巴黎聖母院突發火災，經歷 15 個小時的撲救，大火被完全撲滅，巴黎聖母院的主體建築得以保存，但那最具有特色的高指青天的哥特式尖頂卻在大火中倒塌。我這時方知，那尖尖的塔頂原來是木製的，它在大火中像一支燃燒的通天火炬，竟然靈光四射，然後在全世界一片嘆息和驚訝聲中轟然倒下。呵，巴黎聖母院。

四

強大的羅馬帝國終於分裂成東西羅馬，就像曾經強大的北魏帝國分裂成東魏西魏，羅馬帝國的千年末日終於到來了，歐洲的中世紀終於呱呱墜地，像一輪朝陽從大西洋的地平線上冉冉升起。

何為中世紀？隨著西羅馬帝國的滅亡，歐洲進入的是一個思想大革命、地理大發現、文藝復興、工業革命的近代了，銜接這兩個時代的中間階段，取其中，謂之中世紀。想起中國出土的青銅器"何尊"其銘文有"宅茲中國"，"中"是因為四周皆夷，國居其中，謂之中國。歐洲中世紀，即歐洲的封建社會，漫長而黑暗。準確地說，歐洲中世紀應從西羅馬帝國滅亡的公元 476 年到哥倫布發現新大陸的公元 1492 年，又是漫漫千年。

中世紀為歐洲留下了至少有數十座世界聞名的教堂，每座教堂都有著傳承悠遠的文化，每座教堂都有著自己的教堂文化。你可能走遍歐洲的山山水水，你絕不會走遍歐洲的教堂。即使你親臨過歐洲所有中世紀的著名教堂，但卻說不明白那高聳入雲的殿堂中積厚的文化，那不僅僅只是一本厚厚的《舊約》、《新約》，也不僅僅是一本翻開就合不上的《聖約》，那讓數十億人朝拜的地方該有多少心靈的感應？該有多少人生激蕩的旋律？又有多少啟迪開導人的哲理和教誨？

聖彼得堡大教堂、科隆大教堂、米蘭大教堂、佛羅倫薩大教堂、塞維利亞大教堂、巴塞羅那大教堂、威斯敏斯特大教堂、聖巴西爾大教堂、聖馬克大教堂等等，能登上著名之榜的何止百計？但這些遍佈歐洲的教堂，尤其是中世紀修建的哥特式教堂都有數不清的尖頂，一個高過一個，一群高過一群，也堪稱“刺破青天鍔未殘”，尖尖的塔頂直接天穹，讓人仰望不夠；那似乎是上帝指引的天路，要走向高遠，走向寬廣，走向無限。

歐洲的著名大教堂的修建，往往是跨世紀的，甚至橫跨幾個世紀，讓人難以置信一座“廟”，修幾個朝代，甚至遠遠超過修建一座京城皇宮，用中國的話講等枯了大河，等廢了朝野，等死了重孫！在中國絕無僅有，可謂“閱盡人間春色”。中國建寺院、建宮殿、建京城，沒有等老過一輩人的！這其中有多少地域文化？教堂文化深如海！

當我第一次站在德國科隆大教堂前面時，第一感覺是驚心動魄，難以置信。高聳入雲的一對姊妹塔，扶搖直上，直刺青天；尖尖的塔頂上都矗立著一個端莊秀美的金屬十字架，直入雲霄，彷彿是獻給藍天的圖騰，據說朝霞和夕陽能使這對十字架在白雲之間發出璀璨的光芒。隨著教堂鐘聲的敲響，在兩座高塔之間會產生巨大而深遠的共鳴；讓人稱奇的是，教堂的鐘聲已經不再敲響，當教堂的琴聲也已經停止奏鳴，但雙塔之間的迴音依舊，聲韻依然；讓人會情不自禁地向高塔祈禱，那種天然形成的氣場能讓人立時感化。

科隆大教堂整座教堂都是用磨光的花崗岩嚴絲合縫地砌堆而成，渾如一體，宛如石雕，據說一共用了140多萬噸石料。最讓我感到驚嘆和費解的是，科隆大教堂和捷克國的布柏格聖維塔大教堂，竟然都是用了600多年的工夫在打磨，而科隆大教堂前後經歷了7個世紀，632年。那麼多能工巧匠、那麼多車馬奔勞，一代一代，年復一年，沒有任何疏漏、沒有任何乖張，每個人、每代人，一代一代人，為了信仰的追求、為了藝術的實現，前仆後繼，精益求精，鍥而不捨，無怨無悔，你不能不佩服這個民族的精神、這個民族的追求。

科隆大教堂一下子就把廣闊無垠的人間天地，變成了拱形隆起的七彩世界；教堂內靜悄悄的，但似乎一切都在動，又似乎一切都只是讓人看。那一幅幅油畫，一尊尊雕塑，一群群穿著古僕的男女老少鮮活地在朝拜，在祈禱，在受難的耶穌像前正懺悔，正禱告。那一幅幅油畫，一組組雕塑，那高大空闊的玻璃窗上的繪畫，就猶如中國的連環畫，形象地再現了耶穌的降生、成長，直到被捕審判、嚴刑拷打、最後被釘死在十字架上，那該是一堂天主教的歷史教程。

耶穌大約出生在公元前 7 年，家中赤貧，一無所有，他母親四處流浪，無家可歸，只好找一個小客棧，就在人家的馬廄裏，耶穌誕生了。

從教堂彩色玻璃窗的彩繪中可以清晰地看到，當耶穌誕生時，瑪利亞懷中的嬰兒放著七彩光芒。但耶穌並沒有那麼有福，而是遇到大災大難。生在馬廄，苦不堪言，飢寒交迫，四顧茫然，窮人的孩子自小就艱難。在耶路撒冷長到四歲時，正趕上以色列的希律王想獨霸天下。有預言家給他“算卦”占卜，認為四歲以下的男孩將對他的統治造成威脅，希律王乃暴君昏君，遂下令殺死所有四歲以下的男孩。耶穌命在旦夕。在瑪利亞的智慧和靈感之下，他們母子才逃到埃及。那幅玻璃彩畫用手寫體的拉丁文作標題，我想應該叫死裏逃生。下一幅彩畫有一隻白鴿在空中飛翔盤旋，那是正在約旦河水中洗禮的耶穌，白鴿的聲音讓約旦河水更清澈、更歡快，那應該是上帝的聲音在四野迴盪：你是我的愛子，我對你非常滿意。上帝賦予了耶穌正義、品德、智慧、膽識和力量。當然那些彩色畫圖也有似懂非懂的，完全看不懂的；也有太高太遠的，在陽光照耀下只能看見像萬花筒變幻無窮的圖案。認真數了數，耶穌身後有 12 個門徒，奔向四面八方傳播上帝的福音。

然後是最熟悉的一張大畫——《最後的晚餐》，猶大出賣了耶穌，引來了羅馬官兵，他向官兵暗示誰是耶穌；他因出賣耶穌獲得了 30 塊銀幣的獎賞。我曾經看過多次這種內容的畫，但沒有一幅能看清猶大的臉，科隆大教堂的這幅畫也是一樣，也可能是光綫的原因，也可能是玻璃凹凸關係，猶大的臉一會兒是綠的，一會兒是藍的，一會兒又是灰的，總是那麼陰險暗淡，即使在陽光下也讓人感到山雨欲來。

審判和死刑終於來了。

耶穌受難，受盡嚴刑拷打，後被殘酷地釘死在十字架上。耶穌平展著雙臂，手掌上釘著巨大的鐵釘，血正順著釘孔流出。他痛苦地微閉著雙眼，彷彿不再願目睹眼前的一切，把頭輕輕地垂向一邊。是絕望還是孕育著再生的渴望？他腰下圍著一塊骯髒寒酸的布，頭上戴著一頂荊棘編成的冠冕。在科隆大教堂中，耶穌受難圖似乎盡在，耶穌受難的浮雕就無處不在；人們在他面前悄悄地點燃一根細小的蠟燭，行禮後，又靜悄悄地離去；語言似乎是多餘的，甚至眼神都是多餘的，因為上帝和耶穌能理解他們。

科隆大教堂的祈禱開始了，唱詩班的歌聲剛剛結束，巨大管風琴的回音還在教堂中盤施迴盪，神父開始為教徒們分發聖食。我靜靜地坐著，排椅上放著一本厚厚的《聖經》，我輕輕地翻閱了一下，一個字也看不懂，那可能是德文版的《聖經》，我是想聽聽科隆大教堂的鐘聲，在心中默默地比較和巴黎聖母院的鐘聲有什麼不同。科隆大教堂的鐘聲獨具魅力，在大教堂的鐘樓上安裝了 12 口大銅鐘，最大的一口其名曰聖彼得大鐘，重達 24 噸，比巴黎聖母院的大鐘還大。巴黎聖母院的大銅鐘重達 13 噸，是由女教徒在法國大革命之後自願捐款打造的，在歐洲乃至全世界教堂的教堂鐘裏是唯一的。科隆大教堂的鐘聲有些像北京城鐘樓裏的報時鐘，每當鐘聲敲響時，科隆城裏所有教堂都會響起鐘聲；在萊茵河上的航船都十分注意傾聽科隆大教堂的鐘聲，尤其是晚鐘；鐘聲穿過暮霧，透過森林，會有天主教的善男信女們聞鐘祈禱。

最令人奇怪和不解的是第二次世界大戰後期，盟國飛機對科隆進行過數次大轟炸，科隆大教堂是科隆天字第一號大目標，卻安然無恙，甚至未炸壞一磚一石，即使成群的轟炸機就在頭頂上，科隆大教堂的大鐘依然準時敲響，從來沒有誤差過一次。盟軍的轟炸機有時候會擦著大教堂的塔尖緩緩飛過，畢竟塔高 157 米，許多科隆人都堅信，盟軍飛行員一定能聽見大教堂的報時鐘鳴。

在德國易北河畔的德累斯頓聖母院，雄偉壯麗，富麗堂皇，氣魄大方；二戰中盟軍轟炸機不止一次地光顧，不止一次地投彈轟炸，直到把德累斯頓聖母院炸成一片瓦礫；現在這座聖母院是戰後重修的，它的正門側面尚有幾十米的黝黑石牆，以及聖母院前小廣場上聳立的一截殘牆斷壁，這就是大轟炸後的德累斯頓聖母院，教堂僅存如些。德國人為了勿忘歷史，在重修聖母院大教堂時就把它們原封不動地保留下來，還在戰爭廢墟中清理出 3000 多塊舊磚，在重建時儘可能地把它們砌在原來的位置上；把殘存的聖母院的報時鐘碎片重新燒化，鑄成新鐘，每一聲鐘鳴都彷彿代表著警鐘長鳴。

教堂何時設的鐘樓？是羅馬時代還是中世紀？鐘樓在教堂的作用越來越重要，法國北部的加來海峽和皮卡迪地區，至今仍保留著 23 座建造於公元 11—17 世紀的鐘樓；比利時西部的弗蘭德和瓦隆，同一時期的鐘樓更有 32 座之多。它們均用石材構建，高大雄偉，壯觀俏美，深受羅馬式建築風格、哥特式建築風格、巴洛克式建築風格影響，都接受過中世紀文明的洗禮。鐘聲響起之時，彷彿天音普降，籠罩四野，回音能傳出幾十里，順著平原、山谷、草地、河流，已經成為當地人心靈的啟迪之聲，生命之鐘。

1999 年聯合國科教文組織將這 55 座鐘樓共同列為《世界文化遺產名錄》。

五

英國威斯敏斯特大教堂是世界最著名的教堂之一。無論是劍橋大學、牛津大學的古老建築，也無論是白金漢宮、倫敦塔，還是古香古色的愛丁堡城堡、海克利爾城堡，都難以和威斯敏斯特大教堂相媲美。威斯敏斯特大教堂太雄偉、太出眾、太傲慢、太紳士、太皇家了。威斯敏斯特教堂是皇家教堂，用中國話概括為"敕製"。

據說《紅樓夢》不讀三遍無法邁進怡紅院，威斯敏斯持大教堂即使去過三十趟，恐怕仍然會如"劉姥姥誤入大觀園"。

到底是皇家教堂，氣魄非凡，氣場浩大，氣勢逼人，金璧輝煌，雕樑畫棟，珠光寶氣，處處都有文章，處處都是珍寶，處處都經過精裝美飾；它更像皇宮，更像博物館，琳琅滿目，令人應接不暇，能看昏、看迷、看醉初來之人。正應了中國《禮記》上的一句名言："美哉輪焉，美哉奐焉！"英國皇家的一切大事皆在此進行，只有在威斯敏斯特大教堂舉辦紅白喜事，辦登基加冕儀式，辦入殮安葬儀式才名正言順，才正統光彩，才能為英皇國家、為英國歷史所接納。

既使是爆發長達三十年的宗教戰爭、英國內戰、工業革命、殖民戰爭，也無法撼動威斯敏斯特大教堂的一堂一塔。英國資產階級革命把護國王克倫威爾的頭顱砍下來，就掛在威斯敏斯特大教堂的塔尖上。英國革命黨真有創造性，我只知道在古老的中國有城門懸首之作。據說當時革命黨人爬上高高的塔樓頂尖時，都互相提醒千萬千萬小心，不敢踩壞大教堂的一轉一瓦，不敢褻瀆大教堂的一灰一塵。可見威斯敏斯特大教堂的威嚴。

英國王朝的興衰也如花開花落，其興也勃焉，其亡也忽焉，但無論是諾曼底王朝、金雀花王朝、蘭開斯特王朝、約克王朝，其興時登基加冕，無論是威廉幾世、亨利幾世、查理幾世、愛德華幾世，都要莊重異常，率文武大臣去威斯敏斯特大教堂接受權力。皇座的第一分鐘始於大教堂。中國人比較熟悉的像漢諾威王朝，無論是維多利亞女王還是威廉四世國王，都是從大教堂走上王座的。

讓中國人倍感吃驚的是英國皇家和英國貴族望門，名家權貴的白事幾乎無一不在這所大教堂中舉行，包信英國首相丘吉爾和戴安娜王妃的葬禮都是在這裏舉行的。參加丘吉爾葬禮的幾乎囊括了當時世界所有的政府和政黨政要和領袖，他們在參加完丘吉爾的葬禮後，幾乎無一人馬上離開，都是專程安排時間參觀威斯敏斯特大教堂。據英國媒體報道，這些達官領袖們看得如此認真，如此細膩，如此執著，讓所有在場者無不感動；這麼多政要齊聚一個教堂是空前的。當王妃戴安娜的遺體從法國巴黎運回倫敦威斯敏斯特大教堂時，沿途有25萬人自發排成迎接的隊列，全球有25億人觀看了安葬儀式的現場直播，一個教堂能在全世界人面前一次次頻繁亮相，威斯敏斯特大教堂當仁不讓，也是唯此唯大，唯此唯一。

威斯敏斯特大教堂內安葬著許多名人，包括牛頓、達爾文、狄更斯等，2018年去世的霍金也被隆重地安葬在此。死後能入威斯敏斯特大教堂不但是對死者崇高的評價、無限的紀念，也是對其後人莫大的榮幸。但我萬萬沒有想到在威斯敏斯特大教堂竟然安葬著3000多位先人，那簡直就是一個故人故國的方陣。據說原來還是躺著埋，像美國阿靈頓公墓，像中國八寶山公墓，但威斯敏斯特大教堂再大也畢竟有限，後來者只好立而埋之。這種入葬形式的確讓中國人接受不了。據說威斯敏斯特大教堂每逢天陰雷雨，鐘聲之後，便能聽見嬰兒出生墜地的哭聲，那初生嬰兒來到這個世界上的第一聲啼哭讓人感到那麼幸福、那麼甜蜜、那麼憧憬，彷彿人已再生……

六

在歐洲許多教堂中都繪有耶穌的《最後的晚餐》，而達·芬奇的《最後的晚餐》是他親手畫在意大利米蘭的教堂威恩聖母堂的牆上。達·芬奇在米蘭生活了十七年，這是他留下的最卓越、最傑出、最偉大的一幅作品，所以達·芬奇一直站立在米蘭斯卡拉歌劇院門前的斯卡拉廣場，高高矗立的達·芬奇的塑像，數百年來一直遠望著感恩聖母教堂。感恩聖母教堂不大，但達·芬奇這幅畫讓它名揚歐洲。500多年的塵垢，曾經一度使這幅教堂畫黯然失色，幸虧沒有人擦拭它，讓它500年本色不變，一心一意地陪伴著聖母瑪利亞和嬰兒耶穌，無聲無息、無驚無險地生活。現經意大利政府花費數年時間，拯救了這幅名畫，達·芬奇和威恩聖母教堂終於可以放下心來了。但米蘭最大、最有名氣的教堂當屬米蘭大微堂，據說在世界大教堂中排行第二，僅居梵蒂岡聖彼得大教堂之後。

米蘭大教堂的外貌著實讓我瞠目結舌，新穎得有些怪誕，難道這真是一座天主教教堂？

米蘭大教堂高聳入雲的尖塔，直指藍天白雲，讓人稱奇叫絕，叫人難解其意的是，那些尖尖的尖塔，不是一個、十幾個、幾十個，而是整整一片、一群，一個尖塔的方陣，一個尖塔的王國，數都難數盡，整整有135個，彷彿肩並肩，手挽手，傲視天空，遍覽米蘭，其中最高的中央尖塔高達108米。

最讓人頂禮膜拜的是在高高的中央塔尖處，有一尊聖母瑪利亞的鍍金銅雕像，在這尊聖母像上貼滿3900多片純金金片，重達700多公斤，在陽光下金光閃閃，與太陽共光輝。

米蘭大教堂還藏有一件聖物，中國人稱之為"鎮館之寶"，相傳是當年釘死耶穌的釘子，虔誠的信徒為紀念耶穌，每年在耶穌受難之日都會取出釘子膜拜3日。據說那氣場，能感動得所有在場的人掉下淚來。

米蘭大教堂太深奧、太廣博、太宗教了，時時讓人感到兩個世界兩重天，彷彿被米蘭大教堂教化了、感染了，那不僅僅是宗教的力量，也是藝術的力量、文化的力量、精神的力量。

米蘭大教堂內聖壇周圍支撐中央塔樓的4根擎天立柱，頂天立地，40多米高，直徑都粗過10米，全部由意大利花崗岩砌疊而成，天地之間彷彿只有此立柱，人何謂渺小？教堂巍巍，大廳輝輝，塔樓煌煌，整個教堂大廳竟然高拱40米，仰天凝視，天乎？頂乎？拱頂上一幅幅大型壁畫，渾然一體，氣勢軒昂，似乎人在天上走，雲在地上行；正堂一次就可容納4萬多信徒同時參拜。我只能想像，只能猜測，那盛況、那場景、那氛圍、那激情，一聲聲祈禱、一次次儀式、一場場洗禮，豈是言語所能及？

也許正是因為此，拿破崙在 1805 年征服意大利後，攫取了意大利王位，他於 5 月 26 日從米蘭蒙薩宮取出古老的倫巴第鐵王冠，就選擇在米蘭大教堂舉行了加冕儀式。當拿破崙在從米蘭大主教的手中接過這頂王冠戴在頭上時，曾高聲宣佈："由上帝賜我此冠，慎勿觸犯。"

在歐洲乃至世界教堂中，米蘭大教堂還有兩大塊寶。之一是米蘭大教堂兩側的彩色大玻璃，共有 24 扇，每扇玻璃窗高約 20 米，這可是世界上面積最大的彩色玻璃，最讓人刮目相看的是這些巨大的彩色玻璃是 500 多年前製作的，大致相當於中國明朝萬曆時代，是貨真價實的古董。

另外就是米蘭大教堂的大銅門。米蘭大教堂有 5 座大銅門，重達 37 噸，比瑞士銀行地下金庫的 "庫門" 還重，教堂為什麼要安裝這麼厚重的大門，可能是上帝的旨意。米蘭大教堂的大銅門並非 "素門"，銅門上有許多規範的方格，每個方格內都鑄有聖經故事和傳播天主教的歷史人物，每個方格都是一堂課，每個方格都是一本書，每個方格都能講述一天一夜的聖經。這在歐洲乃至世界教堂中，可謂首屈一指。米蘭大教堂有創新。

到米蘭大教堂的人是不是無神論者，一望可知，凡是被米蘭大教堂中的雕塑迷往，留連忘返，甚至連懺悔和祈禱都忘記的人，一定是無神論者。米蘭大教堂的雕塑太多了，竟然有 6000 多座，讓人分不清這該是雕塑博物館還是天主教教堂。

想起巴爾扎克的一篇小說《無神論者作彌撒》……

七

我是從約旦跨過約旦河到達耶路撒冷的，我要去伯利恆體驗一下基督教最早的教堂——聖誕教堂。

聖誕教堂既不金碧，亦不輝煌，它甚至比不上與它相隔不遠的奧馬爾清真寺高大雄偉。但聖誕教堂名氣大，世界上沒有哪座教堂能與它比，因為耶穌就出生在此，以此為名聖誕。它是全世界基督教徒朝聖的聖地，捨此再無；尋根拜祖，朝聖感恩，非此莫屬。

耶穌降生的版本很多，傳奇故事也很多，按聖誕教堂所言，此為正宗。

伯利恆是巴勒斯坦所轄一小城市，除聖誕教堂，似乎再無能喚起人回憶的地方。它離戒備森嚴的巴以隔離牆不遠，倒顯得那道八米高的鋼筋混凝土高牆更吸引遊客的眼，那堵堅固的高牆絕沒有一絲一毫是"豆腐渣工程"，據說即使是重型坦克開足馬力撞上去，也會巋然不動。經過這道高牆檢查站的遊客，絕大部分是衝著聖誕教堂去的，其中絕大部分人又都是虔誠的基督教信徒。

初次去伯利恆的中國人都覺得這個精美的小城市怎麼起了這麼個名字？伯利恆阿拉伯語意為"肉籃子"，而希伯來語的意思是"麵包房"，讓人哭笑不得。

伯利恆有個熱鬧的廣場，名字起得也不高雅，馬槽廣場，但伯利恆之所以有名，皆因這一廣場。

耶穌一生坎坷多難，在母親瑪利亞腹中就飽受顛沛，因家境貧寒，為躲避迫害，一路風波，一路顛沛流離，風餐露宿，走到伯利恆時，就在馬廄內生下了耶穌；用布包裹起赤條條的耶穌放在旁邊的馬槽中，耶穌在此誕生。這個馬廄就在伯利恆現在的馬槽廣場，那個被基督信徒們神化的馬槽就在這個廣場的西南角。隨著基督教的傳播，隨著耶穌的成長，隨著耶穌一步步走向神壇，終於在公元339年，就在耶穌誕生過的馬廄之地，建起了一座聖誕教堂。在數不盡的教堂中，堪稱天字第一號：聖誕。

教堂的門修建得又高又大、又莊嚴，這似乎是修建教堂的潛規則，教堂可以小，但門臉一定要輝煌，聖誕教堂恰恰相反，教堂之門不寬、不大、不高，只留一扇小門，只能容一個人彎腰方能走進去。這在全世界教堂中絕無僅有，堪稱聖誕教堂的風格。原來初建聖誕教堂原本非如此，但後逢奧斯曼帝國統治，教不相容，伯利恆基督教徒為防止兇悍的穆斯林騎兵縱馬直接闖進教堂，褻瀆和破壞聖誕教堂中的一切，徹底改建的，倒也別具一格。

聖誕教堂名副其實，有"鎮堂之寶"說明。當年耶穌誕生那天包裹小耶穌的那塊布仍然珍藏在教堂之中，每年耶穌誕生之日，這塊包裹耶穌的"聖布"將拿出來供基督教信徒們朝拜。據說伯利恆那幾天所有的賓館酒店全部爆滿，很多人從四面八方趕來就在馬槽廣場搭起帳篷，晝夜排隊，期待一觀一拜。

聖誕教堂中最讓人激動不已的是聖母瑪利亞懷抱著剛剛出生的耶穌的雕像，看上去那麼真情、那麼親切、那麼溫暖、那麼可愛，又那麼平凡。

教堂內一排排古樸而簡陋的木排椅，無聲而和善地在迎接你。讓人覺得它們古

祈禱遙遠的天堂

老得應該經歷過聖誕時刻的幸福和快樂，因為厚重的排椅上已經印下了人坐時的痕跡，那可能是羅曼時期的排椅，公元 10 到 12 世紀的見證人。有多少人悄悄地走來，靜靜地坐在這排木椅上，默默地感愛聖母和耶穌的母子之性、母子之愛；感受瑪利亞的艱辛和不幸，感受瑪利亞的堅強和不屈；感受耶穌的召喚，耶穌的精神，耶穌的力量。有多少人靜靜地來，靜靜地坐在這裏，靜靜地感悟一切；然後又悄悄地走了，悄悄地離去；悄悄地懺悔，悄悄地祈禱，悄悄地祝福；他們都堅信，離瑪利亞這麼近，離耶穌這麼近，近到能彼此聽見心臟在怦怦跳動，能看見血液在暢快地奔流，能感覺到聖母和耶穌聽懂了一切，理解了一切，幫助了一切，祝福了一切，哪個教堂還能像聖誕教堂一樣？

八

美國的教堂修建得都比較晚，但隨著歐洲移民登上北美洲，教堂就建立起來了，美國的教堂無處不在，無處無教堂。中國人說，有人在的地方就有江湖；美國人說，有人在的地方就有教堂。在美國無論為官為民，無論何黨何派，都信仰宗教，幾乎可以說無人不在教。最令我感到意外的是幾乎所有大學都有自己的教堂，有的還不止一所，甚至連西點軍校都有"校立"教堂。在西點軍校的教堂，如果軍官和學員來不及換便裝是允許他們戎裝祈禱做彌撒的，不同的是在此處絕無將軍和士兵之分，正像在華盛頓時常能發現總統就跪在你身旁，一塊懺悔，一塊祈禱，一塊祝願，一塊跟著牧師誦唸著《聖經》。走出教堂的第一分鐘，士兵列隊向將軍敬禮，臉上再無平等的自由。

美國人把宗教信仰奉為至高無上。在曼哈頓鬧市，寸土勝過尺金，矗立著三一大敬堂，讓我吃驚的是教堂的側面竟然有一片教堂墓地，它與近在咫尺的喧嘩鬧市恍若隔世。我曾問，這麼寸土值萬金的繁華之地，為什麼墓地沒有被拆遷？答曰：上帝不允許。

我在田納西州見過一座非常小、非常簡陋、非常乾淨的無人教堂。言甚小，是因為只有一間小屋，一個窄窄的像小學生課桌一樣的誦經台，台上立著一尺多高的耶穌受難圖，只有兩排木椅，似乎再無其他。它為何而建？是誰而建？建於何時？皆不知，只能猜測。令人奇怪的是，總有人把車規規矩矩地停在路邊，自己帶著工具，來到這座小教堂，非常認真、非常仔細地打掃衛生，包括小教堂門外的草坪和花池。小教堂裏經常有人前來懺悔祈禱，悄悄地來，靜靜地走，做彌撒的時候，會有牧師準時準點地趕來，為信徒們祈禱。進小教堂祈禱的人，不是自己帶著鞋套，就是脫鞋光腳走進去，我曾親眼看見一位鬚髮斑白的祈禱人退出教堂時，用手帕把自己留在地板上的腳印擦得乾乾淨淨，小教堂的犄角旮旯無一落塵，無一積灰，可謂一塵不染。據說這個無名也無人的路邊"草"教堂，得到的捐款足夠修建一個高大雄偉的現代化教堂，但徵求意見的結果是，所有人都反對，因為他們覺得這樣離上帝更近，說話更方便、更自由。

1789 年 4 月 30 日，華盛頓在紐約聯邦大樓二樓平台宣誓就任美國第一屆總統。華盛頓開啟了美國總統就任的宣誓儀式，左手撫在胸口，右手按在《聖經》之上，兩眼平視，宣誓：願上帝保佑美國！可以看見在他的背後，有一個高高的教堂尖頂，上面鑲嵌著一個端莊的十字架。

在美國訪問時，突然下起大雨，我急於找地方避雨，正巧路邊有座教堂，在美國教堂無論大小，絕不會收門票。當我推開教堂大門走進去時，著實吃了一驚，原來教堂裏坐著黑壓壓的一教堂人，他們正在專心致志地聽神父講《聖經》，正在吃驚之餘，神職人員給我送來一條乾毛巾，從他的眼神中我看出來了，他也把我當成了一位冒雨趕來做彌撒的信徒了。

神父的講課我一句也聽不懂，這倒使我更關注地注意周圍的善男信女的表情。坐在我左側的一位先生，直直地跪在腳踏板上，雕塑似的一動也不動；緊挨著的是一位中年女人，拿著《聖經》嘴唇一吮一動，似乎在無聲地跟著神父朗誦，像一位專注讀書的中學生。

所有人都在全神貫注地聽神父講，雖然神父的聲調顯得呆板無神，但教堂內鴉雀無聲，似乎能聽見有個角落裏傳出女人低沉而柔細的嚶嚶泣聲。

突然，神父合上書走下講台，一切肅靜下來，一丁點兒聲音都沒有，連雨珠打在玻璃窗上的聲音也停止了，全教堂的人都深情地望著聖母瑪利亞，望著耶穌受難像。漸漸地，歌聲從教堂深處響起，是唱詩班在深情地唱起聖經歌，漸漸地，教堂裏做彌撒的人都小聲地跟著哼唱，又漸漸地隨著歌聲的響起，人們開始放開喉嚨盡情歌唱，每個人都唱得那麼專注、那麼動情、那麼真摯，有的人還在流淚。

神職人員默默地給每個人點燃手中的蠟燭，吃過象徵著耶穌鮮血和肉的一小杯紅葡萄酒和一小片麵包後，一個大托盤從前往後慢慢傳過來，傳到我面前時盤子裏已經放滿了綠色鈔票，那是你對上帝的奉獻，沒有人監督，更沒有人要求，甚至沒有人去注意，放不放、放多少全由自己，我突然想別出心裁一下，悄悄地拿出一張紅色的人民幣放在最上頭。

　　走出教堂時已然雨過天晴，湛藍湛藍的天空中教堂的十字架顯得格外精神。啊，說不完的教堂⋯⋯

感悟佛羅倫薩

一

感悟佛羅倫薩的歷史，感悟佛羅倫薩的文化。

佛羅倫薩有一道特殊的光環，那可能是佛羅倫薩歷史的折光，文化的返照，就像遠在東方的北京皇城，陽光之下，黃燦燦，金閃閃，金黃一片，與太陽齊輝，僅僅這一道光束，就折射出封建泱泱大國的文化積澱。佛羅倫薩的光束不同，它的光環是紅，不是胭脂紅、玫瑰紅，而是橘紅，深沉的橘紅，深秋的橘紅，碩果纍纍壓滿枝時在陽光下的那層紅。藍天白雲之下的那片橘紅，似乎沒有人能勾畫形容得出來，因為那顏色是積蓄八百年歷史和文藝復興的絢麗之色。從空中看佛羅倫薩的色調，四季同色，正是紅肥綠廋時。

中國流傳著一句意大利人都不知不曉的名言：條條大道通羅馬。在佛羅倫薩，大街小巷條條道路通教堂；哪裏有輝煌，哪裏就有教堂；哪裏有文化，哪裏就有教堂；教堂濃縮了佛羅倫薩的歷史和文化。一位位從歷史深處走向佛羅倫薩文化深處的文藝復興巨匠，都承認是感應上帝召喚，來到佛羅倫薩；按照上帝的旨意，把人類夢中的圖騰留在世上，最後步履蹣跚地走進教堂，順著教堂的台階回歸上帝。但丁、達‧芬奇、米開朗基羅、伽利略……人影憧憧，丰神雋永，超乎象外，立於道中，他們成為教堂文化的神靈，成為佛羅倫薩的靈魂。

佛羅倫薩，不僅僅是意大利的佛羅倫薩、地中海的佛羅倫薩，更是蜚聲世界的藝術之都、歐洲文藝復興的源頭，幾乎所文藝復興的大師都情有獨衷於它。胡馬依北，越鳥巢南，文藝復興的大師們至死離不開它。歷史滄桑的積澱，古樸純厚無瑕；文藝復興，返璞歸真，推陳出新，又如春風嫩條勃發。每一條曲折的磚石小巷，每一座背街偏僻的老宅古院，每一個古跡斑斑的拐角路口，每一處留在古牆上的隨意塗鴉，都彷彿在輕緩柔慢地講述著一個個五彩的故事、七色的回憶；淚眼苦笑之間，仍然激起著浪漫的情意，仍然煥發著濃濃的詩意。

佛羅倫薩。

那條古老小巷的石頭路，可能始於中世紀，上面竟然留下兩行朝拜者的足跡。望著韋其奧富94米高的鐘樓，刺破青天，高處入雲端，誰知道在雲端之外曾關著老柯西莫，沒有柯西莫的美第奇家族的支持，佛羅倫薩可能還在中世紀的宗教匝道下喘息。這位佛羅倫薩的古老雄獅。只有站在鐘樓之上，領略阿諾河的晨風，才能發現橘紅色的天地間，還有豔紅的一片高地，那是2500多種伊利斯花，佛羅倫薩的市花，紅色之外就是那尊讓人肅然侍立的大衛石雕。一千位觀眾就有一千個哈姆雷特，一千位觀眾就有一千種設想，都在為裸體的大衛設想、遐想、幻想，從大衛的指縫間能望見阿諾河北岸的烏菲茲美術館，和大衛相比，誰知道它？認識它？但它僅僅三層展室中卻收藏著10萬餘件繪畫和雕塑等藝術珍品，有波提切利的《春》、《維納斯的誕生》，達‧芬奇的《三博士來朝》、《天使報喜》，米開朗基羅的《聖家族》，提香的《花神》，拉斐爾的《自畫像》，至此方能一睹真容，方能領略何為藝術朝聖？何為藝術洗禮？

佛羅倫薩。

佛羅倫薩只有晨鐘，沒有暮鼓；只有唱詩班低迴的歌聲，沒有鐵板銅琶，美芹悲黍；400年的中世紀，幾乎讓佛羅倫薩窒息，漫漫長夜，封閉禁錮，那一座座大大小小的教堂、洗禮堂，獨對落日餘暉，逝去的400餘年在十字架下曾經匯集了多少人的祈禱和期望，也帶走了多少人的恍然與困惑？佛羅倫薩的癡情和專一，既使布魯諾被宗教法庭判處在廣場上燒死，也僅僅像初冬半夜的一道寒風，佛羅倫薩人祖祖輩輩虔誠的宗教觀，其觀如山，其情如鉛，其信如天，想起米開朗基羅畫在梵蒂岡西斯廷教堂裏的《最後的審判》。有誰能率先走出那陰雲之厚重，漆黑如墨的佛羅倫薩的白晝？

但丁。

二

聖十字教堂坐北朝南，白色大理石建造的正面格處端莊肅穆，150年的精工細做，使它的每道石框、石檻、石楣、石沿、石窗、石棱都精心雕刻著花紋、圖案、故事，高高的十字架旁有《聖經》。故事中的傳教人物在捍衛恪守，在歐洲眾多世界著名教堂中，聖十字教堂並不顯得格外高大雄偉、神奇壯美，素面的教堂正面，中國人遠望，有些像漢白玉的皇家牌樓。聖十字教堂的超凡，在於在教堂內長眠著數位文藝復興時代的旗幟式的代表人物，每一個人都代表著意大利乃至歐洲文藝復興的輝煌歷史，人們的瞻仰彷彿就是在重溫那些激動人心的文化歷史。教堂前廣場上排滿等待進入的人群，人們都耐心地、和悅地、悄然而待，彷彿等待的一刻也是文化洗禮的一節。

教堂外孤零零站著一位孤獨者，立於三級石階之上，長袍持卷，150 多年，似誦似吟，似靜似動，似言似思；他在宣講，他在呼籲，他在深情等待，他在癡情遠望。但丁，阿利蓋利·但丁，他一點也不英俊，一點也不挺拔；清風瘦骨，貌不驚人。但丁，恩格斯的評價是："封建的中世紀的終結者和現代資本主義紀元的開端，是以一位大人物為標誌的，這位大人物就是意大利人但丁，他是中世紀的最後一位詩人，同時又是新時代的最初一位詩人。"我明白了，為什麼只有但丁一個人站在教堂前面，概因無人能出其右。

《神曲》對於但丁，猶如《史記》對於司馬遷，《離騷》對於屈原，但又有本質的不同；《神曲》是但丁用靈魂和生命引領和喚起人們經歷地獄、煉獄、天堂的苦難歷程、朝聖歷程，去仰望和祈盼那光明輝煌的未來世界。但丁用了整 100 首歌，14233 行，以它那嚴謹而完美的結構和韻律，激情熱烈的旋律，表達出脫離苦難，擺脫愚昧，掃除迫害，清理齷齪，穿越迷途。

但丁有但丁的靈魂煉獄，他在黑暗的大森林中迷路，一步踏空，陡然下落，直歷地下九層地獄，每一層地獄都是人間的迴光返照，在第九層但丁看到了，魔鬼被凍死在永恆的冰湖中，它有三顆頭，分別啃咬著謀殺凱撒的兩個賤人和出賣耶穌基督的猶大。循著但丁的歷程，又經歷了衝破一切，擺脫愚昧和專制，走出地獄經歷煉獄，直到上升到九層天之上。但丁的大膽設想，是哲學的構想，是理想的設計，絕不是幻象，站在聖十字架教堂前他那張蒼白清瘦

藝術的魅力

的臉，茫然向著遠方，他望見了一切，又似乎什麼都是過眼煙雲。蒙昧不可能持久，地獄離天堂雖遠，但經過煉獄必達。但丁為走出黑暗、專制、愚昧的中世紀，用自己的靈魂引領出一條天路。

中國的屈原是用生命問天，佛羅倫薩的但丁是用自由問路，問天天不答，問路天下何路？中世紀的宗教法庭殘酷至極，判處但丁終生流放。更嚴厲的是只要但丁在佛羅倫薩出現，立即抓捕押解廣場活活燒死。倘若如此，但丁將比在羅馬的鮮花廣場被活活繞死的布魯諾早赴刑二百六十年。但丁未死，上帝何在？佛羅倫薩何在？但丁誓言："要是損害我但丁的名譽，那麼我決計不再踏上佛羅倫薩的土地！"從此，但丁背井離鄉，四處漂泊，至死不歸佛羅倫薩！這是一位一眼望上去文靜得有些懦弱，單薄得有些病態，無言得近乎失語，呆木得近乎僵直，但卻是那麼堅強的漢子，那麼純真的鬥士。但丁，文藝復興的旗手，撕破中世紀黑暗的鼓手。"路漫漫其修遠兮，吾將上下而求索。"

但丁客死他鄉，七尺男兒再不還鄉，他眷戀佛羅倫薩，但上帝判他為地獄而死，為煉獄而死，為天堂之旅而死，還不得好死，將被活活燒死。但丁在他的墓碑上留下自己親筆銘誌："我但丁躺在這裏，是被我的祖國拒絕的。"佛羅倫薩整整悔恨了 500 年。在聖十字教堂內有一尊做工精細，雕塑出但丁神韻的但丁石棺，但那是一座衣冠塚。但丁葬在意大利的拉文納，魂之歸來兮？嗚呼！

三

中國寺廟之尊言其古，言其靈，言其特敕皇家；歐洲的教堂之尊言其高高在上，言其雄偉氣派，言其富麗堂皇，更言其有多少偉人入其內加冕、結婚，又葬其中。

我來聖十字教堂即為其尊。

果不虛然。聖十字教堂外素其表，內輝其中。開闊的大廳，一通到天，一通南此，典型的意大利風格，高穹圓拱，四方立柱直聳

這就是那座偉大的殿堂

堂頂，金碧輝煌，精雕藝鑒；琳琅滿目，處處皆文章，處處皆古畫；方柱密室，四壁之上，穹頂地上，滿目皆雕塑，滿目皆壁畫；進入聖十字教堂左側第一個祭台就是伽利略之墓，聖十字教堂不愧為意大利榮譽殿堂，死後必入此堂，可謂"與天地兮同壽，與日月兮齊光"。用中國儒家之言稱之：光宗耀祖。

伽利略的石棺做得更像件藝術品，在他那微昂著頭，雙目似乎注視著教堂吊燈的兩旁，竟然站立著兩位衣冠楚楚、風姿萬千的美女，她們的目光正好和伽利略相反，似乎穿牆越壁關心著比薩斜塔上的鐵球落地。原來那是兩座女神像，一座是天文學女神，一座是幾何學女神，似乎已經拜倒在伽利略腳下，讓女神甘拜下風，在聖十字教堂中，非伽利略莫屬。

500 年必有神童現，伽利略乃神童也。在教堂無意中發現吊鐘鐘擺的規律，循此竟然發現了"擺動周期與擺的長度的平方根成正比，與擺錘重量無關"。

當伽利略驕傲而自信地站在 54.5 米高的比薩斜塔上時，從 80 多公里外的佛羅倫薩的風拂亂了他腦頭上的亂髮，比薩斜塔下早已擠滿了人群，這個敢向亞里士多德挑戰的年輕人不會從比薩斜塔上一頭栽下來吧？即使那樣，上帝也不會饒恕他。他看見有幾個穿著紅色袍服的大教主似乎正在籌劃什麼，當他那讓人聽起來必定要失敗的實驗砸了鍋時，宗教法庭可能立時開庭。為了科學和真理，伽利略敢挑戰亞里士多德，敢挑戰阿基米德，也敢挑戰羅馬鮮花廣場上"煉獄"的火堆，科學才是真理，定律才能永恆，視那些衰衰紅衣主教，不過是"煉人"火堆上張狂一時的火焰。"亦余心之所善兮，雖九死其猶未悔。"說也巧，那天比薩上空飛著一大一小兩隻蒼鷹，卻說是阿爾巴尼亞鷹，從遠方來的報喜者。

在伽利略腳下有兩隻一大一小的實心鐵球。在眾目睽睽之下，在數十位公證員的驗證下，100 磅和 1 磅的鐵球同時滾下比薩斜塔，在空中的自由落體時間似乎長得驚人，最漫長的一刻，兩個重量相差 100 倍的鐵球同時落地，當即震驚世界，伽利略向教會、向中世紀、向世界宣佈他的，也是全民的、世界的"自由落體定律"。伽利略證實了哥白尼的日心說，那是他對中世紀教會、中世紀宗教法律最大的輕視和不屑。用但丁的話說，走自己的路，讓他們說去吧！伽利略是佛羅倫薩的驕傲和自豪，該讓所有佛羅倫薩人自信和崇拜。伽利略應該得到諾貝爾物理獎，應該得到那兩位女神永遠的伴隨、永久的崇拜。

在佛羅倫薩博物館中，竟然展示著伽利略右手的中指，這難道真的？那根有些變形的手指直指向佛羅倫薩的青天，彷彿要刺破天穹，彷彿要討還出公道，彷彿要鳴冤昭雪。佛羅倫薩欠伽利略一個公道，直到100多年以後，佛羅倫薩市長正式公開向伽利略致歉陪罪，希望九泉之下，九天之上，伽利略的靈魂能原諒佛羅倫薩曾經犯下的罪孽，歸來乎？歸來兮！然伽利略在冥冥之中依然高昂他那不屈不撓、絕不低下的頭顱。17世紀佛羅倫薩的宗教法庭以"反對教皇，宣揚邪教"為由，判處伽利略終身監禁，伽利略被推上佛羅倫薩聖約翰洗禮堂前廣場上的火焚刑場。

伽利略死得冤屈，死得悲哀，死而求安。當100多年後，把伽利略的遺骸安放進聖十字教堂時，他的遺骸竟然不全，而那根變形的右手中指骨，失而復得，不彎不曲，彷彿是伽利略還在申訴和控告，它到底代表伽利略的恨還是怨？怒還是憤？難道是伽利略終於原諒了佛羅倫薩？

四

沒有查詢過佛羅倫薩有多少人口，但似乎可以肯定，站立在全世界的大衛恐怕要比佛羅倫薩人還要多，大衛遍天下。米開朗基羅塑的大衛雕像真身就在佛羅倫薩的學院畫廊。

米開朗基羅的真身就安葬在聖十字教堂中，他幾乎和伽利略面對面，一步之遙。生前無緣相見，米開朗基羅去世之時，恰是伽利略出生之日。但相會在聖十字教堂後，卻無時無刻不在廝守。

米開朗基羅的石棺之上，有一道似乎鍍金的彩冠，兩旁彩色的披肩，簇擁著金色閃光的名畫，用中國的風俗抬頭一看，竟有些喜相；米開朗基羅的石雕遺像端莊地立在石棺之上，不像藝術家，卻威嚴、肅穆地像政治家。讓人以難解的是廝守在米開朗基羅身邊的是三位俊俏美麗的"繆斯"，這三位女神分別代表著此處安息著人類最偉大的、天才的、無與倫比的繪畫家、雕塑家、建築家。米開朗基羅即使在聖十字教堂也不會寂寞。

在意大利龐貝古城的入城口，有一個殘破的碩大的青銅器人臉，在落日的殘照下，整個殘缺的臉都在時時變色、時時扭曲，似乎還在時時慘叫、時時呻吟，只望一眼，能讓人牢記終生。它是一個龐貝古城出土青銅器的仿製品，因為它的誇張和放大，產生了連作者也意想不到的藝術效果。

不知道米開朗基羅承認不承認這一點。

落霞夕陽中的大衛，高高地站在米開朗基羅廣場上，高大、健壯、英俊、完美，霞光披散在大衛青銅的身軀上，時而有金屬的冷光；隨著夕照中的彩雲，時而又有青石的暖色；七色的光束齊聚在大衛的頭頂，每轉換一次角度，都會發現大衛的表情都在變化，大衛的身影都在變化，大衛的身體彷彿都在移動。人們久久圍而不散，敬而觀之，不知道是瞻仰米開朗基羅的超凡的技藝，還是欣賞大衛的光彩和形象？高山仰止，景行行止。無法超越的大衛。

米開朗基羅，其名中文譯為"大天使"，小小年紀，出手不凡，常有驚人之舉。青皮後生尚嘴上無毛之際，已經完成《聖母哀悼基督》，是拉斐爾、達‧芬奇文藝復興"三傑"中成名最早的。當這幅雕塑出展引起巨大震動時，觀者眾眾，讀者紛紛，激情洋溢，年輕的米開朗基羅可謂幸福滿懷，春風滿面，得意之情不表自溢。但所有的評論讚揚都沒有人提及這位"天使"，不是張冠李戴，就是猜疑紛紛，年輕氣盛的米開朗基羅敢"劈手斬得小樓蘭"，何況正名乎？眾目睽睽之下，拎起工具，豪氣三千丈，在這幅雕塑的聖母胸前，刻上自己的全名，這就是"天使"的脾氣。這也成為米開朗基羅一生唯一留下自己簽名的作品。

就是這件作品，足以值得這位"大天使"自豪，值得佛羅倫薩人驕傲。1964年，美國舉行世界博覽會，米開朗基羅的這件作品要從梵蒂岡不遠萬里運到紐約。《聖母哀悼基督》重約6700磅，還必須妥穩地從底座上卸下來，小心的程度和措施，幾乎等於在裝卸6700磅的烈性炸藥，戒備森嚴的程度幾乎等同於當年美軍把"胖男孩"運到提尼安島空軍機場，梵蒂岡為雕像支付了600萬美金的海運保險，再為雕像在博覽會期間的安全付出了2000萬美金的保險。而為此擔當運輸任務的竟然是一艘美國最新型的核潛艇，開天闢地，驚天動地，空前絕後，這就是"天使"的藝術價值，至今再未聽說有它。

尼采曾說"上帝已經死了"，給世界哲學帶來了巨大震動；而畢加索自稱"我就是上帝"，據說給世界文壇帶來了瑰麗的希望。我相信，畢加索沒有站在大衛之前，當他站在4.34米高的大衛眼前時，他會覺得何為高大？何為渺小？何為滄浪之水清兮？何為滄浪之水濁兮？

29歲的米開朗基羅終於遇見了"上帝"，"上帝"在卡拉拉採石場置下一塊巨大的大理石，彷彿是三丈六尺的湘繡緞子要為"上帝"製作"龍袍"；多少聞名遐邇的大師紛紛趕來，那是"趕考"，但隨之又敗興而歸，此考難矣，考不好則聲敗名裂；原來這塊"天外來石"上有一道致命的裂縫，湘繡緞子再好，中間被橫豎剪開，此活怎做？若無回天之力，天大的手筆，石毀雕敗。無人敢登此"考場"。米開朗基羅終於一錘一鑿地開始了。沒有人不嘲笑他，沒有人不鄙視他，所有人都對他不屑一顧，認為他以卵擊石。大衛就是麼誕生的，我們現在所能看到的大衛分開的雙腿，正是米開朗基羅成功地利用了條深深的裂縫。上帝之意，竟成天作之美。大衛最初就勇敢地站立在佛羅倫薩市政廳廣場之上，它在向佛羅倫薩，向意大利宣佈：人，只有人才是社會的主題！

佛羅倫薩的榮耀。

五

意大利的城市無論大小，皆為文化名城、歷史名城、宗教老城，姹紫嫣紅，但每座城市都有一座仰望的教堂，似乎是每座城市最靚麗、最有代表性的風景。

佛羅倫薩聖母百花大教堂，不但見證了佛羅倫薩的中世紀的過去，也親歷了佛羅倫薩文藝復興的昨天，更昭示了文化和宗教、藝術和歷史的規律。她威嚴、莊重、肅穆、大方而又親切，端莊、崇高、無與倫比，她可能不僅僅屬於佛羅倫薩，她更屬於文化和藝術、宗教和追求、歷史和人類。

聖母百花大教堂最耀眼、最奇特、最神奇、最可讚可誦的是那高高的穹頂，巨大的橘紅色的 8 瓣燈籠狀的教堂天罩，在佛羅倫薩的橘紅色世界中高昂挺拔，在朝霞中彷彿是從天邊飄來一片燦爛的桃花紅，在橘紅之中獨顯出鮮紅亮紅；在落日後的夜幕之中，又顯出一片光燦燦的暗紅色，在灰藍色的天空下顯得深沉穩重；隨著鐘樓上傳出的鐘聲，飄飄揚揚地盪漾在佛羅倫薩的角角落落。最讓人驚訝的是在圓頂之上，是一顆金光燦燦、閃閃發光的圓球，它代表什麼？象徵什麼？圓頂上豎立著金十字架，望久了，那不斷變換著光芒的金球上，金十字架會隨著太陽不停地轉動，像秋天梵高筆下的向日葵。來後方知，此乃世界著名建築師菲利蒲·布魯萊革斯的天才傑作，至今仍是世界上最大的磚石穹頂。布魯萊革斯畢竟離當今太遠，跨時代相比，他當為貝聿銘之祖師。而那教堂頂上的金球設計竟然是雕塑大師安得列·德爾韋羅基奧帶著後來比他名氣大得多的學生達·芬奇設計製造的，國之大師手筆，豈能不讓人刮目仁視？焉能不震驚宗教世界？直到今日，聖母百花大教堂仍是世界第三大教堂；15世紀建成時是歐洲最宏大、最雄偉、最氣派的教堂，千萬里來朝拜的人，都會為抬頭一望而拜服，而頂禮，而崇敬。只有到了佛羅倫薩，推開米開朗基羅設計的"天堂之門"，站立在主教座堂廣場上，靜靜地瞻望聖母百花大教堂，才會不自覺地產生一種昇華飛躍的感覺，天地之間，白雲藍天之下，橘紅色世界之上，唯"百花"獨尊，唯"百花"之上的金十字架為上為尊。世界上最值得翹首稱道的大教堂中，可能只有"百花"能拾級而上。當站在金十字架下，當站立在金色圓頂之上時，會讓人感到：你是離上帝最近的人。整個佛羅倫薩都在你的眼下，都在上帝的懷抱中，才會感到達·芬奇和他著名的建築大師布魯內萊斯的偉大。"臨帝子之長洲，得天人之舊館。層巒聳翠，上出重霄；飛閣流丹，下臨無地。"滕王閣不長在，而"百花"卻長在。從佛羅倫薩走出去的米開朗基羅就是模仿它而設計了梵蒂岡的聖彼得堡大教堂，但米開朗基羅這個只有在上帝面前才臣服的人也由衷地讚嘆："可以建得比它大，但卻不可能建得比它更美。"

正是在這座"偉大"的教堂中，拉開了歐洲文藝復興的序幕。具有拜占庭風格的圓頂建築在當時被教會視為不倫不類、離經叛道，穹頂建造不僅是反教會專制的精神代表，也開創了歐洲建築的新時代；聖母百花大教堂敲響了中世紀教會專制統治的喪鐘，又迎來了文藝復興的光明和曙光。中世紀的教會多少次阻撓，多少次破壞，多少次反對，但文藝復興的大潮如湧動的春潮。當時著名的建築師瓦薩里頗有含義地說："這個穹頂同四郊的山峰一樣高，老天爺看了嫉妒，一次又一次用疾雷閃電轟擊它，但它屹立無恙。"

佛羅倫薩真美，但其美不在山川，亦不在風光。佛羅倫薩之美，是後天的美，妝飾的美，人為的美，靈魂的美，風格的美，生活的美，七彩的美；其美在文化宗教的歷史積澱，美在文藝復興的輝煌燦爛。

佛羅倫薩著名的廣場上，到處都是走下神壇的人，走上神壇的獸；到處都是表現詩的神壇，到處都是表現人與神的神話。

本章粵托·切利尼的青銅雕像《珀爾修斯與美杜莎》，珀爾修斯左手高舉著美杜莎的人頭，彷彿還在滴血，據說半夜無月光之時，遠遠能望見珀爾修斯兩眼冒兇光，右手提的殺人刀會嗚嗚作響，美杜莎人頭上真的在一滴一滴往下滴著鮮血，但卻是藍色的血漿。

滴著鮮血的頭顱

而兩大力士的生死博鬥更形象、更逼真、更可怕，那才是力量與力量的較量，正氣與邪惡的搏鬥，鬼神之間的爭鋒。大型石雕《大力神海格力斯與半人馬濕索斯戰鬥》的每一塊肌肉，每一條筋脈，每一塊骨頭，甚至每一根毛髮，每一叢鬍鬚，都充滿著生與死，都充滿著戰鬥。噢，那就是人頭馬，古希臘的邪惡淫蕩之神，總讓人記起那句：人頭馬一開，好事自然來。他肯定沒來過佛羅倫薩，沒看見詹波隆那的這座不朽的雕塑。人頭馬的死期將至。

　　海神高高聳立於王宮廣場中央，蔑視一切，彰顯威武力量，周圍簇擁在他腳下的各路神座，都在海神站立的馬車周圍效力，無論海神如何狂傲，把自己的肌肉隆起得像山丘，但與不遠的一尊大衛相比，總感到海神的力量是故意擺弄的，形象是故事拿捏的，動作是驕傲做作的；大衛，還是大衛。佛羅倫薩到底是有多少露天的雕塑，每個廣場上，每扇大門外，每條小巷中，每片花叢裏，每座樓房上，似乎都站立著各種各樣神的、人的、愛的、恨的雕塑。佛羅倫薩，只有佛羅倫薩堪稱藝術之都。

六

　　佛羅倫薩的文化藝術無所不在，也無奇不有，那濃濃的歷史文化的熏陶之氣，躲都躲不開。這才是佛羅倫薩真正的藝術真諦。

　　韋奇奧宮中最大的議事大廳其名曰五百人大廳。聽起來乾澀枯躁，現在五千人的大廳眾如螻蟻，沒人會對報告大廳感興趣。但這是佛羅倫薩的王宮，這是佛羅倫薩的大廳，進門第一步是情不自禁地止步，令人震驚；第一眼之後，目瞪口呆，似乎能聽見自己加重的喘息聲；令人怦然心動，驚訝不已，感嘆不已。金碧輝煌，金光閃閃，金玉滿堂，金色的雕像，金色的壁畫，金色的房框，金色的屋頂，連頭頂之上的藻井也是金框鑲嵌起來的名貴油畫。至此方知，非金屋藏嬌，金屋藏寶矣！這裏能寬鬆地容納下五百人，卻容納不下滿堂滿空間的文化寶藏。"天上"是數十幅聖母故事的油畫，眼前是聖母的微笑、聖母的慈祥，四周皆文藝復興時代的偉大雕塑，每一件文藝復興大師的雕塑似乎都在宣佈一個跨時代的到來。尤其讓人動顏色變的東西兩壁大幅長卷的油畫，百米長卷，兩軍廝殺，數千人馬，鮮血奔流，頭顱擲處，人嘶馬叫，刀槍迸進；那宏大的場面，撕人心魄的氣勢，勝利狂呼的吶喊、垂死不屈的掙扎，人在衝，馬在躍，車在翻傾，箭簇紛紛，金戈鐵馬，氣吞萬里如虎，彷彿轉眼退回到佛羅倫薩的戰爭之中，讓人情不自禁地感到熱血沸騰，幾欲上陣。

文藝復興時代的佛羅倫薩太注重文化，太講究了。

聖洛化佐大教堂並非起眼，一普通教堂耳，進堂如入博物館，大開眼界，視覺之內皆文藝復興之大作，從天穹藻井，直到腳下畫廊，無一處不雕飾，無一處不掛"寶"，無一寸留"空白"，無一寸不盡然。空間的繁華，視間的薈萃，無一處不是新感覺，無一處不是新發現。可以閱盡江山春色，閱不盡佛羅倫薩的文化藝術，佛羅倫薩到底有多少文化蘊藏？到底有多少藝術瑰寶？

《晝》、《夜》、《晨》、《暮》四部曲，米開朗基羅的大手筆，只有在佛羅倫薩才能看到；拉斐爾的大作《椅子上的聖母》是拉斐爾畫的聖母油畫中的扛鼎之作，非到佛羅倫薩的帕拉提畫廊不可，這個不大的畫廊就在皮蒂宮中，竟然收藏了約500幅文藝復興時期的畫作。悄然走進烏菲茲美術館，會令人惶然而退，以為錯入法國巴黎的盧浮宮，方知那種神聖的藝術殿堂絕非僅盧浮宮。那裏有達·芬奇著名的《三博士來朝》，雖為未完成作品，但卻有獨到之處。佛羅倫薩對達·芬奇有一種特別的感情，一方水土養一方人，落葉歸根，佛羅倫薩認為達·芬奇最終應該回到生他養他的佛羅倫薩。但倔強的達·芬奇最終客死法國，遵照他本人的遺願，達·芬齊葬在昂布瓦斯，這幾乎成了佛羅倫薩的一塊心病，直到今天，佛羅倫薩仍然沒有放棄討回達·芬奇的遺骨，在聖十字教堂中仍然有一塊永遠屬他的墓碑，上面刻著："紀念萊昂納多·達·芬奇去世400週年。"

達·芬奇為何至死不還鄉？直死不入家鄉的土？據說當年佛羅倫薩當局沒有派達·芬奇去梵蒂岡為西斯廷教堂作畫，而是派比他小23歲的米開朗基羅帶著拉斐爾和一批佛羅倫薩的著名畫家而去。當時這件"大活"是極光彩、極榮譽、極風光，也是全意大利人都關注的大事，據說達·芬奇再三要求終未如願，其原因之一是達·芬奇畫風散漫，作風拖沓，常常"誤活"，交出來的作品很多都是未完成品，即使是在佛羅倫薩最受歡喜、最讓人崇拜的《三博士來朝》，至今在烏菲茲美術館展出的也是其未完成之作。而達·芬奇不認可，他認為一件作品需要完成時一定要盡善盡美；不需要完成，需要它半殘半成時，也是了不起的藝術品，不必夜夜都是滿月圓月，一勾一彎之月也別有風景、別有極致。至此，達·芬奇似乎再也沒有為家鄉作過畫，準確地說沒有作過一幅完成了的作品。也許達·芬奇是對的，也許達·芬奇在藝術上看得更遠、更深、更藝術；歲月似乎也證實了他的觀點，達·芬奇的許多未完成之作都已成為曠世之作。每天到佛羅倫薩烏菲茲美術館臨摹的學畫者絡繹不絕，需要拍照的常常要排隊。達·芬奇的"半篇畫"一旦進入拍賣市場，價格瘋漲，甚至連他的素描草圖也跟著躥紅。但達·芬奇似乎沒有諒解佛羅倫薩。他離開佛羅倫薩到同飲一江水的米蘭去，在米蘭的聖瑪利亞感恩教堂的修道院北牆上，搭起腳手架，整整用了四年，去畫那幅世界著名的《最後的晚餐》，拉下幕布以後，全世界震驚，佛羅倫薩更震驚，那當為文藝復興盛期的發軔之作。至高無上，至尊無它。達·芬奇變了，不是他創造了《最後的晚餐》，就是《最後的晚餐》改變了他。有時候他也會變成一個怪人，不吃不喝，一動不動地站在腳手架上；有時又會又傻又愣地做許多常人難以理解的動作，一連數日遠離腳手架；有時候他會非帶認真地對著夜空數星星，一遍又一遍，不厭其煩；有時候在餐館、咖啡館一坐一整天；誰能知道達·芬奇做的什麼功課？佈的什麼懸念？直到四百多年後，《最後的晚餐》中的一道道謎題才陸續解開，比如為什麼是最後的晚餐？為什麼在基督身後戶外的景致卻是白晝？為什麼畫中自左而右第四位人物猶大身後一隻抓著一把餐刀的手顯得那麼詭異？那到底是誰的手？《最後的晚餐》其晚餐到底是什麼？據說直到 2007 年，採用高科技高清分辨技術，經反復研究才得知，基督及其門徒們在最後的晚餐上用的並非像幾百年來人們眾口一詞的是麵包或羊肉，而是鰻魚配橘子。達·芬奇不但鬍子長得那麼出眾，那麼茂盛，原來他的創作思維勝過其大鬍子。可惜，在佛羅倫薩再無達·芬奇的名畫。

但在佛羅倫薩，達·芬奇無所不在。

佛羅倫薩有許多"文化地攤"，直接出售文化，最熱銷的是米開朗基羅的大衛，大衛無所不有，大衛無處不在。有人問：有印上大衛的衛生褲嗎？攤主朗聲回答："有！但現在只剩下男士內褲了。"又有人故意刁難地問："有黃金打造的大衛嗎？"攤主嚴肅地回復："有！要先定尺寸，先付定金。"

文化地攤的魅力。

達·芬奇並沒有離開佛羅倫薩。他飄揚著滿臉大鬍子的畫像攤攤都有，高高懸掛。有位藝人根本不抬眼，專心致志地在畫達·芬奇的畫像，現畫現賣，畫得真像、真有神，在他的攤前，常常排起隊，而這位藝術攤主並無一句話，當年以五歐元起價，但如果你放下十歐元，他會把你拿到手中的達‧芬奇要回來，十分瀟灑地簽上萊昂納多‧達‧芬奇，日期是寫的 450 年前的今天。

在一條小巷的街口，有位少女在地上默默地畫著蒙娜麗莎，畫得那麼認真，那麼專心，只有當人默默地放下讓她買顏料的錢時，她才抬起頭來深情地致謝，那竟是一張蒙娜麗莎式的女人臉。

呵，佛羅倫薩……

黃金夢

黃金夢，人類的夢，世界的夢。

最早編織黃金夢的是尼羅河畔的古埃及人，是底格里斯河和幼發拉底河的“兩河人”，也有專家稱是世代居住在亞馬遜河的古印第安人，印加文明的標誌，就是夢中的太陽淚。但有一點似乎是共同的，最初的黃金夢，夢中不是黃金，是太陽，是太陽的光芒；更準確地說人類最早的黃金夢，是太陽的眼淚。

一滴一滴太陽的眼淚，滴進大江大河之中，閃耀著光芒，在河水的沖流之下，晶瑩的太陽淚變成了一粒粒閃閃發光的金沙。黃金夢，一場最早被驚醒的黃金夢，早醒的人們繁忙起來，他們奔向四方，去尋找黃金夢。夢中所云，黃金必在靠近太陽的地方，黃金必在清水之中。

一

黃金從入夢到現實。它最早現形是人類信仰與權力的圖騰。它像太陽一樣高高懸掛在部落的入口處和祭祀的高壇之上，可能看不見太陽，但卻能時時刻刻看見黃金，那真是太陽的眼淚？

黃金是被人類用跪膝和雙手恭恭敬敬地請上神壇的。自此數千年，人類對黃金的崇拜和折服與日俱增，有增無減。

相傳古巴比倫城中心有一座馬爾都克神廟，神廟由 8 層台基築成，高達數十米。據歷史學家推斷，這就是《聖經》中提到的巴別塔，是世界第一高塔，高聳入雲，站在塔頂，可以最早見到太陽，領略太陽的金色，接受太陽的親撫。而在巴別塔的最高層有一尊 22 噸重的黃金神像，太陽光一照，金光閃閃，光耀四方。

而在墨西哥的庫庫爾坎金字塔，是瑪雅人崇拜太陽神的祭壇。此壇充分體現了瑪雅人的智慧，表現出太陽神的神奇偉大和不凡。這座九層圓形祭壇，高 29 米，周邊各寬 55 米，最高一層建有 6 米高的方形壇廟，祭塔四周各有 91 級台階，所有的台階加上頂層正好是瑪雅人一年的 365 天。此金字塔的神奇在於朝北的石台階上，每階都精心雕刻著一條帶羽毛的蛇，蛇身隱藏於階梯之中，蛇靜靜地，似乎在等待著什麼。每年春分和秋分的日子，就在那一天，當太陽光直射到金字塔時，金字塔的台階就會形成一波一波的波浪狀，宛如巨蛇在波浪之中游動，這個幻象會持續 3 小時 22 分鐘，分秒不差。更讓人稱奇的是每逢此時，在金字塔最高一層的方形壇廟中，供奉的巨大全金的羽毛蛇神都會閃閃發光，光照整個祭壇，在金光閃耀的祭壇下，古瑪雅人歡聚一起，高歌起舞，共慶這位羽毛蛇神的降臨。後來殖民者入侵，掠走了全金的神蛇，當時因為金蛇神太巨大、太沉重，讓掠奪者幾次不能得逞。

黃金真的就是太陽的眼淚？太陽的眼淚是喜是悲？為什麼太陽也流淚？所有有人的地方都有神，無論是什麼神都離不開太陽，黃金代表著太陽，人類會虔誠地把黃金獻給神，獻給太陽。

是太陽引導著人類發現黃金，是太陽讓人類編織黃金夢。

現存世界最早、也是最偉大的黃金藝術品當屬阿伽門農的黃金面具，這個曾經戴在 3500 年前古希臘最有權勢的霸主邁錫尼國王阿伽門農臉上的純金面具，現藏於希臘國家博物館，26 厘米長的黃金面具上，連阿伽門農臉上的根根鬍鬚、眉毛、稀疏的頭髮都清楚地再現；扇風的兩耳，連耳隆、耳孔、耳垂上的紋路都能分辨；緊閉的雙眼連眼皮、眼袋、眼角上的絲絲皺紋都清晰可見。黃金面具做得真讓人稱奇！原來這就是當年在特洛伊戰爭中統帥三軍的阿伽門農！阿伽門農終生崇拜太陽，追求太陽的眼淚，在世界最先進的地域才進入青銅器時代，古希臘的邁錫尼王國已經把黃金鍛造技術掌握得近乎爐火純青。阿伽門農追求的是黃金，金光燦燦的金子，而非綠光閃閃的青銅。他儲藏的黃金到底有多少？據考證，全世界所有博物館裏的黃金藏品加在一起，數量也遠遠不及他的五分之一。阿伽門農想使自己變成不落的金太陽。

能在埃及博物館稱得上鎮館之寶的一定是世界之寶，在圖坦卡蒙的金棺內有一張圖坦卡蒙的黃金面具，它不僅是張面具，更是一張頭部直連胸部的黃金藝術造型。其長為 54 厘米，寬為 40 厘米，重逾 10 千克，上面還鑲嵌著各種各類、形形色色的寶石、玉石、珍珠、玻璃，以藍寶石為主，黃金寶石交相輝映、五彩斑斕，把圖坦卡蒙塑造得年輕卻不失文雅，寧靜卻飽含哀思，沉穩又內涵威武。額頂中間有一隻禿鷹和一條眼鏡蛇，代表著法老統治的上埃及和下埃及的守護神，下頜處一束長鬍鬚，象徵著古埃及的冥神奧西里斯。可惜黃金之神也未能保佑圖坦卡蒙，9歲當王，18歲就在"黃金夢"中斷裂人生之夢。

人類最早發現黃金非常偶然，當時生活在歐洲的克羅馬農人，大約相當於中國北京周口店的山頂洞人，據說他們在河水中發現了閃著太陽光的石子，看到山岩砂礫中的金黃礫石，原來人類最早發現的金屬是黃金，人類第一個夢想是黃金夢。黃金夢是夢裏的幸福園、理想園、極樂世界。黃金夢裏有無限的夢境，有無限的追求；黃金夢裏有財富，有權力，有威嚴，有堂上一呼堂下百應；能叫山河變色，能叫人心不古，能讓政權易幟；能讓人鬼不分，能讓死灰復燃，能讓鬼吹燈、鬼推磨；能讓暑寒冬暖，能讓間可疏親、夫妻反目、父子相殘；劉項可以不讀書，但不能沒有黃金；秦皇漢武、唐宗宋祖，一代天驕，編織的依然是黃金夢。夢裏不知身是客，高築黃金台，金屋藏嬌，風流倜儻，千金散盡；黃金終是客，無論好夢、噩夢、圓夢、殘夢、紅樓夢、帝國夢，終是黃金夢；夢醒時刻，方識黃金夢，人醒夢難醒，黃金夢，永不醒；黃金夢，永在夢中。

二

詹姆斯·馬歇爾是美國的一個木匠，鋸鑽刨鑿手藝高超，但在美國也名不見經傳，美國歷史不青睞木匠，不給木匠一點耀眼的機會。這和中國不同，木匠在中國至少吃香過二千多年，皇宮帥府都離不開木匠，齊白石就是木匠出身，李先念、李瑞環都學過木匠，而且是手藝不凡的"高匠"。美國的這位木匠也不凡，他為美國編織了一個美國夢、黃金夢。運氣是他美國夢的開始。19世紀初，他在加州一家鋸木廠檢查出水道時發現河床內有些閃亮的光點，他跑過去細心察看，發現了一些黃色的金屬片，如果馬歇爾是中國人，他一定會用牙齒咬一咬、試一試，但馬歇爾是位地道的美國人，他把金屬片放到石頭上反復敲打，細聽其聲；又試著使其彎曲，檢查它的韌性，它比他接觸過的所有金屬都軟，都韌。馬歇爾判斷，它應該是黃金。馬歇爾把發現的黃金拿給專家鑑別，得出的結論確定無疑是黃金，實實在在的、地地道道的、貨真價實的黃金，純度相當高，起碼有23K。這位木匠立即做出決斷：他不再做木匠的美夢，他要做發財夢，黃金夢！所有得到馬歇爾發現黃金消息的美國人，立時都開始做黃金夢，人人都認為那是一個真實的夢，近在眼前的夢。

詹姆斯・馬歇爾做夢也沒想到，他的黃金發現很快就在加利福尼亞掀起一陣滔天大潮——淘金的狂潮。沒有比黃金夢更容易感染人共同續夢，追求夢想；沒有比黃金夢更風靡詭異的了。這種追逐黃金的淘金夢不僅席捲整個加州，而且猛烈地衝擊著整個美國乃至世界歷史，黃金的魅力，黃金夢的魔力。

美國人發財的欲望是最熾熱的、最赤裸裸的，誰能想像在一些地方"企業都停產，工人全跑光；海員把船拋棄在海灣，直奔淘金地；士兵也離開營房，刀槍入庫，兵不當了，淘金去；僕人離開主人，農民典押了田宅，拓荒者放棄開墾地，公務員離開寫字台，甚至連傳教士也拋棄了他們的佈道所，紛紛前往加利福尼亞"。這不是杜撰，這是事實。美國海軍"安妮塔"軍艦上只剩下 6 名水兵，洛杉磯在得到發現黃金的消息，僅僅 3 天以後，這個城市的居民就棄城而去，走的時候，用貨車裝著鍋子、撬棍、鐵罐和鐵鍬等等。全美國幾乎瞬間人人做起黃金夢，都夢見空手套了頭黃金狼。從四面八方直撲加州，來的人都近乎瘋狂，人們不自覺地、按捺不住地、不停不斷地呼喊著："黃金、黃金！"數萬"金瘋子"瘋迷於馬歇爾的發現地。

淘金熱給美國帶來了巨大的財富，直到 19 世紀末南非金礦發現前，美國一直是世界上最大的產金大國，美國從加州獲得了超過 1 億盎司的黃金。在淘金熱潮的帶動下，加州人口迅速增加，終於建成了美國第 31 個州。

加拿大的克朗代克，連加拿大人都害怕去。它所在的育空地區，面積比美國加利福尼亞州還大。非常年居住的居民僅有 3.3 萬人。在這片冰原荒野地區，遇見棕熊、狼和北極熊的機遇要遠遠大於碰見一個人。這個地方有條大河，雖然名聲不甚大，卻影響極大，因為它僅在北極圈外 178 英里的地方，僅次於密西西比河和馬更些河，這條河也是因地而名，其名曰：育空河，是北美洲第三大河。這條河因為一個美國人，竟然直接洶湧澎湃地流入美國的"黃金夢"，因為那條河是"黃金河"。

19 世紀以來，一位美國加利福尼亞州的探險者決定去這個冰川覆蓋、滴水成冰、到處是寬闊的冰原和一望無際的雲杉林，有的地方冰雪估計一百年沒化的地方。但這裏其夏天還是迷人的，雖然短暫，雖然也危險，雖然也可怕，但和黃金相比，沒有比黃金更偉大、更雄壯、更兇猛、更戰無不勝的。20 多個日照小時，幾乎沒有黑夜，正是在育空河畔淘金的大好時光，雖然成群、成團、成片的花蚊子和巨大的黑色"小咬"前仆後繼地蜂擁而至，據說，牠們能夠咬死北美馴鹿，能把狼群咬得集體跳入河中，但淘金人無所畏懼，民不懼死，只為淘金，何懼蚊蟲？美國人沒有任何一句鼓舞和解憂的話，他們只是反復說著一句：黃金！黃金！英文稱Gold，源自古英語Gelo，其意為"黃色的"。公元前5世紀，和中國老子、孔子比肩的古希臘大文豪，抒情詩人品達（Pindar）對黃金就抒發過"黃金情"："黃金是宙斯之子，蛀蟲與鐵鏽都無法侵蝕，但人的靈魂卻被這至高無上的財富侵蝕。"這是哲學的表達，品達厲害，見光識得黃金度。美國人為了黃金上刀山下火海在所不辭，直到奄奄一息時，嘴裏還在唸叨Gold、Gold，他們死不回頭，死不瞑目，因為他們夢想著黃金，無論他們死得多麼悲慘、多麼痛苦，他們臉上都浮現著一種幸福的迴光返照，那是一層黃金的幸福光，他們徹底走進了黃金夢。

1897年7月，形如逃犯，骨瘦如柴，用中國話說人人都像剛從深山老林中出來的"胡子"，等船靠近西雅圖港時，就是這群犯人不是犯人，"胡子"不是"胡子"，九死一生的克朗代克淘金者，從船上像搬石頭一樣，搬下來至少3噸黃金。他們還沒走出碼頭，已經瘋傳他們空空兩手，愣從加拿大克朗代克淘回10噸黃金，傳之再遠，直到洛杉磯、舊金山，加之電台、報紙大肆報道宣傳，人們更相信那些個瘦骨嶙峋、形同乞丐的流浪漢竟然搬回了30噸金光燦燦的黃金。

極短的時間內就有十數萬做著"黃金夢"的淘金者，爭先恐後地奔向加拿大的育空地區。淘金之路有多麼艱苦？多麼危險？他們要背著所有淘金工具和大約1000磅的食物，這些食物勉強可以維持他們一年的生活。他們首先要翻越美國的阿拉斯加海岸的山脈，這條山路太陡峭了，馬和騾子都攀登不上去，完全依靠自己背，這就需要反復爬上爬下，淘金小路上，隨時隨地可見微微隆起的墳包，每個墳包中都草草埋葬著一個淘金者，有的甚至埋著二到三個，他們只能在"黃金夢"中去追逐黃金王國了。這才僅僅是"萬里長征走完了第一步"，據說，真正到達克朗代克的淘金者大約不到3萬人。遠看是逃荒的，近看是避難的，可能是越獄的，細問才知道是淘金的。黃金的"長征"，黃金夢不是好做的。黃金夢也是殺人不見血的刑場夢。太陽淚，也是淘金者的血和淚。

人類的黃金夢是相同的，因為世界上只有一個太陽，太陽神流出的眼淚是相同的。

中國人的黃金夢。

中國歷史上記載最多的似乎是青銅夢，記錄淘金史的文字不多。野史記載，咸豐八年（1858年），在黑龍江大金溝曾經淘出一個重達32斤重的"狗頭金"，結果引來"狗頭金"大戰，血肉橫飛，"胡子"、"絡子"、商家、官家，廝殺連天。據說大金溝從此再不出金，一說是冤命纍纍，破了黃金夢；二說"狗頭金"被破了行，刨了根，黃金無夢。即使是野史相傳，那次被稱為"神"的"狗頭金"也不大。中國第一次興起的海外淘金熱，恰恰是在咸豐八年。

一位德國淘金者，千死萬死，千難萬難，他獨中狀元郎，在澳大利亞南威爾士淘得一塊"狗頭金"，此"狗頭金"非彼"狗頭金"，這塊"狗頭金"是塊巨型自然金。高達一米四，重達 630 磅，約合中國的 611 市斤。不似"狗頭"，倒似"虎頭"。這還不是孤例。在澳洲淘得"狗頭金"的人絕非一名"狀元"，而是"秀才"遍地。那時候的報紙、電台甚至幻燈片都是發黃金財，做"黃金夢"的，一塊塊奇形怪狀的"狗頭金"到處炫耀。空手套白狼，誰不想做黃金夢？

中國人做黃金夢，夢中有"黃粱"，且樂於"白日做夢"，"夢中娶媳婦"，人窮夢不窮。《紅樓夢》就有《紅樓續夢》、《再夢紅樓》、《紅樓圓夢》，祖輩續發家致富夢，一夜狂富、暴富，富甲天下，蟒袍紫帶，妻妾成群。黃金夢似乎是必修課，無師自通。

澳大利亞發現"狗頭金"的消息不脛而走，如鹽入沸油，激起無數黃金夢。也真有人抱回"狗頭金"，一時光宗耀祖，顯赫鄉間。當年滿懷著黃金夢去澳大利亞淘金的中國人一說是四萬多人，一說是六萬多人，成為澳洲淘金一支不能忽視的力量。這數萬人漂洋過海中間有多少艱難困苦，有多少人熬不過，在黃金夢的夢境中葬身太平洋？無人知曉。僅僅把這支數萬人的淘金大軍運輸到澳洲，足見黃金夢的力量！黃金像太陽，照到哪裏哪裏亮。現在去澳大利亞南威爾士淘金地區參觀，依然有當年拖著大辮子的華工住過的工棚，拜過的香堂，掛著他們淘金時辛勤工作的一張張老照片。

黑龍江的漠河是中國最早發現黃金，成為國際淘金點的地方，沒有之一，可能是唯一。

漠河在大興安嶺深處，那地方有條神仙河，其名叫漠河。清代之前叫墨河、磨河。居住在漠河的人是匈奴中的鮮卑族，鮮卑語叫這條河是木河。叫什麼河不重要，中國的河何止萬千？重要的是漠河有整整一河灘金子。太陽一曬，黃燦燦、金閃閃，河裏、河灘上一層金光閃閃的金沙。神仙看了也得動心，也得做起黃金夢，渴望太陽的眼淚能滴到自己身上。

據說第一個發現漠河金沙的是一位尋"棒槌"的迷路人，飢寒交迫得在漠河的河灣處打瞌睡，一覺醒來，發現陽光高照，一河灣金光閃閃的河沙。他背回足足兩口袋金沙，比採著一棵"老神仙"還發。消息炸開，遠遠近近、各行各業的人，都像著魔中邪一樣，不遠千里，跋山涉水來到漠河。一百多年前，漠河除了漠河什麼都沒有，淘金者蜂擁而至，繼而俄國人、日本人、韓國人也拚命趕來。東北多"胡子"，日本多"浪人"，俄國多"武裝"，漠河一時又成為戰場，你死我活，各不相讓，再後以武力劃分出各是各的碼頭，各是各的地盤，各是各的寨子，各是各的淘金人。只說一件事，足見當年淘金世界的黃金夢。

此處有一地名曰"胭脂溝"，因為在這條溝邊有許多妓女寨子，每天妓女們梳妝打扮，潑出去的油彩水，匯成了這條胭脂溝。現在去漠河當年的淘金場，這條胭脂溝還在，陪同胭脂溝的不再是活妓女，而是埋在溝畔的幾百座中國、外國妓女的墳。她們只能在胭脂溝邊"望鄉"。"可憐胭脂溝中骨，猶是家中牽掛人。"黃金夢不成。

三

帝王的夢才是黃金夢。

他想壟斷天下的黃金、財富、權力、江山、人民，他甚至夢想獨佔天下、霸佔太陽、獨享金黃色。他想白日做夢，偷天換日，把整個世界都打造成黃金的，金屋、金殿、金天下……

首要的是要把帝王的寶座，象徵著天下皇權的"龍椅"，是帝王權力的體現，打造成黃金之座。中國三千年的封建社會締造了皇權第一的統治結構，但三千餘年皇帝的寶座始終未見"金座"，"龍椅"再誇張也是木製的，何以不見金龍椅？可能要問問胡適先生，先生有高論。不過胡先生被冠之"崇洋媚外"，再不見胡先生發聲。

印度莫臥兒王朝繁榮強大，其皇帝父子兩人卻做著一個共同的"黃金夢"。其父在位時，就把政權的鞏固和強大標誌在皇帝的寶座上，其實要天下歸一、天下唯一，但人命未能硬過黃金夢，他終於在黃金夢中"駕崩"。其子登基為帝，取名釋文當為"世界之王"，企圖稱王稱霸於世界，登基第一天就開始繼續打造他爹未能完成的"黃金寶座"。印度歷史上似乎沒有記載莫臥兒皇帝這把"黃金寶座"究竟用了多少時間、多少人工，但卻真實地記錄下這把可以成為天下第一寶椅的"寶"，這把寶椅沒有辜負兩代皇帝的"黃金夢"——印度夢。

莫臥兒皇帝的黃金夢共用去黃金1150公斤，是名副其實的黃金座，在黃金寶座上還鑲嵌著230公斤的寶石。每一塊寶石如何搭配？如何鑲嵌？是從全印度徵集而來的最高超的能工巧匠，採用了當時最新的冶煉技術、鑲嵌技術、雕刻技術、抽絲技術。這把皇帝的黃金寶座長約1.8米，寬1.2米，高約0.65米，夠寬、夠大、夠十分氣派、夠八面威風；但莫臥兒皇帝仍嫌不夠，他寶座之上還有一個錦繡天棚，全部是金絲編製的、珍珠鑲嵌的、寶石吊掛的，由12根金柱支撐起來，而寶座的四條腿也是全金打造，上面還鑲嵌了大量的鑽石、紅寶石、綠寶石、祖母綠和一顆顆碩大的珍珠，有的珍珠大如鴿卵。

天棚上面竟然還高高地站立著一隻開屏的金孔雀，孔雀屏上、身上的羽毛鑲滿了各種各樣的寶石，五彩繽紛，閃光耀眼，而孔雀的眼睛是用一顆顆巨大的鑽石鑲成，閃閃發光，即使在黑夜，也炯炯有神。據17世紀曾進入莫臥兒王朝宮殿，親眼目睹過這把黃金寶座的法國珠寶商、旅行探險家巴普蒂斯特‧塔韋尼埃記載：這個黃金寶座共鑲嵌了108顆紅色寶石，每顆都超過100克拉，大的超過200克拉，幾顆大的應在500克拉以上；祖母綠有116顆，每顆都在60克拉左右，大的超過100克拉，他從珠寶商專業人士的眼光看至少有10顆祖母綠，其重量一定會超過150克拉；碩大的珍珠成串地懸掛著，似乎世界上所有的珍寶都應有盡有。這位法國商人估計，其造價應在泰姬陵的千倍以上。

泰姬陵天下誰人不知？這座黃金寶座真是一個夢。

最早皇帝的黃金寶座應該屬古埃及法老圖坦卡蒙。距今天至少3300年，那個時代王朝的國王就已經十分講究"王座"，就已經開始做他的古埃及夢，夢他的黃金夢。從出土實物看，圖坦卡蒙的"王座"是把純黃金王座，這把王座不但有扶手，而且還有靠背，四個座柱還都有經過雕飾的金柱相聯，在靠背頂上，鑄造了一顆金光閃閃的、光芒四射的金太陽，金太陽照到哪裏，哪裏金光一片；寶座的座椅處，是純金打造，在靠背金太陽的金光照耀下，金光四射，可以想像圖坦卡蒙坐在上面，從屁股的四方都閃爍出一束束四射的金光。的確能給他的臣民有這樣一種感覺：太陽神下的又一尊真神！黃金是造神的天才。

當然也有例外，帝王也有不做黃金夢的。比古埃及法老遲到1000多年的東方古

泰姬陵裏的黃金夢

國大秦帝國的開國皇帝，中國歷史上第一個皇帝——秦始皇，他不做黃金夢，因為不相信太陽，更不相信太陽的眼淚；他只相信自己，他認為太陽不能永生永恆，只有他的大秦帝國可以傳萬代、傳萬世。因此，他不迷信於太陽的顏色，黃金的金黃色，他只鍾情於玄色、黑色；他也不相信黃金寶座，因為即使他成為三皇五帝合一的皇帝，也只是跪坐在自己的腳後跟上。500 年後，中國的皇帝們有了黃金夢，有了黃金欲，但依然沒有黃金椅，難道一種想像中動物的圖騰會比黃金還王氣？還霸氣？還神氣？

拿破崙的黃金夢做得有聲有色，他曾經有名言：你以為打出去的是炮彈嗎？那都是黃金，沒有黃金什麼事情也做不成。他在圓其當法蘭西帝國皇帝夢時，忘不了他要登基的皇帝寶座。真難得，法國人把拿破崙的皇帝寶座保存得完完整整，隱藏於凡爾賽宮。那把遠看顯得格外寬闊、格外厚實，也格外別致的拿破崙登基座椅，初看以為是純金打造，後來知曉好像是鍍金，拿破崙當時為什麼沒有打造成純金赤金的？現在無從查起，但這把鍍金的大方椅金光閃閃，它的前面兩條椅腿雕製成半獅半鷲形的怪獸，身上金光閃閃，造型古怪的兩隻怪獸頭上、身上珠光寶氣，威武莊嚴，也有人說這兩個蹲伏在拿破崙腳下的怪獸，是純金的，包括它厚重的底座，完全是純金製作。其實拿破崙最看重的是其登基當上皇帝，坐在黃金打造的皇帝椅上，手持查理曼大帝的金色手杖，這隻高二米多的金色手杖是純金的，象徵著無上的責任、無限的權力。

中國國家博物館曾經展出過一根長約 1.4 米的權力杖，它是從陝西澄城劉家窪出土的，專家認為是春秋早期的，應該是中國迄今發現的唯一一件金權杖。中國是何時開始使用權力杖的，歷史上無明確記載。因為這根是唯一出土的，也就是最早的，他比拿破崙登基時手持的金權杖至少早 1500 年。陝西出土的這根權力杖，中間是木柄，因此早就腐爛了，如今是後配上的。這根權力杖杖首是純金的，上面雕飾著蟠螭紋，下面有青銅作的銅鐏。這根金頭權杖是什麼人用的？在什麼場合用的？權杖是從西方傳進來的？還是由東方傳出去的？難道在春秋早期東西方文化就有交流？

秦亡漢興，兩代帝王的黃金觀發生了根本的變化。從漢高祖劉邦始，黃金乃國之重器也。有史可查，漢高祖賜功臣，以賞金為上，記功勞以金冊、金簿為尊，以封臣封王的權印中出現金印。劉邦犒勞三軍，以十萬金為"國家獎"，即使是搞陰謀詭計，劉邦也批給陳平黃金四萬斤，去買通楚軍上下，離間項羽范增。黃金到處，所向無敵。西漢劉賀雖然僅僅當了27天皇帝，死時頭上的王冠不過是海昏侯，但他的墓葬中卻出土了金器478件，包括20塊金板、25塊麟趾金、48塊馬蹄金、385塊金餅。出土時，裝有馬蹄金、麟趾金的木製漆盒雖然已經腐朽，但當整盒整盒的黃金被起出時，黃金特有的"太陽光照"竟然一下子把昏暗的墓室照出金光來。據史料記載，東漢末年的曹操派兵發掘了西漢梁王之墓，得黃金四十萬斤，讓他的三十萬軍隊三年軍餉無憂。曹孟德從此在軍隊中設"摸金校尉"。曹操橫行，皆因黃金霸道。

黃金不是夢，黃金的力量。

到漢武帝已然對黃金開始崇拜，他犒勞遠征匈奴取勝的霍去病"五十萬金"；為了換回西域的汗血寶馬，漢武帝令造一匹黃金馬，去西域換回真的良種馬，他認為只有黃金才能打動西域藩國國王之心。因為在他心目中，黃金是最尊貴的、最寶貴的、最有價值的。他在作王子時就曾因對黃金的崇拜而得以"一步登天"當上了皇帝。那是一段流傳在歷史之中的"金屋藏嬌"。當時任漢膠東王的劉徹，為娶其表姐陳阿嬌為妻，當著其姑母劉嫖的面許諾："若得嬌為妻，金屋藏之。"可見當時金屋乃至高無上的殿堂。以黃金築屋，人間屬天堂之為。

黃金不但是一種"硬通貨"，而且已經是一種權力、榮譽、地位的代表。到了唐太宗，開始把黃金神秘化、皇家化、國家化。

唐王朝的官制，除皇室之外，金黃色是"忌色"，誰敢沾黃必誅，逾越必滅族。唐朝最大的官員也只能著紫袍、繫紫帶，只有唐太宗著繡九龍的黃金帝王服，繫金印、著金甲、懸金弓、掛金劍、立金冊、戴金冠、住金殿，鋪的、蓋的、用的、看的全是金，滿堂金黃色，連地上鋪的磚也稱"金磚"。皇宮用的瓦是金瓦，宮門雖然塗成朱紅色，但門上的九九八十一顆門釘都必須是鍍金的，鋪首椒圖，都是純金的，荷花缸是鍍金的，蹲在宮門口的麒麟獅子也都鍍過金。皇家的世界是金世界，金盒、金牌、金碗、金盞、金盅、金壺、金鐘、金擺飾、金掛飾、金花插在金瓶中，黃金的招財樹，純金的指甲套，鑲嵌名珠名玉的金首飾，栩栩如生的金鳳凰，黃金的雙獅滾繡球，純金的各種各樣的禮盒、禮匣，在河北保定滿城漢墓中出土的金醫針，連皇帝用的馬桶也是包金的。皇帝所用從頭到腳，目之所及，身之所至，全是黃金的，不是太陽照耀，是黃金光照，金光燦燦，金光無限。皇帝設宴，全套餐具皆赤金簪花鏨花餐具，滿席金光。乾隆有一金杯，20 兩黃金打造，正珠大小 11 顆，紅寶石大小 9 塊，藍寶石 12 塊，龍耳，象頭三足。同治皇帝在大婚宴上用的茶杯，純金鏨花雙喜圓壽，口徑 9.6 厘米，底徑 5.2 厘米，高 5.6 厘米，捶揲成型，工藝絕世。

皇子出生三天後，要在金盆中洗澡，要掛金鎖，是公主要臂帶金釧，金枝玉葉，一樣不缺少。帝王穿的"龍袍"上面是純金金絲繡的九龍，連衣服上的紐扣都是純金打造的。

中國黃金文化源遠流長。1978 年在湖北隨州曾侯乙墓出土的戰國黃金盞，黃金漏匙，證明在戰國時期一個諸侯就餐時已然金滿桌。到唐王朝皇帝尤其重飲酒，"莫使金樽空對月"，李白浪漫詩篇不足為信，但此金樽確實有。據陝西出土的八棱金杯，高 6.4 厘米，口徑 7.2 厘米，重 380 克，而且還是鏨金伎樂紋的，棱上還有聯珠裝飾。珠寶玉器，金光燦燦。

金黃色從此唯皇家用，一件普普通通的布馬褂，只因為是金黃色的綢緞所做，皇帝所賜，無論文臣武將見之必雙膝跪倒，以頭磕地。別家誰敢沾金披黃，夷三族！

中國歷史上後漢統兵大將郭威，率大軍西去抗遼，走到澶州後，將士兵變，擁立郭威為皇帝，一時找不到黃袍，就扯下軍中黃色戰旗，撕裂後披在郭威身上，三軍望黃而拜，高呼"萬歲"，政變成功。

歷史上最有名氣的是趙匡胤"陳橋兵變"，黃袍加身。

公元 960 年正月初一，時任殿前都點檢、宋州歸德節度使的趙匡胤統率全國禁軍前往北方邊境抵禦北漢和契丹軍隊的聯合入侵。軍隊走到離京城汴梁城北四十里遠的陳橋驛站時，軍隊發生兵變，拿出事先準備好的"黃袍"披在趙匡胤身上，擁戴趙匡胤政變篡國當皇帝，趙匡胤因為有了"黃袍加身"就名正言順地叛亂、政變、篡權，當了大宋王朝的開國皇帝。

造反謀國、改朝換代的一個標誌就是"黃袍加身"，敢染色金黃，大逆不道，抄家，滅門，殺無赦，就是人已死，也要挫骨揚灰。

四

中國的唐王朝對黃金最大的貢獻可能是把黃金夢連接上了宗教信仰夢，把黃金敬獻給釋迦牟尼。

功推武則天，因為武則天把自己打造成彌勒佛的轉世化身，因此她首先把彌勒佛做成金身。使彌勒佛化為金佛，拜金如拜佛，拜佛如拜她。武則天不愧為中國歷史上第一位女皇帝。

公元 660 年，唐高宗李治打開法門寺地宮，把佛骨舍利請到皇宮中供養。有史記載：「皇后捨所寢衣帳直絹一千匹，為舍利造金棺銀槨數有九重，雕鏤窮奇，於龍朔二年送返法門寺石室掩之。」可見真實，當時還是皇后的武則天首創金棺銀槨放置佛祖舍利。

據 1985 年 5 月，在陝西臨潼慶山寺塔基出土的唐玄宗開元時期的金棺銀槨，其上鑲嵌著珍珠、瑪瑙、翡翠、貓眼石、綠松寶石。金棺的正面浮雕著一對護法的獅子，四周是用米珍珠粘製而成的一朵朵梅花。金棺蓋子上的蔓草花紋正中有顆紅光閃閃的貓眼石。銀槨正面有兩個漆金菩薩，中間有一對佛腳，兩側分別有 5 個鍍金金人，專指釋迦牟尼的十大弟子。金棺採用捶揲、掐絲、貼焊、鉚合、鏤雕、鑲嵌等工藝，玲瓏剔透、精美絕倫。黃金又有了一項神聖的作用。

發展到明朝，金佛、金身佛像隨著佛教的傳播，已經走出皇室，深入民間。敬佛莫過金身，還願為佛金身，給佛堂佛殿披金、塗金、鍍金，已是虔誠佛教信徒的終身夢、黃金夢、神聖之夢。

鍍金、鎏金的銅佛並不罕見，據說現存的僅國內就有 300 多尊。專家說，這類金銅佛在明、清之時極為普遍，可以說是成千上萬，有錢人家給寺廟捐金佛是件功德無限的敬佛之事。的確有不少是純黃金造像，但真正保存下來、流傳下來的已很稀少。明皇室捐送的金佛都是 20 多厘米高，有的甚至高達 50 多厘米，是用十八抬大轎擇釋迦牟尼的生日之時，萬分隆重地抬進寺院，黃金已然珍貴，打造成金佛，豈可論價？

現存在故宮博物院的一件明永樂釋迦牟尼坐像，高 22 厘米，黃銅鎏金，可謂是永樂金佛造像的精品，釋迦牟尼面相方圓，神態莊嚴和悅，肌膚豐滿圓潤，寫實的衣褶起伏自然，澆鑄潔淨無瑕，優美光亮、鍍金技藝高超，鎏金亮麗，光可鑒人。

與其言其佛光四射，莫若言其金光四射。2013 年香港蘇富比秋季拍賣會上，一尊名永樂鎏金銅釋迦牟尼坐像拍得 2.36 億港元，這到底是佛家之夢、出家之夢，還是夢之黃金、黃金之夢？

1957 年，考古人員發掘了明定陵的地下玄宮，出土了萬曆皇帝的一頂皇冠，這頂金絲皇冠是中國現存的唯一一件帝王金冠。金絲皇冠高 24 厘米，冠口徑 20.5 厘米，重 826 克。觀之，無人不震驚，無人不心服，無人不敬佩，無人不擊掌稱絕。

皇冠是由極纖細的金絲編織而成，有的金絲細如髮，直徑不超過 0.2 毫米，這些金絲是怎樣拉製成的，至今無解。冠殼編成 "燈籠空兒" 花紋，薄如蟬翼，網眼均勻，找不到任何編織的來龍去脈，如天雨瀑下，一氣呵成，堪稱天下絕藝。冠之後山部分，左右對稱攀附著兩條蟠龍，五爪龍似騰似躍，似游似臥，龍鬚飄舞，龍爪利揚，龍鱗閃爍，龍口大開，龍目圓瞪，不是專家考證，誰人能知，龍身為 8400 片鱗片，一片片焊接而成，看上去卻宛如真龍出世。誰能分辨？何是黃金夢中的帝王，何是帝王夢中的黃金？

近代中國為什麼錯過了金本位？黃金為什麼始終沒有真正成為貨幣？專家們能找出九九八十一條理由，但老百姓不那麼看，老百姓始終把黃金當硬通貨花；貨幣能買的黃金就能，貨幣不能買、不頂用、花不了的，黃金都行。老百姓不知不覺地和卡爾·馬克思走在一條認知的大路上："金銀天生就是貨幣，貨幣天生不是金銀。" 但中國人似乎自有了黃金就 "六親不認"，唯黃金唯親唯大。西漢年盛行 "唯大" 說話，是因為西漢年間最硬的通貨是 "大" 銘金餅，這個金餅內不知為什麼刻有一個 "大" 字，因此而得名。民間稱之就是一個 "金燒餅"，重 249 克，1971 年在廣西北海合浦縣望中嶺出土。這個 "金燒餅" 值多少錢？似乎無人估過價，但的確流行過，當年賣官鬻爵，屯田蓋宅，"金餅" 萬能。而在 1982 年江蘇淮安盱眙縣南窯莊窖藏出土的西漢金獸，高 10.2 厘米，身長 16 厘米，寬 17.8 厘米，含金量達到 99%，重 9 公斤，是目前中國考古發現最重的一件金器，這件金獸能 "易" 多少 "金餅" 似乎也無記載。但黃金作為不是貨幣的 "通貨" 進入流通領域是鐵證的事實。越是社會動盪，越是貨幣貶值，黃金越沉穩、越走俏、越吃香、越 "頂事"，人民也越崇金信黃。

中國故宮博物院有件鎮館之寶，乃隋朝展子虔的《遊春圖》，是中國現存最早的一幅山水畫，被譽為 "天下第一畫卷"，"寫江山遠近之勢尤工，故咫尺有千里趣"。

此畫由溥儀帶出清宮，後幾經輾轉，露面於古玩市場。有"民國四公子"之稱的張伯駒得知後，怕此國寶流傳海外，就執意要購下，執畫者張口開價是黃金800兩，在琉璃廠上品古玩開價皆以黃金論價。商人信"黃"猶如信天、信地、信爹娘。據說張伯駒賣掉京城弓弦胡同佔地15畝的一所四合院，這座宅子名氣也大，曾是清王朝大太監李蓮英的府邸。李蓮英的府邸算不算文物姑且不論，僅以此宅此院，現價有估，至少50億元人民幣。需要說一句的是，張伯駒先生把這幅《遊春圖》無償捐給國家。張伯駒先生的氣度堪稱中華第一人。

黃金不自覺地進入流通領域後，其名聲大貴，其稱謂也多變，除有"大烙餅"之外，還有"馬蹄金"、"蒜頭金"、"狗頭金"、"金元寶"、"金葉子"、"金貨"、"黃的"、"金磚"，直到"金條"、"大黃魚"、"小黃魚"，就連高中狀元也稱"金榜題名"。

黃金進入流通領域後，就進入到尋常百姓家。穿金掛黃似乎是身份的標誌。民國初年，人們追求的顯赫是：戴金絲眼鏡、掛金鏈子懷錶、鑲一口大金牙。女人們的追求是從府裏福晉們、格格們傳出來的，講究金戒指、金耳環、金鐲子。金項鏈似乎還沒傳入中國，還沒有興起，倒是改革開放後，中國男人領先時髦，十指戴八金，脖子上的金鏈子以公斤論顯貴。看見過印度的貴婦人，似乎比"中國更愛顯擺"，更愛"亮黃"，凡是能裝飾上黃金的地方，盡顯其"黃"，手上、指上、腕上、脖上都有黃金飾品，金光閃閃；頭上、耳上、脖子上，甚至鼻孔上都掛滿黃金首飾，陽光之下，閃爍金光。腳腕上、腳指上，也要著金掛飾，有的綢緞裏衣外還要加一條黃金的束帶。

中國人對黃金的辨別有獨特的辦法。黃金夢可以是假的，但黃金是真金，不能是假的。

中國人自古就懂黃金入火不焦、入水不腐、入地千年不朽。真金不怕火燒。印度人檢驗黃金還是黃銅的辦法是唯一的，送金店，用試金石；用天平，測重量。中國老百姓特有的辦法，放在嘴裏咬一咬，貼近耳朵聽一聽，百試不爽，中國人對黃金的特性太熟悉了。寸金寸斤，黃金之重，百物莫比，才有吞金而死，《紅樓夢》第六十九回，尤二姐便是吞金而亡。

中國人的黃金夢還在於有創造性，有研發性地去做黃金夢，聖人化土為金，點石成金。

中國歷史上秦皇漢武、唐宗宋祖都是做帝王夢的高手，也是做黃金夢的專家。

所有的帝王追逐的夢都離不開長生夢、夢永生。

2011 年保利春季拍賣會上，明代王蒙的《稚川移居圖》拍出 4.025 億元的天價，畫的那位舉家入山修行的稚川就是東晉時代的煉丹大師葛洪。葛洪肯定不是中國歷史上第一個做人工煉金夢的人，但絕對是第一個幾乎圓夢的夢中人。

葛洪在其煉金著作《抱朴子・內篇》中坦言："金丹之為物，燒之愈久，變化愈妙。黃金入火，百煉不消，埋之，畢天不朽。服此二物，煉人身體，故能令人不老不死。"煉金煉丹，金融於丹，故名金丹。葛洪說得有根有據，有來有去。《史記》中司馬遷記載方士李少君就對漢武帝講："祠灶則致物，致物而丹砂可化黃金，黃金成，以為飲食器，則為益壽……而事化丹砂諸藥劑為黃金矣。"這是中國歷史上煉金術最早的確切文獻記載。

漢武帝時期，公元前 156 年，大漢王朝朝野中興起了煉金潮，無論君臣百姓，誰不想發財？誰不想不勞而獲？誰不想化腐朽為神奇？誰不想圓了自己的黃金夢？

漢武帝以後，煉金煉丹、服金服丹漸成風氣，漢宣帝、漢成帝、漢哀帝，迷戀熱衷程度一帝超過一帝，逐漸影響整個社會的風氣，成為社會追求。以後的歷朝歷代都極力推崇煉金術，至唐，幾乎到了登峰造極之地。

唐代的歷代皇帝、王公大臣，直至平頭百姓，人人皆作黃金夢、長壽夢、成仙夢，百事不幹不能不從事煉金，百食不吃，不能不食煉就的長生金丹。從唐太宗開始，唐禪宗、唐武宗、唐玄宗等皆因為過量服金丹，年輕壯年時便嗚呼哀哉。他們忘了，吞金而死的道理。

英國著名作家莎士比亞曾有一段極形象深刻的"黃金論"："金子！黃黃的，發光的，寶貴的金子！……這東西，只這一點點兒，就可以使黑的變成白的，醜的變成美的，錯的變成對的，卑賤的變成尊貴的，老人變成少年，懦夫變成勇士。"

誰不想做黃金夢？即使那夢是殘夢、噩夢、白日夢，夢醒原知一場空。莎士比亞做過黃金夢，似乎只有莎士比亞才真正懂得，黃金夢不是好做的。

閱讀瑪雅文化

PART 1

上篇

我大錯特錯，在我過去的印象中，瑪雅文化就是墨西哥金字塔，瑪雅文化的密碼都寫在金字塔上。

幸虧有吳永恆給我當先生，解讀瑪雅文化這本十分陌生難懂的"天書"。他曾任新華社拉美總分社社長，在新華社退休後又改任《人民中國》拉美總分社社長，他的西班牙語講得不次於他的漢語普通話。吳永恆十幾年幾乎跑遍了整個南美洲，潛心研究瑪雅文化，可能是中國新聞行業中研究瑪雅文化的第一人。瑪雅文化這部"天書"無人領讀就如同盲人摸象，有吳永恆幫助翻書解讀，讓我"讀書"的信心倍增。

第一頁就翻到了墨西哥城的日月金字塔，距離墨西哥城東北大約 40 公里遠，是個平坦有些低窪的谷地，四周群山環抱，雨林叢叢；遠望有茫茫霧霧，似飄似動，似雲似霧。它和埃及金字塔不同，那飄飄渺渺的海市蜃樓幻景只有在烈日炎炎下才會產生；墨西哥城的金字塔不同，即使是在暴雨連連的雨季，也會在空中騰起金字塔的"海市蜃樓"。那凌駕在雨林之上的"海市蜃樓"還會神奇地變換顏色，讓人覺得那麼詭秘，那該是瑪雅文化的首頁。

據說那裏曾是墨西哥古代最大的城市"特奧蒂瓦坎"。公元前 1 世紀，就在腳下這塊草地上，敲鼓聲、擊木聲、吹"石"聲、唸咒聲、歌舞聲幾乎徹夜不斷，瑪雅人在用自己獨特的形式，在祭神、迎神、送神、讚美神、歌頌神。神在瑪雅人心目中是唯一的、神聖的、萬能的、智慧的，但卻不是無時無刻不在的。當眾神降臨之時，日月生光，一切順暢，要風生風，喚雨降雨，地裏會長出豐碩的農作物——玉米和土豆，瑪雅人就會幸福地生活，所以他們崇敬神，崇拜神，為神所趨，為神而生，神是主宰一切的。當瑪雅人晚上升起巨大的篝火在狂熱地歌舞時，會有人因為發現在篝火之上有神在召喚而自願自發地跳進火堆之中，一點痛苦都沒有，彷彿是

墨西哥太陽金字塔

墨西哥月亮金字塔

在幸福的相見中和神一起升天，也說明神的確已經降臨。

所有參加祭祀的人都近乎瘋狂，他們在盡其所能歡迎神，歡迎神降福到。吳永恆告訴我，並不是任何人都能跳進篝火之中，那是需要修行和資格的，需要很多儀式和程序的，瑪雅文化的神秘也在這裏。

站在太陽金字塔下，不像站在古埃及胡夫金字塔下有那種偉哉巍乎哉的感覺，也沒有胡夫金字塔那種煌煌然、氣貫長虹的氣場；它是另一種文化，是那種厚重、滄桑、古樸、凝重的歷史感。太陽金字塔塔底每邊長約 222 米，塔頂高 70 多米，瑪雅人是把這座金字塔獻給太陽神的，舉頭拜日，日在當空，那就是太陽神，它一層一層分五個階梯直通到金字塔頂。其石砌的坡度竟然達到 70 度，瑪雅人的設計是獨具匠心的，爬上太陽金字塔，必須帶有無限崇敬、無限崇拜，因此必須手在前，足在後，手足並進，四肢同時拜伏在金字塔上。最讓我吃驚的是，兩千多年前的太陽金字塔其外表是塗上紅色的，血紅血紅的金字塔在朝霞與落日中會閃耀出奇特的光芒，在烈日炎炎之下，金字塔會在血色中迸發出萬道金光。

吳永恆告訴我，在南美洲有一種礦石，極像中國的朱砂，在粉碎和攪拌以後，會生成一種朱紅色的塗料，然後在一場盛大的祭祀活動上，會把祭祀的活人殺死，讓他們的鮮血融化進去，然後再塗在金字塔上。

1952 年，墨西哥考古學者在帕倫克城銘文神廟的金字塔台基下面，發現了公元 7 世紀帕倫克國王巴加爾的石棺，打開石棺的石蓋，發現國王的屍骨尚存，他躺的石棺六面全部是用那種伴有動物血液的紅塗料塗成的。

1971 年，考古學家在太陽金字塔下發現了一條長達 100 米的地下通道，是從金字塔西側通往金字塔中央正下方的，在通道的入口和通道中都發現被一種含有動物血液成分的紅色塗料塗刷過，並殘留有遺跡。

吳永恆告訴我，在瑪雅人看來，向神貢獻生命、奉獻鮮血是一種信仰的昇華，是隨神而去，留下圖騰的印跡。似乎沒有人強迫他們，我們今天看來是野蠻的、愚昧的、血腥的，而在那個時代的瑪雅人看來卻是高尚的、神聖的、崇高的。那該是瑪雅文化的又一頁。

在墨西哥乃至整個中美洲至今發現最大的瑪雅古城是奇琴伊察，我們到達這個幾乎淹沒在南美洲特有的高大茂密的雨林中的瑪雅古城時，天陰沉沉的，風吹過高大的闊葉林，如海嘯波濤，讓人感到有些陰森森的。這座古城裏可能有百十座高低不同的石頭建築，卻不見一門一窗，只留下一排排碩大的石頭黑洞，風從這排窗口吹進，會曲裏拐彎地從那排門洞掠出，發出時高時低、時尖時緩的呼嘯，有時聲音像鬼拍門，有時聲音像狼叫娘，有時聲音又像臨終老人長出氣，有時又像虎嗅食，讓人不寒而慄。中國有句老話"一人不進廟"，一人萬萬不能進瑪雅古城奇琴伊察。但奇琴伊察是瑪雅文化的重要一頁，不能不看。

在奇琴伊察古城中央，有一座著名的金字塔——庫庫爾坎金字塔。在中美洲有名的數百座金字塔中，庫庫爾坎金字塔最具代表性，至今這座金字塔也像古埃及的胡夫金字塔一樣，留下無數的神秘和解答不出來的無數個疑問。

據專家考證，這座金字塔的設計無人能理解，無人能相信，它的全部設計數據竟然都有天文學上的數據依據。它的底座呈正方形，四邊等邊幾乎分毫不差；它的階梯朝著正北、正南、正東、正西，四方分明，用現代科學儀器測試，也分毫不差，四個面是代表著一年四季；每個面建有 91 級台階，四面合計共有 364 級台階，加上塔頂上的神殿台階，恰恰是 365 級，象徵一年有 365 天。在庫庫爾坎金字塔的四面還嵌有 52 塊刻有花紋的石板，象徵著瑪雅日曆 52 年為一輪迴。誰這麼神？誰這麼科學？誰能這麼先知先覺？吳永恆告訴我，不服不行，庫庫爾坎金字塔還有一奇觀，每年春分、秋分的兩天，陽光會從正北面照射到金字塔上，瑪雅人經過精密計算、精心設計的羽蛇神雕像就會顯現在人們的面前。

吳永恆不得不提前給我講講瑪雅人心目中的大神——羽蛇神。稱之為羽蛇神也是現代人根據它的外形起的，因為在瑪雅人留下的石板雕刻和石頭雕塑中，羽蛇神是一條長著翅膀的蛇。我的直覺是瑪雅文化中的羽蛇神有些像中國神話傳說中的龍。當羽蛇神出現時，見者會有神附身。因此瑪雅人要想親眼看見騰飛的、活起來的羽蛇神就必須守在每年的春分、秋分這兩天，陽光會從金字塔的正北面照射到金字塔上，羽蛇神就會在那時那刻顯靈復活，栩栩如生。是真的嗎？原來每當這兩天夕陽照射到庫庫爾坎金字塔時，在陽光的作用下，北面一組台階的邊牆上就會形成七段彎彎曲曲的等腰三角形的陰影，在庫庫爾坎金字塔北面兩個底角雕有兩個蛇頭，吳永恆指給我看，我當時怎麼看，怎麼像龍頭，像故宮太和殿下滴水的龍頭。

吳永恆告訴我，那時候這蛇頭的影子就會投射到地上，跟金字塔北邊邊牆上的等腰三角形的影子連在一起，宛如一條正在飛翔的飛蛇，在光的作用下，這條飛蛇會飛騰起來，在天空與大地間遊走，所有匍匐在地上的瑪雅人已經被這神奇的飛蛇震驚了，他們除了全身顫抖，淚如雨下，用自己的鮮血塗紅自己的臉，剩下的就是不停在叨唸咒語。

吳永恆斬釘截鐵地說，一年中，只有在這兩天的特定時間裏可以看到庫庫爾坎金字塔的這一奇觀，而且這種神奇的光影持續的時間是整整 3 小時 22 分鐘，絕無例外，絕不會長，也絕不會短。經過科學檢驗，分秒不差！匪夷所思！

更讓人難以置信的是，古老的瑪雅人並沒有任何金屬工具，包括古埃及用過的青銅鑿子、錘子也沒有，沒有任何車輛，也沒有像尼羅河這樣的大河可以利用，可以說是“赤手空拳”，但高達數十米的金字塔是用重達數噸甚至十數噸的石頭疊砌起來的，而且每塊石頭都打磨得十分平整，有的還雕刻有花紋，可能還有古瑪雅文字，瑪雅人當年是怎麼做到的？我十分認真仔細地看過庫庫爾坎金字塔的石雕羽蛇頭，我認為在沒有任何金屬工具幫助的情況下，絕對辦不到。

吳永恆神秘地告訴我，幾乎和古埃及金字塔的答案完全相同，一曰是外星人，自帶工具，自帶設備；二曰是柏拉圖筆下的亞特蘭蒂斯島上的“逃亡人”。當亞特蘭蒂斯島在發生巨大地殼變化，發生空前的地理大爆炸時，有些亞特蘭蒂斯島上的原居民逃了出來，一部分人逃到古埃及，一部分隨海洋暖流漂落到中美洲，正是這些高智商、高技能、高科技的亞特蘭蒂斯島人，在極其艱苦、原始的條件下，創造了瑪雅文化的一部分。

這似乎是一個十分巨大又充滿著無限奧秘的考古難題，從古埃及法老的金字塔，又繞回到中南美洲瑪雅文化的金字塔，柏拉圖到底是古希臘時期的哲學家、思想家還是古代的地理學家、歷史學家？或是偉大的先知者、預言家？為什麼這些解開世界歷史之謎的密碼都通向柏拉圖？在柏拉圖之前沒有任何人提到過這個神秘的亞特蘭蒂斯島，就連古希臘最著名的歷史學家希羅多德都隻字未提，可能希羅多德根本就不知世上曾有此神秘島。

但瑪雅人存在，瑪雅文化存在，它就在眼前。1839 年 10 月，美國著名的遊記作家、考古學家斯蒂芬斯和英國建築師卡瑟伍德走進了中南美洲的熱帶雨林，他們經過數年準備，決定探索那些消逝數千年的瑪雅文化。探險的過程似乎並不驚險，也不傳奇，他們很快就走進了瑪雅文化的科潘遺址。原來從公元前 1500 年開始，古瑪雅人在這片土地上就幾乎無處不在，不但留下了他們生活的遺跡，而且幾乎處處都有瑪雅文化的標誌。兩位科學家在密林中發現一座方形石柱，高 4.2 米，寬 1 米，厚

80 多公分，赫然矗立在藍天綠樹之下。讓斯蒂芬斯和卡瑟伍德震驚的是，碩大的石柱上竟然是一座巨大的石頭浮雕，正面雕刻著各種人物，胖瘦、高矮、衣著、飾物全不一樣，或表情凝重，或嚴肅低吟，或雙目圓瞪，或微笑露齒；綫條鮮明，形象逼真，互相之間似有聯繫，又似乎各有各的世界。依稀之間地上有奔跑的動物，天上有飛翔的鷹鳥，背後有茂盛的古樹；在樹叢之中，隱現出一顆顆形狀、顏色都不相同的蛇頭，在石柱的最頂上雕刻著纏繞在一起的數條大蛇。在石柱的背面是他們從來沒有見過的，根本看不懂的圖案。石柱的兩側是一排排奇形怪狀的象形文字。這顯然是古瑪雅部落立起的圖騰，是至今為止，全世界沒有一個人能讀懂的圖騰。

吳永恆給我上的又一課就是瑪雅文化的圖騰。在墨西哥城查普爾特佩克公園的墨西哥國家人類學博物館，那裏有件"鎮館之寶"，是特拉洛雨神的圖騰雕塑，高約8.5 米，重達近 200 噸，如擎天柱似的高立其間，而在其後，更立一根通天的石柱，高約 27 米，其重約近千噸。人立其前，更感其偉乎哉，巍乎哉；獨立於天地之間，超拔乎於萬物之上。讓人不敢相信，難以置信，這些雄偉高大、沉穩博重的石頭圖騰竟然是在無任何金屬工具的情況下完成的。我看不懂石柱上的圖騰，直觀的感覺有些像中國青銅器上的饕餮紋、夔龍紋，從上到下全是雕刻著各種各樣的圖形，有的地方還是空雕，甚至雕空二至三層。這不禁又讓我想起柏拉圖的亞特蘭蒂斯之說。

吳永恆告訴我，他親眼見過奧爾梅克巨石頭像。這顆巨大的古瑪雅人的石頭像深藏在高大茂密的雨林之中，像從天上掉下來的"神頭"，無冕無冠，無飾無紋，準確地說是一張生動的、形象的、極富感情的古瑪雅人的臉。言其巨大，是因為它足有 20 多噸！堪稱世界第一大人頭。方方的大臉，圓瞪的大眼，翹起的雙唇，靠山的大耳，厚厚的下巴繃起，寬大的趴地鼻子，眉頭凝起，兩眼看天，兩眉壓眼，看上去很有個性，很有特點，也似乎很有脾氣。

吳永恆說，越看越覺得公元前 1300 多年前的古瑪雅人的高智高能，那石像越看越真，越看越神，越看越不敢再看，因為越看越覺得真的很像現代的墨西哥人。瑪雅文化太高明了，吳永恆悄悄地說，似乎怕驚動了神秘之處的神秘人，他見過六顆這樣的巨大的石頭像，幾乎都如出一轍，所不同的只是頭大頭小，但細看連雙眼皮，棱形眼袋都一樣。據考證過奧爾梅克巨石人頭像的墨西哥專家稱，這樣的石頭人像應有十八九個。沒有辦法準確地說出它的實際重量，最大最重的估計有 30 噸，問題似乎又回到柏拉圖身上，在沒有任何金屬工具的輔助下，沒有任何車輛起重工具的情況下，這些巨大的石頭雕像怎樣從石頭山上開鑿出來的？又是如何搬運到這裏的？又是怎麼雕製出來的？為什麼僅僅只雕一顆頭？一張臉？一張方方正正的臉？一張有棱有角的臉？一張似怒似威的臉？一張似兇似嚴的臉？這張睜大雙眼仰望天空的臉，在希望、在企盼、在祝願、在祈禱什麼？

　　吳永恆說，奧爾梅克巨頭像高超的雕刻藝術還表現在，換一個角度看那張巨大的石頭臉，則是一張憤怒的、仇恨的、兇猛的臉；而在雨中的奧爾梅克巨頭像，則完全變成了恐怖的、猙獰的、五官似乎在挪動的臉；最讓人難以理解的是，當每年雨季過後的那個月，下弦月升起時，奧爾梅克那張巨大的石頭臉會痛苦地扭曲，會淚流滿面。而吳永恆很認真地說，他看過的六個奧爾梅克石頭臉上，細細觀察都留有兩道淺淺的淚痕，除了柏拉圖誰又能解釋？而更讓世人難解的是，奧爾梅克石頭臉上的淚流得越多，來年必大旱，糧食必歉收，必然有大批瑪雅人餓死……

下篇

　　古瑪雅人什麼時期發明的文字無從考證，尤其在 500 年前西班牙人入侵以後，野蠻地破壞了記載瑪雅文化的各種文字和記在紙上的史料。在許多古瑪雅城堡和金字塔上，在祭祀的祭器上，在圖騰上，都留有古瑪雅文字。

　　在巴加爾陵墓的主廳後牆上，鐫刻著 620 個古瑪雅象形文字，這些神奇深奧的古文字至今無人能破譯。

　　在危地馬拉地區，有不少古瑪雅時期的浮雕，浮雕的下面和後面都留下一排排形狀詭秘的文字，讓人費解的是這些古瑪雅人留下的文字，似乎屬不同的文字源，它們書寫不同，排列不同，外形不同；變化無規律，書寫無章法，甚至出現無定式。高深莫測，幾乎不同於人類的任何一種古文字。中國的文字源為《周禮》中說的六書造字法：象形、指事、會意、形聲、轉注、假借，但古瑪雅文

特洛拉雨神像

字皆出於其外。有專家推測，古瑪雅文字的創建可能源於其宗教的啟迪，可能是在宗教的儀式中突然有所感悟，就按照冥冥之中諸神的指點，化而為字。因此很多文字只可能出現一次，成為不可破譯文字。但在科潘遺址一座金字塔的台階上，竟然有 2500 多個古瑪雅文字，這就是瑪雅文化中著名的 "象形文字梯道"。古瑪雅人彷彿有意製造連環密碼，讓後人無法破譯。那些創建文字的古瑪雅人竟究有多高的智商？有專家曾用現在最科學、最現代、最複雜的大型計算機破譯，最終不了了之，得出的結論為，那可能是宇宙人的宇宙智慧。

古瑪雅人擁有紙，是一種瑪雅的 "土紙"，比中國東漢蔡倫造出的 "蔡侯紙" 要早近千年。古瑪雅人在求生和勞動的實踐中發現當地一種無花果樹的樹心嫩皮有一種天然的黏性，極易成型。他們把這種無花果樹的樹皮扒下搗碎成漿，再加入一種瑪雅人稱之為 "下雨樹" 流出的樹膠，反復攪拌，然後把這種樹漿澆灌在平整的石板上，用枝條刮平，用木板壓製、曬乾，然後再在上面塗上薄薄的一層石灰，一張獨具特色的瑪雅紙便誕生了。這種瑪雅紙可能長約一米多。瑪雅人造紙的目的性非常明確，那就是書寫，他們在瑪雅紙上書寫需要記錄和提醒的各種內容，書史和備忘錄、大事記。難能可貴的是，他們把寫滿字、畫滿畫的紙再摺疊起來，編成書籍，這可能是人類歷史上最早的成書，數典不能忘祖，說書不能忽略了古瑪雅人。

可惡的是 16 世紀，西班牙人入侵瑪雅以後，發現了大量這樣的書籍和紙張，西班牙人認為是廢物，不值得保留，因為好燒，就作為燒火的 "乾柴" 燒了。有的認為是古瑪雅人的咒語，是邪教、是鬼符、是魔障，乾脆收而燒之。蘭達大主教在他的《尤卡坦紀事》中說，似乎還是一種 "英雄說"，他們曾在一個瑪雅人居住的城鎮中發現了三十多本古瑪雅人編成的書籍，翻開書看，每一頁上都畫有十分精美的圖畫，畫的是哪兒？畫的是什麼？要表達什麼意思？沒有一個西班牙人懂，觀其如觀天書。書中有整頁的文字，而那些讓西班牙人看了就 "頭大"，就憤怒和鄙視的古瑪雅文字竟然是用黑色的、紅色的一種書寫水寫成的，古瑪雅人專用於寫書的 "墨水"，當為全人類之寶。在這些古瑪雅書籍中，有的封面竟用漂亮的美洲豹皮製成。但這麼珍貴的文物竟然被他們一把火燒了！幾乎所有的西班牙殖民者似乎都有一個十分堅定的信念，銷毀它們，因為它們是瑪雅人的信仰，是瑪雅人的精神！可悲的是，西班牙人在瑪雅地區不是住三天兩夜，掃蕩一下就走，而是整整 300 多年。他們幾乎毀掉了整個瑪雅文化，現在要看到一本有美洲豹皮裝幀的古瑪雅書籍，幾乎像在中國看到一件元代的青花瓷。

　　神文化是瑪雅文化中重要的一頁。瑪雅人篤信神，認為神無處不在，無時不在；神造就一切，造就生命，造就萬物；神可以降臨一切，可以降臨幸福、富足、豐收、歡樂，也可以降臨苦難、災難、貧窮、疾病、死亡。古瑪雅人認為，神造就一切，萬物也皆化為神。敬神如敬生命，聽從神如皈依生命，為神驅使，猶如為生命體現價值。

　　瑪雅文化中的神文化太深奧，吳永恆對瑪雅人的“神文化”的研究可謂頗有造詣。一般專家也難以望其項背。

　　瑪雅文化的書讀到最深處就是神文化。

　　瑪雅人心目中，太陽神是最大的三大神之一，太陽給這個世界帶來光明。當太陽東升時，瑪雅人會載歌載舞迎接太陽神的到來；當太陽正午正烈日炎炎時，他們又為太陽高歌歡唱，表達對太陽神的尊敬；當太陽落日時，他們又會盡情地歡樂，升起篝火，高舉起火把，大吃大喝，為太陽神送行，直到累癱在篝火旁，喝醉在篝火旁，直到篝火熄滅。有的瑪雅部落還會為太陽神獻血，把宰殺的獵物的血潑到篝火上。第二大神就是雨神，雨神的化身很多，也千奇百怪。吳永恆說，據考證，雨神在古瑪雅神文化中估計有十幾種表達方式。圖畫圖案和圖騰顯示，雨神不可勝數，在古瑪雅雕塑中，凡是面目猙獰、奇形怪狀、陰森可怕的大部分都是雨神，古瑪雅人創造雨神並沒有任何標準，完全是根據自然現象，自然想像，自然驅使，自由創作。世界上從古希臘、古羅馬到古埃及、古印度，直至古代中國，神幾乎都有一個公眾意念中的標準像，一種神像一定代表一個神，即使是一種神的多種化身，祂的化身也是有其一致性。但古瑪雅人不同，他們的思維、想像、意念和創造都與外界不同。

　　在古瑪雅時代，中美洲雨季漫長、雨量極大，常常引發洪水氾濫，引發海嘯。古瑪雅人認為，那都是雨神在歌唱，在舞蹈，在發怒，在氣憤。因此必須讓雨神滿意。

　　據現代的科學家、探險家考證，古瑪雅人建的許多城鎮並不是為瑪雅人修建，而是為讓雨神住進去，讓雨神息怒。

　　在瑪雅古城遺址帕倫克古城遺址、奇琴伊察古城遺址、亞席蘭遺址、圖倫遺址等發現的著名的古瑪雅人建築的古城，其城內最雄偉、最高大、最氣勢、最具標誌性的建築都不是瑪雅人居住的，而是供給雨神休息的，是神居、神殿、神堂、神廟。

整個瑪雅文化區，大約有 10 萬座金字塔，其數額遠遠大於古埃及的金字塔。兩地相隔萬里，金字塔的作用也不一樣。古埃及金字塔從建設者的初衷就是安葬法老的木乃伊，是古埃及法老的陵墓。而中美洲的金字塔卻不同，它的作用不同就決定著它的形狀不同。瑪雅人建的金字塔是為神而建，為神修建的神殿，其中相當一部分是雨神。求神、祭神都要匍匐在金字塔的四周，虔誠地膜拜。而金字塔之頂無論它多高、多大、多挺拔，都要在其頂上修建"神殿"，且有從金字塔下登頂的台階，那是為神登上神殿的台階；金字塔頂上的"金殿"，也都建的有門有窗，有的有望樓、有平台、有祭台，甚至有通天的出口、天階的朝向。古瑪雅人的神多，因此金字塔就多，10 萬座金字塔，就代表著有 10 萬個神。據吳永恆考證，在金字塔頂的神殿中，都曾供著瑪雅人的祭器和祭品，都是瑪雅文化的寶貴珍品，可惜都已遺失，很大可能是被西班牙殖民者掠走或破壞了，因為瑪雅人視之為神器，絕不敢移動分毫。

古瑪雅人心目中的第三大神就是玉米神。

吳永恆說，據他研究考證，瑪雅文化對世界文化、世界文明曾做出過三大貢獻，直到今天仍然"統治"著整個世界，雖然當今世界已經進入電子化時代，瑪雅文化仍然像他們塑造的神一樣統治著世界。

據說大約在 4000 年前古瑪雅人就開始吸食煙草，其直接目的是解除勞累，恢復體力，所以他們常常在勞動之餘吸食一種植物的大葉子。這種辦法十分有效，迅速在古瑪雅人中間傳播，至於誰是第一個吃螃蟹的人已無從考證，但吳永恆十分堅定地說，多方面的調查表明，第一個吸食煙草的人一定是位修建金字塔的人。隨著哥倫布發現新大陸，哥倫布也發現了瑪雅人吸食的煙草，西班牙殖民者把它帶到歐洲，終於變成了籠罩世界上空的"煙雲"，再也無人、也無力量能制伏煙草。煙草形成了獨有的煙草王國、煙草文化。

第二大貢獻是古瑪雅人培育出了馬鈴薯。馬鈴薯最初是一種野生的"根瘤"植物，但它的確是被古瑪雅人發現的。當災年歉收以後，他們為避免餓死，就"嚐百草"以度日，終於發現了馬鈴薯。有專家考證，如果當年馬鈴薯早傳入中國 100 年，在明朝末年，中國北方當會避免出現大災荒、大飢餓，就可能不會發生數省飢民大暴動，就不可能出現明末農民大起義，明王朝就有可能得以生存，中國的歷史就可能會重寫。馬鈴薯在中國北方被恭稱為"地蛋"、"山藥蛋","蛋"乃生命之源,可見其對人類的貢獻。現在馬鈴薯已經成為世界四大糧食作物之一,尤其在西方人的餐桌上,幾乎頓頓離不開土豆片,飲水思源,不能忘瑪雅人的貢獻。

在古瑪雅人心目中看得最重,把它奉之以神且是三大神之一的就是玉米。玉米神在瑪雅貢奉的所有神中,是最溫柔、最和善、最可愛的一尊大神。這座玉米大神包裹在玉米穗中,似乎在微笑、在期待、在孕育。看這座玉米大神,似乎是位女神,她將會給瑪雅世界帶來生命,帶來幸福,帶來未來。我看過數十座瑪雅文化中神的雕塑,幾乎都是面容猙獰可怕、兇猛威嚴、古怪陰森,莫名其妙,因為所有的瑪雅人心中的神都威嚴,既可敬又可怕,祂們高踞於人類,又管理著人類,操縱著人類的生死福禍,人類對於神俱恭而敬之,敬而懼之,懼而遠之。唯獨玉米神彷彿就來自古瑪雅人之中,讓人看了感到親切、熟悉、愛戴,古瑪雅人有一個非常自豪、非常感動人的自稱,他們自稱為"玉米人"。瑪雅人說他們就像羊吃草一樣,只要是醒來,就無時無刻不在啃玉米,玉米是他們一輩子須臾也離不開的神。即使是人死去,送行時也要在死人嘴裏塞滿玉米,一是可以西行路上不至於捱餓;二是上天見到玉米神時好相認。後來智慧的古瑪雅人發明了研磨,他們把玉米脫粒又磨成麵,開始吃玉米餅,直到今天,墨西哥的玉米煎餅扎根於南北美洲,為數億人民熱愛,而玉米早已走向世界,成為全人類今天生活離不開的食品。

吳永恆告訴我,瑪雅人最信神,把一切包括生命都看作是神的賦予;把一切包括生命都認為是神在操縱,神是萬能的,神是救世主,主宰人類的一切。在古瑪雅,神多如雨林中的樹,彷彿只有古希臘和古羅馬的諸神可以與其相比。古瑪雅人崇敬神的精神是古希臘、古羅馬人不能相比的,他們是真心地為神奉獻一切,包括自己的鮮血和生命。

古瑪雅人崇神、信神、祭祀神是驚心動魄的,讓人心驚魂散的;是無比真誠的,也是極其原始的,充滿殘忍血腥的,但又不能不說的。吳永恆說,那是瑪雅文化的又一章。

祭神是瑪雅人生活、生命中最重要的內容,用什麼祭祀神靈,什麼時間祭祀,似乎文獻中沒有記載,似乎完全是憑部落的大祭司來決定,主要是根據自然界的一些"怪異現象"和旱、澇、雨、風、雷、水等來決定。很多古瑪雅部落,在每天太陽升起和太陽落山時都要祈禱,都要祭祀,他們幾乎把所有的一切都"祭祀"了,只留下勉強餬口度日的口糧，他們認為最好、最珍貴、最有價值的東西，統統獻給神。

由大祭司主持的祭祀就格外隆重，當以"舉國"之力而辦。

古城中的所有的瑪雅人包括重病的、剛出生的，都要匍匐在金字塔周圍，隨著大祭司傳達神的旨意，開始近乎瘋狂的祭祀。首先他們要把所有能出聲音的一切都敲打吹奏起來。瑪雅人有一種似笛似喇叭的土造樂器，能發出悠遠簡單的嗚嗚聲，他們拿著石頭使勁敲打，拿著木塊拚命擊奏；然後一齊大呼大喊大唱，"手之舞之，足之蹈之"，盡情沉醉，盡情發洩，盡情表達，通宵達旦。祭祀最高潮是血祭，會有人心甘情願地走出來，自己割開自己的血管，讓鮮血任意流淌，把鮮血灑淋在金字塔上，直到鮮血流盡。大祭司要把鮮血塗在自己的臉上和胸前，要把鮮血潑向天空，潑向每個人的頭頂，需要多少鮮血，就會有多少人自願捐血赴死，因為在古瑪雅人看來，死並不可怕，只是一種轉生，他們將幸福地和神在一起，而那些沒有被挑選上的人會放聲大哭，會跺腳擊胸，認為是自己對神還不夠虔誠，不夠忠心。據專家考證，能參加血祭的人是自己割開自己的血管，是笑著唱著讓自己的鮮血流盡，而能去血祭的人，往往是古瑪雅城中最有身份、最有教養的貴族。吳永恆悄悄地告訴我，據考證，瑪雅人在祭祀之前要拚命吸食一種大麻，直到半昏半迷，完全陷入一片幻覺之中。你就可以理解他們那些近乎瘋狂的、喪失理智的行為。吳永恆說，古瑪雅人可能是世界上最早吸食大麻的人，是吸食毒品的祖先，但那的確是瑪雅文化的一部分。

最讓人感到恐怖和血腥的是人祭。人祭就是以活人為祭品。不僅僅是把活人殺死，而是把活人當眾剖胸、剖腹、剜心，大祭司會把那顆流著鮮血甚至還在跳動的人心，捧著走向金字塔，獻給神靈。

為什麼要活人祭神？古瑪雅人認為是神在發怒，神在氣憤，神在不滿，因此才有久旱不雨，或久雨不停；因此才有洪水氾濫，或森林大火，為了向神贖罪，為了向神示意，為了讓神平息憤怒，為了讓神再降福於瑪雅人，他們把人心獻給神。

我對吳永恆說，我考證過中國先秦時期的活人殉葬制度，如現已發掘的，中國歷史上活人殉葬最多的是秦景公。車馬坑中陪葬的車馬有 60 多輛戰車，240 多匹戰馬；而活人殉葬都達 186 名。先秦時期的活人殉葬是分階級的。殉葬的俘虜被綁赴現場，殺害後就地掩埋，埋層一般較淺。而殉葬的大臣和近侍則是被先用酒麻醉後窒息而死，然後分別裝入棺材，和君王同時出殯，同時下葬，一般葬在墓室的最深處，葬在君王的附近處。但從未有噴血和剜心殉葬一說。在中國歷史上似乎只有商紂王怒斥忠臣比干，在大殿之上，當廷剜出比干的心臟，但史實如何仍需考證，即使如此，亦不是殉葬。而中國的祭祀要此古瑪雅人文明得多，也文化得多。有史可查的中國自夏商以來祭天、祭神、祭祖的都有特殊的祭器、祭禮、祭樂、祭品，曾經使用過活三牲祭祀，即牛、羊、豬，現場宰殺，現場祭祀，後因血腥氣太衝，改為以三牲頭作為祭品。中國有史料記載用活人祭祀大都是仇祭，有濃重的報仇復仇之情，殺仇人、仇敵，以祭祖、祭旗、祭靈，和我們祖先那種祭天、祭地、祭神的祭祀已經不是同一種意義上的祭祀。古瑪雅人更古老、更原始，因此也更殘忍、更血腥。

讓人難以容忍的是，古瑪雅人祭祀多用未成年的男孩、女孩，活人祭多用處女，以向神表示純潔和忠誠。據瑪雅文化的考古科學家考證，一次盛大隆重的祭祀活動，活人祭可多達十數人甚至數十人，從遺留的骨骼分析，這些被祭祀的人皆為未成年的女孩，甚至是女童。為什麼使用女孩去祭祀神？原因是如果不是處女，不符合神的要求，不能讓神來檢驗奉獻者的忠貞，神就會降災降禍來懲罰人。

據考證，在古瑪雅人祭祀的遺跡處，有數十萬作為活人祭品的骸骨，這簡直是駭人聽聞，慘絕人寰。但那也是瑪雅文化的一部分。

根據早期入侵瑪雅地區的西班牙殖民者記載，16 世紀西班牙人曾經在瑪雅人一處祭祀地發現有 13600 具頭骨，這些人是當作祭祀貢品被斬去頭顱的。據有材料記載，為了慶祝特提蘭大金字塔建成，舉行了四天的祭祀活動，用活人祭祀的總人數竟然達到 36 萬人，這個數字我不太相信，那真要屍堆如山，血流成河，瑪雅人是在自我滅絕嗎？瑪雅文化墮落滅亡已經不遠了。

瑪雅人創造的瑪雅文化內容十分繁雜，幾千年的積累，一個誕生在森林深處的苦難民族，一個充滿奧秘的民族，一個演繹出無數神奇文化的民族，他們的婚姻，他們的生活，他們的幸福，他們的苦難，他們的創造，他們的戰爭。一頁又一頁，一章又一章，誰又能說清？連研究瑪雅文化幾十年的吳永恆都搖著頭，連聲說，我也僅僅翻了一頁……

古老的鐘聲

PART
2

偉大的發現

一、發現蠍子王國的“蠍文”

夕陽把埃及尼羅河塗上了一層耀眼的金光，非洲夏日的乾風把揚起的沙粒吹向太陽，在尼羅河上撒下了一層琥珀色的薄紗，德國考古專家罔特·德賴爾和他的助手無心欣賞這尼羅河上壯麗的美景，他們正專心致志地發掘可能是公元前 40 世紀的古老王國的古墓。

1988 年的夏天特別乾旱，但尼羅河水卻洶湧澎湃。這是一處距離埃及首都開羅以南近 500 公里的古墓葬，很長時間這位德國專家都叫不上它的名字——河比多斯。用中國古老的堪輿術目測，此墓風水不錯，北有海，南有山，西有河，東有沙，這裏真有 6000 多年前的王國？真的能找到 6000 多年前的王者？在遙遠的東方，古老的華夏最古老的禹夏王朝，應該是公元前 21 世紀。誰能證明古埃及這個公元前 40 世紀的王朝存在？ 100 年前的 1898 年，在上埃及的希拉孔波利斯發掘出來的古埃及文明時期的文物，其中有一塊雕刻著十分清晰、非常生動的人物的泥石板，讓世界都感到震驚。那是一塊叫“納爾邁小石板”的雕刻藝術品，上面有一個頭戴王冠的頭像，頭像上有一隻揚起彎鈎尾巴的威武蠍子。據說古埃及時，有一位國王曾經統一了古埃及，這位國王之名為蠍子，就是“納爾邁小石板”上的那隻蠍子，他的王國也被稱為“蠍子王國”，他們崇拜蠍子，因為牠是塞爾靠特女神的化身，蠍子被許多法老視為保護神，有蠍子女神的幫助才會無往而不勝。

古埃及分兩部分，長期互相對峙，上埃及稱為白埃及，下埃及稱為紅埃及，據說最早尼羅河並不是清尼羅河、濁尼羅河，而是紅尼羅河、白尼羅河。蠍子王國統一古埃及後，以蠍子加冕的王冠就是一半紅、一半白，象徵雙冠王，統一的王，蠍子王。

蠍子王陵的發掘已接近尾聲了，似乎再也找不出能證明蠍子王朝存在的更有力的證據。罔特·德賴爾望著身後漸行漸遠的尼羅河鸛群，似乎有無限的感慨和情懷，這位幾乎把畢生精力都獻給埃及考古事業的德國人沒有學過中國文學，他不知道中國唐朝有位大詩人叫李白，李白有句詩曰："今人不見古時月，今月曾經照古人。"也就在他隨意地往右一瞥，他突然發現有一隻非洲雄獅琥珀色眼睛在盯著他，讓他情不自禁地打了個寒戰。

他發現了人類的偉大，人類最早期的文字，最值得炫耀和記入史冊的創造。

公元前 40 世紀之前的文字。6000 多年前古埃及蠍子王朝使用的文字。

那像非洲大草原雄獅眼睛的是一片象牙打磨的薄片，在尼羅河的落日中顯得格外圓潤細嫩，悠久的歲月，使這種非洲象牙變成琥珀色，光澤格外親和滋潤。一片又一片，一共出土了整整 150 多片，大小形狀都極像中國明朝出入宮中使用的腰牌，當然要稍微小一些、薄一些，可貴的是它不是正方形的，而是有一個小把，彷彿是中國蒲扇的扇把，在扇把的根部鑽有一個小孔。經科學家考證，那是繫繩的鑽孔，它繫上繩，可以把象牙牌繫在物體甚至掛在人的胸前、腕上、腰間，罔特·德賴爾興奮得臉如夕陽落日，他會指給你看那象牙牌上的文字，那不是劃痕，更不是圖案，而是古埃及最早的文字。

後經科學家和德國考古專業機構測定，這 150 多塊象牙片上劃下的，確定是人類發現的最早的文字。在罔特·德賴爾的德國考古團隊發現這些象牙片之前，似有定論，人類最早的文字出現在美索不達米亞，應屬兩河文化，在今伊拉克、敘利亞一帶。但科學家最終認為古埃及蠍子王國的文字是獨立於美索不達米亞的，是在非洲獨立發明的，它比曾在古埃及流行的楔形文字還要早、還要成熟、還要完善。比美索不達米亞最早的文字早大約 200 年左右。破譯的蠍子王國的象牙板文字，有的是法律，有的是標明物體的產權歸屬，有的是說明身份的標誌。可以想像，公元前 40 世紀時古埃及蠍子王國的文明程度。

當蠍子王國統一了被割裂為白、紅兩個王朝的國家以後，幅員的擴大、疆界的延伸、民眾的增加，國家需要有效的治理，猶如古老東方秦始皇統一中國以後的帝國，它需要全國統一的文字，因此秦始皇立即著手統一文字；也正像西夏王朝的建立，它從建國治國出發，自己創造了西夏文字；蠍子王國既可能對過去白、紅兩國存留的文字進行統一和完善，也可能像西夏王朝一樣，獨立創造"蠍文"。

我曾在開羅博物館看過一張蠍子女神的畫像，下著紅色長褲，黃色緊身上裝，

這是 7000 年前的神秘文字，它們在訴說什麼？

人類最偉大的發現就是發現了文字的奧妙。

胳膊上套有成串的黑色珍珠臂環、手環，頭上繫著紅色髮帶，王冠上有巨大的蠍子，手執魔法權杖，在杖首有一隻碩大的蠍子，高高揚起帶刺的尾巴，兩隻有些誇張的前螯大張著，充滿了神氣、霸氣。非常遺憾，我去倫敦沒有去過波特里博物館，那些在河比多斯蠍子國王陵中發現的刻有人類最古老文字的象牙牌就珍藏在那裏。

遙遠的東方出了位黃帝，黃帝手下有位史官稱倉頡，據說是公元前 17 世紀的人和事，是倉頡發明了華夏最早的文字，在他的老家還為倉頡造了一個很高很大的墓冢，東西兩門有副對聯寫得精彩："畫卦再開文字祖，結繩新創鳥蟲書。"胡適先生笑言那不過是神話故事，古老的中國和古老的希臘一樣，會造神，神會創造一切。

二、發現古瑪里王國文字

20 世紀 30 年代初，這支法國考古隊從希臘的克里特島東渡地中海，從大馬士革一邊勘察，一邊考古，終於到達幼發拉底河西岸的古老城市瑪里。瑪里在敘利亞境內，現在正炮火連天，它是 6000 年前幼發拉底河、底格里斯河"兩河文化"的重要一站。瑪里的名字就很奇怪，沒有人知道它要表達什麼，更沒有人知道它為什麼要叫瑪里，因為它是根據"兩河文化"時期的一種很獨特也很古怪的文字的讀音譯成的，5000 年沒有人能破譯它。法國人就因為它古老、它神秘、它無解，才千里迢迢地找到它。

這支法國考古隊十分專業老道，他們從希臘的邁錫尼考察到克里特島的扎克羅斯；又從上埃及的阿瑪爾納考察到下埃及的孟菲斯。他們不信，在黃沙之下還是黃沙，在青石之下還是青石。他們曾開玩笑說，非洲的禿鷲能嗅到 3000 米之外腐屍的氣味，他們能嗅到 3000 年前古墓的味道。他們終於有了創世紀的發現，卻是在不經意之中的無意發現。原來他們在工作之餘的閒逛中發現有一個孩子拿著幾塊刻有圖案也可能是文字的泥板，這勝過了在沙漠中找到了清泉。他們順著這一綫索不斷尋找、不斷收集、不斷挖掘，竟然挖掘出兩萬多塊刻有文字的泥板，震驚整個世界。

泥板是用當地一種黏土拍打做成，上面刻滿文字，然後經過晾曬烘乾成型。泥板上刻的文字叫古阿卡德語，它記述著公元前 1750 年前瑪里王國的"國家記錄"，王國的政令、法律、包括王宮中發生的事情，國王的活動甚至"語錄"；這彷彿是中國甲骨文最早記載的商、周王朝的活動內容，所不同的是我們的先人是把文字刻在龜板、牛骨、獸骨甚至人的天靈蓋骨上，而瑪里王朝人卻直接把文字刻在了泥板上。這也是從公元前 40 世紀古埃及蠍子王國把文字刻在象牙板上，經過 2000 多年的文化推繹，終於把文字刻在了泥板上；正像我們的先人也經過 1000 多年的探索，終於把文字刻在細長的竹簡或木櫝上，並且把它們用牛皮繩串聯起來，形成書籍。先人值得喊萬歲。

大約在公元前 1477 年，相當於華夏的商王朝，在毗鄰地中海、位於下埃及尼羅河三角洲的古城裏，當時的法老要求修建一座帶有精美壁畫的宏偉殿堂。他們採用的繪畫方法似乎是東方古國包括古印度都沒有的，稱為＂濕壁畫法＂，將顏料繪製在尚未乾燥的石膏上，使色彩和牆壁融為一體。關鍵是在這幅壁畫的左側有數排文字，這就是法國考古隊發掘出的泥板上的文字，正是依靠這滿滿一牆圖文並茂的對照，才艱難地破譯了古阿卡德語。

讓後人瞠目結舌的是，在石泥板上記載著瑪里王國的一部法典，這就是有名的《漢謨拉比法典》。這部法典對違法、犯法、繩之以法都做了規定，似乎在公元前 17 世紀，幼發拉底河畔的瑪里王國就已經開始＂依法治國＂，這可能是世界乃至人類最早的法律。而那位漢謨拉比正是在公元前 1800 年之前統治兩河地區的＂太陽＂，被稱為＂光芒普照蘇美爾和阿卡德的巴比倫太陽＂，也因此用蘇美爾楔形文字寫成法律的《漢謨拉比法典》。漢謨拉比不愧為＂巴比倫的太陽＂，距今 3800 多年前竟出台一部法典，讓後人難以置信，直到 1901 年考古發掘出原物方讓整個世界信服。公元 1 世紀希伯來語的《聖經》就從《漢謨拉比法典》中引用的＂以眼還眼，以牙還牙＂，並逐漸成為世之真言。

亞瑟・埃文斯爵士是 20 世紀傑出的考古學家。＂米諾斯文明＂正是經過這位近乎傳奇的考古學家＂考＂出來的。

從大約公元前 3000 年起直到公元前 1200 年，米諾斯人在古希臘的克里特島建立了高度的文明和先進的文化，雖然在公元前 2000 年被從古希臘半島入侵的邁錫尼人所取代，但米諾斯人建立的文明，尤其是米諾斯文化依然又延續了整整 800 年才悄然退出歷史舞台。亞瑟・埃文斯終於悄然上場，他要揭開將近 5000 年前的＂米諾斯文明＂的面紗。

一切都是悄然而至，一切似乎都是偶然而遇。有人言之，考古就是幸運，走遍萬水千山，方知此山不是山，此地就是山。

　　亞瑟·埃文斯有意無意地在雅典的地攤市場上溜達。賣者無心，買者有意。這位英國爵士眼前一亮，他看見一個很不起眼的"乳石"，他蹲下，拿起，先用手感覺，再反復地打量。小販甚至想白送給他，不願再和他"磨牙"，因為這種"乳石"幾乎和其他小石頭沒有什麼區別，說下天來也賣不出一塊麵包的錢。這種"乳石"英文名稱為 milkstone，就因為是專給剛生過孩子或即將生育的婦女佩戴的一種佩飾，其意為神會通過這塊石佩給母親或即將成為母親的女人以乳汁，故稱"乳石"。而埃文斯一眼看中的是小"乳石"上竟然刻著他從來沒有見過的"符號"，他反復比較，反復查看，他認為那應該是一種文字，上面很可能寫的是一句辟邪的咒語甚至是一首詩。他買下了市場上出售的所有帶有刻痕符號的"乳石"。正是這些小小的不起眼的"乳石"，引導埃文斯一步步走向"米諾斯文明"，他甚至把整個遺址都買下來，系統發掘，專業考證。他和他的考古團隊發現了"米諾斯文明"時期的王宮遺址，這就是著名的古希臘克諾索斯宮殿遺址。該宮殿始建於大約公元前 2100 多年至公元前 1800 多年，幾經擴建，佔地近 13000 多平方米，建有石製階梯迴廊和天井，圍繞著 1200 平方米的中心院落向四個方向擴展，上下竟然分為 5 層，共有 1000 多間房間。克諾索斯宮的王宮檔案庫也被發掘出，裏面保存著 2000 多塊黏土泥板，是用古埃及的一種特殊黏土製成後乾燥成型，其狀如葦葉，細長而苗條，和在之前發現的刻有文字的泥板不同。不但泥板的形狀不同，而且刻在上面的文字也不同，世界上沒有一個人認識這種奇特古怪的文字，這就是綫形文字。它是一種意音文字，同時包括專門表示音節以及專門表達聲音、物體或抽象概念的表意符號，通常是由左向右書寫。

　　埃文斯有英國貴族紳士的派頭，衣冠楚楚；舉手投足，文質彬彬；談吐行文，張弛有道；即使在考古發掘現場，也有條不紊，有一股皇家學者的氣場。他的發現如石破天驚，震驚整個學術界，從而引起 20 世紀初對古希臘文化遺址的考古熱潮，新的發現層出不窮，到目前為止，這種泥板檔案已發現幾萬塊之多。這些文字完全不同於其他地區發現的文字，似乎是"石頭縫中蹦出來的"，被命名為綫形文字 A，直到今日，這種古怪而神奇的文字仍未被破譯。沒有破譯不了的密碼，只有破譯不了的文字；古代文化的博大深奧，只能用已知世界的科學去探索未知世界的哲學和規律，只能是由表及裏的漸行，在中國契丹文時至今日似乎也未被破譯。

三、神秘的楔形文字

在伊朗西部克爾曼沙赫省以西 20 公里，有座山貝希斯敦山，在山崖之上，有一塊巨大的浮雕，高離地面 60 多米，上面雕刻著一組神秘的石雕，一群排成一行的人似乎在畢恭畢敬地朝拜一位尊者，尊者身後還有執弓舉劍的侍者，他們的上面還雕刻著一幅詭譎和神奇的圖騰。上下左右都一絲不苟地篆刻著一行行似文似字、似圖似咒的"天書"。是什麼人刻的？為什麼要"登天離地"地刻在半山山崖之上？刻的是什麼？什麼年代刻的？那些人物都是誰？那些符號又是什麼？它想表達什麼？訴說什麼？標榜什麼？沒有人能回答！連貝希斯敦山都一直沉默著、等待著。這就是著名的貝希斯敦銘文。

後經人考證：長鬚戴王冠、身披大袍、手拄長弓的尊者為阿契美尼德帝國大流士一世，他腳踩在一名俘虜的胸上，背後兩名武裝侍者執弓舞劍，而他前面站立的十個人，都被雙手緊束身後，脖子上還繫著捆繩，應是俘虜。國王上面的圖騰是神的形象。這是一幅完整的寫實雕刻，正是古波斯帝國時期大流士一世時代所雕。

大流士一世是古波斯帝國的偉大君主，他繼位以後，對內團結一致，對外南征北伐，打敗了割據一方的分裂勢力，統一了波斯帝國，實行種種養民善政政策，使波斯帝國不斷強大越來。大流士一世建立大一統的波斯帝國後，躊躇滿志，全國巡視，當有一天他巡視到貝希斯敦時，他望見藍天白雲之下，黃沙碧海相襯，他萌發了要在此地刻石流芳的想法。他自稱為萬王之王、萬國之王，被尊為鐵血大帝，讓世世代代都能銘記他打江山的不易，江山要世代相傳。3000 年以後，把大流士一世的"頌辭"真正傳到世界上的是一位年輕、英俊、勤奮、好學的英國軍官——25 歲的羅林森。

1835 年，羅林森被派往波斯擔任軍事顧問。這位年輕的陸軍軍官有一身的學問，讀過許多古希臘、古羅馬的歷史和文學，且自學了波斯語、印地語、阿拉伯語，對古波斯語中的楔形文字有深厚的興趣。在羅林森之前，"貝希斯敦銘文"就被發現了。但從未有一個人能攀登上去，作一系統的、全面的研究，60 多米高如刀切斧剁一樣的石壁，鬼神尚嘆，但卻沒有難倒羅林森。這位年輕的軍官曾是運動健將，也是攀岩的高手，他多次冒著生命危險攀上懸崖峭壁去臨摹那些"天書"即"貝希斯敦銘文"，他認為那就是他一直在追求探索的古波斯的楔形文字。最後，他還是指揮一名當地青年，爬上了最高、最平滑、最難接近的那部分，綁上吊繩懸在空中，用中國人拓碑的辦法，逐字逐行把石壁上刻的銘文都用墨汁拓在紙上。

刻有三種文字的"天書"，終於昭示於世，終於可以拿到研究室研究這種充滿"鬼意神旨"的文字了。其實，在羅林森之前200多年，有位叫彼得羅·瓦勒的意大利學者已經在孜孜不倦地探索古波斯楔形文字。彼得羅真有股學者的認真勁，為了探索這種"無蹤無影"的古文字，他走遍了兩河流域，即幼發拉底河與底格里斯河之間的土地，因為他認為波斯文明應出自兩河文化。他不但認出巴比倫遺址，而且還臨摹了5個世上無人知曉的文字。功夫不負有心人。這種離奇古怪的古文字其字形呈上寬下窄的楔形，因形得名，被稱為"楔形文字"。這種楔形文字是由楔狀的圖形組成，就像中國方塊字是用綫條組成一樣，但其組合、變化、朝向、大小、寬窄、頓挫都似有規律又似無定式，變幻莫測，神奇詭秘。彼得羅·瓦勒也是文字的天才，他終於破解了第一步，楔形文字的書寫是由左向右的。

50年後的一位英國學者，終於鑽研出楔形文字不僅僅是其形狀如楔子，還有其狀如方尖碑狀、三角形、金字塔形，這些形狀的文字經過神秘地設計，按照一套甚至多套詭秘的程序，神奇而巧妙地組合，形成一種特有的文字。這位名叫托馬斯·赫伯特的文字研究家還發表了一份有三行楔形文字的複製品，他研究的結果是這種楔形文字是由單詞或單節組成。他研究的第二個結果是楔形文字的閱讀是由左向右讀的，並確認是古波斯人的語言。楔形文字是由古波斯人創造的。

羅林森作為英國陸軍軍官，在軍事上沒有任何建樹，可謂輕如鴻毛，但他經過十幾年的刻苦研究，終於在1844年獨立地破譯了"貝希斯敦銘文"的全文。那是一篇旨在讓後人銘記的波斯帝國的榮譽，記述了大流士一世這位"眾王之王"鎮壓國內"高墨達暴動"的勝利，浮雕上那位地位顯赫、趾高氣昂、不可一世的"大人物"正是波斯國王大流士一世的"光輝形象"，從而揭示了古波斯楔形文字的秘密。貝希斯敦銘文三種楔形文字中最難破譯的是一種被稱為"埃蘭語"的楔形文字，古波斯楔形文字有40個字母，而埃蘭語楔形文字的字符超過100個，這意味著它是一種音節文字。我想破譯它可能比20世紀30年代破譯德國的恩尼格瑪密碼還難。羅林森在破譯古波斯楔形文字上的作用，可謂功不可沒，重如泰山。

在英國牛津阿什莫林博物館，有一塊高20厘米、長9.1厘米的黏土石板，那上面刻滿了一行行密密麻麻的蘇美爾語楔形文字，被稱為蘇美爾王表，刻於公元前

2004 年前後，記述了公元前 3200 年到公元前 1800 年的蘇美爾歷代統治五朝的時間表。那麼久遠之前的歷史史記，該有多麼珍貴，多麼難得！不知該稱為發現的偉大還是偉大的發現。

四、發現羅賽塔碑"天書"

1798 年 5 月，拿破崙作為總司令，率領法國遠洋艦隊浩浩盪盪遠征非洲。數百艘戰艦、數千門大炮、十幾萬飽經炮火的士兵，僅僅用 15 個月就征服了埃及。北非沙漠的烈日灼烤著這個騎在高頭大馬上的"小白臉"，拿破崙高傲地乜斜著獅身人面像，瞇起雙眼久久地注視著沙漠邊緣上的金字塔。亞歷山大大帝征服過這裏，凱撒大帝征服過這裏，那該是這些古埃及石頭雕像誕生 2000 年以後；又經過 2000 年，拿破崙終於來到這裏。中國有名金語：500 年必有王者興。拿破崙微笑了，他要沿著亞歷山大的征途前進，直到拿下印度。為此他已準備好了十萬隻駱駝。

拿破崙比亞歷山大、凱撒想得更長遠、更科學，亞歷山大、凱撒"只識彎弓射大雕"，而拿破崙的遠征軍中卻聚集著整整一船科學家、文學家、工程師、畫家、天文學家、醫生以及成百箱的科研設備和各種書箱。這些專家都是拿破崙親自挑選的，每類專家都必須做好自己的科研和學術計劃，遠征非洲和東方的歷史使命，在拿破崙看來絕不僅僅是武力的征服，他用在科技上、文化上的時間甚至超過用在軍事上的時間。在用餐後，他喜歡召集的竟然是"科學院會議"。沒有見過的拿破崙，沒有見過的洲際遠征。在盧克索的卡納克神廟有一堵全世界獨一的"神牆"，是寫滿神的旨意的一頁"天書"，滿牆刻著各式各樣、神奇莫測的"圖案"，沒有人能看懂，沒有人能明白，神究竟要表達什麼？在這堵牆前面，聳立著一尊高高的方尖碑，讓人疑惑和困解的是幾十米高的方尖碑上也刻滿了"天書"。拿破崙像察看軍事地圖一樣那麼認真、那麼仔細地反復看，他竟然什麼也看不懂，懵然無悟；他曾想把它們作為戰利品帶回法國去研究，直覺告訴他，那該是一種古埃及文字；他不但要做埃及的征服者，他還想當古文字的拓荒者；拿破崙的野心，世人皆知；可惜，上帝這次沒降惠於他。直到一個世紀後，才由法國學者商博良在前人的基礎上破解了"天書"，那是古埃及象形文字。它是由表音字母、表意文字共同合成，擁有 1000 多個單獨的文字圖形。文字複雜到這種程度，的確讓後人恐懼。

拿破崙失敗了，他和古文字失之交臂。強大的英國艦隊圍攻上來了。拿破崙萬萬沒有想到，真正成為偉大和不朽的，竟然是他無意中的不經意，正應了中國人說的"失之東隅，收之桑榆"。

　　為防禦英國軍隊，法軍在埃及地中海沿岸一個名叫羅塞塔的地方修築防禦工事。無意之中士兵們挖掘出一截青灰色刻滿古怪文字的殘碑。如果這塊殘碑被用在防禦工事上，讓英國艦隊艦炮一陣狂轟變為碎片，那麼古埃及的文字可能至今無法破譯，就像古蠍子王國的"蠍文"一樣，恐怕會成為永世之謎。"你錯過了上帝的垂恩，上帝將不再會顧憐於你。"拿破崙虔信。那位叫夏伯里的小軍官就是上帝之手。他在戰壕裏發現了那塊羅塞塔殘碑，細細揩淨後，他蹲在碑前饒有興趣地考察著。殘碑的兩面都是像"天書"一樣奇怪異常的圖形，雖然他一個圖形也辨認不出來，但直覺告訴他，這上面雕刻的很可能是古埃及的文字。畢竟夏伯里受過法國正統教育，讀過許多書，他認為這塊被法國士兵呼之為"醜石"的羅塞塔殘碑，很可能成為破譯古埃及文字的鑰匙。就文化而言，夏伯里的發現，一點也不遜色於哥倫布發現新大陸。

　　拿破崙的預感要比夏伯里更深刻、更直接，他認為羅塞塔殘碑將是他征服整個埃及乃至整個非洲的最大收穫。它可能是上帝賜予他的寶貝。但強大的英國艦隊更無敵。他們終於從法國艦隊手中奪得羅塞塔碑，並據為大英帝國所有，成為大英帝國博物館的鎮館之寶。又經過整整 30 多年的研究探索，羅塞塔碑正面的文字終於得到了破譯，破譯古埃及象形文字的最大難點是它違背了象形文字的規律，文字的創造是逆規律而生。羅塞塔碑刻有 1419 個古埃及的象形文字，486 個古希臘文字，最上面刻的是古埃及象形文字的聖書體。上帝拯救了文字。包括那些殘存的古埃及文字的莎草紙書，也都得到了破譯，原來古埃及的文明程度遠遠超出了後世人的想像，真有那種船過好望角時的感覺。

　　拿破崙呆呆地站在厄爾巴島的海邊上，他似乎知道了羅塞塔碑的消息，知道了羅塞塔碑正堂堂皇皇地陳列在大英帝國博物館的櫥窗中，全世界數以千萬的人都去瞻仰它，不知不覺兩顆混濁的寒淚流下面頰……

五、發現甲骨文

100 年以後，遙遠的東方也發現了一種古老的文字——甲骨文。甲骨文一般是用利器直接刻在甲骨之上，有的是用墨或朱先寫上再刻。甲骨文起源很早，人們似乎並沒有找見它的源頭。據說伏羲在黃河邊行走，突然看見河水裏浮出一隻巨龜，龜背上有奇文，這就是甲骨文的起源。伏羲受到龜甲文的啟發發明了《易經》，《易經》六十四卦對中國文化產生了深遠的影響，而源頭也在甲骨文。

甲骨文的發明，科學的考證大約是在公元前 17 世紀商朝的前中期，但後來便神秘地消失了，甲骨文逐漸為金文所取代，商周時期青銅器上的鑄文大都是金文。金文以後又有小篆，到公元前 221 年秦統一中國後又統一文字，實行了李斯發明的秦小篆。甲骨文似乎離現實的社會越行越遠，最後完全消逝得無影無蹤，中國到底有沒有甲骨文？

甲骨文的發現更僥倖、更傳奇、更戲劇。

清光緒年間京城有位大學問家、金石家、文字學大家，此人名叫王懿榮，時任大清王朝國子監祭酒，之後又兼任過京城團練大臣。

1899 年，王祭酒生病，家人抓來中藥，王祭酒亦懂些中醫藥學。王對照藥方查看抓來的中藥，完全是在病中閒而無事，發現藥中有一味"龍骨"竟有人為的劃痕，隨手再拿一片亦有。王乃金石大家，無意中碰到其瘙癢之處，他拿起細看，果然非同凡響，不禁心中怦然一動，藥雖未煎，但病已自去。立即吩咐人去藥店把所有"龍骨"悉數抓來。王祭酒手持放大鏡，精神百倍，但覺前額兩穴間微微有涼汗。他認為"眾裏尋他千百度，驀然回首，那人卻在，燈火闌珊處"。這正是消失了三千多年的中國古文字甲骨文。猶如石破天驚，王懿榮因此有"甲骨文之父"之稱。中國現代考古學奠基人李濟先生就把王懿榮稱為"中國古文字這個新學科的達爾文"。

王祭酒一共收集了 1500 塊甲骨文。1900 年八國聯軍攻破北京城，王懿榮先吞金，吞金未死又投井，其後人因家敗落不得不出售家中所藏甲骨文。當時有人言，"洛陽紙貴"言其虛，甲骨文貴是真貴。出"龍骨"之地正是河南安陽，甲骨文應是商王朝盤庚到殷紂王滅亡的 273 年間的產物，當為中國現已發現的最早、最權威、最珍貴、最完整的古文字。

對甲骨文的發掘也神乎其神，似乎真有"上帝之手"，那隻看不見卻能感覺到的命運之神的關照的手。

1936 年 6 月 12 日，在殷墟第 127 坑發掘現場，幾位專家都灰頭土臉，汗流浹背，收穫無幾，人人都有些灰心喪氣。就在大家準備收工回營之際，最後一挖竟然出現了一塊整塊的甲骨文龜板，真如久旱春雨，專家立馬精神起來。當時挖掘條件非常差，坑又開挖得很小，跪式作業，土裏刨挖，個個汗水伴黃土，活似土地爺。但他們終於出土了 17096 片龜片甲骨文，其中整片整版的龜片甲骨文有 320 版，真可謂開天闢地。據統計，甲骨文字數共有 3500 多個字，其中破譯的約有 1500 個左右，未破譯的大多數是地名、神名，有的僅僅出現過一次，甲骨文學的路正長……

中國的古文字是多彩的，而真正認識這些奇妙的文字又是充滿神秘和偶然的，稱其命運使然當呼之然也。

1000 多年前，中國西北曾有一個一度很強大的民族叫党項族，可謂勤勞勇敢，彪悍智慧，他們建立了自己的夏國，歷史上稱之西夏。西夏一度十分強大，創造了自己國家的文字——西夏文字。但西夏王國興起 189 年後，那個民族、那個國家和西夏文字都神秘地消失了，似乎在一朝一夕之間就消失得無蹤無影。

但西夏的文明、西夏的文字一直被專家們苦苦地追尋著。雖然之後也陸續發現了許多西夏文字的殘片，但無人能破譯這種古怪的文字。西夏文字幾乎被列入"死文字"序列之中。

1804 年，一位官場不得志的清末史學家，回老家閒住，此公叫張澍，其老家在甘肅武威縣。閒而無事，清心寡欲而溜達；發現有一座寺院——清應寺，踱步而入，見寺院中有一亭，四周皆被磚石砌死，心生好奇，一亭非要砌死？其中必有秘密。問寺院僧人，無人能知，猜疑愈重。他讓人打開封磚探尋仔細，但寺院僧人大恐，言之寺院有交待，此物不可動，因此幾百年無人敢動。張澍反復做工作，並許之以金錢，修繕寺院，這才得以打開亭子的封磚，並未見妖魔鬼怪，亦未見奇觀異景，只是在亭子的中央立有一通碑，此石碑名為感通塔碑。此碑的石質、造型亦無異別，關鍵是碑文。張澍專家內行，反復閱之三遍，不禁擊掌大悅，彷彿高中狀元一般。原來這塊石碑上詳細記載了寺院在西夏王朝時期重修的過程，最關鍵是碑的正面刻的是一種沒有人能認識的古怪文字——西夏文字，而碑的反面刻著和西夏文相對應的漢字。這通石碑就成為解讀西夏文字的"密電碼"。張澍有言，蒼天負我，我絕不負蒼天，立即整理、研究、出版。

文字世界裏還有多少未知？多少偶然？多少必然？多少使然？

六、發現神秘古文字

當甲骨文的發現震撼整個文字世界、改寫華夏的文明史時，山東大汶口龍山文化中的文字、江浙良渚文化中的文字、陝西半坡仰韶文化中的文字都那麼孤傲無解，有些遠古的華夏文字可能恆無一解，未知世界太深奧了，文字的未知世界可能就像我們在宇宙中僅僅認識了太陽系的一些表相。1984 年 11 月 14 日，在山西臨汾陶寺遺址極偶然地出土了一片陶片，這片極不起眼的破陶片上有一個紅色的印跡，經專家確認那是一個字，其形象 "文"，這就是著名的 "毛筆朱書扁壺"。它的發現把中國文字的發明提前了至少 4000 多年，中華文明到底出現過多少種語言？多少種文字？在河南舞陽賈湖遺址出土的一批刻符，距今可能在 8000 年左右，有學者認為，賈湖刻符就是早期文字，甚至有專家在《科學》網站進行了論證，認為賈湖刻符中 21 個刻符已經破譯了 11 個。

山東鄒平丁公龍山文化遺址發現的陶文，陶片上的刻字已經不是單個的文字，而是五行十一個字。這些文字的起源都深如大海，至少包括兩個系統：東方的彝文字系統、西方的夏文字系統，它們是平等的還是關聯的？是交叉的還是包容的？

在內蒙古科爾沁草原上有座石頭山，其狀如臥牛，因石山不大，稱 "牛犢山"。2003 年發現一座遼代大型古墓，在主墓室兩邊的牆上有壁畫，在壁畫旁邊竟然有文字。誰也不認識的文字。後據專家考證，這些文字可能是已經神秘消失了 700 多年的契丹文，至今沒有被破譯。

1965 年 12 月的一個傍晚，當考古人員小心翼翼地打開湖北江陵望山楚墓墓主人內棺時，人們赫然發現，在內棺屍首骨架左側，有一把裝在黑色漆木劍鞘內的青銅劍，拔劍而出，其劍藍光幽幽，劍身上縱橫交錯著神秘美麗的黑色菱形花紋，精美異常，這就是後來聲聞中外的國寶——越王勾踐劍。

此劍為春秋時期歷史上大名鼎鼎的越王勾踐之劍，被稱為 "天下第一劍"、"青銅劍之王"，何以斷定？關鍵在劍身正面有兩行鳥篆銘文，一共有 8 個字，這種古文字，史稱 "鳥蟲書"。經過近一年的反復研究，最終得以破譯——"越王鳩淺，自作用劍。"而文中的鳩淺,經過專家深解,確定為勾踐。但又提出了數道未解之題,這種"鳥蟲書"是篆書的變體,篆書的變體有幾種?為何行成變體?

陝西神木石峁遺址皇城台,距今 4300 年左右,在使用 500 年後被神奇地棄用荒蕪了。其面積竟達 400 萬平方米,幾乎相當於天安門廣場的 100 倍,被稱為"石破天驚"的考古發現之一。在其護城的城基上,發現有刻在石塊同一面上的符號,人面、神像、動物、鳥類等,其長度達 3 米;專家們認為那可能是一種未知的文字,很可能是甲骨文之前的更古老的文字,那究竟是一種什麼文字?

十幾年前,世界上只有兩位學者真正懂龜茲國語言,一位是中國的季羨林,一位是日本語言學專家,現在這兩位專家都走了,難道若干年後,龜茲國語言又變成了無人能解的古文字?

在北京故宮博物院珍藏著秦石鼓,那是秦時代製作的 10 塊饅頭狀的大石頭,其形狀趨於鼓形,稱石鼓,它們是在唐貞觀年間在鳳翔縣被發現,至今已然 1400 餘年。經郭沫若考證,石鼓為秦襄公八年,即公元前 770 年所製,上面刻有古文字,即"石鼓文"。這 10 面刻有詩文的秦時石鼓,在宋徽宗、清乾隆時都以國寶相待,圍繞這 10 面石鼓,有多少學問?多少文化?多少歷史?多少疑問?現在這 10 面石鼓上的石鼓文僅僅剩下 310 餘字矣……

隨著發現的已知世界在不斷擴大,沒有被發現的未知世界到底是縮小了,還是擴大了?

生命的呼喚

一

亞洲大陸和北美洲大陸相連的大陸橋就在現在的白令海峽，北冰洋和太平洋因這條細細的、窄窄的大陸橋而相隔相望，一衣帶水才是這兩塊偉大的陸洲的真實寫照。一萬七千多年前，可能是最後一批猛獁象在皎潔晶瑩的白雪中慢慢地前進。牠們要從亞洲的最東端走到北美洲的最西端，沒有人知道牠們為什麼要進行這樣的洲際長征，知道的可能只有領頭的那頭雄猛獁象，牠高大雄壯，就是與恐龍相遇，恐龍也要退避三舍。

長過 7 米，高過 3 米，重過 12 噸，山一樣的偉岸，挺著 2 米多長的象牙，確有力拔山兮氣蓋世之風，牠要帶領牠的家族穿洲而行。那個時期，這群猛獁象腳下的土地至少距離牠們粗壯的四肢有幾十米深，牠們每邁一步都聽不到大地的回音和顫抖，只有冰雪破裂之聲傳向四方，那倒真像中國古老而神秘的鈞瓷，在寧靜的子夜裏發出的雲片乍裂的"鬼聲"。不知為什麼，這批猛獁象最終未能走到北美洲，未能踏上阿拉斯加，牠們先後僵臥在一望無際、白雪皚皚的冰雪世界中，漸漸僵硬，漸漸消逝，"羽化而登仙。"

北美洲並不遙遠。亞洲遠東的大角鹿，趟著沒胸深的白雪也只要四個小時就能跨越兩大洲。現在俄羅斯遠東的野馴鹿和北美洲的野馴鹿仍然是同宗同族。牠們會在星空燦爛的零下五十度嚴寒的北極光中對空長嘯，彷彿在向另一個洲的同類訴說著冰雪帶來的寂寞。

北冰洋的召喚、太平洋的渴望，神奇的大自然終於讓兩大陸洲分手，讓開一條細長的 40 多公里寬的海峽，讓北冰洋和太平洋盡情擁抱，給成千上萬種生命得以新生、得以繁衍、得以壯大，綻放出無窮盡的生命，讓大自然更加絢麗多彩。

一萬多年以後的那位叫白令的探險家終於來到了這片神奇的海峽，他在一片荒山的岩石縫中發現了一根長達 2.5 米的猛獁象牙，那根古老猛獁象牙上有無數紋圖，可能記述了牠經歷過的一切，萬年的歲月，一寸的光陰。很可能記載了那批最後要穿洲而行的猛獁象群對著天的呼喚，對冰雪的長嘯。白令把牠珍藏起來，他曾經想把他發現的這道海峽命名為猛獁海峽，但最終地圖上標明是白令海峽，彷彿他比猛獁古象更有名。

白令湧下了兩顆清黃的熱淚，但瞬間凍成了兩顆晶瑩的冰球。

二

如果說白令海峽是一條生命的通道，那麼阿拉斯加海灣就是愛情的伊甸園。

中國人講究"陽春三月下揚州"。太平洋的生靈們也追求陽春三月去白令海峽，去阿拉斯加海灣，去北冰洋。牠們不惜空腹遠渡八千多公里的太平洋，"渭北春天樹，江東日暮雲"。但牠們不是為了遷客騷人的別離，不是為了誦頌胸中的塊壘，牠們是為了生命、為了家族、為了愛情、為了繁衍。從南太平洋疾游北上的座頭鯨，終於感到漫長艱苦的跋涉即將結束，因為牠們超強感應的皮膚上反饋著一股股清涼的爽快，雖然從北冰洋湧過白令海峽的冰水還是那樣冰冷刺骨，但座頭鯨感到那就是牠們從二萬五千公里外游來苦苦尋覓的"天堂"。

座頭鯨鐵灰色的脊背常常得意地露出水面，在北極晨光斜射之下，閃耀著純金屬般的光芒，那簡直就是一支正在接受檢閱的鋼鐵艦隊。座頭鯨的歡快是幸福本能的衝動，就在牠們身體達到極限時刻，牠們終於游到了阿拉斯加灣。在這裏，牠們張開直徑 4.5 米的大嘴，一直貪婪地張到 90 度，猶如世上人類的巨鏟，一口足足能吞下一噸重的鱗蝦。這種每隻不到一厘米長的甲殼類動物，有高質量的蛋白和能量。著天有眼，大海有恩，生命有靈，座頭鯨不知疲倦地在拚命吞噬，每天足足要狩獵 18 個小時，這讓人想起遠在非洲大草原上的非洲獅群，牠們每天恰恰要酣睡 18 個小時，可謂"衣食無憂"。座頭鯨是最聰明的動物，牠的智慧指數要遠遠高於非洲獅。牠們默契配合，各司其職，先悄然分散，再驟然合攏，把鱗蝦趕進牠們事先佈置好的"口袋陣"中，然後像團坐在八仙桌旁的食客，分享大餐。座頭鯨豪餐的樣子會讓中國人想起青銅器時代中國祖先想像出的饕餮。

此時此刻可能是座頭鯨最愉悅、最幸福的時刻。牠們能在海面上縱身一躍，28

噸重、15 米長的身體，竟然能躍出水面 6 米高，這種神奇的一躍，其力何煌？落水一濺，水花爆起數十米高，飛花揚珠，那才是"大珠小珠落玉盤"，其聲遠揚數公里，兩隻巨鰭在張狂地舞動，巨大的魚尾在肆意擺晃，那不是人類祖先得意之形的寫照？"手之舞之，足之蹈之。"像人類一樣，得意之際，妙曲迭出，只是鯨魚之歌是唱給海洋聽的，唱給北冰洋和阿拉斯加灣聽的，那歌聲能在海洋中傳播很遠。科學家言之，其歌如晨曦之中的犬吠，又如落日中的鴉鳴。能召來成群的海豹、海獅前來共舞，難道不會讓人類感慨？常將不盡還天地，別有無窮待古今。

三

阿拉斯加海灣是個"福灣"。匯南北之靈氣，聚寒暖之氣場，鍾靈毓秀，得天獨厚，走遍天下焉能再得此灣？從北冰洋南下的寒流與太平洋北上的暖流，恰恰相匯在此。一覽天下，風景這邊獨好。大量的數以億噸計的各類浮生物風雲際會，又演繹出多少瞬間的生與死，剎那間的興與滅，不可思議地繁衍，從無生命處繁殖出無數生命，從死亡處又誕生出勃發的生機和活力。牠們的生育和成長，簡單得像雪花入水，又複雜得像中子轟擊粒子爆發的裂變。那才是真正的斯芬克斯之謎，幾萬年無人能釋其謎。

一種太平洋鯡魚，銀光閃亮，婀娜多姿。一尺多長的身材，有一隻躍出水面，會有千萬隻同時躍出，如碧空海上聳起一堵玻璃幕牆；有一隻要鑽入深海，會有千萬隻同時箭發海底，形成海底波浪。牠們終於匯成了太平洋鯡魚的海洋，置身其中，不知是太平洋大？還是鯡魚的陣勢大？

令人奇怪的是，這以億隻計算的龐大鯡魚群彷彿是在一夜之間就形成的，昨天還少得廖若晨星，今天已然鋪天蓋地，似乎滿海滿洋都是。牠們是奔著阿拉斯加灣的清涼、爽快而去，雖然人類還會覺得刺骨冷寒，但太平洋鯡魚覺得此處正好，牠們要把後代繁殖在此，為兒孫的成長尋找一個樂園。何止天下人苦不過父母？這些太平洋鯡魚一路艱險，一路風波，鍥而不捨，生死度外。在遷徙途中，有數不盡的饕餮者，牠們也是千里萬里趕來，就為這頓鯡魚美餐，就像非洲馬賽馬拉大草原上的角馬一年一度的大遷徙，幾乎每一處草叢中都隱藏著狩獵者野蠻兇殘的眼睛。太平洋鯡魚也聰明，牠們抱成團，團成直徑幾十米的圓形方陣，在掠食者的捕殺中疾速潛行。

為了繁衍，為了後代，太平洋鯡魚無所畏懼，堅定不移；為了生育而死亡，為了死亡而生育。就是這條"鯡魚地帶"，又激活了多少生物鏈？如果沒有這條"鯡魚地帶"，那些專程從夏威夷海攜家帶口趕來的多種鯨魚就極可能餓死，因為牠們已經數月幾乎沒有進食，很多母鯨都帶著在夏威夷海中出生的小鯨同行，這些完全依靠母乳的小鯨每天要從母鯨身上吸吮至少 400 升乳汁，母鯨帶著孩子和整個鯨群，追星趕月，不惜空餓三個多月就是為了迎接那偉大的日子，在阿拉斯加灣飽餐太平洋鯡魚。如果這些數以億計的太平洋鯡魚因故晚點，那些早在幾個月前就趕到阿拉斯加海灣的北冰洋海豹、海獅、海象就可能因飢餓而病而亡。第二年北冰洋的冰雪之中，再也不會擁有那麼多海豹、海獅、海象，那可能還會是北極熊的災難，牠們將會和幼崽們被餓成一張張被北極風捲起的熊皮。

但"天不滅曹"，牠們終於游到了阿拉斯加灣，牠們彷彿只認阿拉斯加灣，只有這裏才是牠們繁衍後代的天堂，只有在這裏才是牠們一生追求的殿堂，受精的魚卵竟然把阿拉斯加灣數百公里的海岸淺水區染成純白色。多麼偉大的工程，多麼不朽的生命。

四

阿拉斯加太神秘了，它背靠洛基山脈，那裏有常年不化的雪山，雪山的後面就是醉人的楓葉；而它的前面有太平洋、北冰洋，有白令海、阿拉斯加灣，得天獨厚，物華天寶。世之靈者皆矚目於此，皆委身於此，皆新生於此。

加拿大有一種墨黑墨黑的大蝴蝶，飛舞起來像一朵盛開的黑牡丹花。其名"黑脈衝斑蝶"，誰也不明白，這種美麗漂亮的黑蝴蝶為什麼要翻越洛基山，飛行五千多公里，一直要飛到阿拉斯加的雪杉森林中，就在短短的幾天時間內，牠們不避嚴寒，不避風暴，不避千難萬險，至死不改初衷。牠們銜首追尾，趴滿了高高的雪杉堆，把一棵棵翠綠的雪杉披上了一層黑色的紗巾，牠們已經產完卵，都在靜靜地等待，一動不動地等待，等待死亡，莊嚴而神聖地掉落下去，白色的冰雪上，鋪上了一層厚厚的黑色蝴蝶的屍體。

今日方信，富貴不能淫，貧賤不能移，威武不能屈。黑色蝴蝶是也，孟子有知亦有淚。

古 老 的 鐘 聲

阿拉斯加的春天

在阿拉斯加淡水河中會出生一種阿拉斯加鮭魚，此時剛剛出生半年，八月的阿拉斯加數千條河流正值青春勃發期，河水洶湧，直瀉而下，滔滔之聲，聲震遐邇，數十公里之外，都能感受到河水的振蕩、河水的氣場。這些從未經過風雨、更未見過世面的阿拉斯加鮭魚，長不過初夏的麥穗，又如春天的柳葉，隨著奔騰的河水，直流而下，奔向阿拉斯加灣，奔向太平洋。從那一時刻起，牠們就告別了家鄉，告別了淡水的甜，迎來了海水的鹹，開始了一生的長征，一絲不苟地重複著祖先千百萬年走過的生命之途。四年以後的深夏，當風吹紅了楓葉，吹綠了田野，吹肥了漿果，吹瘦了雪山，有五至七億多條身強力壯、矯健俊俏的阿拉斯加成年鮭魚竟然又浩浩盪盪，重歸故里。淡紅色的鮭魚把一條條河流染成玫瑰色，何等壯哉，何等俏哉！令人惶然稱奇的是這數以億計的阿拉斯加鮭魚，少小離家，從數千條河流中游向大海，對於所有阿拉斯加鮭魚皆為一條生死之途，不歸之途，何處是歸途？一千條阿拉斯加鮭魚中只有三條能活下來，每一條鮭魚都有自己的英雄史、苦難史，都有一本未唸完的“經”，都有一個再也無法圓的歸家夢。

　　四年以後，牠們回來了，牠們是怎樣在浩渺的太平洋中團聚在一起？又怎樣幾乎分秒不差地結伴歸家？太平洋之大，鮭魚之小，以其大難以釋其小，這些神奇的阿拉斯加鮭魚游回來時，竟然各歸各的“鄉”，各進各的“戶”，從哪條河游出去的魚，最終還要回到哪條河，絕不會錯入旁門。一生只一次，一次定終身。這些阿拉斯加鮭魚洄游了足足有五千多公里，九死一生，百難不死，明知是一條不歸之路，卻義無返顧地去完成生命中最輝煌、最神聖，也是最後的歷程。九九八十一難，對阿拉斯加鮭魚而言，何足道哉！

　　留給人類科學家的難題是，這些鮭魚是如何準確地尋找到自己出生的地方？兩條河流相距不過區區幾公里，一群回游的鮭魚從五千公里以外就集體行動，從不棄不離，生死與共，但到兩河河口之時，就會自動分開，絕不會出現混亂。千里之遙穿一針之孔，其定力何在？不勝感嘆，洄游難，難於上青天？

　　而生命的最後一程，也是阿拉斯加鮭魚的最後一搏。可謂前仆後繼，視死如歸；只要不死，絕不回頭。自進入淡水河中，阿拉斯加鮭魚便不吃不喝，猶如進入一場宗教的“辟穀”，牠們是逆流而上，千石萬岩，瀑布河壩，阿拉斯加鮭魚要麼撞死、摔死，要麼九死一生；這麼多鮭魚連續衝關，一次次高高躍起，一次次重重摔下，再躍起，再摔下，直至千錘百煉，遍體鱗傷；無數的阿拉斯加鮭魚至死不瞑目，屈死在瀑中、壩下，化為一片片神奇的白骨，滋潤著阿拉斯加的森林、草地。

洛基山吹來的勁風撼動著阿拉斯加的森林，林濤陣陣，如悲如痛，如訴如泣，又如怨如慕。阿拉斯加河流中，每千米就有數千條變成鮮紅色的鮭魚，那是因為逆流衝"關"，雖得僥倖，然卻遍體鱗傷，鮮血直滲通體，魚尾紅得像面旗幟。每千條鮭魚中只有四條能如願，嗚呼哉！

受精後排出的魚卵一片片、一簇簇，橙紅色的阿拉斯加鮭魚的後代在河水中隨波起伏，它們在靜靜等待孵化，也在默默地看望著它們的父母悄然而逝，它們都死得那麼安祥、那麼自然、那麼從容、那麼自豪。再讀"山無陵，江水為竭，冬雷震震，夏雨雪，天地合，乃敢與君別！"不覺淚濕薄衫。

五

阿拉斯加是美國的"北大荒"。即使它在 1867 年被俄國政府以 720 萬美元賣給美國時，阿拉斯加依然是最荒涼、最原始、最充滿冰雪、最杳無人跡的地方。在阿拉斯加可能遇見十隻阿拉斯加棕熊、一百隻北極狼、一千隻北美馴鹿，但卻難覓人蹤。整個阿拉斯加在 16 世紀登記在冊的不足一百人。千難萬難，遇見人最難。那時候阿拉斯加無春無秋，夏天也是"閃過"，整個阿拉斯加一片冰雪，一片嚴寒。五百年有王者興，在阿拉斯加，五百年的冰雪不化，五百年的嚴寒依舊。百丈冰川，百丈雪原，是阿拉斯加的本色。16 世紀初，一次極偶然的發現，讓阿拉斯加火爆起來。原來在阿拉斯加灣和白令海中生活著一種阿拉斯加海獺。這種海獺和北極的白熊都以嚴寒為伴，越冷越快樂，越冷越生活；所不同的是北極熊生活在冰上，阿拉斯加海獺常年生活在冰水之中。這種海獺的皮毛有一種奇特的功能，出水而不沾水，天氣越冷越保暖。牠的皮毛柔軟得像綢像緞，漂亮得如彩如繪，根根皮毛都能發光發亮，且朝霞之下能放出金燦燦的閃光，而夕陽之中又會閃動銀白色的光亮，很快風靡於整個歐洲貴婦人之中。阿拉斯加海獺皮價格一日三漲，且往往有價無市。歐洲人的專業捕獺隊伍急如星火地趕往阿拉斯加，那是殺戮，那是屠殺，無論公母，無論老幼，一律捕殺，就地剝皮，把赤裸裸、血淋淋、甚至還在抽搐的屍體直接拋到海裏，把一船船的皮子連夜運回歐洲。僅僅幾十年的時間，阿拉斯加海灣再也看不見阿拉斯加海獺，再也聽不見那像嬰兒啼哭的阿拉斯加海獺求偶時的叫聲。

生命的繁衍經過萬千年的進化陶冶，何其艱難？何其複雜？然而扼殺生命，滅絕一個種族的生靈，僅僅彈指一勾，又何其簡單？何其迅速？北美大地曾有過六千萬頭野牛，其奔跑起來天翻地覆，擂動得大地顫抖不已；曾幾何時，孤獨的老牛仰天長嘯，牠情願自己撞死於巨石之下；又曾幾何時，北美的旅行鴿數以億計，飛起時能遮天避日，改天換地；恍如昨日，最後一隻旅行鴿慘叫著摔下雲端。其不悲乎慘乎？在東方中國的黃海之中，生存著一種奇特的海獸，"魚身犬首，聲若嬰兒"。北宋的沈括在《夢溪筆談》中稱之"海蠻獅"。晚唐詩人皮日休曾留有詩句："猿眠但膃肭，鼇食時喋喋。"多麼可愛，多麼難得。皮日休耳聞目睹，詩中所言"膃肭"，即那種奇特的海獸，唐宋時期並不稀罕。但不知何年何代發現膃肭其鞭有壯陽奇效，猶如阿拉斯加海獺被發現其皮毛珍貴，膃肭鞭騰貴，各級官員大賈催要之急勝於防敵救火。各種專業捕撈隊兇神惡煞，無所不用，晝夜不停，窮捕濫殺，膃肭不亡不絕何物能亡能絕？其惡其罪，罄竹難書，言之過乎哉？

魯迅曾有句傳得很廣的名言：第一個吃螃蟹的人是勇士。魯迅見到和吃過的一定是江浙人愛吃的陽澄湖大閘蟹。他稱第一個吃螃蟹的勇士吃的也一定是中國大閘蟹。魯迅沒見過阿拉斯加的大螃蟹，否則他一定會重新感慨，吃天下第一蟹的人方是第一勇士。

阿拉斯加大螃蟹堪稱天下第一蟹。見之者，無不肅然起敬。中國人謂之勇士，自古有四絕：拔樹、徒手射虎、隻手屠牛、夜入深山；應該再加一款，敢生啖阿拉斯加大螃蟹。

阿拉斯加大螃蟹冠之為大，名副其實。一隻大概都在 3 至 5 公斤，大者 7 至 10 公斤，20 多斤的大螃蟹，其蓋如傘，乃霸王霸蟹；煌煌哉，威武哉；分橘黃、赭紅、醬紫、青白，蟹蓋之上遍佈尖刺，長者過寸，短刺遍佈，堅硬無比；雙螯力重，直徑過寸，能輕易夾碎魚之頭，扭斷龍蝦腰；腿有尖爪，鋒利無比，無論博鬥狩獵如人持利刃。中國人常常忽視蟹之齒，阿拉斯加大螃蟹的蟹齒，像犬科類動物的門齒，咬撕嚼，其利如刀。最早在阿拉斯加生活的阿留申人，會把阿拉斯加大螃蟹腹中的利牙取出來，串成鏈掛在胸前，驅邪避災，鬼神皆敬也。

阿拉斯加大螃蟹中的帝王蟹，命名之中已透出幾分敬畏。在北京海鮮餐廳，一斤阿拉斯加帝王蟹的價格應在人民幣 700 元左右，僅這一道菜三五千元，謂之豪餐。阿拉斯加大螃蟹才是最具美國特色的一道美國菜，世界獨一無二，牠和所有太平洋、大西洋產的大螃蟹都不同，因為阿拉斯加大螃蟹是冷水蟹，牠是北冰洋和白令海的海水養大的，其肉質細膩纖嫩到何種程度？其蟹腿有多長，其肉絲就有多長，如絲如綫，如綢如緞。天下美食有三，鮮不過魚、蝦、蟹，居首居鮮的唯蟹耳，蟹中當推阿拉斯加大螃蟹。

在阿拉斯加最驚險、最高危、最具挑戰，也最有刺激性的就是捕蟹業。一年只捕三五日，四季無憂矣。運氣好，一籠蟹可捕獲 500 多隻，價值 4000 多美元。可見阿拉斯加捕蟹業堪比當年舊金山的淘金業。

風高浪大，越來越好相加，水冷如冰，從北冰洋湧出的寒流和從太平洋流來的暖潮在白令相匯，在海底形成一個水溫變化的特殊時期，正是阿拉斯加大螃蟹從海底洞穴爬出來覓食、交配的大好光陰。將軍不出馬，出馬僅一合。阿拉斯加大螃蟹僅僅有 5 至 7 天的活躍青春期，一年僅此一次，可謂黃金時刻。早已簽下合同的捕蟹船已萬事具備，只欠一聲令下。等待收蟹的商船車隊早已列隊相待，捕蟹手三天之前就滴酒不沾，24 小時守候在船上。船老大時時刻刻在關注著早已佈在海底 30 至 50 米深的捕蟹筐上掛的彩色浮標。據說天氣越惡劣，大螃蟹越興奮、越活躍，才能有大收穫。

捕蟹船一般不大，全船從船長到船員不過 5 至 7 人，都是嫻熟的老手，且個個都是身強力壯的硬漢。

狂風捲著巨浪把小小的捕蟹船忽兒推向浪尖，忽兒又摔向谷底。浪從船左邊橫掃右邊，又從前艙直撲後尾，稍有不慎，船員瞬間會被風浪裹挾而去，無影無蹤。

捕蟹船上的工作緊張得像瘋狂的肉搏，冰冷的捕蟹鐵籠剛剛被水淋淋地絞升到船上，船員立即撲去，拉掉籠底的拴條，倒出鐵籠內的大螃蟹，然後飛快地檢排，把小蟹、雜蟹扔進海中，把大蟹排放到傳送帶中，送入底艙，這隻捕蟹籠剛剛騰空處理完，第二籠剛好吊到，連喘口氣的功夫都沒有，又一場緊張的工作開始了，就這麼周而復始，一人多職，各司其職。一個船員因風太大、浪太猛被撞在捕蟹籠上，血順著額頭流下來，沒有人能幫他一把，連他自己也顧不上包紮，流水作業容不得半點停滯；捕蟹船更不能停機，因為在這種驚濤駭浪之中，稍一停機，立即會船覆人亡。

當捕蟹船的底艙完全被裝滿時，船開始返航。這時候所有的船員什麼也不顧，連又濕又冷的膠皮工作衣都來不及解開，倒頭便睡，只有這段航行時間才是他們的休息時間，船一到岸，他們一邊要幫助卸螃蟹，一邊要抽空狼吞虎嚥進餐，把三個漢堡擠壓在一起，一口恨不能吞下三個牛肉漢堡。整整五天，他們都是這樣度過的，人不解甲，馬不離鞍。每當捕蟹期一結束，幾乎所有船員都要大病一場，很多人只要一見阿拉斯加大螃蟹就會情不自禁地嘔吐，但他們心甘情願，每年必"死"一次，每次視死如歸。只有在這時，讀起柳宗元的《捕蛇者說》："蓋一歲之犯死者二焉，其餘則熙熙而樂，豈若吾鄉鄰之旦旦有是哉？"才會感到彷彿柳宗元先生就在阿拉斯加的捕蟹船上。

六

　　阿拉斯加的本色是雪白，冰雪和寒冷是阿拉斯加的尊顏。阿拉斯加的嚴冬漫長而難熬，然而苦哉，樂哉；禍哉，福哉，這是阿拉斯加的哲學。

　　冬眠了足足四個多月的阿拉斯加棕熊晃晃悠悠地走在已經開始融化的冰雪森林中，牠高大的身軀彷彿穿著一件肥大寬厚的熊皮大衣，牠至少餓下去三百多公斤。棕熊的鼻子和牠的鄰居北極熊同宗同能，能嗅見十公里外殘雪餘冰下的動物屍體，那是一頭去年病凍而死的北美野牛。阿拉斯加棕熊直撲過去，雖然比牠早到的狼群正虎視眈眈地瞪著牠，但牠卻絲毫沒有猶豫，目中無狼，根本無視同樣被餓得前胸貼在後背上的狼群，大口撕咬，大口咀嚼，旁若無狼。北極狼聰明，牠們的頭狼極有耐心地蹲立在一旁，經驗和教訓告訴牠，飢餓能逼瘋一頭一噸多重的阿拉斯加棕熊，牠一掌能輕易地擊碎北極狼的腦袋。

　　終於棕熊乾癟的肚子圓滾起來，這種表演式的進餐讓牠產生了一種驕傲和自豪，牠突然立起身來，仰天長嘯，驚得北極狼悚然後退，那一聲長嘯彷彿在宣佈牠們又回到生活之中了，那長長的像交響樂隊中的低音號的呼喚是阿拉斯加棕熊最拿手的生命之歌。牠晃著龐大的身軀，矜持地彷彿邁著方步，踩著舞曲，扭扭捏捏地走了，那就是阿拉斯加棕熊的作派。能在一群餓狼之中坦坦然、悠悠然，信步而行，包括人類豈能依然？唯阿拉斯加棕熊，此謂之譜也！

　　阿拉斯加狼比地道的北極狼個頭更嚇人、更健壯、更兇猛，似乎也更聰明、更智慧。

　　漫長冬季中的阿拉斯加狼的眼睛是血紅血紅的，飢餓使牠們視網膜充血；晚上，牠們的眼睛不再是綠的而是黃的；飢餓使阿拉斯加的狼改變了一切。

牠們終於跟蹤上一群破雪尋找枯草的北美野牛，飢餓使北美野牛脾氣更暴，心情更壞，生命的選擇只有唯一，要麼能找到積雪掩蓋的枯草，要麼在凍寒之中倒斃，把屍體留給來年從夢中甦醒的阿拉斯加棕熊。緊緊跟蹤牠們的狼群的選擇也似乎別無二致，要麼讓生命像八九點鐘的太陽，要麼讓生命包括留在狼巢中的狼二代都像阿拉斯加即將落日的夕陽，隱沒在黑暗之中。

餓狼似乎有足夠的精力，有充足的信心，不緊不慢、若即若離地跟蹤著牛群，但北美野牛領頭公牛明顯感到，來自後面和兩側的威脅越來越緊迫，越來越血腥。野牛奔跑的速度在不斷加快，甩掉和累垮那群紅眼魔鬼是牠們目前唯一的選擇。雪太厚了，齊胸深的雪彷彿無窮無盡。北美野牛群的速度不得不放慢。而阿拉斯加狼更聰明，通常言之更狡猾，牠們是奔跑在野牛群踏出的雪道上，而且"兵"分兩波，當頭狼領一波攻擊和騷擾牛群，伺機分離牠們、隔裂牠們，尋找出最薄弱的攻擊點時，狼群中領頭的 "女帥" ——那隻龐大的母狼率領另一波狼不緊不慢地輕鬆地跟隨；隨之兩波狼又有序地進行交換。一天一夜 24 個小時以後，不吃不喝一步不停地奔跑，終於讓野牛群裏的一隻老年野牛落伍了，牠已經疲憊和飢餓得一步也跑不動了，牠已經站在了生命的終點綫上。但狼群並沒有被勝利衝昏頭腦，"狡猾"的頭狼率先率領四五隻餓紅眼也累得快要站不起的狼撲上去，在生死存亡的關頭，老野牛生命的激情再次被激發，牠又頂又踢；這一波剛剛被擊退，母頭狼率領的第二波攻擊又開始了，一波緊跟著一波，一波比一波更兇、更猛、更勢不可擋。終於，那頭野牛仰天長嘯，那可能是牠生命的絕唱、生命的輓歌。

奇跡再次出現。撲倒的野牛，撕開牛皮的腹腔，不可思議的是公頭狼齜牙咧嘴地站在一旁，只讓母頭狼狼吞虎嚥，甚至不咀嚼，整塊直吞，一隻飢餓至極的母狼一頓就可以吃進 10 公斤左右的鮮肉，然後才是狼群撲上去大快朵頤。幾天來的拚搏終於獲得了收穫，每隻狼都竭盡全力地吞食，彷彿在實踐人類之惡語：死也要做個飽食鬼。更奇怪的是 "酒足飯飽" 後，九隻狼都蹲圍在北美野牛殘骨剩渣旁邊對著雪天仰頭長嘯，狼嗥的振幅高亢而行遠，人類謂之嗥，實則為歌。狼之歌是狼內心世界的心情抒發。標明領地，發出警報，集合隊伍，呼喚戰友，準備出征，提高士氣，表明勝利。當然狼之歌既有戰歌，也有情歌；既有得勝高歌，也有垂死的哀鳴。據說狼在垂死之際，一定會在絕望之中向遠方嗥叫，那是拚死一嗥，最後的告別，生命的輓歌，因此其嗥叫悽慘悲涼，時斷時續，時高時低，宛如垂死前的喘息，又好似油盡燈枯前的呻吟，悲切之鳴直至嗚咽之泣，直至聲息而亡。狼群都似乎在靜靜地聽，從無一隻狼嗥，像默默地為生命送行。

當狼群快要回到狼窩時，母狼會仰天高歌，那應該是一支母親的歌，思念孩子的歌。這時候所有在家已經整整捱了數天，幾近餓死的幼狼會跑出來一起向著狼群發出悽婉、細弱、求救的呼喚，母狼回來的第一件事就是把吃進肚中的肉反芻出來餵養一個個已經餓得幾乎站立不起來的小生命，這時候狼群也會發出一陣陣呼喚，一聲接一聲，每一隻狼都要伸長脖子，放開喉嚨，深情地嗥叫，在寒冷、荒涼、寂靜，似乎沒有生命的阿拉斯加雪原上顯得那麼高亢、激奮、煽情、美妙，傳得很遠很遠，能聽見遙遠的遠方，會傳來一聲聲狼嗥的回聲，那是又一群阿拉斯加狼在回應。狼在呼喚生命，狼在呼喚生活，狼在呼喚世界。人類似乎至此方懂得狼群再飢再餓也要讓母狼先食的含義，那是在撫養牠們的下一代，下一代的生命重於牠們，高尚而讓人類崇敬的阿拉斯加狼。

張望遙遠的希望

有多少冬天就有多少故事

翻閱印度

一

印度，古老而神奇；印度充滿魅力和疑慮。地球上唯一的次大陸，竟被以印度命名——印度次大陸。誰這麼大手筆？可見印度有文化。地球上有四大洋，唯有印度洋是以印度稱之，它讓人產生無限的嚮往和崇拜。古希臘的眾神都沒有把大西洋命名為希臘洋，印度到底要昭示什麼？

古老的印度有文化，有思想。在印度曾產生過婆羅門教、佛教、耆那教、錫克教等等多種宗教，可謂驚動"天庭"。在印度空談出宗教，空談出教義，空談出文化，空談也興邦，也在不斷地調整人們的思想、信仰、行為、準則。印度的宗教在不斷地產生、完善、發展的同時，也在不斷地調整生產關係，推動生產力的發展。印度的種族、種姓制度、宗教信仰、婚姻、教育、種族文化、家庭文化，都在漫長沉悶的歷史進程中不斷被沉澱積累，又不斷被泛起昇華。從中走出來的"三大神"：濕婆神、梵天神、毗濕奴神，和跟隨他們的數以百計甚至千萬計的各種各樣的神，從死神到活神，從天上的神到地下的神，從水中的神到雪山上的神，從動物化身的神到人的靈魂感應的神，無處沒有神，無處不與神共存。神文化是印度文化的華麗披風，它似乎和古希臘的神文化交相輝映、各顯風采。印度的歷史車輪似乎每前進甚至倒退一步，在車轍上都能找到印度文化的印記。

印度文化的包容性甚至還於它的斥責性、歧視性、排他性。在一個村鎮中，四種種姓姓氏的村民很融合地生活在一個天地中，

我不瞻仰泰姬陵

一代又一代，風風雨雨，生生死死。走進這個村鎮才能發現，四個種姓氏分成四片居住，沒有設置人身的界限，似乎又有人為的鴻溝。四個種姓各有各的信仰，各有各的生活，各有各的文化。村鎮中有四口井，各吃各的水；有四個商店，各進各的店；有四個廟堂，各進各的廟，各敬各的神。雞犬相聞，又同喜同悲。有喜慶之事，都作儀式慶賀，見面要賀喜，進門要拜喜，同喜同賀；有悲喪之事，又同作喪悲之儀，送行、送悲、送喪、送苦；彷彿一家人。但下雨天，兩種姓人家絕不共用一把傘；天旱時節，絕不共飲一碗水。這種行為讓非印度人聽來，似乎是天方夜譚，但它在印度延續了已數千年。

印度女人額頭正中都點一顆紅潤潤的紅印，那顆紅印就浸潤著印度文化。什麼種姓、什麼人家、什麼年齡、什麼婚姻，一望便知，高貴種姓、大戶人家，都要準備好印紅。那並非像中國的胭脂、西方的口紅，而是用檀香潤起的印度紅花煎熬出來的，點上之後，永不褪色、永遠滋潤，象徵著女人永遠美麗、婚姻永遠幸福，是印度文化的折射。其實在印度，人皆可點紅，尤其是僧侶大神的代表，額頭上的印紅都要塗點過數十次，每逢宗教節日，都要續點，而印度的宗教節日，一年至少要有 400 多個。最讓人感到印度文化特點的是，這些人常常在恆河邊焚燒死者後的熱灰中抓一把，十分虔誠地塗在臉上，這種人的骨灰一旦深深印進臉的皺紋之中，將終生不褪。最讓人感到神奇的是，塗上人骨灰的臉會在月光下顯白發亮，彷彿是一種人神的化一，那會讓一些老派的印度人自豪和驕傲，那就是對印度文化的詮釋。

印度竟有 400 多種語言，1652 種方言，100 多種宗教信仰。印度教廟宇與天主教教堂相比鄰，伊斯蘭教和基督教徒相安寧，但那也曾經有過血和火的戰爭和殺戮，才終於在印度次大陸又產生了巴基斯坦國和孟比拉國。印度文化不會忘記，印巴次大陸曾經痛苦地正視巴基斯坦獨立的艱苦與苦難、血腥與戰爭，據說有五六十萬人被殺戮，有 1200 萬人流離失所。每一個民族、每一種信仰，都在尋找自己的神廟，每個神廟中都有訴不盡的文化，都有寄託著遙遠世界的理想和天堂。在印度除了悠久而深厚的印度文化，還有什麼能在數以億計的高種姓、低種姓、無種姓，又因宗教和信仰而面向無數個方向的印度人中間遲緩而柔頓地流動呢？

無論在孟買、加爾各達、德里或新德里，都能看到街道上人滿為患，車水馬龍，人車混雜，各不相讓，攪成一條繩，一團團絕無頭緒的亂麻，像群蜂出巢，誰看了都會頭暈目眩。而印度人卻相安無事，時不時還會有幾隻逍遙自在的"神牛"，大搖大擺，在擁擠不堪的公路上悠閒地踱著步，更有甚者，乾脆半臥在路中央，不緊不慢，昂著頭在悠閒地倒嚼，那麼喧嘩、那麼嘈雜、那麼刺耳，牠們卻神仙般的自如。那些"神猴"更好生自在，就在行人頭上、身邊竄來竄去，兩眼炯炯，窺視周圍行人手中的提物或周邊攤鋪的空隙，有的甚至成群結隊，成家族地端坐在道路兩旁，彷彿在隆重地檢閱行人和車輛。全印度十億人口，幾乎眾口一味，不食豬肉，一些野豬率家族直接住在城市的大街小巷的垃圾山周圍，印度野豬一跑一跳，都會晃動著棕紅色的鬃毛，呲著雪白的獠牙，煞是威風，也頗具"官相"，從未聽說有野豬傷人的事情。野豬和人類和平共處，宛如和善友好的鄰居，這在世界上除印度似乎別無其他。在印度的大城市上空即使在酷暑暴熱的夏天，一早一晚，像約定俗成一般，會有無數的灰鴿子、渡鴉、老鷹在天空盤旋，都飛得那麼自在、悠閒、無拘無束，極少見牠們俯衝而下，為獵食衝殺拚搏，彷彿牠們都是靠喝西北風生活。

印度的窮人，即使是極度貧窮的貧苦人，用中國話說，是地無一壟，房無一間，家無隔夜糧，但幾乎每一個人在污水溝邊、在垃圾山上、在大街小巷的街頭巷尾，在高樓大廈的陰影背光處，都生活得那麼舒心、安逸、自在、滿意，似乎都無憂無慮、心滿意足，既不眼熱燈紅酒綠，又不仇恨豪車駿馬、富麗堂皇。見過去朝聖的印度教徒，成百上千，彷彿是舉家搬遷，全部家當幾乎一無所有，就在路邊"安營紮寨"。全部家當似乎只有一個平底鍋。家挨著家，戶靠著戶，一片祥和，一片歡樂。天為房地為床，該睡倒頭就睡，夫妻該怎麼生活就怎麼生活，沒有人奇怪，沒有人責備，沒有人刁難，也沒有人罵娘，正常得猶如日落月出。那麼苦、那麼難的日子，每個人臉上彷彿都有著幸福和滿足的祥雲。中國的阿Q說：別看我今天這麼窮，老子以前可闊呢！印度正相反，他們會說：別看我們今天這麼窮，但我們下輩子一定會比他們闊！他們會把自己的一切都虔誠無誤地告訴他們崇拜的神。這就是印度文化的深奧。他們心甘情願於衣衫襤褸，吃了上頓找下頓，過著災民、飢民的苦日子，卻信心百倍地去憧憬和期待著無比幸福、無尚榮光的黎明。什麼能打造民族的心靈？唯文化也！印度文化的深厚，翻都翻不起。

印度人也奇怪，奇怪的也是印度文化，似乎沒有人在意去研究、去整理印度的文明史到底有多長久？多古老？中國人十分在意是3000年還是5000年，爭論足足有一百年。一百年不能忘！印度似乎在一百年前也沒有人去考證，印度是什麼時期發明的文字？就連印度發明的佛教，釋迦牟尼的一生，也彷彿是中國人考證出來的。印度的封建社會，功與過？興與亡？其興也勃也，其亡也忽也？中國封建社會三千年，所謂秦皇漢武、唐宗宋祖，但沒有一個封建朝代，沒有哪一位"天驕"，敢把自己的寵姬的墓地修成"泰姬陵"，成為世界文化遺產，被評為"世界新七大奇跡"，莫臥兒王朝是怎樣一個封建王朝？他的皇帝沙賈汗為他的寵姬敢如此動作？這座泰姬陵用的是精挑細選的印度雪白的大理石，有的大理石比中國故宮太和殿前的雲龍階石還長、還寬、還厚、還重，石雕的藝術竟然來自遠方的希臘、羅馬的能工巧匠。鑲嵌在其中的有中國的玉石、也門的瑪瑙、斯里蘭卡的寶石、阿拉伯的珊瑚，來自印度、波斯、阿富汗、土耳其、希臘、羅馬、西域、阿拉伯的設計師、建築師、鑲嵌師、雕刻師、美術師等等，幾乎匯集了全世界的能工巧匠和藝術大師，共計 2 萬多人，用了 22 年方才完工，堪稱世界建築藝術的傑作。遍覽中國歷朝歷代，絕無僅有，這也是印度文化的使然？

印度"獨立運動之父"，印度國大黨領袖，被印度人民尊稱為"聖雄甘地"的莫罕達斯·卡拉姆昌德·甘地，這麼長的姓，因為甘地本人應屬印度四大種姓中的優等高端姓氏。甘地被稱為印度國父，他領導印度人民要獨立、要自由、要擺脫奴役的地位，但他本身修養成一位"非暴力"信仰者，他本人有一套完整的"非暴力不合作"的理論，擁有數以千萬計的追隨者。要推翻英國殖民主義的暴力統治，卻宣傳以"非暴力"的手段，走"非暴力不合作"的道路，無論如何都讓中國人難以相信。"槍桿子裏面出政權"，我們得到的似乎是一條放之四海而皆準的真理，以革命的兩手對付反革命的兩手。但甘地的非暴力主義卻能在印度盛行，並取得了偉大的勝利，趕走了英國殖民者，建立起印度人民自己的政權。甘地向世界證明了另一條真理：槍桿子外面出政權。這位紅黑清瘦、大眼圓臉的"印度國父"竟能把自己的"無欲"修煉成和幾位青春少女裸睡而無一點男性反應的人，甘地的光彩無疑是七色的，但沒有人否認印度文化在這位"印度之父"身上凝聚的內核。

說不盡的印度文化。

要說清印度文化，就要從恆河說起，那是印度的母親河。印度文明、印度文化、乃至印度次大陸的形成，都依賴這條母親河。恆河數以億年的不懈努力，沖積沉澱出印度平原、恆河平原，那肥沃平坦的土地，厚度竟達 25 至 30 公里，其肥沃程度真如去過印度、深感印度的美國作家馬克·吐溫所言：種下一根車轅，會長出一輛大車。

那就是恆河。

二

　　恆河，印度人尊稱神聖之河。

　　恆河的水，印度人稱之聖水。在印度人心目中，有成千上萬的神，無所不在的神，無往不勝的神，而幾乎所有的神都離不開水，離不開恆河。

　　印度大約有10億人信奉印度教，印度教徒追求的是懺悔自己的罪孽，讓自己擺脫惡魔的纏繞，讓自己徹底放下、徹底擺脫、徹底清白、徹底再生，而這辦法之根本就是用恆河的水沖洗一切，洗心革面，神河的聖水會帶來新生的一切，帶來一切的希望。印度人敬仰崇拜恆河如敬父母，如敬神靈，他們不但把恆河放在心中，敬在心頭，而且把恆河供在天上，尊在頭上，以"三大神"並列，其虔誠和篤信是無神論者難以想像的。

　　恆河發源於世界屋脊喜馬拉雅山的冰川和雪山之間，它從被印度人尊稱為"女神"的喜馬拉雅山的環抱中奔騰而出，如神面世。潔白、透明、晶瑩，從一滴水可以看見整個"女神"；又那麼冰冷、寒俏、無情、桀驁不馴，恆河經過數以千萬年的積蓄、醞釀、發育、成長，終於掙脫出冰與雪的世界，在海拔4500米的高原望見了高高的藍天。科學家言之為偉大的自然界的力量，印度人認為那是神的意志、神的力量、神的指使、神的必然。

　　聖河的力量。

　　在恆河湧流出之前，現在的恆河河道還是一片奇石怪岩的山峰石嶺，似乎上天在考驗著恆河，沒有給恆河留道。那片荒原甚至比喜馬拉雅山還要古老，古老至少數千甚至數以億年計。但恆河來了，"上善若水"，它堅硬得強過世間的一切金屬，卻被恆河的水生生犁出一道崎嶇險峻的恆河河道，一條"聖河"的"神道"。那初行的200公里，幾乎無人見到過"聖河"的雄姿，它奔騰、跌宕、咆哮、洶湧，除了那些雪山上的雪豹、岩羊，空中盤旋的蒼鷹、鸛鶴，有誰能體會到那些驚心動魄的瞬間？不，還有印度教的信徒。

　　每逢三月末時分，春天來了，聖河的水更多、更大、更加朗聲召喚生命時，一隊隊印度教徒們便在"聖河"的濤聲中自發地走出來。他們要響應神的召喚，甚至攜幼扶老，老者已經老得只能依靠擔架往上抬了，那海拔4000多米高的神廟，可能就是他們的歸宿。他們可能一去不返，再也不能歸家，但他們仍然那麼平靜、安逸、自然，一道道人生的幸福和為神所動的笑容會久久浮現在他們的臉上。

在窄窄的崎嶇的石板路上，時不時地還有抬著的濕婆神像，中國人無論拜什麼神佛都要進廟入院去拜，沒有抬上神像去朝拜的，雖然只隔一道山，山南山北兩重天，文化使然。朝拜的隊伍就那麼緩慢地、有序地挪動，時時還能聽見嬰兒的啼哭，他們是被裹在厚厚的氈毯中去神廟中沐浴，用冰冷刺骨的“聖水”去為嬰兒洗浴，讓人費解的是，似乎從未聽說過哪個孩子因為冰水洗浴而得病發燒的。印度人有很好的解釋，聖水如神，帶給嬰兒的只能是希望和健康。

那並不是一天就能走到的地方，寺院之遠，遠在雲端天涯。夜裏刺骨的寒風和咆哮的恆河濤聲就伴隨著他們合衣蜷伏在路上，數千人的隊伍，從來沒有一個人退縮或畏懼。為了信仰和宗教，無難可擋。我想起一位偉人曾言：徹底的唯心主義者，比徹底的唯物主義者更堅強、更無畏、更無私。

日落時和朝陽升起時，朝拜的隊伍中都要把濕婆像高高舉起，吹鼓手要高奏“神樂”，所有人都在向落日和朝陽祈禱，他們真正感到了自己已經行走在天堂與塵埃的交界處，那可是一種無與倫比的神聖時刻。

恆河神河，已經流至根戈德里，河水從不結冰，千百年氣候再變，恆河河水不變，不漲、不落、不溢、不枯，水雖不結冰，但水溫卻在零下四度左右，可謂冰冷冰冷。但每逢印度宗教節日，聚集到根戈德里的信徒們早晨都要肅立在恆河岸邊，迎著從雪山中間冉冉升起的朝陽，忘情地甜飲那冰冷冰冷的恆河水，然後，淋頭、洗臉、沐胸。奇怪的是，所有參加祈禱和懺悔的教徒們，個個紅光滿面，神采奕奕，有的甚至還能熱得沁出細汗。所有人都跪伏在恆河岸邊，所有人都雙手平伸向雪山、向太陽、向恆河，這時候寺院裏鐘聲、鼓樂聲齊鳴，悠揚而又激盪人心的“神樂”，久久迴盪在恆河之上。印度教中也有一句成語，叫繞水三日。

直到哈爾得瓦，這是恆河自發源地流出後經過的第一個大城市。隨著人口的增加、城市的發展，恆河上要不要、能不能架一座橋，竟然是一道幾乎無解的難題，最終架起了恆河上第一座橋——恆河拉索大橋。恆河似乎還沒有完全舒展開，橋長僅僅 120 米，橋寬不過 4 米，但橋上人流如潮，人來車往，牛走猴竄，肩相摩、趾相接，但也混亂得有制有序，從未見過吵架的，更未見過打架鬧事的，據說因為過來過去的人都是去朝拜的或剛剛朝拜完的，抬頭三尺，神靈在上。印度人的修養來自印度人的信仰。

恆河偏愛印度，它沒有辜負印度人民的期望和崇敬。當它湍急洶湧地流過什瓦利克山區以後，立即變得那麼寬闊、和緩、持穩、自信、驕傲，變成紳士和淑女，變得"海闊憑魚躍，天高任鳥飛"。恆河顯示出它作為印度母親河的慈悲、寬厚、善良和母愛。它流淌過去，匯集起千百條河流，留下平坦、富饒、肥沃的土地。據考察，那是世界上最肥沃、最富饒的土地，可以無愧地稱之天堂，是印度人民幾千年來在夢中、在清晨、在落日、在一年四季都祈禱的富庶之地、魚米之鄉。

　　中國人形容土地的肥沃有一句極形象的比喻：肥得流油。恆河"聖水"帶來的這片肥田沃土——印度平原，其荒草高達十米，比一層樓還高，中國的荒草長得再瘋、再猛也長不了這麼狂。在中國南北朝時北魏有首民歌"敕勒川"，一直唱到今天："天蒼蒼，野茫茫，風吹草低見牛羊。"印度平原的荒野上，應該是風吹草低見大象，見世界上唯一還幸存的亞洲獅、亞洲犀牛，也可能什麼都看不見，因為草長得太高了。而印度平原上一年四季基本無風，有風也是和風細雨。那地方可謂得天獨厚、要風來風、要雨得雨，所有植物"吃喝"不愁，坐享其成。印度糧食幾乎年年豐收，似乎在新聞報道中從來就疏忽不報。印度每年出口稻米多達一千多萬噸，是世界上第一出口國，約佔世界大米出口總量的四分之一還強。出口小麥多達一千多萬噸，甚至超過小麥出口大國烏克蘭，不但是糧食淨出口國，而且是世界上屈指可數的糧食出口大國。

　　以中國人的眼光看，印度農民幾乎是清一色的"貧下中農"，但印度的"貧下中農"既不勇敢，也不勤勞，沒有任何反抗精神，似乎非常滿足"貧下中農"的生活，窮得有滋味，窮得自滿自足。印度是世界上耕地面積最大的國家，但農業機械卻寥若晨星，農業生產基本靠人工、靠雙手。印度農民是真正的"面朝黃土背朝天"，但卻從來沒有幹得"一顆汗珠子摔八瓣"。印度農民似乎都是慢性子，從未見過他們風風火火，不分晝夜地大幹、苦幹、脫皮掉肉拚命幹。即使是印度農村最忙的"雙搶"時節，既收了小麥，又趕種水稻，一年兩季糧，中國農民稱之為"雙搶"，但卻不見印度農民忙碌起來。夏天收小麥，他們依然不緊不慢，既不早起下地，也不晚回加班，生活節奏一點沒變。割完麥子，連往家收麥子似乎都"君子氣"，成群結隊的猴子從四面八方趕來"搶收"，農民對牠們既不驅趕，也不加快小麥回倉的速度，彷彿"事不關己，奈何自己"？印度人的生命鐘豈是農活、農忙所能亂得了的？這只能歸納為印度文化的熏陶和打造。

印度農民一年四季絕大部分時間是懶惰、懶散、無所事事、自滿自足的。莫說小富即安，即使不富，貧窮也是自安，印度文化打造了數以億計的印度民心，這也是印度文化的不凡。

印度"閒人"的閒散生活也過得有情有趣，中國人初看一定認為他們是農村典型的懶漢、閒漢、二流子，無聊至極。他們生活的中心就是"清談"、閒聊，用中國話說就是"扯淡"。漫無邊際、無主題、無標題地"磨牙"，無所事事，既不為鍋中無米、家有危房著急，也不為謀出路、圖發財、想創業焦慮。印度人閒談是真正的清談、"空談"，雖然沒有什麼制度條例和"莫談國事"的政策條文，但他們絕口不談政治、軍事，不談國際形勢，不談上層建築，不談意識形態，似乎完全浸盡在中國魏晉南北朝時曾時興過的"魏晉風度"之中，印度人似乎還有"魏晉之風"，"清談"似乎是印度人生活中的主旋律，這肯定和印度文化有關，淵遠流長。

中國人喜、怒、哀、樂皆在"酒"，無酒不成席，無酒不過年，無酒不熱鬧，幾乎無事不可無酒，無事不訴之於酒。但印度人與酒無緣，絕不喝酒，滴酒不沾，印度沒有酒文化。印度的城鄉，大街小巷，房前樓後，臥倒在溝旁路邊的，絕無一個是醉漢，都是心滿意足的流浪漢、苦行僧。要麼無家可歸，要麼有家不歸，要麼是正行走在朝拜的途中。印度人虔誠，無酒也減少了印度多少事故、多少麻煩。

印度文化還有一個極其偉大，也極其可怕的影響，印度人不賭，絕無嗜賭如命的賭徒，他們寧肯"扯淡"，寧肯半飢半飽，寧肯在苦難中掙扎，但絕對不會把希望放在賭博上，也絕不沾賭，從未聽說過世界哪個賭場裏有印度賭客。在印度國門之外有無數賭場，從豪華無比的世界級四大賭場，到就在印度家門口的澳門、老撾、泰國賭場，直到一些"下三爛"的"賭館"，進出的絕無印度人。中國麻將牌橫行全世界，稱霸"五環"，但唯獨在印度難聞麻將搓牌聲。在印度有打麻將者，必是華人，而且是在華人的小圈子裏，打得青頭紅眼，不見天日，讓印度人極鄙視。印度文化能管住賭，印度文化厲害！

印度人不吸煙不沾毒，印度人吸煙的極少。更未見過印度女人叼著香煙找感覺的，160 年前，東印度公司生產的鴉片成噸成噸輸往中國，一些地方肥田沃土都種植上鴉片，但卻沒有一個印度人吸食鴉片，印度人眼中的鴉片，幾乎等同化肥，誰能一邊生產化肥，一邊自己嘴吃口嚜呢？不是印度人清醒，是印度文化特殊，是印度次大陸形成的特殊文化；它和亞洲文化不同，正像 7000 多萬年前，印度次大陸就開始艱難地向東南漂流，終於和亞洲大陸相融合，相碰撞才產生出喜馬拉雅山脈，這正像兩種文化的碰撞，和中國傳統文化不完全是一個路數。

印度文化陰暗和齷齪的一方面是男尊女卑，男權文化的無限淫漫和女權文化的可憐自卑。印度的"男權"可以稱霸於家庭乃至社會的每一個角落，新娘因為嫁妝少可以被當眾羞辱，直至燒死。牛、猴、鷹、虎等等都敬之為神，尊之為仙，而對女人卻鄙之為卑。如果一個寡婦為丈夫殉死，她的家族都會受到尊敬，種姓都可以提高。如果一個寡婦想再嫁或"紅杏出牆"，竟然會被"榮譽處死"，手段之卑鄙，做法之虛偽，殘暴到醜陋。印度文化的可惡和虛偽還在於，在印度的一些地方，有讓新寡的婦女自焚殉夫的風俗，不但自焚而死的婦女讓人稱道羨慕，甚至婦女的家人也會令周圍人尊敬和高看；有的地方竟會讓婦女們豔羨不已，成為效仿的楷模，認為那是光宗耀祖、彰顯家族修養的"立碑之事"。印度文化中，幾乎沒有記載印度婦女的血與淚、愁與怒、苦與難，而印度"男權"卻橫行霸道。在印度甚至在首都的新德里的公共汽車裏，竟然會發生公開輪姦女外國遊客，周圍不但無人制止，且無一人報警。在印度最不引人注意的就是強姦案、輪姦案，抓住一個小偷引起的公憤，絕對比抓住一個強姦犯、輪姦犯更讓群眾和輿論憤怒。據查，印度平均每29分鐘就發生一起強姦案，印度的強姦案幾乎進入肆無忌憚的地步。2017年，印度警方登記的強姦案就有38655起，沒有報警、沒有登記的究竟還有多少起？沒有準確統計數字，按有關人士估計，沒有報警、沒有登記的強姦、輪姦案應為統計在案的至少三倍。更讓人忍無可忍是在報警登記的強姦、輪姦案中，竟有約一萬多名受害者是兒童。

更可怕的是在印度關於強姦和輪姦直到殺死受害人的報道屢見不鮮，但這類案件是否引起關注不是因為作案人手段多麼兇殘、多麼卑鄙、多麼罪大惡極，而是要看社會階層和種姓情況決定的。據稱在2017年罪行最惡劣、手段最殘忍的200多起強姦輪姦殺人案中，只有15起在當年被定罪。震驚世界的"溫瑙強姦、輪姦、殺人案"，一名23歲的印度少女，青天白日，竟然被四名男人公開攔截強姦輪姦後，倒上汽油焚燒，以至於被送到新德里醫院後不治而亡。就在她含冤而死的前一天，一位27歲的婦女遭受同樣的遭遇，四名不法之徒，不但把她強姦、輪姦，而且殺死了她，又焚燒了她的屍體，讓人髮指。可悲的是印度婦女大怒大悲，集會遊行，要求嚴懲這些慘無人道的輪姦犯、強姦犯，但許多印度男人卻似乎無動於衷，完全是一副漠不關心、局外人的姿態。最可悲、也最可恨可怒、最不可原諒和理解的是，犯下輪姦罪、強姦罪的犯罪人，無論自己還是友人、家人竟無犯罪感，好像只是做錯了一件不大不小的事，可能連去恆河懺悔時都覺得不值一提。這是印度文化的可悲、可恨、可惡之處，可能是印度文化中最骯髒的一頁。

三

恆河流經瓦拉納西時，浩浩盪盪，波瀾不驚，五百年前的恆河，雄姿英發，驚濤拍浪，捲起千堆雪，好不壯觀，好不風流。河中百魚暢游，恆河中的鯉魚，長達兩三米，重達數百斤，鯉魚鬚竟長半米有餘，堪稱“龍鬚”。這種恆河特有的鯉魚，一躍可達數米，可謂鯉魚跳龍門。那時候住在瓦拉納西的印度人就十分講究捕魚的藝術，他們把用灌籠捕獲的水獺經過一段“培訓”後，在背上繫上繩，放在水中，十幾隻水獺一起發力，把河中的魚一起攆到印度漁夫事先撒下的網中，方知中國人的寓言故事守株待兔，對印度人是真實的生活——張網待魚。

恆河也有發威發怒之時，河水暴漲八米，瓦拉納西一片澤國，百里千里盡眼全是沼澤水鄉，“人或為魚鱉”，印度人退洪水的辦法是唯一的，也是最崇高的、最虔誠的，就是把濕婆的巨像一排排在水面上供起來，然後再一排排隨水放去，讓濕婆大神去安撫恆河女神，人皆不吃、不喝、不動、不睡，全部赤裸裸淋在雨中，躺在水中，直到恆河女神在濕婆大神的安撫下悄然而退時，他們才重新生活。有許多人就此而隨恆河女神而去，印度人並不悲傷，他們會繼續祈禱，做法事，祝願他們隨女神一路走好。

五百年必有王者興，恆河女神的五百年過去了，瓦拉納西的五百年過去了。據說五百年中，每當恆河女神震怒之前，瓦拉納西一帶河畔就會出現成千上萬的甲魚爬上岸來，一眼望不到邊，都似乎在靜靜等待，等待著女神的降臨。據說最大的甲魚大如巨傘，重達數百斤。瓦拉納西的印度人會把濕婆神像請出神殿，放在河畔，一望無際的甲魚會悄然而去，數十年女神都不再發怒。當然印度人從來不敢“染指”甲魚，甲魚也是神。

瓦拉納西是印度神的所在地。神殿、神廟、神址，處處為神。全印度現在 12 億多人口，其中有 9 億多人信奉印度教。瓦拉納西城是印度教徒心中的聖地。猶如穆

洪水過後的疑惑

斯林信徒嚮往麥加，基督教聖地耶路撒冷、佛教聖地藍毗尼也一樣。"飲恆河水，敬濕婆神，結交聖人，住瓦拉納西"是印度教徒一生中的四大追求，神聖而高崇，真誠而執著，孜孜不倦，百折不撓，百難能受，求得神庇。瓦拉納西是因恆河女神之恩而建而興，又是濕婆神的領地，神聖而光輝，大大小小、形形色色的廟宇、神殿竟有1500多座，想起中國唐代大詩人杜牧感慨的"南朝四百八十寺，多少樓台煙雨中"，何比瓦拉納西？

瓦拉納西真是神廟滿街之福地、聖地，每年光各種宗教節日就有430多個，瓦拉納西的善男信女整日在神殿廟中行走啊！讓人尊敬！

有人告訴我，恆河流域的印度人口達五億多，竟然比我們的母親河黃河流域的人口多好幾倍，世界上平均每十八個人就有一個沐浴恆河的恩澤。幾乎所有印度教的信徒不惜"爬雪山、過草地；吃草根、嚙樹皮"來到恆河朝拜、朝聖，見到心中時刻思念的、最偉大、最崇高、最神聖、最萬能的恆河，千言萬語、千朝萬拜，首先化為一聲從內心發出的"長哭"，把心中想的一切，把想對神訴說的一切，都先化為"長哭"，跪在恆河河邊"哭訴"。沒有人能聽懂他們在"哭訴"什麼，但他們都"哭訴"的那麼認真、那麼虔誠、那麼由衷，真摯的淚水會順著指縫流到恆河之中，沒有人能分清哪是淚水，哪是"聖水"。

其實那些都是序曲，真正朝聖、朝拜的大幕拉開是在"大壺節"的第一天。天色尚黑，東方欲曉，莫以爾行早，達薩斯瓦梅朵河壇上，早已人頭攢動，幾十個伸入水中的石台階莫說跪下朝拜，就是站著也是先到有空隙，再遲尺寸皆無。太陽初升，數十萬人蜂擁而至，摩肩接踵，氣勢如潮，這中間還有攙著、扶著、架著、背著的，也有躺在擔架上、坐在輪椅上的；更有一隊隊抬著死屍的隊伍前不見頭、後不見尾，死屍被放在木架上，用金色或紅色寫有經文的絲綢包裹著，頭部邊上有盞長明燈，小紅燈泡發出一種激眼的光束。四位抬著死屍的人，似唱似喊，拖著長長的尾音有節奏地叫著號，連同做火燒儀式的隊杖，把道路擠得滿滿的。據說恆河岸邊每天火化三百具死屍，都是架上數層木柴焚燒，燒屍之煙、之灰會瀰漫在恆河之上。恆河之上，常常煙霧繚繞，濃煙濃霧瀰漫河上，又從中生出無數"妖魔鬼怪"，兇險惡象。這也正是逝者的心願。然後再把燒過的柴灰和骨灰一起揚進恆河，讓他們的靈魂得到寬恕，他們的罪孽得到流刷，他們的未來得到昇華，轉世會有希望和幸福。這是印度教徒的圓滿結局，也是他們的理想和期望。

在瓦拉納西的許多地方，都躺著、臥著許多病重的病人，有的已經垂垂待亡、奄奄一息，但他們一不吃藥，二不求醫，他們都在等待著死亡的降臨，無論多麼痛苦，他們都心滿意足，彷彿在幸福地等待死神。他們中間的許多人，是在覺得自己大限將至、重病纏身以後，便不遠千里，被抬著、架著、背著、用車推著，來到恆河邊，當他們望見恆河河水時，他們便不再進食，每天早晨要求用恆河河水澆灌他們的天靈，然後再喝下發混變黑的恆河水。他們會由衷地、幸福地微笑。那種笑是徜徉在陰陽兩岸之間的表情。因為他們可以在瓦拉納西的恆河邊得到火化，得到昇華，獲得圓滿，方知真正大無畏者、真正不怕死者，用幸福和微笑迎接死神的，只有印度教徒。

在恆河邊焚燒屍體，是一項規定極嚴格的〝入河〞法事。抬屍上架，乾柴壘壘，死人穿戴，裹身衣衫都有規定，也是印度教文化的一頁。這些介乎於陰陽兩界中的苦活都是由印度最卑下的階層人民去完成的，印度人稱其為〝賤民〞。把人分為三六九等，分為貴民和賤民，是印度文化最卑鄙、最骯髒的一頁。

恆河邊焚屍場上堆著一垛乾柴，由〝賤民〞把屍體抬到乾柴垛上，又在屍體上撒上開敗的菊花，然後把屍體身上穿的屍衣脫下來，讓他們裸體轉世。因為只有這樣，他們才能從罪惡的肉體中解脫出來。為了防止燒屍的惡氣傷人，還要在死屍和柴垛上一把一把撒上各種香料。好在印度也產那些在燃燒後發出各種刺鼻氣味的香料。

〝賤民〞並沒有權力點燃燒屍的柴垛，那是由死者的兒子，在為親人送行之前剃頭削髮後，親手點燃它。

唸經聲起，祈禱聲起，送行的樂器吹奏起來，濃煙起、火焰起，各種刺鼻的味道起，唯獨沒有哭聲。最後由〝賤民〞把燒後的骨灰用雙手捧進骨灰筐中，然後用頭高高頂起，一步步走向恆河水中。恆河河面上蒙上一層又一層灰黑色的骨灰，渾濁發暗發黑的河水，緩緩而去。這時候，家人把放在河中的小紙船上的招魂燈點燃，在梵文的曼陀鈴聲中緩緩放走，一直看著它漂走，遠去……

朝霞終於升起，河面上一片閃耀的鱗光，朝拜的人群開始一步步走下台階，走向〝聖河〞。男人們赤裸著身體，僅著一小兜遮羞布，女人們裹著薄薄的紗麗，他們用手輕輕捧起〝聖水〞，深情地喝著。雖然恆河的河水已經嚴重污染變質，河水已經呈灰黑色，上面有許多漂浮物，包括焚燒屍體的乾柴和沒有燒盡的衣物等，當然也有灰白色的骨灰，但教徒們都虔誠地把水捧起，讓水流過自己的頭髮、臉龐，流進嘴裏，有的教徒乾脆把臉浸進"聖水"中，感受聖水的神聖。每喝一口"聖水"，他們都向太陽喃喃地叨唸，沒有人去聽他們的"唸詞"，也沒有人能聽懂，他們在懺悔，在洗刷自己人生的污點和罪孽，在讓"聖河"的"聖水"洗乾淨自己的靈魂。

有時候他們會把身體都浸泡到"聖河"之中，然後又水淋淋地鑽出水面，雙手向天捧起"聖水"放聲大哭，哭得似乎極度傷心、極度痛快，也極度盡情，因為他們在身上積壓多年的罪孽已經讓"聖河"之水沖洗乾淨，徹底放鬆，不但這輩子可以放鬆地去做人，下輩子也不會淪為蚊蟲、螻蟻了。

女教徒們一般都披綢裹紗地坐在達薩斯瓦梅朵河壇的石頭台階上，規規矩矩地唸著經文，靜靜地觀看著萬頭攢動的恆河岸邊，然後輕輕地起身，慢慢走進"聖河"之中，她們虔誠地捧起河水，神聖地喝下去，再把"聖水"淋到頭上、灑在臉上，讓"聖水"和淚水一起流下來。她們雙手捧起"聖水"，敬獻給濕婆大神，把"聖水"灑進自己的胸膛，對著想像中的"恆河女神"邊哭邊訴說，邊訴說邊淋水，直到哭泣難止。終於她們蹲在水中，浸泡全身；打開頭髮，濕透一切，一層層解去包裹身體的衣物，讓"聖水"洗淨自己的身體、自己的靈魂；讓淚水伴著"聖水"訴說自己的人生。

入夜，還有夜祭。"恆河女神"是不睡覺的，"聖水"是晝夜流淌的。每晚七點半，夜祭開始。一眼望不到邊，四周都是黑壓壓的夜祭人群。不知是教義的哪一條規定，參加夜祭的人，不但要雙手合十，叨唸經文；還有放聲哭的、唱的、喊的、叫的，像中國農村在人死後要招幡喚魂一樣，發出一聲高過一聲的慘叫，黑暗中時不時地突然響起，有些瘮人。最終他們要把手上恭恭敬敬托著的小小"彩燈船"，在一片綠葉上放著一小塊油蠟，點燃後放入恆河中，讓它隨波而去，漂流向遠方，他們理想中的天堂……

但恆河的聖水變質了，變灰了、變黑了、變混了、變味了。恆河上有一層時薄時厚的垃圾，甚至會有人的屍體漂過；瓦拉納西的所有街頭巷尾都有一股衝鼻的"怪味"，讓人不得不掩鼻皺眉。但在信仰印度教的印度人心目中，那是人世間最值得信仰、最值得崇拜、最值得一去的地方；恆河的"聖水"是最潔淨、最清涼、最神聖、最不可褻瀆的！世間還有能沖洗罪孽、洗淨靈魂的水嗎？這是宗教文化，也是印度文化。

同樣創造印度文化的佛教創始人釋迦牟尼就曾說：一個太陽和一個月亮就是一個世界；一千個太陽和一千個月亮就是一個小千世界；一千個小千世界就是一個中千世界，一千個中千世界就是一個大千世界；那麼大千世界中究竟有多少個太陽和月亮呢？有十萬萬個太陽和十萬萬個月亮。這就是釋迦牟尼能見到的世界觀，也是他的文化觀。印度文化似乎並不是所有人都能睜開眼就能看透的。但我們也相信，恆河女神也會希望能恢復她五百年前的"聖水"。

四

19 世紀中葉，古印度犍陀羅地區雕刻藝術的考古發現，震撼了整個國際學術界。專家們為之震驚，這些被發現的石雕大多製作於公元 1 世紀至公元 4 世紀，有的還要早，科學推測至公元前。這些石刻主要是佛像藝術雕刻。

佛教自東漢傳入中國以後，佛像的雕刻藝術也隨之傳入。美術雕刻藝術最早是由歐洲傳入印度，又由印度藝人發揚光大，為其所用。印度的石雕藝術最早傳入巴基斯坦、阿富汗、西域各國，最終傳入到中國中原地區，印度的佛像文化經萬里始得新生。

這批在印度發現的古印度石雕佛像，是燦爛的印度文化的閃光點之一。佛像有立體形象，始自古印度。古印度是亞洲最早、最全面、最直接接受西方世界文化東傳的最大平台，雖然這種文化傳播是伴隨著血腥、殺戮和奴役。印度本土文化和西來文化的直接碰撞，帶來了直接的交流和融合。印度文化和中亞、中東，乃至歐洲文化都有剪不斷、理還亂的聯繫。

古印度犍陀羅王國，就曾被波斯帝國入侵後直接變成波斯帝國的一個行省；在亞歷山大征服波斯以後，又成為了馬其頓帝國的一個行政區域，幾十年後犍陀羅古國又成為古希臘巴克特里亞王國的一部分。依照古希臘文獻記載，大約在公元前 155 年到公元前 130 年間，希臘人米南德一世建立了希臘—印度時代。

多難之邦。文章憎命達，文化亦然。多種文化的融合必然形成一種新文化，使文化更加絢麗，更加多彩，更加輝煌！

以犍陀羅古國為例，其被波斯統治了整整 200 多年，比中國東漢、兩晉、南北宋、元都長，可見印度文化中有多少波斯元素。而到亞歷山大時代，希臘人整整統治了 300 年，比唐王朝時間還長。希臘的文化、希臘的藝術對印度的影響可以說是刻骨銘心的，也是中國文化沒有承受過的。

當中國的秦始皇在公元前 259 年剛出生時，印度的阿育王已經擁有一個比以後大秦王朝統一時的中國還要大的孔雀帝國。孔雀帝國一時強大到超出印度次大陸，也是實行大一統的統治，催化了大一統的印度文化。實行君主專制、中央集權，發展經濟，促進民生，滋養文化。阿育王和秦始皇一樣皆雄才大略，為曠世達君；不同的是阿育王在位 40 年，秦始皇在位僅僅 11 年。阿育王的世界觀逐漸轉向文化觀，轉向宗教觀。他把佛教作為國教，百家興起猶尊佛教。阿育王曾在佛陀講經之地鹿野苑建立佛寺，豎起一根巨大的石柱，石柱上刻滿了經文。這根石經柱的建造明顯受到古希臘、古羅馬的影響。如今，這根既具有歷史意義，又具有宗教、文化意義的石柱已經被人為破壞，柱身只殘餘小半截，柱頭上也少了最上頭高聳的法輪，但現在能見到的依然大美，讓人能感到 2200 多年前的文化和藝術的魅力。波斯式蓬花瓣的覆鐘上是一鼓狀的石盤，石盤壁部浮雕著四種動物以象徵四方，四隻雄獅挺立在石盤之上，雍容沉雄，雄姿勃發。這也是 1950 年印度人民以此定為印度的國徽圖案。印度人民忘不了印度文化。

印度文化對中國文化的影響不容忽視，尤其是對中國宗教文化、建築文化、舞蹈藝術、服裝藝術、雕塑藝術，直至對北魏的石窟藝術，中國受到許多古希臘藝術、古羅馬藝術的深刻影響，很大因素是因為古犍陀羅王國融合了東西方文化而東傳到中國，包括首先傳到尼泊爾、阿富汗，傳到西域各國。

當佛教剛剛傳入中國，甚至還未傳入中國時，古印度犍陀羅國的佛像雕塑已經惟妙惟肖，已經形成了獨特的藝術造型風格，雕塑已然融合了古希臘的雕塑美術藝術風格。那些佛像頭上雕刻著大小兩層髻，面帶微笑，嘴唇微啟，鼻不是直管，而是更像現實中的人。眼睛細長、微閉，雕刻藝術手術極像古希臘的雕刻手法，甚至把眼袋、眉角、鼻翼、額骨都形象逼真地藝術再現出來。

印度文化催生了婆羅門教、佛教、耆那教，三教同流，三教同根，三教幾乎是同時代都發源於印度，都倡導非暴力，修身煉體，追求光明未來、極樂世界。但從 11 世紀以來，信仰伊斯蘭教的突厥人、阿富汗人、波斯人，從西北方殺進印度，一次比一次兇悍，一次比一次血腥，但它畢竟又帶來了新的文化碰撞、新的信仰的衝突、新的宗教的萌生，新的融合帶來了新的光明。連印度人信仰的神中，也開始有古希臘、古波斯的神靈。婆羅門教在演繹和豐富後，在傳播和融合後，改為印度教；而佛教卻因教派林立，紛爭不已，在穆斯林的打壓下，到 13 世紀初，印度本土的佛教已經基本消失。佛教是印度本土產生的宗教，已成為世界性的宗教，但卻在印度本土消失了，消失得如同水入沙漠。這也是印度文化的一個特殊現象。

印度的性文化起源於何時似乎無準確記載，但印度神廟、神殿雕刻中的性表演應該起自印度教派的形成。在印度許多著名的寺院中，都供奉著大神的"林迦"，即男性生殖器像。有的被朝拜的人摸得油光閃亮。這種對神的生殖器的崇拜在印度教徒視為聖河的恆河河畔的寺院中尤為突出。濕婆是印度教的三大神之一，濕婆神代表著生殖和創造，也代表著毀滅和破壞。他能打碎一個舊世界，也能建設一個新世界。他的坐騎是公牛南迪，象徵男性，象徵生殖能力，性交是他的超強神性。在大英博物館 33 號展廳有濕婆和雪山女神的雕像，玄武岩石雕成，大約在公元 900 至 1000 年間。這組雕像看上去很難讓人接受，濕婆神懷抱著雪山女神，一隻手淫蕩地摸著女神的乳房，一隻手輕挑地拖著她的下巴，讓不信印度教的人接受不了了。但印度教徒虔誠地信奉他，是因為他可以給予他們想要得到的一切，可以引領他們一步步走向天堂，可以幫助他們擺脫一切罪孽，再享受來生。濕婆神巨大的"林迦"，不但被供在臨河的寺廟中，在沿河的石階上，都有濕婆的"林迦"。

在瓦拉納西城阿西石階旁有一棵巨大的榕樹，榕樹前矗立著一根巨大的濕婆神的"林迦"，十分逼真形象，印度教徒們在"聖浴"之前，都要到這根巨大的"林迦"前朝拜，據說朝拜得越虔誠，"聖浴"得越徹底，超脫輪迴得越早，許多人朝拜完都一遍一遍反反復復地撫摸它，這根濕婆的生殖器像被摸得十分光滑。在另一個"聖浴"台階上，梵天大神的"林迦"也赫然而立，直指青天，朝拜的人都要虔誠地專門地撫摸它。我去過世界上那麼多地方，在中國進過那麼多寺廟，見過聽過摸腳、摸手、摸頭、摸台階、摸法器的，從未見過、聽過摸生殖器的，且把生殖器當做法器供著的。印度文化，深奧莫測。

印度人並不忌諱印度教派中的性教派，很可能就像佛教中產生的各種教派一樣。當婆羅門教盛行印度時，它的教旨、教義、教物，包括它涵蓋印度的文化、神話、哲學、倫理、思想和中國的道教，由印度傳入中國的佛教有著根本的不同，這也是佛教和印度教格格不入的原因之一，當婆羅門教改名為印度教以後，其教旨更加繁雜，教徒更加廣泛，信仰更加統一，教派也更加繁多。而在印度宗教中的性力派也在擴大化、神聖化、宗教化。

中國傳統文化、儒家文化中宣揚的是萬惡淫為首。尤其在精神、信仰、宗教的領域中，更追求的是清淨、自律、純淨、潔身自好，修身養性。性文化是由"繩子"捆著，"籠子"關著。像《金瓶梅》自清王朝始就被列為"淫書"。中國稱"聖門之地"首戒就是色，更何況"淫"？印度教宣傳的色、淫，讓教外之人止步，難以接受。有印度教的經書，其名直譯為《愛經》，是以經書的形式寫成的性與愛的經傳，詮釋了性愛的姿態、性愛的技巧、性愛的和諧、性愛至上的理論。印度教在教外人士看，是一本赤裸裸宣傳"淫色"的邪書，是直接、無避諱、無遮掩的"誨淫"之經。

有印度教"性教之都"之稱的克久拉霍，的確是印度文化的一頁，無論在世人眼中看是黃還是黑，那個小城市已然成為遊客來印度多去的地方。要想了解印度文化，揭開印度文化的面紗，就不能一葉遮目。

克久拉霍被稱為"性都"，在中國聽來有些澀耳，不太文雅。克久拉霍的始建年代印度沒有準確的記載，印度缺乏歷史記錄。作為四大古國之一，全印度也找不出一本《史記》，印度的許多歷史，包括印度的名城大事，竟然與是中國的高僧大德相關，如東晉的法顯大師、唐王朝的玄奘大師，沒有他們的《佛國記》和《大唐西域記》等實地記錄，印度5至7世紀之前的歷史，將是一片模糊或者就是空白。

克久拉霍的神廟群建築，大約是建在公元950年至公元1050年，是當時古印度昌德王朝開建，而興隆於月亮王朝。月亮王朝曾經定都於此，把王朝的首都定建在"性都"之中，這可能也是印度文化的一角。全世界恐怕也不會再有。克久拉霍城現存的建築幾乎全是清一色的印度廟宇，規模宏大，氣勢不凡，建築精緻，別具風格。當年月亮王朝的宮殿卻早已灰飛煙滅。克久拉霍的廟宇當年建起有85座，現在僅存22座，這種堅固、結實的巨石建築要被徹底破壞也不容易，印度人的破壞性可見一斑。

這些石頭建築名副其實。高築的石階，每階條石估計重達數噸，用一種青灰色的石料精細加工成石磚石塊，建築成方底漸進的塔式宗教廟寺，高大、雄壯、堅固、敦實。讓人難解的是整座石塔廟宇全部是石頭建成，石門、石窗、石廊、石屋、石廳、石台、石亭、石雕，難道此地無木？考證克久拉霍，其名在古印度語中是"椰子"的意思，據說克久拉霍古時代是一片一望無際的獨特的原始森林，獨特在其林為椰，似乎隨著月亮王國的滅亡，椰樹滅絕。也有一種說法，當時盛行的婆羅門教和耆那教信仰石頭，憧憬石頭文化。

克久拉霍神廟群中，最宏偉、最壯觀、最具有印度教中石頭文化的是坎達利亞‧摩訶提婆神廟，是坦多羅教崇拜性信仰、性宗教、性文化的教徒舉行宗教儀式的大殿。信眾進殿必先脫鞋、乾洗臉。這座 20 米高的石頭大殿中幾乎無 "空白"，所有石柱、石樑、石框、石壁上都雕刻著各種各樣的性交，直至性亂、淫亂，甚至有人妖、人畜、人獸相交的，的確讓人接受不了。但印度教中有所謂 "性力派"，信奉這種宗教的信徒認為性愛是最神聖的、最高貴的，是神授意的，需要全身心地去追奉它、信仰它、崇拜它。這種教派修行的辦法就是男女性交，追求在極端的歡樂中男女融為一體，以此來體驗人的靈魂與宇宙合一的狀態。還有的教派甚至認為通過性交，可以使男女變成一對神，以達到一種更高狀態的精神境界。真不知道，印度文化中還有這樣的一頁。

不到克久拉霍的神廟，不走進摩訶提婆神廟，不知道那廟裏廟外、上上下下、高高低低到底有多少性愛的男女神像，那些各種姿勢、各種形態的性交、群交的裸體男女，密密麻麻、層層疊疊、五花八門，據說這些都真實地反映了古印度人形形色色的性生活方式。印度文化的變態和扭曲之處太多了，印度教從信奉它的人數上看，它是世界性大宗教之一，但它詭秘神奇的文化內涵始終未使它跨出印度一步。印度的性文化和印度教都沒有越過喜馬拉雅山。

說不盡的印度宗教，也道不完的印度文化。

印度到處都有乞討、貧窮、落後、骯髒，像垃圾堆上的蒼蠅，揮之不去。但城市和鄉村中的垃圾山也正是神牛偏愛的地方。神牛會得意地倒臥在大街的污水坑裏，即使牠們擺動的尾巴揮甩的污水濺了行人一身一臉，這些人也絕無半點惱怒和怨言。最讓人難以忍受的是隨地大小便，無論在哪兒，只要內急，拉開褲子就隨便；即使像德里、班加羅爾、加爾各答、孟買，不少街區也常年腥臭熏天。甚至就在大街小巷之中，朗朗乾坤之下，大庭廣眾，眾目睽睽，該尿就尿，該拉就拉，絕無尷尬，更無羞澀，說笑從容，習以為常。城市貧民窟讓人側目，污穢垃圾，病毒橫行，髒不堪言，但數以百萬計的印度人卻在這樣的環境中有滋有味地生活了一輩子又一輩子，痛苦又幸福地繁衍了一代又一代，還拍出了榮獲美國好萊塢大獎的電影《貧民窟的百萬富翁》。貧窮甚至落後、骯髒甚至齷齪也是印度文化的一翼，印度人並不想去掩飾它、遮掩它、迴避它。印度文化的光輝也正像它背靠的 "雪山女神"，它有 13 位獲得諾貝爾獎的印度人。其中獲得諾貝爾文學獎的詩人泰戈爾，是第一位到中國來的印度名人。泰戈爾的中國一行，也影響了中國詩歌和文學。泰戈爾正是一位印度教的信徒，也是第一位印度培養、教育出來的印度文豪。

很多人瞧不起印度，看不起印度文化，其實印度文化之深，深如印度洋……

佛教文化檻外談

20 世紀 90 年代在美國芝加哥召開過一次世界宗教大會，有 160 多種宗教信仰組織的代表出席。據說全世界至少有 3000 多種宗教組織，具體無人能準確地說清。有一點似乎可以肯定，在世界宗教中“教齡”最長的當推佛教。佛教創始人釋迦牟尼生於公元前 565 年，佛教至遲在公元前 500 年已經作為一門宗教信仰在印度傳播開去。其盛況難以想像。古印度像瓦拉納西這樣一個恆河邊的中等城市，大大小小的廟宇寺院竟有 1500 多處，講法傳經之聲不斷，佛法宏揚如日月經天，佛教盛況可見一斑。中國唐朝傑出詩人杜牧曾感嘆：“南朝四百八十寺，多少樓台煙雨中。”和印度的瓦拉納西相比，不可同日而語。一年不過 365 天，而印度的宗教節日卻有 400 多個。佛教的誕生極其艱難，佛教的發展更曲折、更艱難。佛教經歷了九九八十一難，僅在中國就經歷了五次大的滅佛運動，包括西藏吐蕃王朝的朗達瑪滅佛運動，每次滅佛運動都是極其殘酷、極其無情，也都充滿仇恨，但每一次毀滅性的滅佛行動以後，佛教卻是“野火燒不盡，春風吹又生”，而且其恢復得更龐大、更系統、更輝煌、更普及。

佛教在其發源地古印度因為種種社會原因漸漸失去發展的基礎，為印度教所代替，全印度有大約 13 億人口，只有不到 6000 萬人口信奉佛教，而傳入中國以後，佛教卻不斷地發展壯大，已儼然成為中國跨歷史朝代、跨民族區域、跨政治潮流的一大宗教。即使是無產階級文化大革命那樣的完全徹底的“滅佛運動”，十年過後，佛教恢復得更加浩然、更加大氣、更加普及，比十年前發展得更快、更猛、更廣、更勃然，寺廟建設得幾乎無處不在，信奉佛教的人不僅大有人在，而且還在不斷增加。有些著名的寺院修建得如此金碧輝煌，雖宮殿不及，令人瞠目結舌。

佛教在中國 1700 多年，不但沒有像佛祖所在的印度那樣逐漸衰落、逐漸消失，反而不斷發展、不斷擴大、不斷創新，煥發勃勃生機。莫忘佛教並非本土教，在中國自古佔統治地位的是儒教，儒家思想根深土厚，佛教東來中國要比儒教思想至少晚一千年。那佛教是如何走進中國千家萬戶的？走進中國人的思想之中的？也走進中國的政治、教育、生活之中的呢？

　　總結歷史是非常有趣的。我們一直說，十月革命一聲炮響，給我們送來了馬克思主義，準確地說應該是列寧主義；1840 年鴉片戰爭一聲炮響，給我們送來了資本主義。而佛教作為洋教，是在無槍無炮、無暴力無革命中"敲開"中國大門的。包括像以後的基督教、天主教、伊斯蘭教，都是"悄然而至"，涓涓細流，終成大河。現在全國信奉佛教的人是以億計。這後面該有多少文章？有多少深奧的哲理？

　　　　一

　　從公元前 2 世紀也就是從西漢漢武帝時期，當時的西域大月氏國的使者尹存來到長安，口頭傳誦《浮屠經》，佛教開始進入中國。縱觀佛教從"西土"逐漸東移、不斷向"中土"發展擴大的道路，就會發現，佛教在"中土"的發展是不斷和中國的思想、意識、民生、民俗、民意在漸進地磨合、融合，是不斷地和中國的儒家思想、道家思想在碰撞、交融，是在不斷地中國化，逐漸具有了中國特色，也充分展現了中國的包容性。這才使佛教，實際上也是一種外來的洋教，在中國不斷地發展、普及，影響不斷擴大，不斷地為中國的統治者和老百姓所信奉和歡迎。佛教在中國和印度走出了兩條截然不同的道路，一條是生路，一條是死路。1600 多年前，中國一位極了不起的堪稱偉大的和尚法顯不遠萬里，不辭艱辛，不避生死去西土取經，當他站在曾經是佛教聖地的佛陀誕生地，看到的卻是一片衰敗枯沒的景象，人去寺空，佛塔將坍。法顯在萬般艱險、命垂一綫時都未掉過淚，他甘願為他的信仰赴湯蹈火，而那時那刻他卻把淚水滴在了合十的手掌上。佛教在印度的命運不過千年，為何竟然如那即將崩塌的高大佛塔？法顯沒有想到，僅僅過了 230 年，當中國的另一位高僧唐玄奘也為取得真經再度光臨這座佛祖聖地時，這裏只有一片廢墟，斷壁頹垣，荒涼無限，那座高聳威嚴曾經讓無數僧人嚮往的佛塔已然不知在何年何月轟然倒坍，完全變成了一片破磚爛瓦，附近已經人跡寥寥。即使生活在這座佛教聖城的人，也早已把佛教遺忘得乾乾淨淨，已然不知佛祖為何，他們已經在若干年前就信奉印度教了。唐玄奘久久站立在那兒，合十的雙手久久不能放下，古印度孔雀王朝的阿育王在這裏建立的皇家寺院也早已分崩離析，掩隱在老樹枯藤中，連為紀念佛祖而修建的那根巨大石柱，也被無情地折斷，只有在柱頭上臥著的四隻石獅在野草中還在無奈地向四方張望。西土的佛教聖城已然如此，中土又當如何？

佛教自從進入中國以後，逐漸找到了一條符合中國國情、中國文化的發展道路，佛教就開始走出寺院以佛教文化容納八方，以佛教文化完善佛教，以佛教文化和中國文化相結合，逐漸為中國文化所改造、所互容、所共榮、所共贏。這在其本土印度恰恰不能。

佛教傳入中國就開始經歷了中國文化和思想意識的改造或稱之為打磨。佛教傳入中國是以西域的僧侶東來中土傳經佈道的，但都以梵文為基礎，梵語是佛教的母語，而且是口口相傳，在把梵文翻譯成漢語的過程，每一次翻譯，都融進了中國文化和中國意識，翻譯的過程就是中國化的過程，不可能原汁原味，也不可能把佛祖的佛經原封不動地搬到中國來。這就決定了佛教在中國必然要被中國化，否則在中國就不可能鬱鬱葱葱。

佛陀在古印度時是位苦行僧。食宿在野地菩提樹下，過著半飢半飽的生活，常常以野果和湖水為生，在他修行期間，幾乎被生生餓死，還好有位放羊的女孩讓他喝了幾口羊奶方才坐化成佛。佛陀在修煉期間，穿的是百納衣，說直白了就是補丁摞補丁，人瘦得幾乎皮包骨，但這些似乎都是在考驗他，佛陀那時還是喬達摩·悉達多。悉達多從人走向神，從神變為完美無缺，變為善男信女心目中最偉大的智者、最崇高的善者、無所不能的佛者、絕對完美的信者，是中國人完成了這一不平凡的最終昇華。

按照佛說，釋迦牟尼是從兜率天上騎著六牙白象下降人寰，九龍吐水為之洗浴，一降生就走了七步，口中大聲宣稱："天上天下，唯我獨尊。"釋加牟尼是從他母親的脅下出生的。喬達摩·悉達多成佛以後，對他降生的追述讓人頂禮膜拜，可以從中看出，很多光環和色彩都具有明顯的中國文化，中國的佛教弟子們把佛陀塑造得更加輝煌、更加神意、更讓人敬佩和崇拜。佛陀當年在天竺修行之時的百納衣，極有可能是在來到中國以後才逐漸演變成紅綢金邊的千佛袈裟。

我沒有見過古印度的佛陀頭像，但我想公元3世紀的中國高僧朱士行、5世紀的大德法顯、7世紀的唐三藏應該見過。我見過最早的佛陀頭像是西晉時期的，東晉到北魏，佛陀的頭像有了較大的變化，可以推想，與北魏相隔一千多年的古印度的頭像絕不會是中國人現在看見的這樣，天庭飽滿，面額寬闊親潤，兩眉粗而威，細而善，雙目半睜半合，慧而慈，智而達，親而近，遠而明；兩耳靠山，耳大如元，雙耳下垂，耳垂圓厚；頭髻成行成列，隆而不鼓，圓而有潤；地格方圓，圓潤慈祥；至北魏，佛陀在中國的頭像方才功成圓滿。佛陀身體雄偉、健壯、手厚、寬大、渾圓、質樸，既有仁者之親，又有智者之慧，更有佛之慈懷。

公元 460 年，北魏開始開鑿雲崗石窟，在大和尚曇曜主持下開鑿的"曇曜五窟"都是以北魏開國五位皇帝為底襯，開鑿的釋迦牟尼佛像細看都有北魏皇帝的影子。這就充分說明古印度的佛像傳入中國以後，是經過長時間地、不間斷地改造，不斷地中國化。可以說今天我們看到的釋迦牟尼佛像都是具有中國文化元素的，是具有中國特色的，也只有這樣才能深入中國人心，才能適應中國社會，才能讓中國各階層信奉。較之古印度的佛陀像，中國人更願意接受眼前這樣的佛陀，這才是他們心目中的釋迦牟尼。

佛教中的四大菩薩，在中國幾乎可以說家喻戶曉、老幼皆知，特別是觀世音菩薩更是深入民間、深入人心。毛主席曾經談到，他還在童年時，跟著母親拜過觀世音菩薩。家中多窮、多難、多窘，過年過節都少不了觀世音菩薩像前的幾樣供品，三柱燃香，都要雙膝跪倒，十分虔誠地頂禮膜拜。菩薩要比佛陀面前的十大弟子，甚至他身邊的兩大弟子迦葉、阿難讓中國人更熟悉、更尊重、更敬仰、更奉信，也更崇拜。

然而佛教中的四大菩薩在古印度時都是男身，菩薩的變化就足以說明佛教在中國的中國化，中國的風俗、中國的文化、中國的教育、中國的國情、中國的需要，菩薩正是按照這些中國因素在悄然變化的。在中國沒有人認為非男身的菩薩是走形，是變態，是篡改；經過歲月和同化，中國社會已經完全認同菩薩的女身化、合法化、合理化、合情化，認可這一中國化。女身的四大菩薩已經深深根植於中國，根植於中國社會，中國人對佛教的中國化，讓佛教在中國永葆佛力，中國化還為四大菩薩選定四大道場，定為"四大佛山"，不但是佛家聖地，現在都已然是"五 A"級旅游勝地。在中國如果累計，恐怕有上億人去過四大佛山朝拜過，這也是中國佛教日

佛國世界

益深入人心的標誌之一，像五台山、峨眉山，已經成為世界文化與自然雙遺產。佛教在印度最盛、最熱、最廣泛時未曾聽說有這些因素，中國繪出了有自己文化特色的佛教文化。

中國落戶的觀世音菩薩，其化身之一是送子觀音。在送子觀音菩薩像前，沒有人能統計出到底跪倒過多少女人，她們虔誠地仰望著觀世音，心誠地拜倒在觀音菩薩的像前，一遍一遍地磕頭，一遍一遍地燃香，一遍一遍地祈禱，一遍一遍地許願。什麼叫信奉？什麼叫虔誠？什麼叫佛教的力量？看看這些雙手合十、仰望觀音菩薩、又跪倒磕頭、把前額久久地磕在地上的人，你會得出一個結論：隨著不同名號的觀世音菩薩的深入人心，標誌著佛教的中國化、世俗化進程的完成。所謂"家家彌陀，戶戶觀音"。

據趙樸初先生考證，佛教中的五百羅漢應起自南宋時期，羅漢在古印度似從無興盛過。五百羅漢是中國人根據佛經中的故事創新的，佛教在中國不熄不滅，不會走古印度的老路，發展也是其原因之一。

二

在中國歷史上，越是動亂不定、戰爭連連的朝代，越是少數民族當政的朝代，佛教就傳播得越廣，信仰的人就越多，這也是佛教在中國發展的特殊中國元素。

魏晉南北朝時期是中國歷史上一個戰亂、動亂、政亂不停的時期。政權的顛覆往往造成社會的動盪，帶來殺戮、戰爭、動盪和不安。追根溯源，中原的大動盪、政權的不穩定，使社會對前景喪失信心，使百姓不知如何生活，士大夫更迷惘，他們崇尚老莊，自我沉淪，自我麻痺，實際上是尋找自我，自我解脫。不僅僅只有竹林七賢這一群士大夫、知識階層，也包括皇室王孫，朝不保夕和瞬息而變的政權使他們沉湎於清淡、服藥、飲酒、縱欲，尋求精神刺激，以便能忘卻現實、忘卻社會、忘卻自己。這時候佛教乘虛而入，幾乎沒有什麼能抵擋佛教的"輪迴報應"，也幾乎沒有什麼能像佛祖和菩薩那樣能寄託人們的期望和重託，苦難和動盪一下子拉近和拉親了人們對佛教的感情，人們包括社會的各個階層都感到親不過佛祖、信不過菩薩。佛教為苦難的中國人搭建了一個普渡眾生、渡過苦難的人間方舟，給苦難無助的人們帶來了希望。

南北朝時期是中國歷史上有名的分裂戰亂時期，而正是在這一時期，佛教在中國卻有了長足的發展，這一點和印度恰恰相反。

南梁是個極不穩定且短命的王朝，但對佛教的傳播卻起了很大作用。南梁朝的武帝是位極虔誠也極專注的佛教信徒，他寧肯不當皇帝也要出家為僧，且不是一次而是三次。他嚴格遵守佛教的戒律，不吃葷，不殺生，不近女色，把皇宮中的嬪妃美女全部遣散民間，每日晨鐘暮鼓，唸經修行，這在中國皇帝中絕無僅有。他的皇宮中隨處可見佛像、佛堂，在他的國家中僧侶是最受人尊敬的，無論鄉村城鎮，舉目可見到處皆有寺院。"南朝四百八十寺，多少樓台煙雨中"，即說梁武帝。其實，又何止四百八十寺？朝廷民間皆以修佛事為榮、為聖、為高、為德。他把佛教尊為國教，國家的一切政治活動、社會活動、政權運轉，國家機器的運行都要以佛教為本，在中國歷史上不願當皇帝情願出家的還有清順治，這都極大地推動了佛教的中國化，推進了佛教的傳播、普及和深入。

北齊是個歷史僅有 27 年的短命王朝，且走馬燈似地換的六位皇帝幾乎都是暴君，但讓後人難以理論的是北齊皇帝雖然都熱衷於"折騰"，但卻都十分信奉佛教。北齊三代皇帝，殺人無數，卻從來沒冤殺過一位僧侶，沒有拆過一廟，沒有燒過一寺，相反北齊時代留給後世的是大量寺廟、佛窟和佛像，有些已經是國寶。現存的已知的太原蒙山大佛是北齊天保年間開鑿的，高達 59 米，佛頭高約 10 米，是調集全國能工巧匠，舉國之力開鑿的，開鑿之時，皇帝率百官隆重聚會，全國同慶，佛教成為北齊各級朝官的必修課。南梁、北齊的年代雖短，但對佛教在中國的傳播和中國化都如同墨入宣紙，在民間的傳播力不可低估。尤其是拓跋氏建立的北魏王朝，把佛教的文化定格在一個舉世無雙的高度。在這個王朝期間，開鑿了雲崗石窟、龍門石窟，為佛教文化留下了不朽的光輝。

唐王朝又是佛教在中國的"旺年"。中國歷史上著名的女皇帝武則天自喻為彌陀佛轉世，唐 288 餘年的歷史，幾乎是佛教在中國完成中國化的歷史，自唐以後，佛教徹底中國化，再無人認為佛教是洋教。

唐 20 位皇帝，帝帝信佛，把佛教看得至高無上，崇拜得頂禮膜拜；把佛看成國教，全國信佛，舉國迎佛；把國家財富盡國盡民所有奉獻給佛祖。法門寺地窰的發現就實證了這一歷史。除唐，在中國歷史上似再無第二。辦佛事，迎佛骨，送佛禮猶如舉國大典。聽高僧大德講經講法動輒數萬人。國家拿國幣開辦經院，譯經印經，建廟堂築高塔，遍請四方高僧，不惜財力。

唐朝大文學家韓愈，時任刑部侍郎，官做得不小，在唐元和十四年即公元 819 年就因為諫迎佛骨，惱怒了唐憲宗皇帝，非要把他置於死地。佛教在唐朝是信仰的主流，在佛教問題上唐皇是聽不得一點"噪音"的，放在武則天時代必斬絕不會赦。韓愈冒死反潮流，其"死"必焉，那是在挑戰他們的信奉底綫。後在大臣們再三說情之下才被貶出朝。韓愈有詩為證："一封朝奏九重天，夕貶潮州路八千。欲為聖明除弊事，肯將衰朽惜殘年。雲橫秦嶺家何在，雪擁藍關馬不前。知汝遠來應有意，好收吾骨瘴江邊。"（《左遷至藍關示姪孫湘》）讓人難解的是，幾經生死，幾經曲折，韓愈晚年終歸佛教。

三

佛教的徹底中國化是與禪宗的改革分不開的，我沒敢用革命，而用改革，而胡適先生是選擇革命。他曾在 1928 年與湯用彤先生通信時就用"禪宗革命"一詞，想必胡適先生其言必有據。"禪宗革命是中國佛教內部的一種革命運動，代表著他的時代思潮，代表八世紀到九世紀這百多年來佛教思想慢慢演變為簡單化、中國化的一個革命思想。佛教極盛時期的革命運動，在中國思想史上、文化史上是很重要的。經過革命後，把佛教中國化、簡單化後，才有中國的理學。"

佛教傳入中國後，逐漸形成八大宗派，禪宗當為影響最大、傳播最廣、變革性最強，也有認為禪宗是在中國佛教發展陷入重重危機的形勢下，掀起了一次規模宏大、影響深遠的宗教改革，對促進中國佛教的發展、深入、廣融、傳播，起到了極大的作用。

佛教中公認，禪宗的立宗正禪人推禪宗"初祖"，也就是中土禪宗第一代祖師菩提達摩。

菩提達摩為佛陀第 28 代傳人。大約在公元 520 年初秋，菩提達摩承其師傅也就是佛陀的第 27 世傳人般若多羅的遺囑，東渡中土，

講經

登陸廣州，又一路弘法來到金陵。但那時的達摩並不神聖，也不光彩。他是一路化緣而行，風餐露宿，破衣爛衫，麻鞋竹杖，飢一餐飽一餐的。他到金陵時，佛教廣泛留傳著達摩會見當時南朝梁武帝的故事。我們現在忽略了梁武帝為求佛，屈尊下拜達摩，達摩乃苦行僧也，以達摩當時的處境，其形如乞丐，其面如山漢，作為當朝皇帝的梁武帝"平身"相見，恭敬相談真乃極大不易，梁武帝乃佛教中的第一位佛教皇帝。我在拙作《閒話皇帝》中曾有考證。但達摩和梁武帝"話不投機"，也可能是緣份未到，菩提達摩終於一走為上，也足以看出達摩修行絕非平常。我讀過一些名僧大德的事跡，很多大和尚對皇帝還是畢恭畢敬的，沒有發現哪位高僧因為對佛教的認識、對教義的辨白讓皇帝下不了台，拂袖而去的，足見達摩以佛教為天，這和禪宗以後創建的"二人四行"一脈相承，委屈了誰？委屈了自己！委屈了皇帝！也不能委屈自己對佛教的敬畏。

梁武帝對佛教在中國的傳播起過重大作用，他也是中國第一位尊佛教為國教的皇帝。梁王朝時，全國無處不見佛，佛教可謂家喻戶曉，幾乎人皆信之。梁武帝也是三進寺院，三脫黃袍甘願為僧的皇帝。但他和達摩這位西土遠來的大和尚機緣未到，不歡而散。在達摩眼中，並無皇帝，更無權威，拜只拜佛，敬只敬天，遂揚長而去。當梁朝大和尚志公前來點撥以後，梁武帝急派大臣騎快馬追之，眼看追到，但達摩已然足踏長江岸邊，江內波濤滾滾大河相攔，但見達摩不慌不忙，折一葦葉，踏葦葉渡江。講中國佛教中的禪宗不能不講初祖，講達摩不能不講一葦渡江。神是夠神，玄是夠玄，達摩至此走向神壇。

在世界宗教中，幾乎所有的宗教都有神，永恆不變的神，唯一永在的神，比如基督教、天主教等宗教。上帝、耶穌就是永存、永在、永遠不變的神，真主則是伊斯蘭教的神。似乎只有佛教是"無神"論者，在佛教的世界裏，只要修行到了，則人人都可能立地成佛，甚至放下屠刀，立地成佛，即使是一蟲、一獸、一鳥、一魚，都有可能在轉世後，因前世修行圓滿成功而變為佛。但佛陀在禪宗心目中，仍然是神，把佛陀神化，也是佛教中國化的一道色彩。中國人把心目中最偉大、最崇高、最神聖、最至上的偶像都要美化、中國化為神。這也是一種中國傳統文化。

禪宗初祖的經典故事還有在白馬寺附近的古洞中面壁九年，二祖慧可曾跪雪地，雪沒其膝，幾至僵死，為表誠心，以戒刀自斷其左臂。把佛教中的人物經典化、故事化，也是佛教中國化的一個創新，對佛教在中國的傳播起到了重要的推動作用。如把唐三藏去印度取經編寫成《西遊記》，讓佛教走入千家萬戶。"家家彌陀，戶戶觀音，人人合十會唸阿彌陀佛。" 標誌著佛教在中國已然徹底中國化。當然，這個過程還是漫長的。

在中國傳得最神，也傳得最廣的當推 "六祖革命"。尤其是那兩首有名的佛家名偈《菩提樹》更是讓人傳頌不已。方知佛法無邊，佛學博大精深，佛旨修行無際。佛教講究 "四大皆空"，大徹大悟，追求 "因果相緣"，看得開，放得下，忘得了，耐得住。不以己喜為喜，卻從物悲為悲。千江有水千江月，萬里無雲萬里雲。

唐高祖武德年間，禪宗五祖弘忍承受四祖衣鉢在東山禪寺講經說法，門徒近千人，每每開講，眾徒雲集，遠近善男信女雲集，可謂浩浩乎如雲，盪盪乎如水。但弘忍看到信徒如此虔誠地專聽佛授法，自己已有力不從心之感，就想如前祖們一樣，把衣鉢傳給六祖，如何選接班人？五祖有高招兒。他的辦法是公開招考，真學實才為上，這是禪宗革命。

有一天，他特地把嗣法的弟子集中了起來，當眾宣佈："世人生死事大，汝等門人，終日供養，只求福田，不求出離生死苦海。汝等自性若迷，福門何可求？汝等總且歸房自看，有智慧者，自取本性般若之知，各作一偈呈吾。呈看汝偈，若悟大意者，付汝衣法，稟為六代。火急作！" 此時，神秀思忖片刻，在牆壁上寫出了一首偈頌：身是菩提樹，心如明鏡台；時時勤拂拭，莫使有塵埃。

神秀作罷，自認給五祖交上了一份優秀的答卷，事隔兩日，在寺院伙房舂米的和尚慧能聽說了此事，請人引到偈頌的牆壁前，嘴裏默唸道："美則美矣，了則未了。" 隨即，他另作一偈，因不會識字寫字，便請江州別駕張日用代寫在牆壁上：菩提本無樹，明鏡亦非台；本來無一物，何處惹塵埃？

這首偈頌表達了慧能頓悟成佛的見解，字裏行間禪意繾綣，與神秀有著不同的意境。不同在哪裏？從中國傳統文化的角度去解讀，神秀的那首《菩提樹》，在道出身心寧靜的意念裏面，也透射出積極入世的思想，內心還是想圖個出人頭地的。的確，後來神秀的發展也證明了這一點，他離開五祖後當上了梁朝的護國法師。而慧能的那首《菩提樹》，證明了他已經四大皆空、大徹大悟了。其中的一字一句，都像活泉中所噴出的泉水一樣，凡是嚐過的，都立即感覺到它的清新入骨，都衷心地體會到它是從佛性中流出的，同時也宣誓了他獻身佛教事業的信心和決心。後來，他作的那首《菩提樹》，成了佛教禪宗最有名的偈語。

六祖慧能在佛教中國化的革命行為首先是去繁就簡，去“洋”存“中”，因地施教，為教改革。六祖慧能是位文首大德，他宣揚講究內心內核，不計較外形外表，講究其心修煉，不追求奢華多繁。他認為心中有佛，佛在心中，處處皆可敬佛，時時視可拜佛，人人有佛，人人皆可成佛。出家可以為僧，不出家亦可信佛。慧能窮苦出身，他更能理解和通曉“盲人”信仰的艱難。“盲人”即人民群眾，大乘佛教的宗旨之一是普渡眾生，眾生不渡，吾佛何在？因此禪宗傳法到百姓，直到六祖革命後應得到比較徹底的解決。你可能進不了廟，你可能見不上佛，你可能供不起香，你可能唸不了經，但只要你信佛、唸佛、心中有佛，佛自然就會走進你心中。只要你把信奉、追求、寄託、希望都唸誦在冥冥之中，都寄於四大皆空中，都託付給修行之中，因果之緣必降必有輪迴。禪宗使佛教走入貧苦人家，走入人民群眾。

看禪宗是如何從衣食住行方面對佛教中國化、民俗化、基層化、普及化的。

衣：佛教言衣即袈裟，由於印度熱，和尚穿的袈裟不僅比較單薄，而且是由多塊布拼成。慧能發現這樣的袈裟不足以擋寒，逐漸將它變成了“法衣”——只在作“法事”時方才穿上，平時不再披袈裟。在禪服的款式上，慧能也做了改進，具有圓領、大袖的漢唐式服裝的特徵；在品種上，不僅有單衣、袷衣，而且還有棉衣；不僅有布衣，而且有皮、帛衣等，還可以穿鞋襪，戴僧帽。這種裝束，就完全是中國化的了。

食：按照佛制，僧人“過午不食”。佛教傳入中國後，直到南北朝時，出家僧人們好像還在遵守這條戒規。從慧能開始，將這一戒條逐漸廢弛。禪宗興起之後，許多寺廟有數量不等的旱地和水田，於是規定和尚必須參加勞動，有了體力的付出，客觀上就更需要吃晚飯了。從此“日中一食”逐漸變成了早、午、晚的“一日三餐”。

住：佛教在印度寺院基本上都遠離煩囂，地處深山老林。慧能考慮到中國的佛教是由城市傳播開來的，一味將寺院建在僻靜之處，既不利於傳教，也不利於留人。由於受這種觀念的影響，後來這些寺院，大多是規模宏偉、金碧輝煌的院落。這樣，雖然有些隱居山林、少涉人世的清修僧人，但是絕大多數是居住在通都大邑的大寺院裏的。由此可知中國佛教僧尼們的住處，與印度的也有著很大不同，具有很明顯的中國特色。

禪宗改革，尤其六祖革命最主要的是抓住了價值觀這個文化的內核。中國是宗法社會，重家庭團聚，重農耕，重現實生活，重入世，重社會倫理，重人文教化。

慧能革命，敢反潮流，敢大膽變革，真正使之內核亦中國化。禪宗提倡在家修持，提倡孝順父母，上下相愛，讓芸芸眾生過著陽光下最平常的日子，感覺到的是淳樸和滿足；主張禪修要與日常行為統一起來，佛法、禪修不能脫離世間，在世間修行，使禪修與現實生活隔距減小，甚至趨於一致。這一學說的提出，極大地緩解了在家與出家、入世與出世、佛教與世間的矛盾。通過這一番改造，使印度的佛教在中國真正實現了脫胎換骨，真正走進中國人的心靈。

禪宗追求一種自然、適意、清靜、淡泊的人生，而在審美情趣上，則趨向於清、幽、寒、靜，它影響到中國人的人生哲學，使很多人心靈得到了慰藉、平和、安祥。兩眼直下三千字，胸次全無一點塵。

四

有中國特色的佛教文化主要標誌是中國的茶文化與佛教中國化的殊途同歸。發展到今天，佛教在中國幾乎須臾也離不開茶文化。

中國的茶文化後於佛教在中國傳播大約四五百年。先有佛教，後有茶教，其實佛與茶之淵源在"茶聖"身上就光耀其身。

中國的"茶聖"當推唐代的陸羽，著有世界第一部茶葉專著《茶經》三卷。

公元 733 年，唐開元二十一年深秋寒霖的一個清晨，湖北竟陵龍蓋寺智積禪師路過一座小橋，忽聞橋下傳來群雁鳴叫之聲，但見一群大雁正用雁翅守護著一個男嬰，男嬰已經被凍得肢體發抖，悲憫的智積禪師便把這個幾乎凍僵的男嬰抱回寺中收養，此男嬰便是日後的"茶聖"亦稱"茶仙"的陸羽。陸羽得生於佛門。用佛門之語，皆在有緣。自陸羽始，茶與佛、茶與禪便成為不解之緣。無寺不茶，無師不茶，無論不茶，無語先茶，相坐看茶，相敬示茶，相邀以茶，相通烹茶。坐禪以茶，以茶修禪，禪茶相宜，燃香與茶香同飄，燃香與烹茶並敬。甚至可以說，茶進佛門，禪以茶敬佛；佛又隨茶入人家；佛修禪，茶養性，坐禪論道，斷離不開茶。經過一千多年的實踐，中國的佛教文化和中國的茶文化已然水乳相融，難分難解。佛教越中國化、越普及，茶文化在中國佛教中就越深入、越交融。我遍訪四大佛山，拜訪過數百大小和尚，可以說無一不敬茶，無不以茶開論。足見茶文化與中國佛教淵源之深。

河北石家莊趙州橋附近有座著名的寺院，古稱觀音觀，據說始建於漢獻帝建安年間，宋改名為柏林禪寺。柏林禪寺有名是名在從諗禪師在柏林寺修禪。從諗禪師是臨濟宗的開創人之一，被認為是六祖慧能的第四代傳人。從諗禪師開創禪茶一道，禪茶一味，禪茶同行，使佛教走出寺院高牆，走出深山古剎，走出"象牙塔"，融於市民、平民、百姓生活之中。人人皆可從禪、悟禪、參禪。佛禪並不高深，並不深奧，並不神秘，並不高玄，並不非和尚不可，並非出家不行。茶中有禪，茶中有玄機。禪茶一道也開創了中國的茶文化的新章。從諗禪師"吃茶去"，傳得很遠、很廣、很有影響，也很有味道。

一位修者進寺拜從諗和尚，禪師問：昔日曾來過否？答曰：否。從諗即道：吃茶去！後又一研者進寺求教從諗，從諗亦問相同的問題，答曰：來過，曾經來過柏林寺。沒想到從諗禪師亦答曰：吃茶去！第三位來者見之猶豫，未來者吃茶去，來者亦吃茶去，我是來過乎未來過乎？竟一時難以回答，沒想到從諗大師亦然極認真地對他說：吃茶去！

從諗大師"吃茶去"已然為茶禪一味之經典。從諗所在的公元 8 世紀至今已經過去 1200 多年，不知是禪隨茶走，還是茶隨禪走，茶禪一道、茶禪一味已成佛門內外信仰。我曾請教一位禪宗高德，問及上述之題，大和尚高聳白眉端茶示意，言之茶和禪是統一的、不二的、相順的，不相逆、相背、相衝。茶代表一種生活，禪為精神境界，生活離不開精神，精神也脫離不開生活。魚兒離不開水，水也離不開魚，離開生活去尋找精神，去尋禪覽禪，去學禪、修禪、參禪、入禪，皆妄想為也。深刻，深刻。吾亦與大和尚探討為什麼茶入禪而酒不入佛。大和尚亦論茶酒。相比，酒能亂性，酒能亂理，酒能亂神，酒能亂律，酒亦能亂經。佛律有戒，戒酒為律，否則不入佛界。猶如佛界不殺生。而茶恰相反，茶能養性，茶能養人，茶能調理，茶能助思，茶能助神、養神、助律、養經，茶能讓人心沉如水、胸空如雲、神靜如初，五臟六腑，四大皆空。

我考證：功夫茶，首先是茶功夫，喝茶要心沉心穩心靜心善，這俱從禪來，從禪功夫來，茶入禪宗，也把喝茶提到一個新天地，其實功夫一詞其源在佛。茶入佛界乃佛教中國化的一大創舉，是佛教與中國社會相結合的最完善、最妥善、最普及、最樂昌的實踐。佛教能在中國扎根、在中國流傳數千年而不衰，和中國的茶文化有很大關係。

我讀過泰戈爾的詩，我妄斷一句，在印度，印度的詩歌未能進入到佛教文化之中，這也可能是印度沒能留下佛教的原因之一吧。而中國不同，佛教進入中國以後，它的腳步幾乎是伴隨中國詩歌而同行。尤其隨著佛教的中國化，中國詩歌逐漸成為佛教文化的一個重要組成部分。

中國佛教文化中流傳著許多經典的偈語，那是佛教中國化的典範，是佛教中國化的一枝奇葩。

佛在靈山莫遠求，靈山只在汝心頭。人人有座靈山塔，好向靈山塔下修。

手把青秧插滿田，低頭便見水中天。六根清靜方為道，退步原來是向前。

三十年來尋劍客，幾回落葉又抽枝。自從一見桃花後，直至如今更不疑。

還有宋代無門和尚的《頌平常心是道》：

春有百花秋有月，夏有涼風冬有雪。若無閒事掛心頭，便是人間好時節。

唐代無冬藏大和尚的《找到自我》：

終日尋春不見春，芒鞋踏破嶺頭雲。歸來偶把梅花嗅，春到枝頭已十分。

中國寺廟，尤其是古寺廟、名寺廟都有名對聯。這在印度是沒有的，是中國文化對佛教的貢獻。建於公元 504 年的南梁朝 "寶林寺"，後在公元 970 年由北宋皇帝賜額 "南華禪寺"，即六祖修行之地，寺內有眾多碑文和對聯，其中有一副似是蕉葉形的對聯：萬法皆空明佛性，一塵不染證神心。

再看距今近 2000 年的名為中國第一古剎的白馬寺，是佛教傳入中國後興建的第一座寺院，寺院中的對聯，足見中國文化的滲透力、感染力和融合力。

天雨雖大不潤無根之草，佛法雖廣不度無緣之人。

大肚能容，容盡天下難容之事；開口便笑，笑盡天下可笑之人。

事臨頭三思為妙，怒上心以忍為高；退一步天高地闊，讓三分心平氣和。

像這樣的高聯、高偈、高論，在中國廟院中幾乎廟廟皆有、寺寺有源。而作為佛教的發祥地印度是沒有的，佛教在印度的衰沒很可能與它沒有雄厚的文化根基有關。

有中國文化相容，佛教在中國便生根、開花、結果，近兩千年而不衰。

中國文化對中國佛教文化的融合還有一個不容忽視的文化現象。幾乎每個朝代，都有大批文人騷客因為種種原因歸皈佛教，從唐朝的懷素和尚、白居易、王維、宋代的蘇軾等一直到明末清初的朱耷、民國時期的弘一，一批優秀的、確有真才實學的中國知識分子加入中國佛教隊伍，不但使中國佛教更有文化、更通俗，也更中國化。

現在在中國似乎沒有人稱佛教為“洋教”，有些像中國人稱乒乓球為“國球”而不再叫英國桌球一樣，其中的韻味可謂深遠。

中國當代佛教大家趙樸初先生在其《佛教常識問答》一書的前言中曾說，毛澤東有一次和他探討佛教，毛澤東說：“佛教有這麼一個公式：趙樸初，即非趙樸初，是名趙樸初。有沒有這個公式啊？”趙樸初說：“有。”我理解即禪宗中有論，初去悟禪，見山是山，見水是水；得其悟禪後的第二境界，見山不是山，見水不是水；悟禪的第三種境界，是山仍是山，是水仍是水。毛澤東、趙樸初皆佛學大家，對佛教文化深知深悟，故談佛教似雲中霧中、夢中幻中，毛澤東喜歡用哲學的觀點觀看分析佛教文化。

毛澤東問趙樸初：“為什麼呢？是先肯定，再否定？”趙樸初答道：“不是先肯定，後否定，而是同時肯定，同時否定。”

佛教文化太深奧了，我們不懂；毛澤東和趙樸初兩位大家對話太深奧了，我們不太懂，權且記下，沿著大家大德的學問去慢慢研究佛教文化。

五台山顯通寺的金幢文

巴黎歸來話公墓

> 一

九月的巴黎真美。

九月巴黎的公墓也美。很少見一個國家的首都把公墓作為城市的名片張揚地曬起來，巴黎有神韻。

拉雪茲神父公墓的秋天似乎比巴黎市區的秋天來得還早。掩映在綠樹叢中的拉雪茲神父公墓是巴黎最大的公墓，彷彿兩三場濛濛細雨就讓公墓換了秋裝，一片金燦燦的故宮黃，一眼鮮亮亮的玫瑰紅，一樹樹碧綠碧綠的貓眼玉，層林盡染秋色，五彩繽紛，把座公墓圍繞得花團綿簇。

拉雪茲神父公墓是亡靈的歸宿，沒有人能說清這裏有多少入宿魂，有說 300 萬，也有說 100 萬；現在還有室有居的有說 10 萬戶，亦有說 20 萬戶。在拉雪茲神父公墓入口處有地圖，否則你一腳踏入則無處尋覓，因為它就是一個 "人口" 稠密、佈局嚴謹的城鎮，竟分了 99 個區，區與區之間有挺寬的大路，區內又有縱橫交錯的小路，四周還有環形路，路都有路牌，路碑上明確標記著區、路、排、號。用朋友那句話解釋得更清楚："四環" 以內是 "老墳"，"五環" 以外是 "新戶"。巴黎不但有 "巴黎香水"、"巴黎時裝"、"巴黎時尚"、"巴黎王宮"，巴黎還以巴黎公墓出名，巴黎公墓亦是巴黎的一道亮麗風景綫。

我知道拉雪茲神父公墓是因為巴黎公社，準確地說是因為巴黎公社牆。巴黎公社武裝起義失敗了，3 萬多巴黎公社社員血灑巴黎，而最後一批巴黎公社戰士就是退守在拉雪茲神父公墓，他們利用公墓中的墓碑作掩體，作最後的抵抗，第二天拂曉被俘的 147 名戰士，被押在緊鄰憩園街的夏洛納牆角，在絕望之中，他們攜手高呼 "公社萬歲"。現在這堵爬滿青藤的石牆上，這堵曾經濺過烈士鮮血的石牆上，斑駁、陳舊、滄桑、破敗，彷彿時時在泛著一種陰濕的霧氣，秋雨瀟瀟，偶有落葉飄過。1908 年 5 月，有人在這段牆上鑲嵌了一塊大理石板，上面鐫刻著：獻給公社的烈士（1871 年 5 月 21 日至 28 日）。一說起血染的巴黎公社就自然而然地想起《國際歌》，想起作者鮑狄埃，少年時期的紅色教育真是刻骨銘心啊，即使是半個世紀都過去了，我來巴黎還是要抽空去拉雪茲神父公墓，去拜謁這段神秘又神聖的公社牆。

覺得荒唐可笑的是當初我們在紀念巴黎公社烈士時看到的和祭奠的是一座豎立在巴黎甘必大街街心花園的巴黎公社群像，一群憤怒、苦悶、憂鬱、絕望的巴黎公社的最後戰士。雕塑家沃蒂耶要比鮑狄埃的名氣大得多，他為這群站在牆角等待處決的將死之軀取名為"獻給歷史革命的受害者"，當年我們在世界歷史課本上畫的正是沃蒂耶的雕塑。讓巴黎公社社員垂淚和氣憤的是他們不但是屈死的鬼，而且是冤死的魂，讓他們替反對巴黎公社起義、仇恨巴黎公社革命的宣傳作了印證。沃蒂耶的創作本意是：革命造成了受害者，所以立碑追悼亡靈。巴黎公社最後一批被槍殺的戰士成為無辜的陪綁者和反面教員。沃蒂耶在教育後世子孫：革命會犧牲，無謂的犧牲，千萬莫革命，莫向這些冤死的亡魂學習。真是歷史的誤會，也讓沃蒂耶整整笑了 50 多年，原來在中國的課堂內外都在為沃蒂耶的反革命、反巴黎公社，反對造反有理作宣傳、作教育。巴黎公社僅僅存在 72 天，但反對巴黎公社起義的宣傳卻在中國進行了 50 多年，悲哉，哀哉。當我站在真正的巴黎公社社員最後的陣地，流盡最後一滴鮮血的地方，默默地向他們祈禱，巴黎公社對於巴黎來說如同那片落在牆前的紅葉，在積起的雨水中泛著粼粼的鮮血般的閃光。

拉雪茲神父公墓中可謂名人薈萃。國際歌的作詞者歐仁·鮑狄埃也葬在其中，還包括莫里哀、巴爾扎克、王爾德、鄧肯、繆塞、德拉洛瓦、蕭邦、都德、拉封丹等等。其中法國前總統菲力·福爾的墓碑雕塑格外惹眼，他的銅質雕像平躺在地上，頭部微側，著大晚禮服，披寬大的榮譽軍團綬帶，衣服的每一個細節包括大衣上的絲質鑲邊都歷歷在目，彷彿在下一刻這位老總統就要起身行走。這可能是拉雪茲神父公墓中安居的唯一一位法國總統，至死都與民同樂、同寂寞。那位畫《拿破崙一世的加冕禮》巨畫的大師雅克·路易·大衛是拿破崙的御用畫師，我沒有找見他的墓地，我在盧浮宮的牆上久久凝視著大衛的代表作，感到那麼輝煌光彩、大氣磅礴，讓 200 多年後的今人依然有如臨其境之感，真了不得。我來拉雪茲神父墓想找見大衛墓就是想詢問一下，在盧浮宮掛的《拿破崙一世的加冕禮》和凡爾賽宮中掛的哪一幅是真的？哪一幅是出自他的手？但沒能找見大衛的墓，這株黃黃的秋葉不知獻給誰，難道他是有意隱遁起來，難道他是想讓兩幅畫的真偽繼續爭論下去？

我來拉雪茲神父公墓是為了尋找巴爾扎克的歸宿。

巴爾扎克就住在"四環"邊上。高高的半身雕塑坐落在赭紅色的意大利花崗石上，正面刻著一個巨大的十字架。巴爾扎克的雕像一點也不美，甚至很醜，難道巴爾扎克就長得如此？大頭、厚唇、濃眉、亂髮、皺著眉，好像在發愁什麼，眼神一點都不犀利、一點都不深沉、一點都不智慧，像街邊發呆的小販，寬大的下巴有些鬆弛，不知道為什麼不能把許多人心目中的大文豪雕塑得更英俊、更瀟灑、更智慧些？文森特·梵高缺一切唯獨不缺才華，而巴爾扎克什麼都不缺，更不缺才華。巴爾扎克每天只睡四個小時，除去喝咖啡就是工作，他的《人間喜劇》是從咖啡中生長出來的，有人說他一天半夜要喝掉 50 杯咖啡，也有人說他喝掉的是整整一公斤半咖啡。要不巴爾扎克長得那麼醜，他的臉是被咖啡扭曲和改造的。我崇拜他是因為他的《人間喜劇》。記得那年正是"文革"開始的第二年，一位哥們為從學校圖書館偷《巴爾扎克文集》從二樓跳下來把腿摔斷了，但他說值。後來友人把這個情節寫進電視劇《夢從這裏升起》，主演有劉燁。2016 年夏天我在浙江象山見到正在拍《大轟炸》的劉燁，聊起來說起巴爾扎克，他說他正是演了那部電視劇以後才找來巴爾扎克的《人間喜劇》讀起來，他說前輩們為了讀一本好書不惜從樓上跳下來，說著他拎出一個白色塑料桶，裏面有半桶液體，他說是找人從山西汾酒廠灌來的老汾酒，原漿酒，說完倒了半口杯，我估計有一兩五，他說敬那個年代還為讀書玩命的前輩！我端起酒杯說長江後浪推前江，世要新人趕舊人；我還沒說出下半句，劉燁很動情地說，世要新人學舊人。我一激動，一口杯六十五度老汾酒一飲而盡。

把手中的百葉青悄悄地獻給巴爾扎克，雖然一直走到"四環"邊上才找見巴爾扎克，也值得！

二

有多少巴黎人看過巴黎三大公墓——拉雪茲神父公墓、蒙馬特公墓、蒙帕納斯公墓不好說，只能說是鳳毛麟角；但中國遊客去參觀過的可以拍著胸脯說絕對沒有。看法國公墓其實是去看法國歷史、看法國文化、看法國風俗，有什麼樣的世界觀，就有什麼樣的墓地，這話應該刻在巴黎三大墓地乃至在巴黎的六大公墓的入口處。

其實巴黎的教堂也是公墓，那些公墓莊嚴、肅穆，體現了法國人追求的西方理想，與上帝同在。就連著名的巴黎聖母院也有無數亡靈在此安息。我去參觀時轉過後面突然看見兩雙赤裸的腳慘白地伸向人群，原來這裏葬著一對法國公爵，他們全裸著躺在石棺上，二百多年如一日，彷彿時刻在默默向著上帝祈禱，在向上帝贖罪。後來我才知道那後面全是一具緊挨著一具冰冷的石頭棺材，巴黎聖母院似乎已經魂滿為患了。我想幸虧人多，真要半夜一個人秉燭獨行，走遍這個巴黎聖母院的人，其膽必大如拳。

巴黎聖丹尼教堂是哥特式建築的典範，高大宏偉，教堂中兩側高聳的彩色大玻璃窗尤其壯觀，烘托的教堂似乎每時每刻都在七色轉換，彷彿上帝正在降臨，又好像是信仰正在附身。聖丹尼教堂也是巴黎人公認的神聖的公墓。

聖丹尼教堂本身就具有傳奇色彩。傳奇之一是幾乎所有的法國王后都要到此加冕，由此生出無數故事。傳奇還在於幾乎所有國王、王后最後都要在此脫冕而眠。

傳奇之二是聖丹尼教堂因聖丹尼而名。聖丹尼被當時執法的羅馬軍政府砍頭後，其屍不倒，無頭而行，竟然雙手抱著落地的頭顱走到溪邊，清洗頭顱上的血污，然後緩步至此，無上帝神助焉有此力？眾人才在此建教堂，神靈在堂，上帝在上。走進教堂的人誰不躡手躡足，誠心誠意？

傳奇之三是此處還葬著一顆心，"太子"的心臟。1789 年在法國大革命中，法國國王路易十六和王后均被當眾斬首，他們的兒子王儲路易十七被革命群眾強行帶走後下落不明，那年小路易十七才七歲多。1795 年 6 月 8 日，法國宣佈路易十七病死於肺結核，當時由四名醫生組成的檢查小組發現路易十七的身上遍體鱗傷。當時有一位醫生悄悄地把他的心臟切下來，用手帕包好偷出來，放在一個裝滿酒精的水晶瓷中。但這個水晶瓷又神秘地消失了，似乎突然蒸發了，若干年未聞其有聲。這背後的傳奇故事猶如聖丹尼教堂的七彩玻璃，可以讓人自由想像，直到 1895 年這顆少兒心臟才回到了王室，才被安放在聖丹尼教堂之中。連上帝都可憐他。

聖丹尼教堂就是一個巨大的王室公墓。有意思的是參觀聖丹尼教堂是免費的，但要參觀教堂後面的公墓，與"鬼"謀面是需要買票的。因為法國王室的墓葬都有極其精美的大理石雕塑，也是一堂難得的法國近代史課，入學收費，天經地義。

不知道為什麼，法國王室的成員幾乎都是一絲不掛地平躺在高高的石棺上，在教堂中我分辨不清南北，按中國風俗應該頭向朱雀腳衝玄武。法國王與后皆赤裸在石棺上，不進棺不入葬，且一律頭向內，腳衝外，一排光腳迎客，文藝復興時期法國最著名的國王弗朗索瓦一世和他的王后亦不脫俗。

有故事的是法國這些王及王室的成員大都是在死前就忙活死後的形象，中國比法國走得早，皇帝上台第二年就忙著四處找福地，建地宮。法國國王是召集能工巧匠出設計圖，最重要的是要繪畫出自己死後的形象，弗朗索瓦一世就十分在行藝術，因此他的“死圖”多次被否定，直到王后也極滿意，據說還曾試死試躺過。有位朋友問我，他們為何不進棺不入土，就這麼晾著？我無言以對。但他們躺的石棺、石台、石拱、石屋的石牆、石柱、石基上都是雕工極其精美的大師作，和中國皇陵神道兩旁的石雕確有天壤之分。美哉，一幅幅浮雕就是基督的歷史，就是上帝的足跡，就是回歸人類的美麗畫卷。聖丹尼教堂是座藝術殿堂，它後面的公墓也是這座聞名法國的藝術殿堂中的瑰寶。

三

我來巴黎坐在車上第一眼看見的就是聖心教堂和先賢祠，在高高的不遠處有一座潔白的建築，那麼搶眼、那麼漂亮，不知為什麼我覺得有些像美國的白宮，像美國的國會大廈。先賢祠的圓頂呈青銅器的光澤，莊重高雅，是一座典型的歐洲教堂，石拱的高頂、石雕的蒼穹、高大的羅馬石柱、精美的石雕石刻，氣勢巍峨宏大，莊嚴肅穆甚至有些恐怖，彷彿一切都靜止如石，又好像一切都在訴說、吶喊、呼叫，數不清的故事，看不懂的人物，那不是上帝，那裏有說不盡的靈魂在演戲。

不知道哪位中國大家把這座教堂譯為先賢祠，但中國祠堂中只有牌位並無墓葬，先賢祠是由教堂改建為公墓，但又不是任何人都能去的歸宿，鬼魂也有記，是罪過還是榮耀？因為在大門的門楣上鐫刻著一句話：“獻給偉人們，祖國感謝你們！”仰望那些大理石上的浮雕，看不太懂，就像我曾陪外國朋友瞻仰人民英雄紀念碑他們看不懂那四面的浮雕一樣。朋友告訴我那都是古希臘古典主義手法的藝術雕刻，它們象徵著祖國、歷史、奮鬥、不屈和自由。踏在厚重高台的石階上，仰望那古希臘神廟似的教堂，那是法蘭西偉人的公墓，一種莫大的神聖、崇高、肅穆之感油然而生。

這裏安寢的法蘭西偉人的石棺一具緊挨一具，一排緊挨一排，整個大廳裏似乎沒有木頭，沒有建築上的暖意，森森陰陰的陰間之氣重而沉，讓人有種不寒而慄的感覺，雖然這些石棺裏都住著偉人，其靈魂也光明磊落，但與“鬼”面對面總覺得涼涼的、陰陰的。

最先安頓進來的偉人是盧梭，我上初中時就讀過他的《懺悔錄》，那時感覺盧梭既不光明更不偉大，甚至有些卑鄙和齷齪。大一些再讀盧梭的東西才懂得一些盧梭精神、盧梭理論，他的理論在法國大革命的腥風血雨中一直勇敢地屹立著。一個敢向上帝、向人民真誠地、毫無保留地懺悔的人就是一位光明的人、高尚的人、有道德的人、讓人由衷敬佩的人。盧梭的雕像高高地豎立在先賢祠的門口。他該得到這種榮譽。

我要去拜見伏爾泰，伏爾泰的大理石像就站在自己的石棺前，彷彿還在宣傳他的思想，彷彿還在辯論，彷彿還在戰鬥。伏爾泰是法蘭西的驕傲。他的石棺上刻著：詩人、歷史學家、哲學家。他拓展了人類精神。他使人類懂得，精神應該是自由的。伏爾泰是先賢祠中唯一一位蹲過巴士底獄的人，是與舊制度搏殺的最勇敢者。他值得自豪。這使我想起一位師姐，她是北京女四中高二學生，“文革”開始那年，她們學校兩派在激烈辯論，她遭到圍攻，在辯論毛澤東思想還能不能發展時，她突然說到不但毛澤東思想光芒萬丈，伏爾泰的思想也光芒萬丈，剩下的就是暴力、就是悲劇，我們那時只模模糊糊知道法國文學家有位伏爾泰，伏爾泰有沒有思想誰知道？但她知道。這位師姐被送到朝陽醫院時已奄奄一息，最終沒能熬過那一關。他弟弟曾悲憤地對我說，家裏人都希望她睜開眼睛再看看這個世界，她留在這個世界上的最後一句話卻是，她不願再看一眼這個愚昧的世界！

伏爾泰有多麼偉大？法國人最了解他，最崇拜他。1778 年為伏爾泰送葬的隊伍在巴黎大街整整走了 8 個小時，許多外地的法國人都趕到巴黎街頭自願為伏爾泰送行，萬人空巷，又萬人擁擠，巴黎所有的鮮花店全都告罄，很多花店免費贈送，只要是為伏爾泰送行，鮮花隨便取。那場景似乎在法國空前絕後。為伏爾泰祈禱，給他老人家深深一躬。

終於找見了雨果，他和法國另一位大文豪左拉同在一個石室，一左一右，分列兩側。我們這代人初識左拉是因為左拉寫過一本極黃色的長篇小說叫《娜娜》，“文革”那兩年此書因黃出名，在中學生和大院孩子中瘋傳，也生出不少故事。而結識維克多‧雨果就是因為他的《巴黎聖母院》，那時此書亦黃亦熱，記得 1960 年出版的《巴黎聖母院》被傳閱得又捲又殘，那時候我們看這種被禁的名著跟瘋了一樣。卡西莫多、愛斯梅拉達甚至克洛德主教都陪我們走過很遠很遠的路，有的人偷偷地把《巴黎聖母院》帶到兵團、部隊和插隊的地方，看過一遍又一遍。當時在北京插隊知青中曾有過"我就是卡西莫多！"的說法，意思是臨死也得喝一口愛斯梅拉達的水。

那年我們從插隊的山西回北京過年，得知紡織部地下室放映《巴黎聖母院》，真興奮得如同見到愛斯梅拉達。因為等片子，演得很晚，散得更晚。當時我們沒有一個人有手錶，望星空三星偏西，估計應該是子夜時分。不知為什麼又都爬到紡織部大樓的頂樓，坐在樓頂數星星，不知誰說了一句，雨果真偉大！又有人接著：巴黎聖母院真偉大！又有人接著：你說是天安門偉大還是巴黎聖母院偉大？這下好幾個人都接茬：天安門現在抬眼就能看見，但巴黎聖母院這輩子是看不見了。你能見到馬克思，但肯定見不上雨果……

雨果就在這兒……

我們第二天要去巴黎蒙帕納斯公墓的，因為那裏安放著一位不平凡的中國女人──藝術大師潘玉良。潘玉良的一生是傳奇的一生，也是鬱悶苦惱的一生，也是許多那個年代中國女人都經歷過的一生。潘先生是天才、人才，豪氣滿懷，才氣橫溢，一生執著於藝術，一生追求藝術上的完美。說到高興之處五官挪位，手舞足蹈，不拘小節，粗聲大氣，酒氣衝人。但她一生也充滿不幸，出生於風雨如晦的清末時代，家境不幸，童年不幸，自幼被送進煙花柳巷，嘗盡凌辱和苦難，成年後又苦難重重，漂泊四方，好在她才藝未被埋沒，一生創作六千餘幅作品，獲過數十次國際大獎，當年在巴黎藝術界提潘玉良，也是如春風拂面，被公認為"將中西風格融為一體的一代繪畫大家"。

但潘大師一生又是不幸的，沒能逃脫命運對一個女人的折磨，她幾乎孤獨一生，默默無語對斜陽；潘先生終未能回到她的祖國，天涯終老，無語話淒涼，鬢染白霜，唏噓自嘆餘。據說潘玉良臨終前堅持要穿旗袍入殮，淚灑漢家墓。在法國學習過的中國人可能有萬千，成名成家的也不止上百，但真正變成孤行單影葬在巴黎公墓中的好像唯獨有潘玉良。只有這麼一位中國人，一位孤零零的中國女人。

我們本來安排時間去蒙帕納斯公墓看望這位中國女藝術大師。但趕上巴黎的大卡車司機罷工，車過不去，下午我們就要飛瑞士，只好把我們用在楓丹白露採集的落葉編成的一個小小花圈留給朋友，讓他代表我們去潘玉良先生的墓前，獻上我們對她的崇敬。

遺失的中國酒文化

上篇

1992 年在山西曲沃北趙晉侯墓地出土了一套晉侯蘇編鐘，引起考古界的震動，但卻並沒有引起釀酒界的震動。此稱為 "蘇侯編鐘" 上鑄有 355 個銘文，記載了周厲王三十三年即公元前 846 年，晉侯蘇受命，跟隨天子周厲王征伐山東夙夷的全過程。

王師大獲全勝，晉侯也班師回朝，鑄金編鐘以銘記。記斬敵首 480 枚，俘敵 104 人，周厲王賞賜晉侯蘇的獎品有：摻有鬱金汁的香酒一卣，弓一張，箭百枚，馬四匹。

青銅鑄文無錯，蘇侯編鐘無誤，它比任何後人記載的歷史更真實、更可靠，那麼，在公元前 846 年的周王朝，摻有鬱金汁的香酒是一種什麼酒？鬱金汁是花汁還是果汁？3000 多年前我們的祖先已經開始對酒進行勾兌調合了？

100 多年以後，周平王為獎勵晉文侯保一方平安，特獎勵晉文侯黑米香酒一卣。黑米香酒是一種什麼酒？是黑米製作的嗎？黑米是一種什麼米？東周時期已經有黑米了嗎？這種黑米是怎樣釀成香酒的？香酒是一種什麼酒？3000 年無人回答，只有弦月孤照冷面的青銅鑄文。

更早在公元前的 1046 年，商紂王曾建 "酒池肉林"，這在班固的《漢書》中有記載，如果確有其事，酒池中儲放的是什麼酒？池中之酒怕不怕蒸發？怕不怕變質？怕不怕走香？

孔子飲酒亦講究 "禮"。明朝人袁宏道將孔子列為 "飲宗"，孔子習禮，對飲酒之事十分認真，禮不能缺位。所謂：觚不觚，觚哉？"言不得為觚也。" 孔子飲的是什麼酒？

屈原乃中國第一位大詩人，楚辭中的《離騷》、《九歌》、《天問》、《遠遊》等沒有一篇離開過酒，離開過冤，離開過悲；尤其《天問》，屈原大醉，痛不欲生，欲與天搏命，竟然指天一連問天170多問。

什麼樣的酒能使屈原如此發憤？如此亢奮？如此悲冤難平？

《韓非子》中曾經有過"酒酸不售"的故事，宋人有釀酒者，幾乎做到盡善盡美，但因店中養惡犬，好酒卻不善，終於放酸。晏子也講過酸酒的故事，為什麼好酒能變酸？酸酒還是不是酒？當時儲酒的方法是什麼？

在河北平山縣三級鄉曾發掘戰國時期的中山國第五代君王儲的陵墓，出土一件碩大的青銅器——"青銅圓壺"，上有204個銘文，並沒有記載這件青銅器中裝的是什麼，但搬動它時，明顯感到此器中有液體，而這座陵墓並無滲水，專家判斷不會是"水灌"，而是"原生"。送回房屋中打開，竟然滿屋有股酒香，後經有關部門化驗，壺中裝的液體含有甲醛，是一種釀造酒，2000多年後還有酒味，那是一種什麼酒？那香是一種什麼酒香？

公元前219年，秦始皇在山東，登泰山舉行"封禪大典"。秦始皇手持金樽，所用祭酒乃周王朝祭祀大典用的金黃色的祭酒，據考證是山東粟米酒，稱為"金酒"。"金酒"以色辨之，粟米能不能釀出黃色的"金酒"？若不然，當年秦始皇祭天地所用金酒到底是用什麼釀造的？祭天地，封泰山後，秦始皇喝沒喝這"金酒"？似無從考證，從《史記》中查證，無一章一篇一字記載秦始皇飲酒，秦始皇喝酒嗎？《史記》中有結論："始皇置酒咸陽宮，博士七十前來為壽。"天下喝壽酒始於秦始皇，秦始皇喝的什麼酒？《史記》中又講"天下以為三十六郡，郡置守、尉、監，更名民曰：黔首大酺"。大酺即普天同慶，狂歡暢飲。這是中國第一次舉行國宴，上的什麼酒？國宴、國酒皆始於秦，秦始皇也是中國酒文化的開拓者之一。

《史記》中寫的最精彩的篇章之一就是"鴻門宴"，"鴻門宴"對後世影響最大，直到今日方興未艾。鴻門宴就是一局酒宴，作為莊家的項羽到底上的是什麼酒？項羽在鴻門宴上曾讚揚樊噲："壯士！賜之卮酒。"而賜之的卻是"斗卮酒"，而樊噲竟然"拜謝，起，立而飲之"。就說樊噲是殺狗的屠夫，天天在酒中泡著，但把"斗卮酒"一飲而盡，英雄乎？酒徒乎？斗卮酒請教專家，估計在7—10斤，鴻門宴上喝得是什麼酒？沒有不散的酒席，卻有永遠不散的鴻門宴，但再無人說當時酒席上的酒，那項王所賜的"斗卮酒"……

劉邦乃中華民族之大功臣，沒有劉邦焉能有漢？無漢則漢族、漢語、漢飾、漢字、漢……皆無本之末矣。許多人只記得劉邦是流氓，豈能忘記劉邦之德如昭昭日月。劉邦還是中國酒文化的推動者之一。《史記·高祖本紀》記載高祖還鄉，僅31個字，竟三提酒，先是置酒沛宮，又召故人父老子弟縱酒，最後酒酣。司馬遷懂酒，懂喝酒，懂劉邦；懂酒徒、酒郎、酒翁，懂喝酒三步曲：置酒、縱酒、酒酣；就是因為三步過後，方有千古絕唱："大風起兮雲飛揚……"

劉邦歸故能喝得出擊筑、高歌、起舞、慷慨傷懷，泣數行下。那酒當為何酒？劉邦故里為酒鄉，既盛產高粱酒，又多產葡萄酒，但漢初，中原既無高粱，又無葡萄，劉邦痛飲、豪飲、醉飲的究竟是什麼酒？

曹孟德一生最得意之時，莫過於立於長江戰艦之首，酒酣橫槊賦詩一首："時操已醉，乃取槊立於船頭上，以酒奠於江中，滿飲三爵。"醉後再飲三爵，足有一斤半，此時此刻，大江南北，普天之下，在曹操醉眼之中，不過手卷一幅耳。又醉殺揚州刺史，"酒醒有懊恨不已"。什麼酒能把自幼習酒的曹孟德喝到如此？

《三國演義》中說到關雲長溫酒斬華雄，神矣。"鸞鈴響處，馬到中原，雲長提華雄之頭，擲於地上，似手持酒，其酒尚溫。"說明十八路諸侯大軍之中，置酒非涼酒，而是加溫加熱，是燙酒；燙到什麼程度？關羽上陣大戰，得勝歸營，其酒尚溫；關羽再神再勇斬華雄又非殺雞宰鴨，那剛剛獻上的酒是滾酒？聯想到曹操的另一場"名酒"——煮酒論英雄，曹操請劉備說"煮酒正熱"，說明漢末能上殿登堂的酒當為"煮酒"、"熱酒"，中國北方的煮酒煮的是什麼酒？何年何代，酒不再煮？

魏晉時期的"建安七子"皆飲酒大家，酒中之風流人物，無酒不成詩，無酒不成席，無酒無日月，無酒無乾坤。到"竹林七賢"，竟然喝得鬼哭神泣，昏天暗地。一醉一日，一醉數日，十數日，甚至數十日，何酒如此醉人？據考證，賈思勰在《齊民要術》中記載，中國到北朝時期已經會釀白酒了，這是中國有史以來第一次以文字形式記述釀酒史。那麼，竹林七賢極有可能痛飲的是白酒，即使是最初期，最原始釀造出來的白酒能讓竹林七賢那麼喝，那麼醉？何酒也？當然七賢之中，唯有嵇康不喝一口，嵇康為什麼滴酒不沾？嵇康堪稱魏晉第一大文人，因為不喝酒，不醉酒，才遭致命喪黃泉，被斬於世，"廣陵散"絕矣，當為中國音樂界的一大悲哀。什麼酒能讓"建安七子"、"竹林七賢"名揚青史？什麼酒能讓嵇康至死不回頭？歷史似乎再無聲息。

東晉王羲之有"書聖"之稱，醉時所書《蘭亭序》被譽為"天下第一行書"，醒後再書，再無奇跡出現，醒時不如醉時書，王右軍在東晉穆帝永和九年的那場偉大而不朽的酒醉，飲的究竟是什麼酒？王羲之沒說，世人似乎皆不敢言。研究書法的人應明察之，研究酒史的人更應該深研明判。那酒值得一頌。

中國的歷史值得研究的是另一面。

社會越動亂，酒越“吃香”；社會越進步、越繁榮、越穩定，酒就越昌盛、越興旺、越紅火、越醉人。

唐朝是個酒世界。唐朝的酒也百花齊放，歌中酒，詩中酒，醉中酒，無一日無酒。“葡萄美酒夜光杯”，葡萄酒自唐隆重登場，正像穆斯林教、基督教在中國開始傳播。

李白是唐之文人代表，唐之醉仙代表，唐之社會代表。李白曾感嘆陸機，感嘆李斯，長舒酒氣：“且樂生前一杯酒，何須身後千載名？”李白看重的是一杯什麼酒？

杜甫讚嘆：“李白斗酒詩百篇。”李飲的是什麼酒？是長安的葡萄酒還是漢中的白酒？好在李白有詩表白：“白酒新熟山中歸，黃雞啄黍秋正肥。呼童烹雞酌白酒，兒女嬉笑牽人衣。”李白自表說的白酒是一種什麼酒？“仰天大笑出門去，我輩豈是蓬蒿人。”就是這種白酒讓一代詩仙大醉而去。

宋太祖趙匡胤把酒文化政治化，“杯酒釋兵權”，把酒文化提高到一個嶄新的階段。包裹著政治陰謀的酒一定是北宋王朝最上等的佳釀，趙匡胤給禁軍將領們喝的是什麼瓊汁佳釀？

張擇端為中國留下一件國寶《清明上河圖》，圖中虹橋上有一打著立體燈箱的廣告，還能看到“美祿”的酒廣告，說明到了宋代中國酒已有了酒標。據北寶張能臣《酒名記》記載，“美祿酒”是產於梁家園正店的一種名酒。北宗酒業的發展空前繁榮，比唐更興旺、更發達！在汴京就有72家像“美祿”這樣的大酒樓，不但賣酒，而且造酒，都有自己的品牌，都打自己的廣告，而且還建有大量的“腳店”，即批發零售的酒店。在《清明上河圖》中可以清晰地看到，有十幾處高大、氣派、講究的大酒樓，《水滸傳》中所說的西門慶被打死的獅子樓肯定上不了榜，那僅僅是縣裏的一處酒樓，豈能比京城汴京。從《清明上河圖》可以驗證，汴京酒旗中有“新酒”、“小酒”、“稚酒”、“大酒”、“老酒”、“好酒”，這些酒究竟是什麼酒？是用什麼辦法釀造的？

宋人有風格，鐵板銅琶，美芹悲黍，大江東去，鴻雁南飛。蘇軾在《水調歌頭》中坦認，"丙辰中秋，歡飲達旦，大醉"，方有"明月幾時有？把酒問青天"。什麼酒能讓熱血男兒"歡飲達旦"，直飲得"大醉"，醉後才有"把酒問青天"的狂傲？辛棄疾最愛卯時酒，天剛朦朦亮，日未出，風正涼，先起床痛飲，酒後再臥，辛棄疾飲酒是追求什麼？追求一醉？但願長醉不願醒？宋時的達人喝酒的品位是追求上頭？追求"羽化而登仙"？"醉裏挑燈看劍，夢回吹角連營，八百里分麾下炙，五十弦翻塞外聲。"無酒焉有此景？無醉豈有此吟？稼軒飲的何酒，醉入深情？世人皆願有此醉，何得此酒？

　　背負"精忠報國"之岳飛，一首《滿江紅》讓所有愛國志士熱血沸騰，心潮澎湃，怒髮衝冠，仰天長嘯，"壯志飢餐胡虜肉，笑談渴飲匈奴血。"岳飛只飲匈奴血？岳飛能飲壯士酒、出陣酒、斷魂酒？血染風波亭足夠男兒長醉，何酒不醉人？匈奴血也醉人。

　　《水滸傳》中描寫的北宋底層爺們喝酒，喝大酒、喝渾酒更有氣魄、更有品格。從三碗不過崗到連喝十八碗，那個窮鄉僻壤的路邊小店賣的是什麼酒？從蔣門神的快活林到西門慶的獅子樓，從孫二娘的黑店到風雪山神廟的老軍，幾乎無處不酒、無處不醉。留下的酒問，拿頭巾過濾過準打上來的酒，武二郎喝的是什麼酒？很可能是十字坡張青黑店中土法釀製的土酒，但是不是土燒酒？似無人考論。因為喝了大酒，喝醉了酒，武松打死斑斕猛虎，醉打蔣門神；魯智深倒拔垂楊柳，三拳兩腳將五台山半山間的亭子打塌，到底喝的什麼酒？現在都是酒醉身無力，那時酒醉為何"晃一晃膀子，增力無限"，南宋以後似再無此酒。至於智取生辰綱用的完全為解渴的一擔白酒，似乎更像解暑生津的低度白酒，難道北宋時期就已經有低度白酒乎？中國低度白酒直到 20 世紀 60 年代才試製成功。在江湖上號稱"白日鼠"的賭徒白勝，是從哪裏挑出的這擔高科技的低度白酒？歷史酒的謎團一點都不亞於政治事件的懸案之謎。

　　江浙一帶，有一風俗，生男生女，都要埋酒於地下，待日後男中狀元女出嫁時好挖出來喝，因此它稱作狀元紅、女兒紅，名字叫得真文化，這種豐厚的酒文比，起源於何朝何代？又失傳於何年何月？

　　北京北海公園緊挨著團城，與中南海一橋之隔。團城在元、明、清三朝皆禁城、皇城、紫禁城，團城上有宮殿承光殿，其前端立著一尊純狂山玉做的大海瓮，元代的瀆山大玉海，此乃國寶，還是九件鎮國之寶中的一寶。係忽必烈手中的大作，忽必烈造此“玉海”為儲酒，可稱天下第一酒缸，重達 3500 公斤，能裝 30 多擔酒，折算下來大概有 3000 斤。忽必烈登團城時，大玉海裝的酒與北海、中南海的“海面”相映成輝。數千斤酒的“海瓮”無蓋，這在中國乃至世界絕無僅有，用什麼辦法保證瓮中之酒的醇香美味呢？酒之美妙在於儲存，但藏酒的妙訣在於密封密藏，忽必烈是怎樣做到的？忽必烈定都北京後，在大明殿前立一大酒樽，樽為木質，內鑲銀，外鏤以雲龍。此酒樽絕非我們意識中的酒樽，高竟達一丈七尺，約合 5.67 米，可儲酒 50 餘擔，比團城的大玉海還大。蒙古人把飲酒看作是第一偉業、頭等大事，最崇拜的除了神就是酒。馬可·波羅說他親眼見過的“大瓮”，其四周還各置一小酒瓮，瓮中也裝滿酒，用鍍金的大勺打酒，其勺之大，大如桶也，一勺酒足夠十人之飲，元帝國之初真乃大手筆。

元之酒文化為何後人無深考？不研究元之酒文化，豈非割斷中華文化？豈非剝離元之歷史？忽必烈每臨大事、節日、慶典、祭祀，必大飲、縱酒、且用海杯，一杯估計以斤論；至狂喝縱飲，非醉不行，非大醉不可，一醉豈能方休？這樣的酒文化哪朝哪代還有？

“滾滾長江東逝水”，據說當年爭看《三國演義》時，全國有一億人會唱，五百年前的楊慎地下有靈，這位明朝三大才子之一，半生坎坷，半世艱辛；在遭貶放逐之日，苦悶煎熬，孤苦煢煢，一早尋酒而去，入夜大醉而歸。“一杯濁酒喜相逢。”楊慎由衷而發，為何一杯濁酒？非半杯殘酒？杯中為何酒？濁而渾之酒，苦而澀之酒，何酒之有？楊慎乃中國酒文化的積重者，最有資格談中國酒文化，談五百年前的酒文化，焉可遺忘了楊升庵？酒中多少事，都付笑談中……

下篇

中國酒文化中最有色彩、最有趣味、最有文化的當屬“鬥酒”，在中國“鬥酒”文化要比“鬥茶”文化足足早一千多年，可惜的是這一章酒文化的彩頁就像在古墓道中的壁畫，已逐漸為世人遺忘。

曹雪芹是中國酒文化的大家，他的《紅樓夢》也是一部酒文化的“醉夢”。中國的“鬥酒”文化可分成兩大範疇，即世俗的“鬥酒”文化和雅士的“鬥酒”文化。

曹雪芹在《紅樓夢》中極形象地描述過不只一處的酒宴，也不只一次地刻畫出酒醉的"鬥酒"；林黛玉、薛寶釵等小姐們揮紅飄綠文文雅雅地在炕上"行酒令"，丫環婆子們在地下吆五喝六地劃起拳來。雅俗共享，雅俗共融，這也是中國酒文化的一個特點，先是平行，後是交錯，最後是在共融中各行其道，酒能化解一切，也能包融文化。

中國酒文化中"雅士鬥酒文化"的歷史到底有多久遠？起於何年何代，尚難考證。但中國人喝酒尤其是達官貴人，講究場面，追求享樂，重視排場奢華，酒宴之上必有歌舞竹弦，自西周始，這種酒宴之上的歌舞已成風氣，有的諸侯王室都有自己的舞姬歌伎及伴秦的樂隊。曾侯乙出土的大型編鐘就是"皇家樂隊"，在重要的場合之上有樂必有舞，有舞必有歌。而王侯公子在逍遙和享受之中，不斷追求刺激和新穎，博彩搏勝的"鬥酒"便應運而生。從這個意義上看，中國酒文化雅士鬥酒應遠在世俗鬥酒之前，因為酒從神壇走下，先走向的是天子諸侯大夫。刑不上士大夫，酒不下士大夫。中國的酒文化說到起源是士大夫文化。

現在有史可查的是，在西漢時期，士大夫階層、上層社會在酒席上已經有較成熟的"鬥酒文化"，鬥智鬥勇的酒戲愈演愈烈，有的時候為爭鬥輸贏，而專門設置酒席酒宴。尤其漢武帝就是大行家、玩家、贏家，不但自己鬥酒，而且也喜看別人鬥，鬥得熱火朝天，鬥得難分高下，鬥得酒醉人醉。那時最熱、最火、最紅的鬥酒法為投壺的博弈。據有關專家考證，投壺從春秋時代就開始了，只是到西漢皇帝身體力行，上行下效，投壺須設酒，置酒必投壺，可以無歌舞，但不能無投壺。投壺鬥酒迅速熱及全國，使酒文化更加多彩積厚。投壺即在酒席五到九尺遠的地方，置一青銅壺，其壺兩側有耳，細頸廣口，是青銅器中壺的一種。投壺的人拿四支去了簇的箭，或專業製成的雕花荊條，投進壺為贏，投不進罰酒。投壺要設司儀、司判，皇家設有正判副判，規矩是極嚴格的，幾投幾中為獎，幾投幾不中為罰；投中亦有區別，碰響壺口沒有？投不中也有區別，離壺多遠？孰遠孰近？都一樣再比。一局比一局嚴，一投比一投遠。否則皇宮貴族怎能沾"投"即上癮？那時候皇室顯貴把酒會稱為"嘉會之好"，酒席上必有的節目就是投壺，頗有些像今日江浙一帶流行的"吃飯不灌蛋，等於白吃飯"。投壺上癮，否則漢武帝玩起來連"金屋藏嬌"都顧不上了。投壺罰酒，曾風靡東西兩漢。說酒文化焉能繞過"投壺鬥酒"？

西漢時期還流行過一種酒文化遊戲——"射覆"，以詩詞書畫之文"射"其中的隱密，是士大夫文化在酒行中的發展創新。但其複雜程度非會飲酒者就能"射覆"，可謂陽春白雪，以後到唐、明、清，愈加複雜高端，最終漸行漸遠，遠不及酒。

漢武帝亦"射覆"高手大家。酒席間漢武帝內侍東方朔與郭舍人在劉徹等百官前"射覆"。郭舍人先"覆"：

> 客來東方，歌謳且行，不從門入，逾我垣牆。上入殿堂，擊之拍拍，死者攘攘。格鬥而死，主人被創。是何物也？

東方朔"射"：

> 長喙細身，晝匿夜行，嗜肉惡煙，掌所拍捫，名之曰蚊。

射覆太高雅了，象牙塔中的玩意兒。

但射覆到唐不衰，說明那個時代士大夫玩的是深沉。唐代大詩人李商隱也喜歡玩這種遊戲："分曹射覆蠟燈紅。"一玩玩半夜，癮頭不小。但玩射覆的圈子會越來越小。

北宋四大名家拳划得也好，酒令行得也深奧。蘇軾、秦觀、黃庭堅、佛印和尚，那酒令行得，起句要一種花，這種花還要落地無聲，次句要引出一個與這種花有關係的古人，第三句這個古人又引出另一位古人，而且還要前古人問後古人一種事，後古人要用唐詩作答。蘇軾也行：

> 雪花落地無聲，抬頭見白起，白起問廉頗：如何不養鵝？廉頗答曰：白毛浮綠水，紅掌撥清波。

這位東坡居士的酒令句句有出處。白起為戰國時秦之大將，廉頗為趙之大將。白起由雪花引起，會意為"白"，雪紛紛揚揚引出"起"，語帶雙關。頗與鵝押韻，採用興的手法引出白鵝。"白毛浮綠水，紅掌撥清波"詩出自唐駱賓王五言絕句《詠鵝》。這酒令行的高八度。

在酒席上坐著的還有晁補之，北宋大家，為"蘇門四大學士"之一，一肚子經綸學識，行的酒令也高雅：

> 筆花落地無聲，抬頭見管仲，管仲問鮑權：如何不種竹？鮑叔答曰：只須三二竿，清風自然足。

管仲、鮑叔不必多作解釋。筆花乃李白之夢，夢見筆頭生花，此花落地肯定無聲，如何引出管仲？原來筆花之筆古稱之為管，所以抬頭見管仲。叔與竹押韻，以鮑叔起興，引起種竹。這酒令原該失傳。

輪到秦觀，秦觀也是"蘇門四學士"，被尊為婉約派代詞宗，好生了得！但聽秦觀行酒令：

> 蛙悄落地無聲，抬頭見孔子，孔子問顏回，如何不種梅？顏回答曰：前村深雪裏，昨夜一枝開。

孔子、顏回不必解釋，如雷貫耳。倒是這蛙悄似乎無人知道。蛙悄，蛙屑也，就是東西被蟲蛀後產生的細微塵屑，自然落地無聲。秦觀真能想。最絕的是把孔子在酒令中作雙解，既是孔夫子，又作孔，即小洞解釋，這才引出抬頭見孔子，為什麼不是仰首見老子，是因為東西遭蟲蛀以後必然留下一個洞，即孔也，所以才抬頭見孔子，對連得極巧妙。回與梅押韻，由回起興，引出種梅。

佛印禪師最後行：

> 天花落地無聲，抬頭見寶光，寶光問維摩：齋事近何如？維摩答曰：遇客頭如黿，逢僧項似鵝。

大家到底是大家，出手不凡，落地有聲。

曹雪芹亦射覆高手，對曾經在那個上層社會中"高雅"過的曹雪芹而言，射覆是"必修課"，必然是大家。《紅樓夢》中有不止一次的射覆場面，可見曹雪芹對射覆多麼熟悉、多麼內行、多麼諳熟。非在大觀園中混過十幾年，焉能有此情此景？看看曹雪芹生活中的射覆：

輪到探春了：探春便覆了一個"人"字，寶釵笑道："這個人字泛得很。"探春笑道："添一個字，兩覆一射也不泛了。"說著便又說了一個"窗"字。寶釵一想，因見席上有雞，便射著她是用"雞窗"、"雞人"二典了，因射了一個"塒"字。探春知她射著，用了"雞棲於塒"的典，二人一笑，各飲一口門杯。

大觀園是不好進的，沒有文化焉能入席？想醉都醉不行，酒文化的門檻不低。

再看史湘雲的酒令，更是好生了得，讓人望令而退，豈敢言一醉方休？

酒面要一句古文，一句舊詩，一句骨牌名，一句曲牌名，還要一句時憲書上的話，共成一句話，酒底要關人事的果菜名。

黛玉得令而行："落霞與孤鶩齊飛，風急江天過雁哀，卻是一隻折足雁，叫的人九回腸，這是鴻雁來賓。"

黛玉又拈了一個榛穰，說出酒底：榛子非關隔院砧榛，何來萬戶搗衣聲。

這酒文化也太深奧博大了，就是坐下一圈文學博士、博導，玩起這種射覆，行起這種酒令，恐怕也嚇到三軍，寸步難行。

其實從清末一直到民國，甚至到解放初，這種士大夫的酒文化依然悄然行之，只不過圈子越來越小，"士大夫"越來越少。士大夫的酒文化漸行漸遠，漸漸遙不可及。

當年流行過"打詩鐘"，胡適、郭沫若、張大千、張伯駒等皆為高手，再往前推醇親王、怡親王、恭親王包括曾任欽差大臣虎門銷煙的林則徐都是其中的翹楚。

凡酒席上的人，每人在一紙上寫好一字，然後將紙條團起，放在托盤中，由侍者晃動，以示公平，然後端盤到每個人面前，"官名"叫"敬酒"，並無酒可敬，而是讓每個都隨意抓兩個，兩個紙團展開會有兩個字，約定將此兩字要嵌入一句七言聯中第幾字，稱為"幾唱"。同時另當眾置一銅盤，銅盤之上懸一絲綫，絲綫下繫一枚銅錢，挨著絲綫橫置一根綫香，當香燃到且絲綫斷，銅錢落銅盤，發出"鐘鳴"，未做完即罰酒，有罰一大杯的，也有連罰三杯的，據說末代皇帝溥儀也會玩"打詩鐘"。其師傅陳寶琛曾有一句著名的"打詩鐘"贏得通彩，罰眾人通喝。他覆的兩個字是"天、我"，當時定的規則是"五唱"，即嵌在詩句中的第五個字的位置上。陳寶琛先生的詩句為：

　　　海到天邊天做岸，山登絕頂我為峰。

對仗工整，寓意深刻，氣勢不凡。

據張伯駒回憶，他在北京經常和章士釗、夏枝巢、鄭天挺、黃君坦等人相聚，每飲必玩"打詩鐘"，每玩皆興高采烈，酒不醉人人自醉。張伯駒記憶深刻，因為其"打"得漂亮，獲得滿堂彩。他那次抓的是"魂、象""六唱"，未等香燃絲斷銅錢響，張先生已脫口而出：

　　　天末風來群象動，夢邊秋入一魂涼。

據傳溥儀曾抓到"唐、水""二唱"。溥儀聯道：

　　　南唐久已經屠主，飲水何須認後身。

聯句限出，滿堂沉默，不敢環視，但是溥儀緩緩站起，托杯如托山，飲酒如飲冰，緩緩飲了。

當然更多的是歡快、高興、輕鬆。也講究"分詠"，即把毫不相干的人和物寫在紙團中，當眾抓出展開，難於在詩文中不能直愣地出現紙團中寫的那人那物，而詩人中表現的正是那人那物，而且嵌入上下句，還要為眾酒客同讚，如若同讚，則每人飲一大杯。如張伯駒先生抓到"狀元"、"聾子"，綫香在燃，杳杳之香催人急，如聯不出，或聯得無人認可，自罰三大杯，無須扭捏。張先生不愧大玩家，這種場合經歷多矣，即聯出"一朝選在君王側，終歲不聞絲竹聲"。上半句隱喻出高中狀元，狀元高中；下半句不聞，透出不是絲竹聲沒有，而是終歲不聞，一年到頭都聽不見，聾子耳。更讓人稱絕的是，上聯採自《長恨歌》，下聯來自《琵琶行》，無深厚的文學修養，無詩書盡在胸中，焉能臨到關口隨口而出？真大學問家，不服不行。眾人心服口服，連飲三大杯。

又如胡適先生曾抓得"醫生"、"八字"，著實考驗了胡先生，在綫香燃之將盡，三大杯滿酒端在胡適面前時，胡先生終於笑了：

> 新鬼煩冤舊鬼哭，他生未卜此生休。

上聯為一個庸醫，把人看成鬼；下聯更形象，此生未卜，死在臨頭，焉給他人測八字？

下一位抓住展開一瞧，幾欲傻眼，"歌伎"、"骷髏"，題均為難題，意在讓其自罰自飲眾人樂。但也真有高手在燃香中聯出：

> 十二珠簾金縷曲，三千紅粉玉溝斜。

前半聯分明是歌妓，後半聯走進墳地。不喝三杯過不去。

細推算下來，"士大夫"的酒文化直到 20 世紀 50 年代中後期，才彷彿像流進沙漠中的細沙，逐漸消失。但世俗的酒文化卻流而不斷，雖也曲折，雖也坎坷，但也時而波濤翻滾，時而大浪淘沙。那就是到划拳、猜拳，吆五喝六地比劃吆喝起來，其實那是曹雪芹帶著鄙視世俗酒文化的心理，下里巴人亦有酒文化。

據考證，中國民間划拳行酒在隋唐時代就開始盛行，謂之"猜枚"，猜對為贏，不喝酒；輸的一方罰酒一杯。

划拳能在中國酒文化史上有那麼漫長的歷史，綿而不息，長而不滅，原因之一是大眾文化，簡單易行，伸手為拳，張手就論輸贏；趣味性大，兩人對壘眾人瞧樂，一人敗下陣來，另一人自告奮勇；勝者愈戰愈勇，敗者絕不服輸，摩拳擦掌，按捺不住；往往一桌酒席，數對划拳，熱鬧非凡。"拳場"如同戲場，高聲的、粗調的、尖聲的、滄桑的；紅臉漢、白臉漢、黑臉漢，拳上論高低彷彿京劇中的生、旦、淨、末、丑，有的甚至一人雙拳猜，左右開弓，各戰一人，且有無數花樣。如挑滑車、借東風、李逵下山、三英戰呂布、老虎不出洞。世俗酒文化無窮趣味，文化源深不可測。

猜拳行酒的規矩南北大同小異，不同的是改革開放以後，大姑娘小媳婦公開登場，揮拳行酒中巾幗不讓鬚眉，曾有一位"花木蘭"通吃一圈老爺們！有的酒鄉還曾出過"四大花旦"、"五朵金花"，那拳划得五彩繽紛，百花齊放。

猜拳的規矩一般為：兩個對陣的飲者"鬥"前先"立"三盅，酒要斟滿，溢出酒盅。兩個人見面，先笑笑，一擺手即上陣，叫陣的開門詞唱得漂亮：

> 高高山上一頭牛，兩個犄角一個頭，四個蹄子分八瓣，尾巴長在腚後頭。

高亢、蒼涼、激動、飄逸……兩個人的聲音和諧押韻，扣得緊又分得清。難在不是光有嘴功，是五官配合，手腰並動，手之舞之，歌之蹈之，兩個人的動作一模一樣，約定俗成，只是分左右不同。唱"高高山上一頭牛"，兩個人同時把右手的四指攏攏，大拇指豎起，拳對拳，指對指；又唱"兩個犄角一個頭"，兩個人同時把左右兩手豎在左右兩耳旁；唱到"一個頭"時又把左右手同時攏成拳，豎起拇指，講究拳對拳指對指；又唱"四個蹄子分八瓣"，左右兩手一變，分別揚起做四指狀，唱到分八瓣時雙手齊做八狀；又唱"尾巴長在腚後頭"，兩手回收，夾腰提臀挺胸昂頭，夾腰要左右搖兩搖。真美。真歌舞也！兩個粗壯的漢子，面對面，眼瞪眼，張開大嘴，像在黃土高坡上唱走西口二人台，毫無顧忌地吼，一種真情的發洩，一種帶有野性的張狂。他和唱民歌還不一樣，他想贏，在爭鬥中贏，一種男性勝出的渴望，一種自然的流露，那才叫酒不醉人人自醉。然後才是五魁首啊，六六順啊，三結義啊，銀河會啊……

猜拳之前的唱調極有風格，極有韻味，也極有文化。有的開門詞是這樣唱的，"一點中心曹孟德"，兩位拳手要把右手攏成拳挑起大拇指相對："三戰呂布劉關張"，要各自亮出大拇指、中指和食指，"六出神山諸葛亮，十大功勞趙雲將。"手指比劃，出錯立即罰一杯，要求你唱得高，我喊得比你亮；你叫得響，我唱得比你脆，碰上雲遮月的沙啞嗓子，猶如京劇中的銅錘花臉出場，別有一番滋味，那酒文化氣場真濃。

曾在綏芬河一家老酒店中遇見幾位東北老客，帶些山東音，正有滋有味、有腔有調地在划拳行酒，每個人面前擺三盅酒，東北燒刀子，至少56度，一點火一片藍色的火焰。划拳得有文化、有特色，低低的男低音，像交響樂隊中的大貝斯，聽起來實在有味，開門調是這樣唱：

> 上有天，下有地；左有兄，右有弟；中間上擺上酒一具。叫你喝，你不喝；請你喝，你不喝；伸出手來你就得喝……

唱得美，比劃得也美。唱"上有天"時，兩個人四隻眼都向上看房樑；唱"下有地"，兩人同時把大拇指翻轉，拇指向下指，兩人同時低頭往地下看；又唱"左有兄右有弟"，手形不變，拇指同時指左，臉左擺眼左望；唱到"右有弟"手又變為右指，臉右轉眼右望；又唱"中間擺上酒一具"，二人同時翻手，手掌向上手背向下，指著擺在酒桌上的酒；又唱"叫你喝，你不喝"，右手立掌，同時左右擺做拒絕狀，"請你喝，你不喝"，依然重複剛才的動作；又唱"伸出手來你就得喝"，兩人以目示意，攥拳相碰，代表行了禮，這就吆五喝六地開划。

當然也有開門見山即奔主題的，那也要先約定"碰頭好"，是一個好還是兩個好。如定下一個好，兩人先抱拳或拉手示禮，然後年齡小的喊一聲"老哥你好啊——"年齡長的也要同時喊出來"老弟你好啊——"這就開始划起拳來了。

我曾在青海湖邊見到幾位當地的老鄉，野炊划拳，那才叫真正的唱，像西北人立在原上唱《蘭花花》。面對面盤腿而坐，酒杯斟滿，兩個人不約而同地咧開大嘴唱起來："一個幽幽尕老漢喲喲哎，七呀七十七喲——"兩人先翹起拇指過頂，然後兩手拇指食指中指捏成七狀，分左右對應。又唱"七十七的老漢漢喲喲顫巍巍——"唱到"顫巍巍"時兩人都輕輕地擺動右手，像微微起波的水；接著唱"過了十年喲喲尕老漢漢啊八十八十七喲——"唱到"十年"兩人平立手掌，叉開十指，用力往前推，但兩人掌不碰掌，唱到"八十七"時一手做八狀，一手做七形，一點兒不能錯，錯即輸了；接著唱"還是顫巍巍喲，顫巍巍喲——"兩手同時再做波浪狀。極美，極韻，滄桑的煙酒嗓，渾厚的青海風味，古樸的韻調拉腔，火爆爆的男人野性，那才叫酒文化、酒藝術，原汁原味、原生態，那才叫酒不醉人自醉，醉在酒裏，醉在酒文化裏。

醉了，威士忌

一、酒，威士忌酒

　　蘇格蘭人把單一麥芽威士忌敬頌為 "生命之水"、"生命之泉"、"生命之源"，把生命寄託在酒上，敬酒如命，尊酒如神，蘇格蘭人有個性。

　　蘇格蘭人全國、全民族只喝威士忌，只飲 "生命之水"，蘇格蘭人有講究。據說蘇格蘭酒仙、醉翁追求的是醉翁之意既在乎酒，亦在乎山水也。"九品" 中其中一品是幾位酒友泡在冰冷冰冷的海水中，相圍而飲，對瓶而品，談天說地，灑笑自然，在零下十幾度的海水中，喝得那麼自然、那麼順暢、那麼熱烈，從凍得周身顫抖，滿面發青，到終於喝得神采奕奕、周身發熱發紅、滿面紅光、閃閃耀人。我以為不是蘇格蘭 "老酒" 是達不到這 "一品" 的，在蘇格蘭，品酒要有文化，要有修養。

　　蘇格蘭人 "九醉" 中的一醉也了不得，稱之為 "乾醉"。在中國古今醉酒者何止億萬？但可能未有一位是蘇格蘭式的 "乾醉"。乾醉講究喝 "長酒"、"功夫酒"，從三星高掛一直喝到啟明星升起。講究杯不停，酒不停，細品慢飲，淺斟低唱，乾醉的關鍵是乾喝，絕無一樣下酒菜。為的是使口中儘可能純淨，使品感更真實，感覺更自然，味道更豐富，刺激更真實。

　　能乾喝一直喝到乾醉的，幾乎都是威士忌大家，且都是富翁。據說在蘇格蘭還有 "乾醉" 俱樂部，但門檻甚高，甚至比蘇格蘭的聖安德魯斯高爾夫俱樂部的入會門檻還要高，喝的單一麥芽威士忌俱為 19 世紀的陳年老酒，一酒值千金。蘇格蘭人有脾氣。

　　蘇格蘭人的自尊心強，就像蘇格蘭男人的民族服裝。

　　蘇格蘭大丈夫最愛穿的是薄呢大花格短膝統裙裝，女人一統的裙裝世界終於堂堂正正地闖進一群蘇格蘭男人。和女人著裙裝最根本、最大膽、最個性、最民族的是 "乾穿" 裙子，即絕不穿內褲，風吹起裙子，能露出蘇格蘭男人的屁股，即使在大型民族活動期間，行進中的蘇格蘭男人的短裙被蘇格蘭海風撩起，露出屁股，也絕無一人灑笑。

行進中的蘇格蘭男人幾乎都懷抱著一個形形色色的抽氣囊，上面插著演奏管，那就是風靡整個蘇格蘭的蘇格蘭風笛，那風笛之樂伴著蘇格蘭男人的白色長筒襪和黑色硬跟淺幫皮鞋的節奏，粗獷有力，音色嘹亮；腰間女人式的挎包上銀飾品在一閃一亮，展現了蘇格蘭人的品位。

最讓蘇格蘭人驕傲自豪的還是他們的單一麥芽威士忌，那是他們心中的"生命之水"。

有個史實被很多人疏忽了。1940 年 5 月橫跨英吉利海峽的敦克爾克大撤退，當時潰敗的英國軍隊失魂落魄，死裡逃生，當他們狼狼地逃回英國碼頭時，幾乎所有軍人都被德國軍隊"打斷了骨頭攝走了魂"，從整個碼頭一直延續到海岸各處，都躺滿了丟盔棄甲、魂不守舍的潰兵，爛泥似的坐都坐不起來，連丘吉爾喊話都沒用。也正在此時，走來一隊隊白髮蒼蒼的蘇格蘭風笛樂隊，他們一律身著紅寬格薄呢短裙，長長的白色粗布襪，黑色的蘇格蘭上衣，胸口上別著鮮紅的紅花，他們吹奏的是蘇格蘭民歌：去戰鬥吧，蘇格蘭兄弟！後面跟著長長的送酒隊伍，送來了幾乎所有的蘇格蘭老酒，單一麥芽威士忌！酒暖英雄腸，酒壯英雄膽，凡是喝了單一麥芽威士忌的敗兵竟然猶如得勝回朝的勇士，個個精神起來，像有了筋骨，有了勝利之魂，隨著粗壯有力的蘇格蘭風笛之聲，起立、列隊、挺胸、昂頭、正步、回營。"生命之水"給枯枝黃葉以生命。

第二次世界大戰的鐵漢英雄——英國首相溫斯頓·丘吉爾，嗜酒如命，他每天要喝下一瓶蘇格蘭的單一麥芽威士忌，他自喻是依靠古巴特製的雪茄和蘇格蘭的威士忌領導英國人民打敗納粹德國的。他一生喝過一萬多瓶蘇格蘭單一麥芽威士忌，他晚年不聾、不啞、不癡呆，還獲得諾貝爾文學獎，他自言，他依靠的是"生命之水"。生命不息，"生命之水"不息。

二、酒，還是威士忌酒

從南歐走到西歐，五百年前幾乎處處都是葡萄園，是葡萄的世界。澆灌著歐洲大地的"生命之水"是葡萄酒，是葡萄酒養育和滋潤了歐洲的民族。法國的波爾多、勃艮第簡直就是葡萄酒的天堂，頌其譽滿全球恐怕不為過分。即使是不喝酒的基督教徒，在上帝面前，也要把葡萄酒和麵包象徵性地端給每一個祈禱和朝拜的善男信女，因為耶穌告訴他的孩子們，葡萄酒是我的血，麵包是我的肉，喝下這杯葡萄酒，讓我們融為一體吧，阿門。可見葡萄酒的神聖與莊嚴。彷彿只有蘇格蘭例外，此處無葡萄，亦無處生產葡萄酒。因為蘇格蘭不長葡萄，不是蘇格蘭的先人們沒有像跨海相鄰的法國人一樣去種植葡萄，而是種不活、種不了，即使活下來，也是病病殃殃、缺花少果，因為蘇格蘭地處英倫半島的北部，多雨多雲，葡萄需要陽光和乾燥，像中國的吐魯番。這也成就了蘇格蘭人，因為蘇格蘭這樣的天氣十分適合種植大麥，老天爺作美，土地爺也幫忙，蘇格蘭的土地是紅土壤，而紅土恰恰是種植大麥的天堂。中國有句成語叫"失之東隅，收之桑榆"，這也造就了不朽的威士忌，一種完全和葡萄酒不同宗同祖的酒，一種脫離歐洲的酒，是歐洲獨樹一幟的純糧食酒，近乎偉大而神奇的單一麥芽的威士忌，就在蘇格蘭的海風中、在蘇格蘭的紅土地上誕生了。

從釀酒的原料上看，威士忌和中國白酒似乎是同宗同源，都是純糧食酒。中國嗜酒者評價一種白酒上不上檔次、好喝不好喝，只用一句短語作鑒：是不是純糧食酒？蘇格蘭威士忌就是！但又和中國白酒不同宗同族，因為中國釀造白酒至少要有五六種糧食，而蘇格蘭的單一麥芽威士忌只有一種糧食：大麥。蘇格蘭威士忌的釀造簡單得讓人難以置信，它只需要三種東西，就能流出"生命之水"：水、大麥、酵母，那它為什麼能變成人世間的"魔水"？"生命之水"？能釀造出 2700 多種威士忌呢？中國釀酒的歷史可能比蘇格蘭人早 6000 多年，但中國白酒的品牌卻遠遠不及蘇格蘭的威士忌，威士忌現有幾千種品牌，各自的味道卻絕不相同。有一千位觀眾就有一千個哈姆雷特；有一千種威士忌，就有一千種品味、一千種風格、一千種格調、一千種酒香，這就是威士忌。

威士忌太鬼神莫測了、太變化無常了，神奇得近乎玄妙，看上去那麼簡單的三大物質的組合，為什麼能生出那麼多氣味？那麼多品牌？那麼多格調？那麼多刺激？那麼大魔力？

老子說"上善若水"，水到了釀造業的千百年，終於提煉成好水出好酒，神水釀仙酒。蘇格蘭的水，介乎於好水與神水之間。當大西洋的海風滿含著濃重的鹹味吹拂著蘇格蘭時，會恰如其時地變為天降及時雨，它不但使蘇格蘭的大麥在雨潤風和的世界中歡快地成長，也使蘇格蘭的大麥飽孕下蒼天和雨水的神賦，除去蘇格蘭再也沒有與之相媲美的威士忌酒料，就像杏花村附近的配製汾酒的高粱，就像赤水河釀造茅台酒的河水，無可替代、不可更改，否則就是淮南之橘、淮北之枳。蘇格蘭威士忌是天賜其福。蘇格蘭的河水、湖水、井水對於蘇格蘭威士忌是唯此唯一，捨此不能，特別是在碾摔的大麥經過糖化，將由發酵生成酒時注入的泉水，非蘇格蘭泉水不行，達不到糖化發酵的程度，那樣就流不出真正夠味的蘇格蘭威士忌。據說蘇格蘭的地下水、泉水、湖水與一箭之遙的英格蘭、北愛爾蘭都不一樣，真乃一方水土養一方人。

大麥經過數道操作以後，已是煥然一新的出芽大麥，這些整裝待發的出芽大麥還要在清水中浸泡數小時，但這種浸泡既不是一泡到底，又不是隨意撈起，何時浸泡？浸泡多久？何時讓其重見天日？完全裸露在空氣中，用中國行話說曬糧，曬多久？怎麼翻糧、曬糧？完全是功夫活、經驗活；然後再把大麥放回到水中，其意是釋放大麥中的蛋白質成分，把澱粉分離出來，每一位釀酒大師，每一座威士忌酒廠都有自己的“秘方”，因此釀造出來的威士忌才會與眾不同，才會萬紫千紅。

最稱絕的是大麥的烘焙，彰顯其天下獨一無二。原來烘焙出芽大麥的就是大名鼎鼎的蘇格蘭泥煤，褐黑色的泥巴塊，卻是蘇格蘭人的自豪，得天獨厚，非此莫有，烘焙出芽大麥非此不行，不用這種泥煤燒烤，出芽大麥就出不了那麼多味，就不會有那麼多香。據大師們說，蘇格蘭泥煤燃燒的氣味能極其順暢地融進出芽大麥的香中，這種香也是威士忌獨有的俊香，這種蘇格蘭泥煤燒烤香還是糖化以後，出芽大麥發香的促化劑，是下一步釀酒發香的孕育劑。不相信天意、不相信神奇不行。

烘焙過的大麥已然發出醉人的甜香，然後就進入到研磨程序，澱粉被進一步分離出去；然後進一步糖化、發酵。用蘇格蘭泥煤烘乾的麥芽釀成的威士忌有一種獨特的能讓人津津有味、飄飄欲醉的味道，那就是行家品出來的蘇格蘭威士忌的標誌風味。釀酒的技術過程是枯燥的、乏味的，蘇格蘭威士忌釀酒大師有名格言：當你對此不感到枯燥而感到生動鮮活時，你就是釀酒大師了。我不是。

三、酒，那才是威士忌酒

酒終於流出來了，那是純淨如水的威士忌，香不溢十里，味不過百色。中國有嗜酒者獨愛原漿酒，認為流出槽的第一滴酒、第一口酒最淳、最香、最滋潤，也最夠味。喝酒要喝"頭鍋頭"，那是不懂酒，莫言威士忌基本不懂中國酒。

單一麥芽威士忌流出酒罐面世的第一聲響亮的"啼哭"就是裝桶去新放陳。這幾乎是天下酒的普世哲學，中國的白酒也十分講究儲存，因此所有酒廠都有不止一個酒窖，一排排裝酒的大酒缸整整齊齊地排列在幾乎終年不見風不見光的半地下的大酒窖中，這麼一"蹲"，至少要"蹲"上幾年。我去過汾酒廠、茅台酒廠和瀘州老窖酒廠的大酒窖，缸大小高矮有所不同，但都是上了釉子的瓷缸，這種酒缸就是"蹲"上十幾年、幾十年、甚至上百年，也會滴酒不漏，紋絲不動，酒缸蓋上都有釉封口，爆紅漆封，表示雷打不動，封酒不動。

歐洲乃至全世界的葡萄酒，流酒以後也要先存放，靜水流深，陳靜出格調，陳年出風采。沒有人喝"頭鍋頭"的，更沒有人喝原漿酒的。酒從蒸餾器中流出後，直接灌入橡木桶，歐洲葡萄酒和中國糧食酒儲酒陳酒的最大區別就在於，一個使用橡木桶，一個使用經過上釉燒製的大酒缸。

歐洲釀酒業最要求、最限制、最講究的一環就是橡木桶的使用。使用什麼樣的橡木桶，什麼產地的橡木桶，什麼品味、什麼檔次、什麼年代的橡木桶，在橡木桶中儲存多少時間、怎樣儲存，甚至能決定這品酒的成功與否，能決定這品酒能不能上檔次，能不能上品位、上格調、上殿堂，說一桶定終身可能不甚貼切，但也絕不太離譜。

法國、意大利的頂級酒莊用的橡木桶，要用 200—300 年的成材橡木，一個橡木桶從選料到做成需要整整 3 年時間，且所有的加工程序必須全部是手工操作，工藝要求極其嚴格，可謂："增之一分則太長，減之一分則太短。"其要求已經達到外科手術級別，就為造一個儲酒的酒桶。

威士忌和葡萄酒的最大區別是糧食酒和果酒，威士忌對橡木桶的要求要更高，更嚴、更苛刻，原因也很簡單，葡萄酒在橡木桶中的"淨眠期"不會超過兩年，即使是波爾多、勃艮第的頂級酒莊的世界級名酒在橡木桶內的"淨眠期"一般也就一兩年，然後就灌瓶下儲藏窖，而一般表明有保鮮期的鮮葡萄酒在橡木桶中儲存的時間不會超過 12 個月。而單一麥芽威士忌不同，它在橡木桶的"淨眠期"有的可能要超過 12—14 年，甚至有"長眠"達 40 的。這就是純糧食酒的品質。因為葡萄酒即使裝在酒瓶中，它的"酒變"仍在進行、仍在繼續，而威士忌的醇化卻依靠的是酒和橡木的相融相共而使變化不斷深化、不斷昇華。在這種醇化和酒變之中，威士忌的"頭鍋頭"中的僵硬、苦澀、怪味、異味逐漸轉化，同時威士忌還能從天然橡木中吸收一些獨特的成分，在不斷轉化的昇華中產生許多獨特的風格味道，這也是蘇格蘭威士忌獨有的。威士忌在橡木桶中的"淨眠期"越長、越久，其味就越多趣、多香、多風味，也越溫柔、越順暢。橡木中的各種香氣會自然而然地融入到威士忌酒中，包括橡木中含有的單寧，這種單寧和葡萄籽中的單寧還有不同，這種單寧還能給威士忌上色，這就是為什麼威士忌在橡木桶中陳年越久，威士忌的顏色就越深。因此當威士忌在橡木桶中的淨眠時期長時，釀酒師會定期對橡木桶的內壁"刮陳"，讓其露出新木壁，這樣可以增加酒和橡木的接觸，增加其反應，使橡木中的各種木質的香味更直接地融進酒中。十幾年的交融，十幾年的吸收營養，到打開橡木桶時，酒將"跑"去四分之一；如果年頭再久遠，將會一桶酒只剩半桶，蘇格蘭人幽默地說，那是"天使的分享"。天使也鍾愛單一麥芽威士忌，天使愛美酒。

打開陳釀的威士忌，開桶的第一香是真正的酒香，美酒飄香。真正飄溢四方的酒香只能是單一麥芽的蘇格蘭威士忌，不用刻意地去聞，不用湊近去深吸，威士忌的香是四溢如瀑，香飄四散，醉心地一品。單一麥芽的蘇格蘭威士忌的酒香中包含了百草百花的香，包含了蘇格蘭特有的各種天然泉水的甜，包含了蘇格蘭泥煤、木質、松香、橡木的澀，一股陳年釀出的菌類的苦，百感百味交加的醉心醉脾的味感。品一口 12 年、20 年、30 年、陳放淨眠了 40 年、50 年的單一麥芽的蘇格蘭威士忌，酒不醉人人自醉。

把斟滿不同年份的陳年單一麥芽的蘇格蘭威士忌排列一排，會讓人有一種音樂的跳躍感。從醇化五年的威士忌開始，金色的酒液在發生著迷人的變化，彷彿音樂中的音符，由低向高，階階高，節節高；而醇化多年後的單一麥芽蘇格蘭威士忌，其顏色也會階梯式的變化，變得那麼醇靜、那麼自然、那麼和諧、那麼賞心悅目。

淺黃、草黃、蛋黃，到橘黃、菊黃、米黃、鵝黃，再到深黃、焦黃、金黃、杏黃，再到瑪瑙黃、琥珀黃、蜜蠟黃，像深秋的銀杏樹葉，像正待開鐮收穫的麥子，單一麥芽的蘇格蘭多年的陳釀，竟然孕育出天下的一切奇黃，醉人的黃色酒液，無與倫比的色彩和酒香。

四、酒，還是那款酒

　　來蘇格蘭的中國人第一站大都要到首府愛丁堡看看，那些中世紀的古堡常常讓人留連忘返。十年前很少有中國人去過蘇格蘭的斯凱島，這個彈丸小島那麼平靜、那麼端莊、那麼自然，"養在深閨人不知"，似乎它沒有任何魅力，除了那"空打小島寂寞回"的層層海浪，它的一切就是平靜。但今天終於有一千位中國人登上了斯凱島，"我來不為風光好，只緣此處有佳釀。"島上有酒廠，島上有好酒——單一麥芽威士忌。斯凱島上釀出的威士忌，有一種海鮮氣，因為釀酒廠是依山傍海而建，飽育大西洋的精靈，方知不但綠水青山是金山銀山，而且綠水青山出好酒，這裏出的單一麥芽威士忌口感強烈，凝重而深沉，有一種難得的君子氣。來斯凱島的中國人沒有一個著急走的，都神態自若地留下，都要陪著島上的單一麥芽威士忌度過月升月降的一夜。沒有人喧嘩，更沒有人打鬧，甚至沒有人說話，只有到了蘇格蘭的斯凱島才能真正懂得中國酒廠的一句格言：都在酒中。有了單一麥芽的威士忌還需要再說什麼嗎？那就是一個完美的威士忌境界。

　　歐洲的酒有歐洲的品味，脫不去的歐洲性格氣度，從白蘭地喝到雅文邑，從香檳喝到冰葡，九九歸原還是糧食酒骨骼壯、筋脈強、氣場大、德性高。這些都是單一麥芽威士忌的內涵和風采。據一位中國威士忌大家自喻，曾喝過在美國雪莉橡木桶中醇化淨眠了四十多年的單一麥芽威士忌，只小小抿一口，酒香會在口中停留很長很長時間，"繞樑三日是誇張，但留香三時是毋庸置疑的。那感覺，妙處難以言說"。

　　海明威有高論："我從 15 歲就開始喝威士忌，沒有什麼能比它給我更多的快樂。當你思考了一天，並且直到第二天還將繼續，不喝威士忌怎麼放鬆和激發靈感？你又冷又潮的時候，不喝威士忌怎麼取暖？"

　　海明威這位滿臉白鬍茬子的老漢，不但是位地道的威士忌愛好者，而且還能讓喝威士忌的人找到喝威士忌的理由。其實喝酒很多時候往往不需要海明威理論。丘吉爾就說："我離不開威士忌，就像戰士離不開武器。"他又說："水太難喝了，我得兌點威士忌才能喝下去。"丘吉爾是真愛威士忌，即使是在浴缸中泡澡，他也要端著一杯威士忌。

　　溫斯頓・丘吉爾沒有來過中國，也沒有喝過中國的純糧食白酒，抽過中國的關東煙。中國純糧食白酒和單一麥芽威士忌酒喝法的最大不同是，中國純糧食酒最忌喝悶酒，喝孤酒，獨斟獨飲；而單一麥芽蘇格蘭威士忌卻樂於喝獨酒，自己喝，自己品，輕輕呷一口單一麥芽蘇格蘭威士忌，望著星星細品，陪著月亮慢斟，聽著海浪輕輕地抿，數著落葉有滋有味地喝，那才是單一麥芽蘇格蘭威士忌酒追求的一種特殊品調、特殊品質、特殊境界。

觀鼎

一

鼎，不是隨便什麼人都能看的。觀鼎原非平常事。位至三尊，德高廟堂，不見得能細觀九鼎；天子祭祀之時，列隊其後，遙望在太廟之上的九鼎，望一眼，周身顫慄；陽光之下的九尊青銅大鼎，熠熠燦燦，閃耀的金屬光芒，時亮時幻，時光時彩，像音符般跳躍閃動。夏商周皇皇近 1500 年，何人何時曾親眼目睹過？史無隻字記載。數千件出土的有銘文的青銅器上，無一字記過，自夏禹之後，再無聖人乎？觀一鼎、三鼎、五鼎、數鼎或許有之，觀九鼎相列，史無人乎？

大禹歷史有功，功在其二，一為治水，二為鑄鼎。《左傳‧宣公》記載："昔夏之方有德也，遠方圖物，貢金九牧，鑄鼎象物。"

大禹給 5000 年的中國文明史留下了一道千古謎題。夏禹自荊山之下鑄就的青銅九鼎，秦始皇苦尋，武則天苦尋，4100 年過去了，現在何處？鼎上鑄紋是魑魅魍魎？還是九州名山大川，雄關險隘？懸而無解，爭無定論。秦始皇一統天下就曾發問：周鼎何在？

司馬遷記載 "泗水撈鼎"。

《史記‧秦始皇本紀》："始皇還，過彭城，齋戒禱祠，欲出周鼎泗水。使千人沒水求之，弗得。" 據司馬遷考證，此周鼎非周時所鑄，即夏禹所鑄九鼎也。

大禹治天下後，將天下分為九州，集全國之金鑄九鼎，一鼎代表一州，九鼎陳列於殿前。禹之所意，天下歸一，一統天下，九鼎所列，集蒼天神靈，所有山川大地皆匯於鼎："普天之下，莫非王

皇皇列鼎，九鼎八簋

土；率土之濱，莫非王臣。"商湯滅夏後，建都亳，先移九鼎。九鼎乃正統之證，夏商周傳代開朝，皆以九鼎為證。秦統一中國後，言名天下，承接皇帝，三皇五帝歸一，須有九鼎為證，故多方尋找，未見其蹤，包括動用巨大的財力、物力，又齋戒，又鑄祠，全國徵得千人習水者，沒泗水求之而不得。秦始皇一定很失望，很沮喪。自秦始皇始，正統之承，始自傳國玉璽。

觀夏禹九鼎，秦始皇未能如願。

春秋五霸之一，史留"三年不鳴，一鳴驚人；三年不飛，一飛沖天"的楚莊王，其鼎盛時期，楚國縱橫鄂、蘇、贛、皖、浙，一國相當於春秋數十個小國。楚莊王親自帶兵開始中國歷史上第一次北伐，公元前 600 年，一路攻伐，勢如破竹，直打到周天子腳下，在洛陽城郊檢閱三軍，滅周豈費周折？楚莊王傲慢地宣稱：九鼎何哉？楚戈之鋒刃足以鑄九鼎。可謂狂傲之極。王霸之中，未見有此霸氣。問鼎之心彰顯。周天子派出的出使大夫孫滿，是一名傑出的外交家、政治家，其言不過三句，足禦楚雄獅："國在之德不在鼎。昔夏之方有德也，遠方圖物，貢金九牧，鑄鼎象物，百物而為之備，使民知神奸……"楚莊王深明大理，未望一眼九鼎而歸。鼎不可問，豈可窺？

公元前 307 年，秦國出了個秦武王。秦武王比春秋五霸還霸。視天下為小秦為大，禮崩樂壞，無所顧忌。秦武王力大無窮，堪稱"氣拔山兮力蓋世"。拔樹、提牛、抱鹿、殺虎，無一不能，只有他直抵九鼎，但又非細觀，繞之三匝，撫之雍鼎曰，此代表吾之秦地也。秦武王愛不釋手，幾欲動情。三百年前的楚莊王只是問鼎，而三百年後的秦武王是要舉鼎。周天子令人告之，觀之足矣。此鼎置於此無人能撼動。秦武王弗信，吾秦之鼎由吾。竟然在大庭廣眾之前，眾目睽睽之下，力舉雍鼎，且舉著來回走，沒料到置回原處時，砸傷腳脛骨，是夜而亡。他是中國歷史上被鼎砸死的唯一一人。細觀禹鼎者歷史記載幾乎無人，僅問一聲鼎之輕重幾乎定為大逆不道，何況玩禹鼎於股掌之上？真乃前無故人後無來者。自秦武王後，再無人敢言夏鼎。

二

世上絕無夏鼎乎？有。吾曾細觀之。那可能是目前世上唯一現存的公元前 21 世紀的夏王朝的青銅雲紋鼎，現珍藏於上海博物館。

自 1959 年始，在河南二里頭陸續出土了不少夏代的青銅器，如多件青銅爵，其中最著名的是“乳丁紋青銅爵”，這應該是現出土存世的最早的青銅酒器，其造型奇特飄逸，立似靜，觀似動，輕盈玲瓏。長流尖尾，束腰細足，宛如展翅欲騰的雀鳥。也出土過管流角，也是一種酒器，體態修長，細腰高頸，杯體下有一圈圓孔，可能有飾品嵌在其中，翼腰之間有把。最珍貴的是一隻兩耳三足的青銅器——夏鼎。

夏鼎，堪稱偉大的文化圖騰。鼎是華夏文明、中華文化的唯一代表，捨此不能表達。泱泱華夏，縱橫五千年文明，何物能代表？1995 年，聯合國成立五十週年華誕，中國國家領導人去祝賀，要送上一件禮物，要求能代表中華民族偉大的國家、悠久的文明、燦爛的文化。備送的方案有近千件，中國國寶何能盡數？方案經過三個月的普選，三上三下的精選，決定鑄造一隻三足圓腹的青銅器送到聯合國。唯鼎能代表中國，唯鼎能彰顯中國光輝燦爛的歷史、無以復加的文明。世界上目前的國家、地區中，唯有中國有鼎；言中國文化以鼎為代表，其言切切，其意鑿鑿。

這隻二里頭出土的夏鼎，真正能列入華夏文明的開篇首卷。華夏民族之圖騰，非鼎莫屬，非鼎莫言。這尊夏鼎高 21.2 厘米，立耳、折沿、鼓腰、圓底，素面柱足，鼎口下飾有寬條之紋，故得名雲紋鼎。細細觀此夏鼎，不威不武，不挺不霸，亦不靚不俏。估計在全國上千尊青銅器中，屬最平常、最一般、最不起眼的那類。但它是所有青銅鼎的祖先，物老需細品，給後人最突出的感覺是渾圓古樸，敦實蒼健；感覺到靜水流深，真水無香。綫條粗獷但奔放有力；兩耳偏小顯薄，彷彿一張男人臉上的一對小眼，眼小有神；三條鼎足無紋無飾，尖而短，立而穩，猶如人世間的“抓地漢”；個頭不高，但敦實穩重，特別是其圓腰圓底，粗看有些笨拙，其實那是我們的祖先經過多少年的實踐創造而出，尤其是其鍋一樣的鼎底和桶一樣的鼎身，我判斷此鼎絕非禹之九鼎，它的作用是尚未轉化為禮器的煮食器。4000 多年過去了，人類飲器之大鍋，依然未能脫離先祖們的設計，不該為我們的夏鼎自豪驕傲嗎？

禹之神奇不在於治水，亦不在於三過家門而不入，而在於其創造了鼎之文化。鼎是華夏民族唯一的圖騰，禹不該呼之為偉大嗎？

三

先秦文化中，最值得彰顯的是青銅器文化。夏商周稱之為青銅器時代，從公元前 21 世紀到公元前 3 世紀，歷時 1700 多年，榜上有名的青銅器至少有十萬件，青銅鼎居首，評出的十大青銅器中，毛公鼎傲然居首。

我估計現在全世界親眼見過毛公鼎的人不會超過百人。毛公鼎現存於台北博物院，乃鎮館之寶，非經過"三關六道"難得一見。

1996 年中國著名青銅器專家李先登先生赴台考察，來到台北故宮博物院，時任院長的秦孝儀先生親自出面接待。泰斗相見，豈可空談？秦先生捧出一把鑄有銘文的青銅劍，請李先生品鑑，名為觀賞，實為考測，當場辨真假。李先登細細看過，望著在座的幾位皆大師級的青銅器專家言之："劍是真的，文是假的。"一語服眾人，不服不行。李先登先生提出自己的要求，一要與毛公鼎合影，二要參觀台北故宮一級品館。和毛公鼎合過影的人，全世界不過僅僅數人。李先登先生研究青銅器幾十年，見之無數，唯魂牽夢繞毛公鼎，今日終得如願，平生再無憾事，然亦其終生唯一一次。在中國還有沒有和毛公鼎合過影的人？行內有句"術語"：見"總統"易，見毛公鼎難。

毛公鼎漂亮、端莊、穩健、大氣、軒昂，一副皇家瑞氣，犖犖大端；一派堂堂君子氣，滿腹經綸；通體凝重深沉，讓人肅然起敬，這就是皇皇數千年鼎文化的代表。放在廣安門廣場上，也會有一種昭昭然勃綻的氣場。

毛公鼎高 54 厘米，重 34.5 克，卻顯得高大沉重，為國之重器。大口圓腹，雙耳直立，半球狀深腹，三隻鼎足，敦厚有力。鼎上飾紋，高雅樸實，輕鬆明快，簡潔有力，標誌著西周晚期的青銅鼎更自然、更講究藝術和生活追求，不再枯燥，絕無呆板，有一種生機勃勃的感覺，到西周鼎文化已臻成熟。

最難能可貴的是毛公鼎腹內有長篇銘文。腹有文章驚四海。毛公鼎腹有銘文 499 個字，是迄今為止在先秦青銅鼎中銘文最長的，這也決定了毛公鼎的鼎量級。

毛公鼎銘文是一篇完整的"冊命書"，是周宣王為勵精圖治，中興王室，革除積弊，冊命忠臣毛公音，委以重任。相當於宣佈任命毛公音為全權總理大臣，將國事拜託於毛。繼而又告誡、鼓勵毛公音要勤奮，不要懈怠；要輔佐王室，不要忘記百姓，免遭喪國之禍。講得言之鑿鑿，語之切切。後面又重賞了毛公儀仗、車馬、兵器等。毛公為感謝周王的恩德，特鑄造此鼎以資紀念，叮囑後世百代，永作珍寶珍藏。

毛公鼎銘文，皇皇巨作，端端鴻篇，是一篇極其難得的第一手歷史資料，郭沫若曾言，長篇青銅器銘文說者每謂足抵《尚書》一篇，然其史料價值殆有過之而無不及。毛公鼎銘文在藝術上極美極佳，高品高質，曾震驚整個藝術界。清末著名書法家李瑞清曾言："毛公鼎為周代廟堂文字，其文有如《尚書》；學習書法不學毛公鼎，猶如儒生不讀《尚書》。"嗟呼，愧然今日方知，鼎之文化竟然如此博大精深，鼎文化竟然如此燦爛輝煌。嗚呼哉，方知字字如珠絕非阿諛文人自喻筆下文章，而是毛公鼎之銘文也。

考古界言必稱青銅器中的"海內三寶"，三尊極其不平凡之鼎。觀鼎必觀"三寶"，除毛公鼎外，還有大盂鼎、大克鼎。

中國名鼎有著共同的歷史文化積澱，幾乎每一尊鼎都有一段歷史，都有一段傳奇，都有謎一樣的文化。這也是鼎文化的深奧和厚重。有的鼎背後甚至曾發生過一樁樁神秘的死亡事件，想起古埃及法老圖坦卡蒙金字塔中的一句魔咒：誰打擾我，魔鬼不會放過他。中國鼎中似乎只有文化，沒有魔鬼。

大盂鼎國之重器，西周傑作，鼎腹中有銘文，"周康王二十三年"，屈指算來，三千年有餘矣。在西周時就是周康王時代的國寶。160 年前被發現後，抬到一農家院，雖滿身綠鏽，卻讓人時有一種蓬蓽生輝的感覺。據說所有進院之人，都會不自覺地瞇起雙眼，彷彿有光芒刺目。大盂鼎高 102 厘米，重 153.5 公斤，鑄造於周康王二十三年，公元前 1003 年。鼎以姓氏命名，必與盂姓有關，此乃盂姓貴族所鑄。青銅鼎直至秦漢以後消失，凡有銘文，有記載鑄鼎者，皆只有姓氏，無名亦無官職，想必是青銅器銘文的規矩，皆遵守，無逾越。盂姓貴族受到周康王的重大嘉獎，被感動得無以復加，特鑄此鼎，頌揚周康王治國為民的豐功偉績，告誡盂氏子孫永世莫忘，牢記周康王的英明，不忘周康王的信任。把周康王賞賜的物品一一開列其上，讓盂氏後世子孫，每當祭祀祖宗，先拜先祭周康王。這便是大盂鼎腹內的銘文記載，共 19 行，分 2 段，291 個字。

最有意思的是周康王賞賜的物品中，香酒排在第一位，似乎遠比後面排列的儀仗、禮服、車馬，以及 1726 個奴隸還要貴重。這在任何史書上均無此記載，《尚書》中亦無。在周王朝中是香酒高於一切，那是一種什麼酒？因何而香？又香在何方？

難道香酒要重於 1726 個奴隸？這在西周奴隸史上又留下新的課題，在西周釀造史上需要再做研究，對於西周時期的禮儀制度開列了新的題目。同時再一次佐證，至少到了周朝，鼎的歷史使命發生了根本轉變，它不再是食器，而是禮器、祭器，它也不再擺在大殿之前，還要擺置在神廟祠堂之上，祭神祭祖何以為祭？祭拜鼎也。

鼎到商周時期，尤其發展到西周時期，其文化含量愈重，以至於成為先秦文化的標誌之一。鼎中鑄銘文，鼎即史也，鼎即文也，鼎即碑也，因為直到 1100 年以後，中國才有了石碑。刻在鼎上即相當於刻在碑上，欲千古不朽，鑄鼎為念；感恩戴德，非鼎不能表達。大盂鼎從發現那天起，欲藏不能，欲移不能，官爭商奪，幾度危難，幾度失落，期間又兼日本侵華，日寇曾一日七搜，擁有人幾經倒手，幾經換人，千里迢迢，輾轉數省，歷經百年。出現不止一次離奇死亡、離奇災難、離奇化險為夷的事件，每一尊鼎都是一段難釋的歷史，每一尊鼎都是一本讓人拿起放不下的書。

四

撼山易，撼此鼎難。

當與司母戊鼎近在咫尺時，愈發感到此鼎巍峨巋然，雄偉壯哉，秦王武、項王梁何足道哉？商鼎非夏鼎，亦非周鼎，沉穩如山，厚重如岩。司母戊鼎，高 133 厘米，寬 76 厘米，重 875 公斤。四足方口兩豎耳。

商時鑄造青銅器，小巧玲瓏之器多用失蠟法，大的即用陶範法。用膠泥作成模範，灌入銅汁，冷卻後打開模範即得青銅器。司母戊鼎共用了 28 塊陶範，規模之大，夏商周居首，關鍵是這麼重大、這麼複雜、這麼精細，在鑄造前要有一位高超的總設計師，事先就把此鼎的結構、圖飾、形狀、構造、外表、內腹都要設計得精益求精，且萬無一失，不能留有遺憾缺失；而 800 多公斤的龐然大物，要有數十爐銅水同時沸騰，然後數十個坩堝，300 多位匠人依次依序依設計澆灌，要如同外科手術那麼準確地配合，這就需要一位工藝卓越、經驗豐富的總工程師，統一組織、統一指揮，精心安排，按部就班；一處出錯，勢必形成推倒的多米諾骨牌。商之期，3200 多年前，中國的鑄造業、工藝設計、鑄造水平，都已達到讓後人仰視的程度。鼎即碑也，觀鼎如讀碑，觀鼎如觀文化。

司母戊大方鼎極有可能是舉國之力，斂國之金，因是商王祖庚、祖甲為其母親鑄，能看出在商文化中，禮孝之風漸濃。也能看出其情愈深，其恩愈重，其親愈近，其鼎愈大愈重。此風影響至今，商周時期的鼎如同漢唐以後的碑。我曾在江蘇江寧觀看陽山碑材，號稱天下第一石碑，是永樂皇帝為感恩其父皇朱元璋，要建天下最大最重的感恩碑，於是在陽山開山鑿石建碑，僅碑帽就重達862噸，說明碑越大越重，越能表達建碑者的心願，此風應源於商也。

商人尊神，商之青銅鼎渾然大氣；周之崇禮，周之青銅鼎簡潔樸拙。

只需看司母戊大方鼎上的精美瑰麗的紋飾，就能領略商時代的燦爛輝煌的文化，就能夠形象地得知古國之文明。直到今天，敢有言能真心領會商人之文化用意乎？有敢言窺視到商人文明之追求乎？嗚呼！

司母戊鼎有極豐富、極複雜，又極抽象的飾紋，每一幅飾紋都在無言地表達商人對過去的世界、未來的生活的嚮往和追求，都可能是商人頭腦中的九重天和十八層地，都蘊育著對邪惡的鄙視和厭惡，都代表著正氣戰勝鬼魅的搏鬥，都預言著社會的改變和人類的變遷。商人的腦溝要比幾千年後的後人來得更深，腦細胞更活躍，坐井能觀出天之變化、天之無窮；能觀出宇宙之遠、天體之大、星球之繁、光芒之源，坐井觀天猶如觀鼎如觀天，遑論古今？

司母戊大方鼎上鑄滿了鬼秘神奇的飾紋，從鼎口鼎沿，到鼎邊鼎足。後人能猜出一二的是饕餮紋和虎噬紋。

《呂氏春秋·先識賢》講饕餮乃古之傳說中食人之兇獸；《左傳》記載，饕餮乃古代一兇殘部落，估計是食人族的最早記載。饕餮這種怪獸以人為食，既可憎又可怕，商人深信世上有此獸，視之為邪惡，惡鬼煞神也。其長相如何？商人亦未見，只是一種文化的圖騰，精神世界中的奇想。塑造出其原型是以虎、牛、羊、狼等動物的混合體，應為七八不像；從另一個方面看，商人的文化追求已然到了從現實的物抽象到意識的美。饕餮是商人經過藝術想像和藝術加工虛構出來的似神似鬼、似妖似獸的怪物。《呂氏春秋》記載："周鼎著饕餮，有首無身，食人未嚥，害及其身，以言報更也。"

饕餮言其怪，有首無身；言之首，有面無頭。饕餮是被商人抽象出來的一張永無容顏的怪獸臉。饕餮並無定形，可能因為魔怪百變的。有的饕餮長著一對長長的彎角，一對葉形耳；有的饕餮鼻樑呈弓形，左右有分叉，有的眼睛呈"臣"字狀；

何尊，永遠不許出境的國寶

有的額頭上似有刻紋，最突出的是兩大鼻孔，鼻孔向前，嘴中有獠牙，獠牙呲在唇外。觀司母戊大方鼎上鑄造的**饕餮**，轉著圈地看，一遍又一遍地數，確有頤和園十七孔橋數獅子之感，數清難。因為它是連帶飾紋，似乎無開頭，無結尾，無窮盡矣。那神態詭異的**饕餮紋**彷彿有 7 隻怪眼，眼與眼是似而不同，各有所望，各有千秋。一隻眼彷彿表示驅邪，一隻眼彷彿在表達憤怒，一隻眼似乎在顯示兇惡，一隻眼流露出悲哀，一隻眼微瞇彷彿正在歡快地慶賀，另一隻眼在眼巴巴地企望再生，有一隻眼在無奈地翻著白眼，另一隻圓瞪的大眼表示欲望和展示。那也可能根本不是眼，商人感受到神靈的啟迪和召喚，那可能是一隻神化了的心靈。不能用今人看古人，不能用今人的目光衡量商人的精神世界。

虎噬人紋裝飾在司母戊大方鼎兩耳外側。由此看來虎為百獸之王，早在 3000多年前即稱王矣。在大方鼎上鑄虎噬人紋，兩隻猛虎相對而出，兇相畢露，虎威自顯，虎口大張，共銜一顆人頭！讓人不寒而慄。但商人並未寒，亦未慄，坦然自若，泰然不懼；再細觀之，似溫似情，人虎相處，似和平共處，豈似危在旦夕之際？有專家認為，鼎為祭祀重器，祭天地神靈，豈是一般人情所致？是一種祈禱，一種心願，一種期盼，也可能是一種驅邪，一種鎮妖；也有人認為兩虎相銜之人頭乃巫師之首，他們正在進行祭祀的一幕。

人在祭祀之中與鼎究竟是什麼關係？鼎之道具是人？還是人之聖靈是鼎？

初次看見大禾人面紋方鼎讓人猛然心跳，是嚇得心顫。這尊商周時期的四足方鼎四面竟然是活生生的一張人臉，3000 多年前的一張人臉。

此方鼎何以名之為“大禾”？因在其鼎腹內壁近口沿處鑄有金文“大禾”，以此得名，此鼎權歸大禾。大禾何許人也？卻無從查起。大禾方鼎四面皆人臉，似乎唯一。細觀東西南北四張臉，似乎差距不大，大眼，兩眼炯炯，目中有神，側視有光；寬眉高框，深眼窩，高顴骨；鼻翼寬厚肥大，鼻骨直；突出的是嘴大，緊閉，兩唇緊合，唇角已到下頜；圓臉、胖臉、肉臉。似乎怒而未發，憤而有怒，不陰不陽，不卑不亢，讓人莫敢直視，莫敢久視。難道那是一張被祭祀的活人臉？難道那就是巫師自己的臉？難道那是期盼待來的神之真面目？想起大禾人面紋方鼎之後，1700 多年，南朝人才有了四面佛、四面菩薩，焉敢小視商人之智慧？之文化？

大禾人面方鼎大難不死，重生有緣。

1959 年秋季的一天，湖南省寧鄉縣黃村鎮黃村一位黃姓農民，命中有那一鋤，一鎬愣是刨出個青銅大器，先是嚇得幾乎癱坐在田裏，因為他看見一張憤怒異常的人臉，著實出了一身白毛汗。黃某當時的確頭暈目眩良久，後確認黃某患有高血壓。但發財之心壓倒一切，黃某揩去冷汗，換上微笑，沒白燒香，財神爺終得上門。挖出來方見是一個又大又重的銅器，怎麼把它變成錢是黃某的當務之急。山路崎嶇，背不得，拿不動，又怕讓人看見，黃某急中生智，掄起鋤頭把這件青銅器砸成幾塊。這就是大禾人面紋方鼎，先遭粉身碎骨。

黃某激動。飛來之財。又捺住性子等了幾天，沒見電閃雷鳴，老天爺並未震怒。於是用一破口袋一裝，直接背到鎮廢品收購站論斤賣了。

黃某得意無以復加，不斷向村民們講述這椿飛來之財。但也常常被噩夢驚醒，那一張張青銅的人臉，變得更猙獰、更兇惡。

青銅人面鑄器之事不脛而走。一位湖南省博物館的老專家得知此"怪事"，憑著自己多年研究文物的經驗，立即趕往寧鄉縣黃村鎮，找到黃某後，詳細了解了那件青銅器的情況，老專家立即判斷，此青銅器很可能是件國寶。黃某大吃一驚，又是一身白毛汗，又是頭暈目眩良久。黃某深知責任重大，立即帶老專家趕赴鎮上廢品收購站。

該黃某出白毛冷汗，當趕到廢品收購站時，收購站倉庫內空空如也，人家剛清完庫。廢品收購站把收到的廢金屬全部送到湖南省物資局毛家橋中心倉庫，準備送到冶煉廠回爐冶煉。真乃千鈞一髮。

搶救國寶刻不容緩。專家又帶著黃某急如星火趕往長沙，黃某是好人，一種巨大的負罪感讓他難以解脫，恨不能一步踏進那個毛家橋中心的倉庫。

國寶有福，遲一步悔之晚矣！當他們趕到時，正巧幾輛滿載廢金屬的大卡車駛出倉庫，要運往冶煉廠。老專家一看不妙，命也不要，立即站在馬路中央，誓死攔車。黃某索性躺在車輪下，前面的車已駛去，幸好攔住後面幾台卡車。國寶命不該絕。

回倉、卸貨，滿滿一院破銅爛鐵，需要一一篩選，真如大海撈針。天已然漸黑，連老專家都已感到失望，難道國寶就此消失了嗎？只有黃某不甘心，他事後說他總感到那一張張"綠臉"在望著他，他豈敢怠慢鬆懈？就在所有人都近乎絕望時，黃某終於從一大堆爛鐵器中翻出了那張他看過的臉。也真奇怪，黃某說那一張臉在微笑，向著他在微笑。

大禾人面紋方鼎死裏逃生。

那位讓人尊敬的老專家又把破碎的國寶背回博物館，經過專家們的修繕，大禾人面紋方鼎終於又獲新生。非常遺憾，那位湖南省博物館的專家未留下姓名，但著實讓人尊敬。

五

1977 年，河南省南陽市出現罕見大旱，丹江口水庫幾近枯竭。庫水一退數里。一日，一個放羊孩在沙灘上玩，偶然發現了一件綠色青銅器，隨之，三座大型楚墓被發現，出土了一大批國家一級文物，包括著名的雲紋銅尊、蓮鶴方壺等等，其中在 2 號墓中出土了一套列鼎，讓專家們驚嘆不已。坦率地說，也大開眼界，因為沒有一位專家看過這樣七位一體列鼎的。

此列鼎為春秋末期，共有七尊青銅鼎，其造型與紋飾完全相同，大小各異，由大到小排列，氣勢雄偉，莊嚴肅穆，霸氣十足。讓人立即聯想到大禹鑄九鼎，九鼎排列起來的威武。夏禹不但是治水專家，而且也是傑出的文化藝術大家。禹獨創了鼎，開創了華夏鼎文化，禹把華夏一統河山濃縮於鼎中，堪稱偉大的創造，堯舜焉能相比？

列鼎中最大的高 67 厘米，口徑 66 厘米，腹徑 68 厘米。每尊鼎寬體、束腰、平底，口部有一圈厚邊，周圍攀附著六條浮雕夔龍，龍口咬著鼎沿，龍足抓著鼎的腰箍，給人一種欲騰欲飛之感覺。

此列鼎造型獨特。這種中央束腰的青銅鼎實不多見，六條夔龍沿鼎沿相聚，似望鼎空，又似望天空，似乎各司其職，又好像各自作態；鑄得如此神奇，春秋時期，青銅工藝何其了得！列鼎的雙耳一改青銅時期青銅鼎之立耳，而是向外仰立，亦感新奇，增加美感、動感。

此墓為何墓？此鼎為何鼎？誰有這麼大陣勢？敢列七鼎？《周禮》記載：天子九鼎，諸侯七鼎，卿大夫五鼎，士三鼎或一鼎，七鼎陪葬，此係何人？

經多方考證，鼎內銘文終於得破解。"王子午自鑄銅鼎，以祭先祖文王，進行盟祀，我施德政於民，因而受到尊重，望子孫後代以此為準則。"鼎內 86 字銘文，開篇即是王子午，查楚史資料，王子午又稱子庚，他任楚國令尹。令尹在楚國幾乎相當於宰相，王之下，臣之上。所以才敢有七鼎列陣陪葬，才敢自鑄列鼎紀念其先祖文王。再查，原來令尹果然不凡，正是那位春秋五霸、敢問鼎中原的楚莊王之子——王子午，這七尊列鼎至此名正言順，云：王子午鼎。

王子午乃楚莊王之五子，英勇善戰，戰則必勝，深得其父之愛，常委以重任，上馬出征，下馬理政。據《左傳》記載，王子午擅長謀略，長於運籌，習於征戰。公元前 560 年，楚共王死，吳國認為圖楚可矣，不顧有盟“聞喪不伐”，大舉進攻楚國，妄一舉破楚而分其地。楚國有難，王子午領命出征，楚吳大戰。王子午巧施妙計，誘吳軍深入，佈下埋伏，吳軍挺進，孤立無援，楚得天時地利人和，伏兵盡出，四面圍殲，吳軍大敗，穩定了楚國局勢，告誡諸侯，楚強不可欺；莊王雖死，其子尚在。王子午任楚令尹 6 年間，南征北伐，東擊西戰，為楚張武，擴地開疆；死後受七大列鼎之禮，足見王子午威武，足見楚之強大。

細觀王子午列鼎，其鑄造工藝更趨嫻熟細膩，在藝術設計上有了新突破，在鼎的設計、造型、裝飾、配置上更趨向奢華、美觀、高雅，更注重在禮儀性、祭祀性和高端性上下功夫。讓人感到眼前一亮，怦然心跳。春秋時期的鼎，不再追求大、重、穩，而更多表現在靈、巧、新、變上。

王子午列鼎是春秋鼎的集大成者。新，近乎妖；工，近乎巧；藝，近乎精；形，近乎怪。最讓人稱奇說道的是，王子午列鼎是典型的楚國風格、楚國特色的鼎。王子午列鼎最讓人欣賞的是它的束腰，細腰收腹，別具一格，有人曾用苛刻的語言挑剔青銅鼎，言之一字可概括，圓鼎像鍋、桶、缸，方鼎更像槽、盒、箱，楚鼎非然，楚有獨材，楚有風格，與中原鼎迥然相異，楚文化之風格，一方水土唯楚風。

《史記》記載“楚王好細腰，宮中多餓死”，“故靈王之臣皆以一飯為節，脅息然後帶，扶牆然後起”。莫晒然，此楚王之文化也。楚女纖細之腰亦稱“楚腰”，王子午列鼎楚鼎也，沐浴楚之文化，故亦有“楚腰”，非楚王子午列鼎出土，焉能得識“楚腰”之鼎乎？

王子午列鼎另有一奇觀，鼎口有六龍盤踞，蜷曲盤繞，在夏商周時期未曾見，有虎未見龍。今日方見龍盤鼎口，以鼎而言，楚文化中率先有龍圖騰。六條龍，龍頭伸向鼎口，又恰與鼎蓋邊緣之六個卡口相合，造型完美，珠聯璧合，實為難得珍品。

青銅鼎內銘文又稱金文，極其罕見，但王子午鼎中的銘文更是見所未見，是一偉大的發現。觀鼎不觀文，猶如觀瓷不觀款。專家不認識王子午鼎中的銘文。

王子午鼎上鑄銘文是被稱為"鳥蟲體"的文字，亦稱為"蟲書"、"鳥蟲篆"，屬金文中一種特殊的文體。據說眼下識得"鳥蟲篆"的人已然為數不多。它曾在春秋中後期至戰國時期盛行吳、越、楚等南方諸國。當年出土的越王勾踐的青銅劍上就刻有8個這樣的文字，翻譯過來就是"越王鳩淺，自作用劍"，越王勾踐之寶劍，只有8個"鳥蟲篆"文字，已然震驚行業，王子午鼎內鑄有86個"鳥蟲篆"，其珍貴豈能一言道盡？

六

司母戊大方鼎不愧為國寶，在司母戊大方鼎前照過相的中國人數以萬計，它在國博公開展出時，我一連三天去欣賞它，每每擠不到跟前，拿著手機等待拍照的人排成兩行縱隊。據說大方鼎是國博全部展品中最受人關注的。當年蔣介石曾站在我這個位置，細細地、反反復復地觀看大方鼎。

1946年，司母戊大方鼎幾經周折、幾經磨難、幾經險情，終於到了駐紮在河南新鄉的國民黨三十一集團軍司令官王仲廉手上。那年蔣介石過六十生壽，各路"神仙"紛紛送上壽禮，記得齊白石送上一幅《松柏高立圖及篆書四言聯》作壽禮，四言聯為"人生長壽，天下太平"，若干年後拍出4個多億人民幣。王仲廉司令官肯定懂古董，也肯定懂鼎文化，他把司母戊大方鼎作壽禮送給蔣主席，不怕"砸"不倒蔣介石。蔣介石也懂青銅器文化，也懂得青銅鼎，懂得這鼎的分量，因此未見，直接批送南京中央博物院。直到1948年，蔣政權風雨飄搖，蔣介石卻去參觀這尊大方鼎，這曾是他六十大壽的壽禮，頭髮、鬍鬚、眉毛都漸白的"三白"老翁，認真仔細地觀看，觀之極細，看之極久，觀看時未發一言，看畢又一言未發，悄然而去。十年後，新中國毛主席百忙之中也興致勃勃地觀看了一尊楚鼎，此鼎1933年在安徽壽縣幽王墓出土。鼎高1.13米，比司母戊鼎低10厘米，口徑93厘米，重達400公斤，其容量比司母戊大方鼎還大，也可稱天下第一鼎了。因在其口沿處鑄有銘文12字，開頭為"鑄客"，此鼎故稱"鑄客鼎"。毛澤東當時看得很高興，不但在鼎前拍了照，而且還饒有興趣地說："這裏面能煮一頭牛。"一位深諳《易經》的老先生曾說，蔣介石是無（顏）言言鼎，毛澤東是一言九鼎。

毛澤東一言中的，此鼎可煮牛，即稱鑊鼎，煮羊用的鼎，即稱升鼎，煮豬的用的是著鼎。

商周時代，鼎居青銅器之首。在傳統的鼎形制中，一為方鼎，如司母戊大方鼎、大禾人面方鼎等等；一為圓鼎，方鼎之鼎底為平底，圓鼎之鼎底為圓底，如大克鼎、大盂鼎、毛公鼎等等。當然也有例外，如楚鼎王子午鼎，雖為圓鼎，但它的鼎卻是平底，別出心裁，專家也把它歸於楚文化的創新。

戰國時期的鼎，南北文化差距漸大，漸成風格。北方的戰國鼎更側重厚重雄壯，敦實古樸；南方的戰國鼎風格迥異，更趨向美觀華麗，高俊挺拔。北鼎有霸氣，南鼎有俏風。

在河北平山中山王墓出土的"中山王鼎"是典型北鼎風格的戰國鼎。中山王鼎乃九鼎列鼎，堪稱戰國第一鼎，九鼎列鼎在夏商周時期，只聞未見。九鼎中最大一鼎高 51 厘米，外形為扁圓球形，兩耳低短，鐵質蹄足粗大低矮，唯一稱奇的是九鼎鼎鼎有蓋，蓋上有三環鈕，揭蓋時可提而置之。但通觀此鼎，卻不威嚴雄偉，細觀製作也比較粗糙，工藝不甚講究，九鼎皆素面無文，唯最大的鼎蓋鈕極腹內刻有 469 字的長篇銘文，記載了中山王趁燕內亂伐燕大勝而歸。戰國之中，中山非大國強國，卻敢鑄九鼎，比春秋五霸還敢藐視周禮，禮崩樂壞，春秋不再，足見其一。

戰國南鼎最有代表性的應推河南信陽出土的楚國鼎，江陵藤店一號墓出土的楚王鼎，造型與此鼎迥然有異，風格大變。鼎足不再求穩、求重、求矮、求實，而是高端挺拔，顯得南鼎更挺拔飄逸，更豪邁、更耐看。南鼎追求文化含量，鼎飾紋更講究繁複神秘，一鼎之上常有數種飾紋，既有饕餮紋，亦有鳥蟲紋、雲水紋，相輔相成，銜接自然，宛如一體。鼎足少見有素體，幾乎都鑄有飾紋。鼎耳也不再簡單直立，有的作鳥形，稱"鳥耳鼎"，有的鼎蓋作三鳥首鈕，有的四足鼎也突破舊模式，鑄成橢圓形，這在夏商周時絕無先例。戰國鼎有特色。

戰國青銅鼎也是青銅鼎文化的末章，兩千多年華夏文化最重要的載體，悄然之間悠悠而去，悻然而逝。

秦漢再無鼎。

相馬

一、有伯樂焉，有千里馬

相馬之祖應推伯樂，韓愈有句名言：「世有伯樂，然後有千里馬；千里馬常有，而伯樂不常有。故雖有名馬，祇辱於奴隸人之手，駢死於槽櫪之間，不以千里稱也。」《戰國策》中說得更生動感人：「伯樂遇之，下車攀而哭之，解紵衣以幕之。驥於是俯而噴，仰而鳴，聲達於天，若出金石聲者，何也？彼見伯樂之知己也。」聞之，誰不動情？誰不心悲？誰不掩卷而長思？

從秦穆公識伯樂之說，到《戰國策》汗明見春申君談伯樂相馬，皇皇然數千年已過，孰見伯樂乎？千里馬乎？中國可能有伯樂之相士，確無伯樂所言之千里馬也。

流傳最廣、最具傳奇色彩的是「的盧」馬之相。

辛棄疾留下千古名句：「馬作的盧飛快，弓如霹靂弦驚。」的盧馬，中國名馬榜上有名。《相馬經》「的盧，馬白額入口至齒者，名曰榆雁，一名的盧」。《馬政論》「額上有白毛謂之的盧」。差一分一絲豈敢稱之的盧？《三國演義》講得精彩。劉備得一馬，極其雄駿，氣度不凡。劉備識人卻不識馬，認定此乃千里馬也，送給劉表，豈料劉表手下蒯越懂得馬相，相馬無數，無不準其然。「蒯伯樂」指「的盧」而言，此馬眼下有淚槽，額邊生白點，名為的盧，騎則妨主，並以此馬之前主張武騎此馬而亡以佐證。劉表也不道德，並不說破，將「的盧」馬退回。果然，後當劉備騎「的盧」馬深陷檀溪，寸步難行，後追兵將之，死成定局。劉備在將死之際，記起有人告他「的盧」馬妨主之言，悔然大叫：「的盧，的盧！今日妨吾！」誰料，那馬突然從水中騰空躍起，一躍足有三丈餘，飛身上岸，疾馳而去。後徐庶見之，亦有妨主一說，劉備不以為然，檀溪一躍，「的盧」救命，焉有此邪乎？然「的盧」之說終成讖言。被稱為「得一人即可安天下」的鳳雛先生就因為騎此馬而被射成箭垛。中國的相馬術較之堪輿術晚一千多年，但其相術之深讓人不寒而慄。

中國馬中名氣最大的要屬《西遊記》中的白龍馬、《三國演義》中的赤兔馬，靠小說、戲劇揚名，使中國名馬幾乎家喻戶曉。司馬遷也深諳相馬之術？說項王騎下的烏騅馬，"力拔山兮氣蓋世，時不利兮騅不逝，騅不逝兮可奈何！虞兮虞兮奈若何！"這些神馬皆深通人情：主人在則鞠躬盡瘁，主人死則隨之而去，死而後已。

　　狗不嫌家貧，馬不嫌人瘦，只有秦瓊賣馬，馬絕不背瓊而去。嗟呼，天下事有難易乎？相馬亦難亦易乎？

　　韓非子講老馬識途，估計韓非子亦得相馬真諦。韓非子云："管仲、隰朋從桓公伐孤竹，春往而冬返，迷惑失道。管仲曰：'老馬之智可用也。'乃放老馬而隨之，遂得道。"韓非子不但懂法治，集法家之大成；亦懂馬科學，知馬甚深。馬的眼睛大而亮，但視力卻不好，猶如犀牛，故馬易受驚。但馬之嗅覺極佳，尤其是老馬，嗅力突出，可與狗媲美。老馬識途靠的不是看，不是記，而是喚醒儲存起來的嗅覺的識別記憶。韓非子雖言管仲之事，實則暴露出其懂馬之科學。

　　戰國出奇人。孫子豈止軍事大家？相馬有術矣；豈止只有兵法十三章，應有相馬之術數篇。古之軍事家，焉有不識馬者？孫臏初入齊，見到田忌"數以齊諸公子馳逐重射"。說明戰國時期賽馬是項大賽事，從齊王諸公子始，皆熱衷於此；上有所好，下必甚焉，以賭為局，賽馬論輸贏乃全國性的娛樂活動，齊如此，關中六國亦然。"馳逐重射"，須有好馬，猶如當前的"跑馬博藝"。齊威王時，此技已然如火如荼，齊王及諸公子深迷此博。這才是伯樂尋購千里馬之大背景。千里馬吃香，千金難得，非購千里馬駕車耕犁，而是"重射"，一射即為千金，豪賭也；重射之下，何懼千金購馬？孫臏冷眼觀之，觀之賽馬規矩，觀之下場之賽馬，觀之馬之速度，故敢言之田忌"臣能令君勝"。此絕非只看上、中、下馬"足不甚相遠"，而是要"相馬"矣，看馬之品種、體態、性情、訓練等等，確認上馬之為上，中馬之為中，下馬之為下；不是跑一次就定"終身"，孫臏才敢下斷語，再賽必勝。孫臏懂馬、知馬，絕不會馬前失蹄，更不會相馬失算，伯樂耳！果然，孫子勝算，穩操勝券。孫臏是先有相馬術，後有兵法術；因為有此勝，才引起齊威王重視，"齊威王問兵法，遂以為師"。

二、伯樂有術，千里馬何在？

難道真如所言：世上伯樂常有，中原斷無良馬？至少在伯樂所在年代，在司馬遷還在奮筆《史記》之時，中原有無千里馬？

素面朝天出門去，伯樂豈是蓬蒿人？伯樂見不得千里馬受困、受屈、受難，痛則泣，痛則悲，痛則呼之蒼天。伯樂留有《相馬經》，與其言之相馬，不如言之醫馬。伯樂相馬有五條標準，論頭、論耳、論眼、論背、論蹄，然獨未論腿、論胸、論臀、論筋。似乎有一點可以肯定，伯樂未曾見得一匹真正的千里馬，中原無寶馬，焉得有尋？

以我之見，伯樂在秦穆公時代所相之馬，應為蒙古馬。蒙古馬是世界上較為古老的馬種，低矮粗壯，四腳堅實，力大持久，但這種馬進入中原後，人類對其要求就是負重拉車，出力幹活，任勞任怨，不踢、不咬、不鬧騰，蒙古馬許多野性和原有的許多優點幾乎是代代退化。後人語，千里馬常有而伯樂不常有；伯樂心中有苦，苦痛之極而言，豈有千里馬乎？最可悲的是一些被中原稱為胡馬的蒙古馬，性烈情暴，騰跑踢咬時有發生，主人大怒之餘，閹而騸之，悲哉莫如其然！更可悲者，騸馬之舉恰恰發生在秦穆公之時，伯樂之世，伯樂見其乎？想必伯樂痛不欲生。中原無駿騎，與把那些血性的、陽剛的、野性的、狂傲的蒙古馬去勢騸之有很大關係。到漢時，中原已無上陣戰馬，焉能不敗胡騎？亦有云：伯樂非病亡，實為見騸千里馬暴怒而亡。該為誰悲誰泣？

人類表現 "中國馬" 的形象，至少比表現 "中國龍" 要早一萬多年。據科學家考證，一萬五千年前，在法國拉斯科山洞發現了舊石器時代的洞穴壁畫，讓人瞠目結舌的是壁畫上竟然畫著一匹 "中國馬"。這匹中國馬呈奔跑狀，小頭肥胸，大肚短腿，兩耳前立，黑鬃色黃，既不英俊，也不雄壯，比例還有些失調，頭偏小，肚偏大，腿過短，脖過粗，如伯樂相之，肯定指為劣馬。但這是人類文化中的第一馬。此馬之所以如此 "窩囊"，是因為此馬係母馬，且係懷孕待分娩，因為遠古人類崇尚生育。但為什麼標之為 "中國馬"？即使在中國，也是到了西周初年，才有 "中國馬"。在陝西寶雞出土的青銅器 "何尊" 內有四字銘文："宅茲中國。" 此前未見有過此稱謂。為何法國高盧人的祖先在一萬五千多年前就呼出 "中國"，並冠之於一匹奔跑的懷孕母馬？

細想法國拉斯科洞中的"中國馬"，它既不像產自"兩河"的阿拉伯馬，也不像產自西域的汗血馬，它更像蒙古馬，或者說更它像伯樂所言中的"駿馬"。可以肯定在拉斯科洞中岩壁畫上的"中國馬"是一匹野馬。馬經過馴化成伯樂相之為千里馬，最早距今應在6500年左右。目前地球上唯一存活的野生馬普氏野馬，又稱草原野馬或蒙古野馬，有著6000多萬年的進化史，保留著馬的原始基因，全世界僅有2000餘匹，比大熊貓還珍稀。判斷普氏野馬在於其染色體有66條，比普通馬多出兩條；這種判斷是野馬還是家馬，伯樂的相馬經上並未談，伯樂相的都是經過馴化的家馬。我認為判斷野馬與家馬的最明顯的標誌之一是，當一匹公馬打敗原來馬群的領頭公馬以後，牠會毫不猶豫地咬死所有前公馬留下的馬仔，猶如一頭雄獅打敗獅群的領袖而勝利接管那個獅群以後，一定會咬死前獅王留下的幼崽，其目的也十分明確，斷其母獅哺乳期，讓牠們重新發情，以便為新獅王傳宗接代。血脈的相傳、基因的相傳，使獅群的優秀種群代代相傳，代代進化。普氏野馬亦然，公馬相拚、猶如雄獅相搏，非死即殘，基因淘汰的殘酷，不亞於敵我，水火不相容。而經過馴化的家馬，即使是種馬，也絕沒有這麼野、這麼兇、這麼血腥、這麼殘酷。

馬和人類的關係密不可分，一般認為馬解放了人類的生產力，為生產關係的演變增加了新的積極因素；但的確是馬把人類引向戰爭，使人類的戰爭更加殘酷、更兇猛、更迅速、更激烈。言其助紂為虐恐也不為過，馬之德為人之功乎？罪乎？

追根溯源，其罪在人。

馬的直系祖先應是歐洲野馬，但牠的遠祖遠在北美洲草原，5000萬年前在"風吹草低見牛羊"的北美洲高大茂盛的荒草中，像狗一樣大小的馬的祖先就藏匿其中，時時刻刻躲避著天敵。200萬年前，馬在自然界的演化和生存配置中逐漸高大、健壯、兇悍，終於遍佈北美、歐、亞的草原，馬之崛起，似乎天下無敵，驟風一樣颸來，暴雨一樣逝去；馬蹄之聲也曾讓那些犬科類、貓科類動物心驚肉跳。馬在6500年前，遇到了牠的上帝、牠的主人，也可稱之牠的冤家，但不是冤家不聚頭，人類開始馴化牠。

查閱野馬之家族史，不能不讓伯樂泣淚，中原無良馬，三大優質野馬分別為蒙古馬、汗血馬、阿拉伯馬。

中原馬的馴服，從一開始就有別於歐洲、阿拉伯和蒙古，馬之前途萬千；路不同，其前途必殊。

歐洲、阿拉伯和蒙古，從馬馴化的那一天起，就分為役馬和戰馬，準確地說即使先馴化為役馬，也在很短的時間內就從役馬中精挑精選出戰馬，且精心配種，優生優育，培養出一代代優種純血馬。2018 年法國總統馬克龍訪華期間，送給中國領導人一匹法蘭西共和國騎兵衛隊的八歲褐騮色戰馬，其名曰：維蘇威火山。這種法國 "龍騎兵" 的戰馬，至少經過二十多代的人工雜交繁育，可貴的是至今還保留著一種兇兇然的野性。

在歐亞大陸北部茫茫大草原及其周圍的戈壁、綠洲、森林地帶，逐漸形成了形形色色的遊牧民族，從他們誕生的那天起，就和馬相依為命，密不可分。沒有馬，他們甚至寸步難行。歷史極其形象地喻之為馬上民族。騎馬是馬上民族生存的第一要素，孩子斷奶之日，就是被抱上馬背之時。可以不會走路，但不能不會騎馬，馬上民族對種馬的挑剔和選擇極其刻薄、嚴酷和無情，不優秀的種馬將被閹割，這就決定了優良馬種一代代不斷被優化、不斷被改良，優秀馬種不斷被提純、不斷被雜交改造，優中選優，這也是馬上民族在其後 2000 年不斷強大、不斷擴張的原因之一。

而中國的中原馬卻非然，牠經過了漫長的役馬過程，從野馬被馴養的那一天起，牠的任務就是低頭拉車、埋頭幹活。正如伯樂所見："蹄申膝折，尾湛肘潰，漉汁灑地，白汗交流。" 似乎人類馴服馬，就是讓馬充當奴隸。即使從軍打仗，依然是駕車而行。中原從夏商周直到秦漢時代，漫漫近三千年，呼馬為 "牲口"、"畜牲"，直到今日，蓋源於此。中原無戰馬，源於中原無騎兵。秦之前的戰爭，以兵車論勝負，未脫離馬拉車的格局。馬不必野，不必兇，更不能狂。挑選和優化好馬的標準是老實、能幹、力大、耐勞。看看秦時最駿偉、最威武、最顯赫的馬。兵馬俑的發掘，讓我們看見了 2000 多年前秦始皇選中的駿馬。

四匹雄壯威武的駿馬拉著秦始皇乘坐的溫瓊車，全副武裝，一身光彩，不愧為千古一帝之御乘。四匹御馬，身材、體態、做派幾乎一模一樣。鬃毛、皮毛、馬尾都經過精心地梳剪打扮。這八匹秦馬當為蒙古馬，秦國可能是中國第一批引進蒙古馬的國家，也是第一批成立騎兵的國家；雖然還是輕騎兵，屬 "偏師"，但是也說明秦始皇有眼光；這也和秦國地處西部邊陲，西戎之內皆少數民族、遊牧民族、馬上民族有關；當關內六國還遠遠未把馬從車轅中解放出來時，秦國的騎兵已然是偏師借重，變化無常，防不勝防。但秦始皇這八匹御馬明顯過於肥胖、過於健壯、過於矜持、過於尊貴，如伯樂相之，並不以為其為千里馬，跑必不快，力必不耐，過於斯文雅致、雍容華貴，盡皆貴族之氣。這可能和審美觀念不同有關。歐洲王室中的"御馬"更追求血統要純、品種要正，牽出去可以當賽馬，拉出陣可以當戰馬，騎出去可以當獵馬，列起隊可以當閱馬。

中國優秀種馬的危機直到西漢武帝時正式爆發出來。

三、伯樂老矣，尚能飯否？

公元前 200 年，發生在山西大同白登山的一場惡戰，讓登基當皇帝才不到兩年的漢高祖皇帝劉邦徹底服輸。這位當時勢在必勝的大漢開國皇帝，幾乎束手就擒，所率 32 萬大軍雖皆為大漢王朝開國將士，身經百戰，但幾乎全軍覆滅。白登山一戰，讓劉邦認識到"內戰"和"外戰"的根本區別，對戰爭重新認識。與匈奴騎兵之戰，不在一個等量級上、一個水平綫上，以兵車對騎兵，以步兵對騎兵，無論將士如何浴血奮戰，戰則必潰。大漢王朝的選擇是，放棄戰爭，忍辱負重，走和親換和平的道路。

在白登山上，身經百戰的劉邦可謂"開眼"，號稱 40 萬大軍的匈奴騎兵風馳電掣一般，分四面包圍白登山，西方皆白馬，東方淨青馬，北方俱黑馬，南方為紅馬，如洪水下山，勢不可擋，讓人心驚肉跳，魂飛魄散。劉邦認識到騎兵之兇、之猛、之速、之威，認輸、認敗、認栽、認屜，那是一種全新的戰爭、無敵的戰爭，是騎兵的戰爭、人馬合一的戰爭。早在古希臘神話中，就有人頭馬之神，人頭馬身渾然一體，這就是馬上民族的尊神。這是馬上民族給大漢王朝上的第一課，深刻且血腥。

大漢王朝開始著手重新建設軍隊，著力建設騎兵部隊，精選良馬。雖無伯樂，漢武帝豈不勝似伯樂乎？他要選出成千上萬匹千里馬，引進天下良馬，伯樂也不曾見過的千里馬——天馬，裝備大漢王朝的軍隊。他要打敗馬上民族，一統天下。

中國對馬的重新認識，對優種馬的選拔提純，對從"異國"西域引進良種馬，把純血優種馬引進中國始自漢武帝，漢武帝從大宛、烏孫等西域國大規模地引進汗血寶馬、西域天馬等名馬，改變中原馬的品種，扭轉了中原馬代代萎縮、退化，漸無純血優種良馬的頹勢，讓後人再次嘆曰：伯樂常有乎？而千里馬無乎？漢武帝高瞻遠矚，目能千年。

漢武帝時，張騫帶著聯合西域抗擊匈奴的使命出使大月氏等國。張騫十分了解漢武帝的戰略意圖，當他路過大宛國時，了解到大宛國最有名的是駿馬。張騫去“相馬”，親眼目睹大宛馬之“駿”，疑為“天馬”、“神馬”，和他在大漢王朝所見的中原駿馬截然不同。大宛馬身高體長，肌肉雄健，趾高氣昂，奔跑如飛，四蹄踏空，來如閃，去如風，且耐力極強。張騫確定，這種“天馬”極有可能正是漢武帝夢回神牽的戰馬。用其裝備大漢軍隊，何懼匈奴焉？讓張騫稱奇拜服的是，這種“天馬”奔跑之後前膊流出的汗水中有血，“沾赤汗，沫流赭”。此乃汗血寶馬，張騫見所未見，聞所未聞，真世上寶馬。張騫可能比伯樂還會相馬，他看中的汗血馬是當今世界三種純種馬之一，而且是最純的馬種，無馬可比，伯樂所云千里馬無法與汗血馬相提並論。漢武帝稱汗血馬為“天馬”應當之無愧。這種馬在平地上跑 1000 米僅需要 1 分 7 秒，最快速度為 84 天跑完 4300 公里。汗血馬的形象被繪製在牠的產地土庫曼斯坦的國徽中央，全世界汗血馬的總數量非常稀少，總共不過 3000 匹左右，但到全世界的跑馬場、賽馬場去觀看，全世界的名馬薈萃一場，必不可少的就是汗血馬。

漢武帝有眼光，他把張騫封為博望侯，而百戰將軍李廣只能望侯止步，“李廣難封”，其中有一條就是發現了汗血馬。

漢武帝真伯樂耳，獨具慧眼，決定出重金，買回汗血馬種馬。汗血馬乃大宛國之國寶，其國王亦深明其國寶之珍貴，亦懂得種馬流失之禍害，因此不准交易，貴賤不賣。漢武帝得汗血馬心切，令打造一匹金馬，去換大宛國的汗血馬，其心不可謂不誠，其意不可謂不切。但大宛國雖貪金馬，但拒不交換汗血馬。談崩以後，索性殺了漢使臣，搶了漢金馬，從而引起汗血馬之戰。為一種馬進行一場戰爭，似乎聞所未聞。歷史果有此事，現世上還存有兩匹金馬，都是從漢武帝的茂陵失盜流失出去的，一匹現在日本的美秀博物館，其重為 7 公斤；一匹為鎏金馬，現在陝西博物館，與大宛國交換的金馬不同，據說送去大宛國的那匹金馬，與真馬無二。大宛國如此野蠻無理，枉殺外交使者，奪財搶寶，大大激怒了漢武帝，正所謂敬酒不吃吃罰酒，天子之怒，“伏屍百萬，流血千里”，漢武帝豈是那種讓人欺侮之皇帝？劉徹有句名言：人不犯我，我先犯人；人若犯我，我必犯人。何況把刀遞到他手中，師出有名，“犯我強漢者，雖遠必誅”。大漢王朝兩次出兵討伐大宛國，最終打得大宛國國破人亡，斬得國王頭，牽得寶馬回。公元前 108 年，大宛國 30 匹純血種的汗血馬以及其他 3000 匹西域優質良馬進入中原地區。中國的高品質的優種馬自此始起。

漢武帝堪比伯樂，十分喜愛汗血馬，百看不夠，其對汗血馬的摯愛之情絕不亞於唐王朝的李世民。古人事死如事生的觀念自商已深遠，李世民把他生前喜愛的六駿雕成石刻立在陵前，漢武帝很可能把金馬直接帶入到茂陵之中。現已發現的珍藏於日本的金馬即從茂陵中流出，即如此，專家一致認為，其陵墓之中，當初應該有像在甘肅武威雷台漢墓出土的青銅車馬陣，絕不僅僅只孤零零的一匹馬。非常遺憾，出自漢武帝茂陵陪葬的那匹純金的汗血馬，日本人珍藏視之為國寶，估計沒有幾位中國人看過，因為像馬未都這樣的專家去了，走到門前，都無緣相見。有些專家也抱有一些期望，但願茂陵中還會藏有金馬，因為出土馬踏飛燕的雷台漢墓不是也曾被盜過兩次嗎？

伯樂太老了，雖然他是中國相馬之先祖，但他從未見過一匹真正的純血種的千里馬，伯樂死不瞑目，死而有愧；漢武帝肯定見過，且是心愛真愛，看他特意作的一首《西極天馬歌》："天馬來兮從西極，徑萬里兮歸有德。承靈威兮降外國，涉流沙兮四夷服。"沒有多讀過漢武帝的詩，但此詩寫得神采奕奕，天然大氣，興奮之情，躍然紙上。

唐代為駿馬抒情的大詩人太多了，我判斷他們和伯樂一樣，沒有能親眼去相相汗血馬，總感到彷彿 "燕山雪片大如席"，不像李白唱酒，李賀吟奇，李商隱抒情；不像岑參嘆邊塞，高適苦風雪，盧綸誦邊曲。但杜甫例外，杜甫見過真正的純血駿馬，見過真正的汗血馬。"胡馬大宛名，鋒棱瘦骨成。竹批雙耳峻，風入四蹄輕。所向無空闊，真堪託死生。驍騰有如此，萬里可橫行。"（《房兵曹胡馬詩》）

四、金馬難換，汗血馬鳴嘶

伯樂常有乎？

中國純血汗血馬自 1973 年開始，曾經 "奔馳" 在英、法、美等 12 個國家，超過 500 多萬人次都親眼目睹了它的風采，引起極大的轟動。它就是 1969 年從中國甘肅武威縣出土的 "馬踏飛燕"。

1971 年，它還像伯樂相馬中感嘆千里馬拉車負重，無人能識被埋沒民間一樣，深藏在同時出土的 19 匹青銅馬中默默無聞，但它終於遇見了伯樂，那年郭沫若已然年邁八旬，但他一眼看見這匹青銅馬，為之驚嘆，為之震撼，此真千里馬哉！幾天後回到北京，郭沫若向周總理彙報，言之為國寶、神馬、中華第一馬，並親自為之起名：馬踏飛燕。

馬踏飛燕形象、逼真、栩栩如生。細觀：身馳矯健，奔跑有力，雙耳豎立，鬃毛飛揚，兩眼圓瞪，張嘴呲牙，靈氣之中未泯滅野性，馬尾高翹，四蹄騰空，肌肉繃起，無不展示著速度與激情、狂飆與美麗。突然想起劉禹錫的兩句名詩："馬思邊草拳毛動，雕眄青雲睡眼開。"不知夢得先生可曾見過汗血馬乎？

這匹馬踏飛燕體型碩大，四肢修長，馬蹄堅硬有力，腿幅寬大，胸肌發達；在頭上長有肉角數寸，與大宛汗血馬如出一轍。

中國的優質雜交馬，自漢得到了充分發展。兵車自漢始全面退出戰場，馬的神力愈顯；馬強則軍力強，則國強；兩軍搏殺，騎兵為主。在冷兵器時期，很難抵抗訓練有素的鐵騎衝擊，馬的作用也客觀地推動了優種良馬的繁殖。

南北朝時有一首傳之甚廣甚遠的《木蘭詩》，詩中云："願為市鞍馬，從此替爺征。""東市買駿馬，西市買鞍韉，南市買轡頭，北市買長鞭。"北魏王朝招兵不買馬，馬由應徵人自備。花木蘭四市買馬、買馬具，說明北魏王朝招兵即騎兵。北魏部隊的戰鬥力之強，強在騎兵。花木蘭去四市買馬、買馬之配具，說明馬在軍隊中的重要性，政府並未規定非要好馬從軍，但戰爭的結果不止一次地說明，好馬既是戰勝敵人也是保全自己的最有效的手段，如果騎一匹弱馬、瘦馬、病馬、老馬，兩軍相殺，非死即傷，即使尚未上陣廝殺，也會被拖垮累倒，兵強須馬壯，千軍萬馬，馬勝兵十倍。

花木蘭從軍當晚就 "暮宿黃河邊"，"旦辭黃河去，暮至黑山頭"，"但聞燕山胡騎鳴啾啾。""萬里赴戎機，關山度若飛。"無良馬駿馬，尚未開戰，恐怕已被拖死累死。花木蘭能 "將軍百戰死，壯士十年歸"，與她胯下有良馬密不可分。戰爭、搏殺、生死存亡，使戰馬優勝劣汰，雖殘酷無情，但擇優生存，使中國馬更加健壯、更加機警、更加頑強、更加耐久，優秀的基因代代相傳。到唐朝，中國良馬進入到一個新的發展時期。

論唐之名馬，首當論唐昭陵六駿。

昭陵六駿是唐太宗李世民馬上打天下的 "當事人"、"見證人"。是唐太宗從統領的幾十萬戰馬中精選出來的，何止萬里挑一？是唐馬中最著名、最卓越、最優秀也是最具傳奇色彩的純血優質馬。可見李世民不但是中國歷史上最傑出的政治家、軍事家，開創貞觀之治，獨領一代風流；而且還是一位懂馬、識馬、愛馬、摯情終生的伯樂。唐太宗真伯樂也。

唐太宗相馬與伯樂相馬還有不同。唐太宗相馬主要相戰馬，馬不畏死，敢迎敵而上，冒刀槍流矢而衝，能忍痛而行，耐苦耐勞。相戰馬與挑敢死將士有相同的一面。唐太宗慧眼識得真戰馬。

昭陵六駿皆熱血優質良馬，一水的西域優種馬，其中三匹為突厥純種馬，兩匹為大宛汗血馬，一匹為汗血馬與蒙古馬雜交優種馬，堪稱駿馬中的精英。岑參曾為一匹喚名赤驃馬的駿馬而歌："男兒稱意得如此，駿馬長鳴北風起。待君東去掃胡塵，為君一日行千里。"好不快哉，好不爽焉。赤驃馬相比之唐昭陵六駿，恐怕自嘆不如。想唐太宗躍馬橫刀，縱馬搭箭，飛馬殺敵，何止英雄？馬上英雄，馬上縱觀天下，天下就在眼前。

昭陵六駿馬的名字都叫得有些拗口，"拳毛騧"、"颯露紫"、"什伐赤"、"白蹄烏"、"特勒驃"、"青騅"，能記住這六匹駿馬名字的人恐怕不會多，因為起這些名字的人皆為突厥人，突厥人善養馬，祖輩習馬，與馬為生為伍，西域出良馬，突厥為其中。突厥語難懂，現在似乎仍未完全破譯，因此六駿馬之名皆為突厥語直譯，其意與漢語直譯並不一致。

六駿之一的"白蹄烏"，是六駿中唯一一匹歷經百戰無傷，最後"戰死"在戰場的馬。其名曰"白蹄烏"，其實與其蹄黑白無關，當年突厥人稱其"白蹄烏"，其意可能讚譽這匹馬為少汗、少帥、少將軍。

李世民為少帥、少將軍時，曾騎著這匹"白蹄烏"屢征屢戰，立下赫赫戰功。一次李世民率軍乘勝追擊，催動"白蹄烏"身先士卒，窮追不捨，一鼓作氣，一晝夜狂追200多公里，人未下鞍，馬不停蹄，追敵到最後一刻，"白蹄烏"戰死邊陲。李世民數十年不忘，每思必心痛。"白蹄烏"為他年紀輕輕就在三軍之中、帥旗之下，立下汗馬功勞，此生死之情，至死不忘。

六駿之中死得最壯烈的應屬"拳毛騧"，此馬係西突厥人經十數代雜交優選出來的西域良馬，被譽之突厥國馬。此馬在兩軍白刃肉搏之中，與李世民形成人馬合一的"人頭馬"，兩軍陣前，殺得幾進幾出，幾生幾死，身中九箭，壯烈戰死於兩軍陣前。豈能不讓人悲壯？焉能不讓人動情？

六駿之一的"什伐赤"，在李世民率軍攻打洛陽一戰中，打得十分艱苦、十分殘酷。為阻敵西進，他率 3500 多騎為先鋒，搶佔虎牢關，當時騎的就是"什伐赤"、在激烈的戰鬥中，李世民衝鋒在前，"什伐赤"一馬當先，十萬大軍相拚，俱以命相搏，且雙方皆身經百戰，出生入死，"什伐赤"身中五箭。據史料記載，若非"什伐赤"馬快機警，能扛得住傷痛，李世民將命喪兩軍之中矣。大唐無歷史，歷史重翻頁。但"什伐赤"終得凱旋，李世民曾由衷讚之："瀍澗未靜，斧鉞申威，朱汗騁足，青旌凱歸。"李世民詩絕不如馬好，但他言朱汗即汗血也，"什伐赤"乃汗血馬也！

唐還有匹馬，為無價之寶，現珍藏於美國大都會博物館。這就是唐朝韓幹畫的《照夜白圖》。親眼見過這匹寶馬的，指不得遠於 10 米，全世界 76 億人口，估計不會超過 76 人，極有可能一億人都平均不上一位。讚美之辭，浩如煙海，汗牛充棟。我觀這匹照夜白卻另有想法，想如伯樂在世，亦可以研討，照夜白之馬，《牧馬圖》中之馬皆千里馬乎？

韓幹筆下之神馬無論照夜白之白馬，牧馬圖之黑馬，皆膘肥體壯，突出顯眼之處皆體態肥胖，肚奇大，臀奇肥，觀其鬃毛皆精心梳洗剪妝，馬脖粗短，四肢細弱，莫言四蹄踏風，恐其立不能持久矣。不知其馬原型如此，還是渲染至此，記得唐太宗在與六駿至死相隨時曾有聖旨："朕所乘戎馬，濟朕於難者，刊名鑴為其形，置之左右。"不知韓幹之馬屬"真形乎"？冷眼觀之，韓幹所牽這兩匹馬似皆官馬、御馬，一身官氣，一身瑞氣，雍容華貴，養尊處優，洋溢著貴族皇家的寵物氣，唯獨缺少兇氣、野氣、霸氣、機警勁、威武勁，缺少"一身橫肉"、一臉兇相。漢唐馬的藝術區別恰恰於此，漢馬更兇悍、更野性、更自然，也更不可一世，齜牙咧嘴，雙眼圓瞪，四蹄跑起，尾巴高揚，甚至有幾分飛揚跋扈的感覺。在霍去病墓前有一尊石雕，馬踏匈奴，雖然經過歲月的侵蝕，雕像的每個細節都已模糊不清，但卻能讓人感到霍去病胯下這匹正蹄踏匈奴的戰馬，兇悍異常，一身殺氣，桀驁不馴，確有氣吞萬里的神態；何止霍去病，這匹馬也應"封狼居胥"。李白有詩讚霍去病："嚴風吹霜海草凋，筋幹精堅胡馬驕。"那該是一匹胡馬，真正的汗血馬。而中唐以後的馬，多肥、壯、圓、笨；多善、穩、和、美；讚美馬之穩、之美之外，總感到缺神韻，缺氣勢，缺精神；缺兇、缺野、缺殺氣；感覺那馬縱然一切無可挑剔，但唯一無神，似為閹馬，無根無勢之馬。元代龔開筆下的《駿骨圖》畫的那匹瘦馬，瘦成一排岩峰陡峭的骨架，15根肋骨歷歷崢嶸，卻有一股桀驁不馴的氣質，"上前敲瘦骨，猶自帶銅聲"。瘦死、餓死也是匹不服軟的烈馬。自唐以後，尤其宋、明、清時代，皇陵神道兩側之俑馬，皆為閹馬，翁仲之文臣武將，皆太監。嗚呼哀哉，皇帝九泉之下相侯，除太監即閹馬，此朝此代焉有不敗？

伯樂若在，不知其感覺然乎？

五、一代天驕，胡馬雄風

成吉思汗，一代天驕。

這位天之驕子，率領他的蒙古鐵騎稱霸亞洲，縱橫歐洲，飲馬多瑙河，踏破烏拉爾山；攻無不克，勢如水銀洩地；戰無不勝，足論秋風落葉。中國三皇五帝，秦皇漢武，唐宗宋祖，未有一位能衝出亞洲，何問天之驕乎？

成吉思汗十幾年征戰幾十萬里，莫說兩軍對壘，攻城斬關，即便是一路行走，焉能如此？秦始皇的軍隊是"打"出來的，"打"出的大秦王朝，不可謂不強，卻終於未能"打"出中原去；漢高祖的軍隊不可謂不眾，動輒數十萬軍隊出征，旌旗遮日，寒光映天，始終在楚河漢界之間馳騁，"但使龍城飛將在，不教胡馬度陰山"。漢軍豈敢度陰山？橫跨崑崙山？踏破賀蘭山缺？築長城、修烽火台、建馳道、封藩王皆為"畫地為牢"，保一方平安。

普天之下莫非王土，率土之濱莫非王臣。國土也好，王侯也罷，在一代天驕眼中，皆股掌之物。天下英雄竟無"使君"獨孟德乎？不是天下無人，遂使豎子成名；亦非英雄無謀，壯士無血，而是胯下無良馬；蒼天不公，獨天之驕子有，普天之下堪稱駿馬，蒙古馬！世界現存欄7000多萬匹馬，分為300多個品種，其中汗血馬、阿拉伯馬、蒙古馬是歷史上最著名、最傑出的戰馬。蒙古馬成就了成吉思汗和他的蒙古帝國，使成吉思汗成為普天之下唯一的一代天驕。

胡馬驕，胡馬烈，胡馬常在而飛將軍不常在；胡馬彪悍，馬上民族兇悍，水肥草美之後，必有胡馬度陰山，幾乎形成季風，直颳到京城之下。馬上民族被中原人士鄙視為蠻夷，其軍隊二千年間基本上是"三無軍隊"，無編制、無訓練、無軍備軍餉，打仗全靠"胡風"，胡騎之下，形成無堅不摧的颶風。大明王朝，皇帝英宗舉全國之力親自征胡，沒想到五十萬大軍，尚有火器營，陣前排列火銃大炮，豈料竟然一擊即潰，如冰入沸水，土崩瓦解。胡騎勇不可擋，馳之如風，奔之如電，英宗手下戰將千員、謀士數百，連同皇帝無一漏網，讓胡騎齊刷刷全員俘虜。孔子應該感嘆：胡馬猛於虎。

現藏於美國波士頓美術館的一幅五代時期的名馬圖《番騎圖卷》，乃遼王朝太子耶律信親手所繪，在宋代已然被視為國寶、珍品。這幅絹本設色的畫卷上畫的六位契丹"番人"騎著清一色的胡馬蒙古馬，看那蒙古馬雄壯兇猛，瀟灑自信，皆跑馬、烈馬，皆戰馬、悍馬，經百戰、歷千里，六匹尚如此，敢論六百、六千、六萬匹嘶鳴狂奔之胡馬，其勢何止排山倒海？

蒙古馬在"馬世界"中不張揚、不顯赫、不靚閃，但更強壯、更任勞耐寒、更有耐力。蒙古馬能不吃、不喝、馬不停蹄地奔跑一天，在所有戰馬中無能匹對。當年成吉思汗的蒙古鐵騎，一人數騎，可在馬背上睡覺，晝夜疾馳，而蒙古馬一步不停，別的馬都是站立睡覺，獨蒙古馬跟隨大隊馬群邊跑邊睡，幾百里的征途，朝發夕至，即可衝鋒，兵貴神速，無人能比，被喻為"恐怖的草原旋風"。

蒙古馬皮厚毛粗，牠不如純血種的英國馬紳士、貴族、挺拔、靚麗，但牠更能適合野戰，更能在惡劣的環境中生存，一代又一代的擇優生殖，使牠們成為野生世界中最頑強的戰士。在蒙古草原，有數種毒蟲和小咬、毒蜂，牠們瘋狂的時候，能咬得馴鹿發狂，咬得黃羊狂飆，咬得狼群炸窩，咬得黑熊跳河，但蒙古馬似乎並不害怕，牠們皮厚肉糙，皮肉在毒蟲螫咬時會突然繃起，把毒蟲彈落，其皮之厚超出毒蟲之刺，扎而不透。這使我想起在中東見到的一種黃瓜，皮甚厚，足有中國黃瓜三至五層皮厚，問之方知，當地有一種蜂會刺穿黃瓜皮後產卵，經過千百年的進化，黃瓜生出一種厚皮，讓其難以刺透。蒙古馬厲害，當年侵華日軍調集精銳步兵前往中蒙邊疆地帶，隨之爆發"張鼓峰戰役"，日本人馬尚未明白此處係何處，就被蜂擁而來的各種毒蟲咬得人喊馬叫，苦不欲生，又無處藏身，許多日本兵被活活螫暈、螫病，甚至螫死。從日本運來的"東洋馬"被螫得以頭撞地，"無地自容"，而蒙古馬卻坦然處之，不愧為野戰之中的天之驕子。查伯樂相馬似未有此說。

蒙古馬野在數百種馬中，實屬最野的馬。蒙古馬兇時，兇相畢露，殺氣甚濃，能逼走野狼。頭馬在與頭狼相拚時，護群護駒的頭馬兇猛異常，不但直立相撲，前蹄狠踏，後蹄猛踢，中者非死即傷；更兇野的是蒙古馬還會用吃草的寬厚門牙撕咬，據說只要被蒙古馬咬上，會一口撕下狼的一層皮，猶如非洲河馬雖然食草，但發怒、發狠、發情之時，一口也能咬斷獅子的脖頸。除非餓極了，草原狼是不會招惹蒙古馬的，尤其是拖家帶口的群馬，那頭蒙古馬頭馬，敢和狼群拚命。

蒙古馬作為最優秀的戰馬，最難得的是能像戰場上的戰士一樣，從不擺譜、從不矜持、從不挑剔，"粗茶淡飯"即可。不像尊貴的英國純血馬，飼料都需科學配方，飼料稍稍一"粗"，即昂頭不食，嗤之以鼻；也不像阿拉伯馬、波斯馬那樣高貴，要精選的小麥、苜蓿，佐以乾果；而蒙古馬不同，上堂為君，下堂為民，可以拱開積雪，去吃冰雪下的枯草。想起辛棄疾的幾句詞，不是言之蒙古馬吧？"斜陽草樹，尋常巷陌，人道寄奴曾住。想當年，金戈鐵馬，氣吞萬里如虎。"

成吉思汗的天之驕子，正應了着天所賦，好馬硬弓，天下英雄誰敵手？蒙古騎兵都佩戴一張拉力 50 至 75 公斤的輕弓，其殺傷力應在 300 米，而西方的弓箭一般在 70 至 100 米；如果是成吉思汗的重騎兵，皆配備強弓、硬弓，馬上騎射，非馬上民族，非自幼人馬合一，非蒙古馬的強壯，弓不能強開，箭絕非遠射。這就是成吉思汗彎弓射大雕之謎。敵未至，則箭已穿心；敵未落馬，則輕騎已至，揮刀斬首。成吉思汗和他的蒙古帝國讓蒙古馬寫就了馬在文明史上空前絕後的最光輝的一章，彷彿尚能聞見馬之長嘶，蒙古馬卻倏忽而來，絕塵而去。馬的起源地在美洲，美洲被哥倫布發現以後，僅僅五百年，頭插羽毛的印第安人騎著健壯雄偉的北美良馬幾乎踏遍北美的所有草原荒山，馬嘶長嘯伴隨著虎嘯猿啼，印第安人謂之萬靈之神，北美良馬謂之神之伴隨、神之雙翼。曾幾何時，"時不利兮騅不逝"，飄然而逝。數典難以忘祖。嗚呼哀哉。

世上有千里馬乎？有伯樂乎？難道真如《左傳》所言，千里馬常有而伯樂不常有乎？

盜墓中的陰陽

一

中國的盜墓形成文化，可謂源遠流長、撲朔迷離。沒有盜墓文化，華夏文化中的先秦文化如何書寫？如何證明？夏、商、周時期如何定位？如何斷代？很可能會成為文化乃至歷史的疑案、懸案、空白。毋庸置疑，先秦文化中的許多重大的文化、歷史疑點是靠盜墓文化鑒定的。世界四大古國中，唯有華夏文化最具有連貫性、統一性。華夏文化中的盜墓文化也最具有特長性、創造性、群眾性和連貫性，自公元前 17 世紀的商代始至今日，一直鍥而不捨，斬而不斷；魔高一尺，道高一丈；是中華文化的月下折射。

中華先秦文化中最重要的當屬青銅器文化，現存世登記在冊的大約有三千多件，百分之百都是出自地下，幾乎百分之百是經過盜墓者之手；海外流傳的青銅器珍品，皆出自古墓，都經過盜墓者的盜挖。中國大地之下，幾乎所有朝代的皇陵名墓無一不被盜，所謂"十墓九盜"，用考古行業的話講是"十墓百盜"，一座陵墓被盜多次是經常的。秦公一號大墓，秦景公的王陵，歷朝歷代的盜洞竟有 247 個。我在開挖的一層大墓平台上看見各式各樣、各種口徑的盜洞密密麻麻，如蜂巢鼠洞，其中 138 個盜洞竟然神奇地穿過幾十米高的封土、幾十米深的地層，不可思議地直接打在王陵的主墓室上，1500 年前的盜墓技術彷彿現在宇宙飛船在天空中對接一樣精準。直到 20 世紀 60 年代，我們的考古人為了尋找失蹤的秦景公王陵，整整找了十年，幾乎把《史記》上記載秦景公王陵的靈山鑽了個遍，打了百萬個以上的鑽孔，仍未找到，秦景公王陵到底"藏"在哪裏了？

秦景公陵墓發現後，又用了整整十年時間發掘，那簡直就是一座地下宮殿、地下寶藏、地下活歷史。2500 年前的一景一幕俱現，雖然經過那麼多次盜墓，但仍然出土了數千件文物，尤其重要的是它填補了秦乃至 2500 年前西漢文化的多項空白；

驗證了多項學術界、理論界、歷史學界爭執不下的難題；糾正了多個歷史偽證和錯誤的論題、定論，秦公一號大墓默默無言，卻雄辯難駁，它就是歷史。

《尚書》記言，《春秋》記事。

《尚書》是中華最早的書，其名原就叫《書》，成於公元前 5 世紀。《春秋》是中華第一部編年史，據說是孔子根據魯國史料親自編纂的。但因為歷史原因、環境原因，《尚書》、《春秋》都曾散佚、失落，後人都曾重編、新編、改編、偽編，而現在得以糾正和認定的，也是得益於 "盜墓"。盜墓流出的 "竹簡"、"木櫝" 向世界公開了《尚書》、《春秋》的正版、原創，讓那麼多年、那麼多 "懸案" 終於落地，"偽作" 終於得以糾正。

曾列入全國十大考古發現之一的甘肅敦煌懸泉寺遺址，早在數百年前就被盜墓人多次光臨過，最多一次可能有數人同時入洞作業，軍閥混戰，賊人橫行，豈顧上古墓淪喪？直至改革開放仍有盜墓賊猖獗盜挖，可見其地下之寶。後不得不由國家出面進行保護性發掘，那也整整發掘了三年，出土文物達 7 萬餘件，其中有漢簡 3.5 萬枚，一時驚動世界。"懸泉寺" 是兩漢時期在此處設置的一處郵驛機構，出土的漢簡中從皇帝的詔書、律令，使者的往來、使命，一直到工作調查，民情、民俗、民意、民生，簡直就是一座檔案庫、史料館，成為中國兩漢歷史上一份難得的歷史清單，填補了數十項歷史空白，也匡正了不少歷史錯誤。難得的是，此遺址雖被盜多次，但竹簡完整無損，經查，一片不缺。這就是盜墓文化的一頁，盜金盜寶不盜書。

1972 年，山東臨沂出土了大量漢代竹簡，其中竟然有《孫子兵法》、《孫臏兵法》，匡正了過去多年許多誤判、誤解、誤談、誤寫，重現中國兩部兵法大典真相，可謂彌足珍貴。盜墓人見是竹書，"秋毫未犯"。此乃盜墓賊的 "行規"，不能一賊十偷，一歹十惡。譽人不增其美，毀人不益其惡。

江西南昌海昏侯劉賀的墓第一個下去的，甚至第十個下去的皆

寶雞石鼓山挖掘現場

江湖盜墓賊；海昏侯墓終於在第一百個盜墓賊下去以後，被政府光明正大地進行保護性開掘。僅漢竹簡就出土了 5000 多枚，其中有失傳 800 多年的《齊論語》，還有極為珍貴的《論語》、《易經》、《孝敬》等堪稱瑰寶的經典歷史文獻。最讓我吃驚的是其中竟然有一套《六博棋譜》，當然盜墓賊認為竹簡不值錢，因此棄而不盜，卻給中華文化留下了瑰寶。

二

中國盜墓最大的特色是國家盜、政府盜、軍隊盜，設立機構，作為政府行為公開盜、大規模盜，盜而有名，盜而有功，盜而封賞、盜而掛印；然後才是江湖盜、"群眾"盜。這和世界上也以盜墓出名的埃及有所不同，埃及的皇陵古墓多是外國考古隊盜，其中有的背後還有外國政府插手支持，有的還和當地政府簽下協議，堂而皇之地發掘，鬼鬼祟祟地盜挖，採用先進科技地盜墓，然後才是江湖大盜、江湖亂盜。

中國盜墓榜上有皇帝、諸侯、文臣武將、封疆大吏。榜上有名的如東吳大帝孫權、大周皇帝武則天、明朝皇帝朱由檢、大清皇帝乾隆等等，皇帝盜墓當然是官方行為、政府行為。聖旨之下，其行皇皇；國之所為，其行浩浩。但盜墓榜上名聲最大、最躥紅的是曹操，曹操兇猛，不盜則已，盜則必名。他盜挖的是西漢景帝之弟、被封為梁孝王的劉武，劉邦嫡孫，平七國之亂立有安邦定國之大功，漢景帝曾當面允諾："千秋萬歲後傳於王。"與皇帝"入則侍上同輦，出則同車射獵上林中"。劉武死後，其墓葬幾乎陪空了漢景帝的半壁江山。曹孟德敢"挾天子以令諸侯"，盜墓亦要盜出名堂。曹為人做事即使再卑鄙的事，也要做得金光閃閃。派大兵盜墓猶如出征，圍梁孝王王陵而掘之，曹盜墓亦敢作敢為，竟然封此行動者為"發丘中郎將"、"摸金校尉"，中郎將、校尉皆是東漢掌兵的實權將軍，這也是中國盜墓史上唯一為盜墓正式封官立爵，列入政府和軍隊序列。曹操盜墓也不凡。

嗚呼哀哉，曹孟德亦不得安寢，雖設疑塚七十二座，四門齊開發葬，生前多次公開提倡要薄葬，但仍未能逃出盜墓賊之法眼，繞過曹操設的重重疑障，把盜洞準確無誤地打入墓道；墓葬被盜多次，所有陪葬品，蕩然無存，墓室被破壞得一塌糊塗，一片狼藉，屍骨四分五裂，慘不忍睹。有專家言，見過盜墓的，未曾見過似有如此深仇大恨的。自曹操始，又一次證明盜墓者終無良果，必有惡報。

比曹操更粗野、更兇殘、更肆無忌憚的盜墓賊還有項羽、董卓、呂布等等。農民起義軍更心狠手辣，燒宮殿，挖皇陵，黃巢佔領長安後，曾率40萬農民起義軍氣勢洶洶直撲唐乾陵。唐乾陵乃唐高宗與武則天合葬墓，盡藏天下之寶。黃巢氣魄大，"滿城盡帶黃金甲"，要盜挖就挖最大、最富、最值得挖的，40萬軍隊可謂滿山遍野，勢在必得。沒想到山可挖，嶺可搬，乾陵巋然不動。黃巢幾次親自督戰，除了黃土碎石，一無所獲。

武則天厲害！乾陵鑿山為墓，20多萬勞力晝夜施工，山陵為之鑿空，最重要的是墓道，這條秘密通道即"死道"，無人能確定它的方位，工匠是流水輪換，知情者必死。墓道全部為石條填塞，石條之間有鑿凹槽，用燕尾形的細腰鐵栓板嵌固，上下之間鑿洞，用鐵棍貫穿使石條固定不動，最後再將融化後的鐵錫溶液灌澆進去，使整個石條與山石完全融為一體，可謂固若金湯。

黃巢可謂盜墓慣賊，每到一處，有皇陵必盜，有大墓必挖。據歷史記載，黃巢率農民起義軍曾經瘋狂盜過秦陵、漢陵、唐陵，中國歷史上盜皇陵之首非黃巢莫屬。所盜皇陵即秦始皇陵、漢武帝陵、唐高宗李治和武則天合葬陵。

中國盜墓的一大特點是歷朝歷代的農民起義軍似乎都把"階級仇恨"盯在皇陵大墓上，每當攻城掠地後，必然把"發紅"的眼睛盯在前朝的皇陵之上。《漢書》中記載秦始皇陵的陪葬品："石椁為槨，人膏為燈燭，水銀為江海，黃金為鳬雁。珍寶之藏，機械之變，棺椁之麗，宮館之盛，不可勝原。"《晉書·王林傳》有一段精彩對話，帝問王林曰："漢陵中物，何乃多耶？"王林答曰："漢天子即位一年而為陵，天下貢賦三分之，一供宗廟，一供賓客，一充山陵。"皇陵幾乎等於國庫，盡收天下財富而入其中。造反、起義、以命搏之，焉有置國庫而無視之理？焉能放之於地下而不盜？要盜就公開盜，要挖就大規模地挖，破壞性、毀滅性極大。秦末農民大起義，項羽率起義軍打進咸陽，為後世起義軍改朝換代立下樣板，一為燒宮殿，二為挖皇陵，據有關史料記載，秦始皇的驪山陵墓早已被項羽盜挖，且一把火燒毀。諾然，其罪莫大焉，罄竹難書。之後的黃巾軍、綠林軍、赤眉軍都是盜挖皇陵的高手，且都以軍隊開進，明火執仗，大張旗鼓，從根本上徹底摧毀前朝的皇帝陵和高官皇族墓。

敵國入侵，民族仇恨，皇陵風水焉能保護地宮安寢？歷朝歷代的皇陵被盜被挖最慘、最兇、破壞得最徹底，沒留下一個沒被盜的，莫如北宋王朝。國破朝亡，人亡政息，前朝皇陵、大墓任人踐踏，任人折騰，屍裂骨散，面目全非。金國大將粘罕滅了北宋，掠其二帝，摧毀整個東京，粘罕還不滿足，直接發兵河南鞏義，大規模、分片包乾，從宋太祖皇帝開始，到所有陪葬的皇室大臣、皇后嬪妃，全都一一掘開，無一倖免。金軍挖宋陵，猶如開金礦、挖寶藏，肆無忌憚，無所顧忌。把屍骨拖出棺材，剝衣搜寶，甚至破腹剁頭。從未聽說宋陵有完整的，宋墓未被盜的。宋朝的皇陵大墓修得也太“文雅”，平地挖深墓，官越大，財越足，墓基挖得越深，有的深達二三十米；同樣，官越大，財越足，封土越高越大，猶如官越大，架子越大。盜墓賊的目標越準確，一個盜洞直打入主墓室，盜墓賊懸繩而下，竟然創造出“縋繩盜墓法”，真是慘哉悲哉。

盜墓分“冷盜”和“熱盜”。

千年之盜自然歸於“冷盜”，屍骨未寒被盜，則屬“熱盜”。項羽盜秦陵即為“熱盜”，但更“熱”的應屬春秋時代吳國伍子胥盜挖楚平王陵墓，從楚平王死的公元前516年，到被挖開墓葬被鞭屍300鞭，不過5年矣，可稱屍骨未寒。

但楚平王活著的時候就心有餘悸，因為他冤殺了伍子胥父兄，此仇生不見報死後必有一報，因此，楚平王想盡一切招數反盜挖，入土深藏。

伍子胥所在的吳國，其國王夫差墓即將修好時，夫差將修建陵墓的一千多名工匠，全部集中起來，徹底滅口；楚平王亦然，辦法比吳王夫差還絕。不但把所有參加建墓的工匠，甚至包括監工的將士全部坑殺，一個不留。然後墓地不樹不封，不留丁點蛛絲馬跡。

為報父兄之仇，伍子胥費盡心機尋找楚平王墓，正在伍子胥急得走投無路之際，有一老漢翩然而至，他就是萬裏存一的修墓工匠，為替死去的工匠報仇，他把伍子胥領到楚平王陵墓前，但當伍子胥督促士兵打開楚平王墓時，伍子胥目瞪口呆，棺槨劈開，竟然是衣冠冢。又在那位老漢的指教下，挖出假棺再往下挖，終於挖出真棺，這才有伍子胥一把拖出楚平王，怒目圓瞪，仇人相見，分外眼紅，手執九節銅鞭，鞭屍三百，又斬其頭，棄其屍骨碎片於田野。但此皆盜墓之外的情節了。真假墓的反盜法在春秋之後，仍屢有發現。

盜墓與反盜墓猶如矛與盾的關係、魔與道的較量，此生彼長，竟然延續了整整三千多年。

三

何為國寶？國之珍寶，其必須具有唯一性、至高性、完整性，是華夏文明、中華文化的重要見證，捨此絕無其他。《客使圖》名副其實，在陝西歷史博物館中，有國家一級文物 2000 多件，國寶有 18 件，《客使圖》便是其中之一，而這件國寶差一點就毀在盜墓賊手中……

章懷太子墓地位極其特殊，"章懷太子" 是唐太宗和武則天的第二個兒子李賢，曾被封為潞王、雍王，後被封為唐太子。其人史上有名，其墓卻下落不明。毋庸諱言，是盜墓賊先察先入，盜墓賊是怎樣找到章懷太子墓的？又是如何盜墓成功的？無人能作答。因其墓被盜，1971 年 7 月開始進行搶救性發掘，但當時並不知道這是誰的墓，有多大規模。直到挖開以後，方知道這是一座唐中期大墓。從 3.3 米寬的墓道口往下走 20 米左右，先要經過 4 個圓拱形的過廊，4 個天井，兩旁都有深龕、側室，裏面擺放著數百件色彩豔麗的唐三彩陪葬品，包括鎮墓獸、騎馬狩獵俑、綠釉花盆等，都是珍品，可惜的是除被盜墓者盜走的，兩壁六個側室中的陪葬品全部都被打碎，彷彿有深仇大恨似的。他們還有一個罪名——中華文化的破壞者，罪在不赦。什麼年代被盜的？什麼人盜的？彷彿一切都在黑暗之中。章懷太子墓是中唐王墓中最奢侈、最豪華、佔地面積最大、地下佈局最複雜的大型墓葬，墓主人李賢的身份就決定了他在墓中的陪葬品應是一座唐文化的地下寶庫。在第三個天井東南角有一個長 70 厘米、寬 60 厘米的盜洞，盜墓賊就是從這裏爬進來的。這座大墓原有一整套反盜墓裝置，如墓道大門設有暗器，強弓硬弩，抬頭門上有無數鐵器，若有人盜墓開門，暗器齊發，無一生存。盜墓賊手中彷彿有一張設計圖，他們準確地把盜洞直接打在三號天井上，繞開了一切機關暗道，盜此墓之賊非但老手，亦高手。

千年地下古墓，陰森恐怖，在微弱閃動不已的 "盜墓燈" 的照耀下，陰暗潮濕，寒氣逼人，尤其是在狹長的墓道兩旁有五彩的壁畫，猙獰兇惡的畫上之物，人鬼不分，面目可憎，彷彿時時都欲破壁而出。盜墓賊皆無神論者，在他們眼中，除去主墓室的財寶，豈有他哉？怕鬼就不下地獄，盜墓賊終於摸進了主墓室。

一道天大的難題又橫列在盜墓賊面前。

唐初、中期，皇室顯貴，死後入葬，皇帝特許，是以石棺為槨，一般石槨重達 10 噸左右，一個盜墓賊根本無奈於它。進入章懷太子墓的盜墓賊至少有兩人。讓人感到難以理解的是他們似乎在進入地下宮殿之前，就對章懷太子墓的墓葬形式有深刻的了解，他們竟然帶著撬棍。這是一具碩大的墨玉色石槨，由33塊青石板組成，槨頂的形狀為廡殿式，長4米，寬3米，高2米，頂蓋由5塊石板組成。石槨本身就是一件精美的藝術品。盜墓賊圍著巨大的石槨細心地搜尋，終於找到石槨板中最窄、最薄、最容易撬動的那塊石板，用撬棍把石槨頂部最南邊一塊石板抬開一條剛剛能容下一個"瘦子"鑽進去的縫，然後潛入石槨之中，又劈開木槨，把章懷太子身邊所有的陪葬品一掃而空。

盜墓賊的本性皆貪得無厭，要財寶不要一切，他們甚至把後墓室與前墓室穹窿頂西壁大部分月亮和星辰的貼金全部用刮刀刮走。我們現在只能想像，在墓室之中的"天空"之中，有"滿天"的星辰和月亮，閃耀著光芒的無數星星，夜夜星光燦爛；而又大又圓光照整個天地的月亮，正斜掛在彩雲之間，這樣偉大的藝術作品就毀在盜墓賊手中，為了星空之中的貼金和鑲嵌的滿天珠寶，伸出了罪惡之手。

章懷太子李賢這座巨大而豪華的地下宮殿，完全是仿照生前居所而建，設備齊全，佈局完整，甬道和墓室全是用特製條磚堆砌而成，地面鋪有帶有花紋的青方磚。在主墓室的前廳，即章懷太子地下宮殿的會客廳，廳室的牆壁上有兩牆美輪美奐、絕色絕美的藝術壁畫，總面積達到400平方米，堪稱天下第一古代藝術畫廊，其中就有國寶《客使圖》。

據專家考證，《客使圖》的畫稿和繪製出自唐代藝術大師閻立本、吳道子、李思訓、薛稷等人之手。這些藝術大師留在壁畫上的作品早已絕世，《客使圖》上前往唐宮殿觀見的六位不同地區、不同國籍的使者，從服飾穿戴、頭上之冠到腳下之履；從髮式、手式，從行步的姿勢、邁步的習慣，到甩腰扭胯的風俗；從眉、鬚、腮、耳一動一合，一聳一立；從口之呼、眼之瞪、鼻之聳、唇之啟，無不如現如出、如動如生，彷彿是攝影的全部，又猶如錄相之片段，妙處實不可言。唐之藝術大師的作品攝人心魄、動人心靈、感人至深，《客使圖》先不論其歷史的意義、歷史的真實、時代的內涵、政治事件的昭示，僅以藝術而論，國寶當之無愧。

國寶之所以能完整保存下來可能有兩個原因，之一是這撥盜墓賊尚不知其貴重，如果知之為國寶，其狀將慘矣；之二是當時要把這些壁畫盜走，是需要大量時間和專業技能的，盜墓賊不具備，百難之中，倖存下來，其幸大焉。

李賢一生，生時命運多舛，人生坎坷，為親所殺；死時憤然不已，怒然不止，悵然不言；死後，地下不寧，屍骨不全，倍受侮辱；豈是一言難盡，正如其陵墓門前對聯所言："好學越前王，天不垂憐生可憫；著書傳後世，名能符實死猶榮。"嗚呼哉，唏噓哉！

四

盜墓是賊行道中的高危道行。簡而言之，玩命、賭命，腳下一絆喪命。被緝拿歸案，立斬無候。即使如此，盜墓賊數千年不斷，可謂視死如歸、前仆後繼。

唐高宗李治和武周皇帝武則天的合葬墓乾陵周圍有 17 座高規格的陪葬墓，悉數被盜墓賊全部盜挖，章懷太子墓只是其中之一，永泰公主墓則是另一座高規格、超豪華的地下宮殿，雖為公主，其墓從洛陽遷來作乾陵陪墓時，其生父李顯已經復位為帝，因此下旨 "號墓為陵"，享受帝王之恩。因此，永泰公主的墓處處都有僭越之嫌，但永泰公主是降恩奉旨僭越，其墓中的一切幾乎都遠遠超出了封王的規格。其墓誌銘蓋上有九個篆體大字："大唐故永泰公主誌銘。" 楷書寫成 1000 多字的誌銘文一派皇皇大氣、帝王之氣，是乾陵 17 座陪葬陵墓中最華麗、最講究、最奢侈的公主陵。是章懷太子墓被盜在前，還是永泰公主李仙蕙陵墓被盜在前？專家們沒有給出一個明確的說法，但其在地下的遭遇幾乎是相同的，盜墓賊絕不會放過永泰公主，他們對歷史的研究似乎比我們更認真、更專業。值得在盜墓史上一提的是其盜墓口之下，散亂著一些珍珠財寶，扔著盜墓工具，其中有一把斧子很可能就是殺人兇器，因為在此有一具人的屍骨。據專家驗證，此人很可能是盜墓賊中的一員，他的腦骨上有被斧子劈入的深痕。盜墓賊分贓不均，形成殘殺，看誰更陰險毒辣、心狠手辣。盜墓從外到裏都是黑。

唐武惠妃石槨被盜之謎曾震驚整個考古業，直至國家文物局、國家海關總署。可謂盜墓之中的驚天大案。

武惠妃，唐玄宗寵妃也，稱得上 "傾城傾國"。唐玄宗世之情種也，稱得上為美人生，為美人死，不知該要江山乎？要美人乎？武惠妃活得花枝招展的，活得萬紫千紅的；唐玄宗本想廢皇后王氏，立武惠妃為正宮娘娘，但當時因玄宗初立，政局未穩，群臣反對，唐玄宗幾次想讓美人當娘娘，幾次又不得不臨風縮手，好在武惠妃非其姑祖母武則天，無甚深城府，亦無咄咄逼人之勢。愈如此，玄宗更覺得美人可憐可愛，於是下令，武惠妃雖無正宮娘娘之名，但宮內一切禮儀待遇皆等同於皇后，起居出行甚至超乎皇后。唐玄宗寵愛武惠妃絕不亞於繼武惠妃而來的 17 歲的楊玉環，不愛則已，愛則山盟海誓，水枯石爛，三千寵愛在一身，鬼神同泣。

武惠妃死了，死得也是地動山搖；唐玄宗恨不能把整個大唐江山都陪葬進去，幾乎可以肯定，武惠妃"敬陵"中的財寶絕不會比唐玄宗的"泰陵"少。但"敬陵"何在？情況如何？多少年一直是個謎。

直到有關部門從海外獲悉，唐武惠妃的石椁及敬陵中的珍貴壁畫"胡人訓獅"等都將在美國的一家大拍賣行拍賣。武惠妃"敬陵"中的石椁怎麼會不遠萬里跑到美國的拍賣行中？要知道那副石椁重達 23 噸。

唐王朝得到皇帝的恩典賞賜後，王公大臣死後可以用石椁裝殮，這是皇恩浩盪的一種表示，彷彿棺椁上穿上一件黃馬褂，章懷太子墓和永泰公主墓中都有石棺作椁。據考證記錄，中國共出土唐代石椁 23 座，但沒有一座像"敬陵"中武惠妃的石椁。我在陝西博物館瞻仰過這個從美國討回來的藝術極品，堪稱國之重器。它是一座完完整整的青石製成的房子，一明兩暗三間大房，製作得十分精緻、十分完美，可謂"美輪美奐"，樑、檁、磚、瓦、門、窗、櫺格，無不逼真；門、窗、樑、柱之上都刻著神話故事，磚、瓦、櫺格之上都精心雕刻著吉祥圖案；門能開，窗能啟，墓葬學上叫廡殿，連廡殿柱上的盤龍翔鳳都雕刻得栩栩如生，不是在陰間地下，恐其會騰雲駕霧。這麼一個重達 23 噸的石椁，是如何從 15 米深的地下挖出來？又是如何跨海過洋運到美國？這中間該有多少盜墓賊的故事？又該有多少盜墓賊的"招數"？

五

魔高乎？道高乎？

在陝西藍田發掘出的北宋呂氏家族墓地埋有 20 多座呂氏家族的大墓，因呂氏乃北宋關中士大夫之首，名門望族，舉世皆知。其中呂氏第二代呂大臨乃金石專家，據稱是中國考古鼻祖，造詣極深，深學厚德，在北宋歷史上赫赫有名。呂大臨研究考古，研究古墓，深知盜墓之招。為防止盜墓賊盜他自己的墓，他一反北宋時期官墓、大墓皆採用磚起墓頂的做法，因為呂大臨心中明白，盜墓賊往地下探，探到硬物磚瓦就知道地下有墓，盜挖必然，所以他就反其道而防之，採用黃土填墓，打多深皆黃土，隻磚片瓦皆無，告誡盜墓賊，此處無古墓，古墓在他處。採用立式，不修墓道，豎井式葬法，挖深 15.5 米深，先葬一墓，如遇盜墓賊，打開一看空墳空葬，必以為已被盜過就撒手放過。呂大臨老奸巨猾，竟然搞成三層三墓三窟。沒想到，魔高一尺，道高一丈，盜墓賊直破二十多米厚土挖開三層的墓直盜主墓。真乃防不勝防。

唐朝的陵墓，除乾陵外幾乎沒有不被盜過的，但唐太子李弘的“恭陵”竟然安然如故，恭陵何以平安無事？其得益於“沙墓”，以沙作圍。誰出的高招已無證可查，但恭陵得以安然，讓盜墓賊望而止步的確是因沙而為。恭陵主墓室建成後，命上萬民工將伊河中的細沙淘出篩細，然後用大鐵鍋炒乾後一層層、一堆堆，在主墓室外堆滿厚厚的乾沙，直鋪到十幾米厚，只要一動，細沙就會變成流沙，水般湧過去，立即埋沒盜墓賊。據說確有幾撥盜墓賊盯上恭陵，但幾次下手，均遇沙而止，沒有誰能把盜洞打過流沙層。李弘安矣。

後傳恭陵被盜，流沙陣被破，盜走的國家一級文物就達十餘件，案破以後，文物追回，主犯被依法槍斃。但實際上被盜的並非唐太子李弘之陵，而是其妃子墓，而那個被槍斃的盜墓大賊的確是衝著恭陵而去，並有一套對付流沙墓的辦法，原來此賊是江湖大盜，據說沒有能難住他的陵墓。他被捕後供認，他已探明恭陵的具體位置，而且也探明恭陵因流沙墓而從未被盜，沒人敢動。他說他十分感謝流沙墓，沒有流沙還能把一座唐代的陵墓留給一千多年後的他？他對他的核心同夥說，知道棺材是個什麼樣的物件嗎？六面體！流沙淹沒了恭陵的幾面？五面！我們就從沒有流沙的一面挖過去，從恭陵底部挖進去。這需要打很深很長的盜洞，他們決定先在李弘妃子墓上實驗“高科技”。這夥無法無天的江洋大盜採用定向爆炸的辦法，一次爆炸竟然炸出一個牛腰粗六米深的盜洞。他們沒想到李太子妃子的陪葬品竟有那麼多，且有不少“貴件”、“瓷器”，就在他們向海外銷贓之際，被公安機關一網打盡，文物追回，恭陵才得以倖免。

20 世紀 80 年代在山西臨汾活躍著幾撥盜墓團夥，其中最兇、最狠、最厲害的當屬“郭千萬”，稱其“郭千萬”，是說其盜挖倒賣文物以千萬論，故江湖上有賊名“郭千萬”。臨汾有曲沃，曲沃乃春秋時期“五霸”之一晉國的國都，晉國數百年，在曲沃埋葬的晉國王、公、侯不下百餘位，是中國春秋文物最集中的地區之一，但遇到

"郭千萬"之類的盜墓團夥的瘋狂盜挖，破壞極為嚴重，慘不忍睹，珍貴文物被破壞和遭流失海外極其嚴重。"郭千萬"團夥盯上一座晉侯的春秋大墓，"郭千萬"認為冒多大風險都值得，但這座大墓的準確位置恰恰是在一個軍事禁區內，"郭千萬"一遍遍探察核對，最後決定打斜洞，把盜洞挖進軍事禁區，神鬼不知地盜開春秋晉侯大墓，盜洞先豎後橫，長近百米，竟然直接打進晉侯大墓的墓道之中，真有些神乎其神，讓人不可思議。幾個盜墓"陰賊"，焉有那麼大本事？

就在這次盜墓中，"郭千萬"等盜得春秋時期青銅重器十數件，其中"鳥尊"堪稱國寶級，是山西歷史博物館的鎮館之寶，也是山西歷史博物院的標誌。

我曾在徐州獅子山見西漢楚王墓，陵墓依山為陵，鑿山為藏，坐北朝南，深入山中 60 多米，建成山間陵墓。獅子山為花崗岩，岩石又堅又硬；楚王墓在山間打開一條僅能容棺木通行的石隧道，置放棺槨，封死石門；又在長幾十米的墓道中置放上每塊重達二三噸重的塞石 16 塊，把墓道堵死。墓道寬度不過 3 米多，但盜墓賊還是在獅子山中準確地找到了楚王墓，又極其精準地找見那條"窄窄的石縫"，把盜洞像針穿眼一樣，分毫不差地打進墓道，面對"銅牆鐵壁"般的巨大塞石，盜墓賊有盜墓賊的智慧，他們先在一塊巨大的塞石上鑿出一個石環，行話"牛鼻子"，然後再把簡易的轆軸拖到地下，用牽牛鼻子的辦法把塞石拖出墓道，打通通往主墓室的通道。楚王墓終於被盜。最可恨的這撥盜墓賊，把楚王屍體拖出棺材，剝下他身上穿的金縷玉衣，把連接近 4000 塊玉片的金絲抽去，把玉片弄得殘缺不全，徹底破壞了西漢時期諸侯王入葬時的金縷玉衣。其罪惡昭昭！

800 年後，李白曾感慨傷情於大漢王朝"西風殘照，漢家陵闕"，李白實未見到西風慘烈，漢陵狼藉。即使就在大唐王朝，李家陵闕又當誰悲誰嘆？唐僖宗靖陵竟然被一盜再盜，一炮能炸開一個十幾米深的"天洞"。隋李靜訓之墓，因其家族顯赫，外祖父乃隋帝楊堅，厚葬，賜石棺，石棺棺頂上刻有四個大字：開者即死。焉知盜墓賊連閻王爺皆無懼，何懼之咒語。墓被盜的"翻天覆地"。

我站在保定滿城漢墓面前亦有不盡的感慨。滿城西漢中山王劉勝的陵墓是東西兩漢僅存的三座未被盜挖過的漢墓，可謂萬裏逃一。

但中山王劉勝的墓絕非無盜墓賊惦記，絕非無盜墓賊光臨。劉勝的墓道也是依山鑿石而入，形成石山之中的地下宮殿，其墓道口比徐州楚王墓還細窄，僅容一棺推進。據說盜墓賊在二千多年期間曾有數十撥前來，都因找不到墓道而不得不"滾回去"，有一次，盜墓賊把探眼打到僅僅離墓道三尺遠的地方，留下一排灰色的岩石洞；即使盜墓賊把探眼打入墓道可能也會碰得頭破血流，無功而返。因為中山劉勝王墓道封口是由整塊的大青石板作門，用鐵鉚釘澆鐵水固定在山岩上，兩塊大石板中間竟然還澆鑄了半尺厚的鐵水，神仙也望之興嘆。當年解放軍工程兵因國防工程放炮崩開陵墓墓頂一個小洞，才發現了這座陵墓，直接驚動了國務院總理周恩來，周指示郭沫若負責考察，郭到後，無論如何打不開石板澆鑄了鐵水的石門，不得已，不得不動用工程兵用的 TNT 炸藥，才在石門上炸開一個口子。我查看了一下當年留下的一塊石夾鐵的石門碎片，感慨甚深，這種厚達二尺多的石鐵門，焉怕盜墓賊？每一座被盜的古墓都有一本血淚賬，都有一腔控訴詞；每一座沒有被盜的古墓都有一本說不完的傳奇故事、講不盡的離奇傳聞。

從曾侯乙墓中出土的曾侯乙編鐘震驚世界，紐約大學麥克倫教授稱其為古代世界的第八大奇跡。但位於湖北隨縣東團坡的曾侯乙墓曾不止一次被不止一撥盜墓賊光顧。盜墓賊眼中不容沙子，沒有能瞞過賊眼的。的確有盜墓賊洞直接把盜洞打進主墓室，但曾侯乙墓室中由於進水，水深沒人，盜墓賊無法在水中作業，也無法把水抽乾。當國家在 1978 年正式開挖曾侯乙墓時，兩台抽水機整整抽了三天三夜，幾乎可以說是墓中積水保護了曾侯乙編鐘，否則國寶難尋。

在堪稱偉大的馬王堆漢墓挖掘中，也發現了不止一個盜洞。在填土層往下挖到11 米深的時候，又發現了三個盜洞，兩方一圓，古圓近方，無論是方洞還是圓洞，洞洞皆指向主墓道、主墓室，驚起考古發掘人一身冷汗，但不知為什麼都停了；有一個方洞打到離主墓室只有 3 米遠的地方，竟然鬼使神差地停下了；另一個圓洞更懸，一直往下打，準確無誤，直到離主墓室不到 2 米遠的地方了，卻突然拐彎，打偏了。在盜洞中發現兩枚"開元通寶"銅錢，說明唐代就有人盜挖馬王堆漢墓。真是更有早行人，專家都覺得不可思議，怎麼會突然拐彎了呢？只能仰青天而祈告：蒼天有靈！

六

中國盜墓還有一個基本點，哪裏有古墓，哪裏就有盜墓，只有古墓建造者想不到的，沒有盜墓賊辦不到的。

兩千多年的輝煌

深山老林，荒山野嶺，哪怕是“死亡之海”也逃不出盜墓賊的賊手。

中國西域百年之前荒涼難見人煙，但古樓蘭國在、古樓蘭城在，國在、城在、陵墓必在，終於引來一批又一批中外勾結的盜墓賊，幾乎把古樓蘭城亂挖濫掘成千瘡百孔，但幾乎每批盜墓賊都沒白辛苦，抱得寶物歸，挖出的魏晉彩繪木棺和青銅器、彩陶器以駝隊論。甚至在戈壁深處、孔雀河古河套中，盜墓賊也盜得“小河墓地”，盜得“千年美女乾屍”。他們盜佛頭，盜佛經，盜古代壁畫，盜文物，無所不盜，甚至盜古屍，盜頭骨，盜後又把古墓破壞成一片廢墟，一無是處。盜墓賊甚至把唐著名的高僧唐玄奘的墓都給盜了。

誰能想到唐玄奘生前經歷那麼多磨難從西天取回經來，圓寂後還要經過那麼多苦、那麼多難。唐僧尚如此，遑論他人？

玄奘靈骨當年葬在白鹿原，5年後，唐高宗李治決定建玄奘塔，選在長安杜曲之東，少陵原畔的樊川北原，並將玄奘靈骨遷葬於此。黃巢農民大起義時，攻下長安，瘋狂盜挖陵墓，把玄奘的藏骨塔徹底推倒，為找寶深挖不止，把唐玄奘的遺骨亂扔亂棄，暴露在外，甚至連頭骨也被打碎了。黃巢兵敗退走後，佛門僧人才得以護攜頂骨安葬在終南山紫閣寺。

但唐玄奘並未安葬。從唐到宋，幾經風波，幾經歲月，玄奘之靈骨又被迎到南京，無奈戰火再起，寺院皆毀，玄奘靈骨曾一度無尋，到明朱元璋時又重建了天禧寺，建了三藏寶塔，把玄奘靈骨安放其內；誰料不過數十年，到永樂六年（1408年），詩寺院、三藏寶塔竟然被人焚毀；一直到1942年裝玄奘靈骨的石函又被日本人盜走，直到日本投降才被迫交還一部分，後直到1972年中日正式建交日本才又送還了一部分靈骨。值得一提的是，在日本人於當年盜挖玄奘靈骨附近，2010年4月再次出土了佛祖釋迦牟尼的靈骨，是天意還是佛意？還是人意又或民意？

毋庸諱言，盜墓賊亦有一大發明，也可稱之偉大，此發明乃洛陽鏟，為盜墓之必備工具，經千年實踐，無往不勝，越千年無棄無改。據傳發明人被稱為“李鴨子”，為何稱鴨子，無記無傳，只傳說此人洛陽人，亦盜墓賊，後死在盜墓行中。洛陽鏟關鍵是鏟頭，用一塊像八開書本大小、淬過火的鋼片彎成三百度的圓形，鋼片既不能太軟，亦不能太硬，淬火既不能太虛，亦不能太實，完全靠經驗把握好度，好的洛陽鏟一鏟下去能把地下的樣土帶上來。我在考古現場看過洛陽鏟提出的地下土樣，中規中矩的圓形土樣一排排立放在地頭上，別有風采。的確讓我想起了大慶油田當年勘探石油從地下取出的岩石採樣，是一個原理，但洛陽鏟要比勘探石油取樣早近千年。

洛陽鏟不但是盜墓賊最熟悉的工具，也是考古勘探隊中必備，每一個野外考古隊的帳篷裏都放著成排成排的洛陽鏟。在確定的考察區中，沿劃定的白綫一字排開，大約每3米一位，每人一把洛陽鏟，隔3米往下打一鏟，下鏟的深淺根據地形、地質而定，打到1.5米至2米深時，左右旋轉洛陽鏟，提取土樣，行話謂之探孔，那條白灰綫謂之探溝。

取出的土樣有學問。一看土色，二看土質，三看土熟土生，四看土軟土硬；還要看看有無三色土、夯實土、石灰土，細查有沒有灰土層、白膏泥、青膏泥，有句行話：一葉知秋，一土知情。

盜墓賊中的"老賊"、大盜、"賊精"、"賊頭"，能在漆黑的夜裏不用眼睛看土樣，就能"瞎老太太相姑爺"，一相一個準。完全靠經驗、靠感覺、靠手摸、靠指搓、靠鼻子聞，下雨打雷趴在地上聽，就是靠這些見首不見尾的"鬼招"、"神相"，他們能神不知鬼不覺地找到隱匿幾百年、上千年甚至幾千年的古墓。

中醫看病講究"望、聞、問、切"，據說有中國特色的盜墓行道中也講究"望、聞、問、聽"。望者乃看風水，查望山川河流，觀其風水極地，其地心必有大墓；聞則更神，是聞其土味，古不古？生不生？淨不淨？有沒有？能聞出味來，此謂"老賊"。鑒古畫中有"半張"之說，把古畫只打開半張，不用全展，只一眼就能鑒別是真品還是贋品。盜墓"老賊"抓一把墓土就能聞出下面有墓沒有、古墓被盜過沒有，甚至能聞出地下的古墓是乾墓還是濕墓，因為盜墓行道中有行語：乾千年，濕萬年，不乾不濕就半年。一聞能聞出地下幾十米深的古墓中是乾墓還是濕墓，不噴舌都不行。可能沒有人相信，但近千座深埋地下的古墓，國家考古隊、文物局尚不得而知，甚至找了幾十年蹤跡皆無，而突然有一天被盜，文物已然被販賣海外方知，唏噓然。問即調查研究，爬山涉水，走鄉串戶，訪古問史，警語謂之踩點。問古還包括問古書、史書，翻查資料，尋找根源，像把武惠妃石棺直接盜出海外的盜墓大賊楊彬，大學畢業，古文程度甚好，警察破起贓物時，在他家搜出各種書籍近千本，其中不乏《易經》、《周易》、《史記》、《春秋》、《戰國策》等等。聽則更玄，據說在下雨打雷之際要趴在古墓之上側耳細聽，聽大墓中的"鬼語"，可能是空穴之中有回音，來確定是否有古墓、有大墓。信其所言，豈非信神信鬼？

盜墓之行確有高手，高手在“黑道”。馬未都講過北京老山漢代古墓被盜的一件事。老山已經被有關考古單位考察過，定為無古墓之地。1999 年此地“飄”來倆人，赤手空拳，並無任何先進勘探儀器，據馬未都講，手搭涼棚，四下張望，竟然確定此處有古墓，古墓為漢墓，竟然把地下漢墓的墓穴都定位定得準準的。於是兩人開挖，後被在附近晨練的老大媽發現異常，報警破案，警察當然不相信，但兩個盜墓賊信誓旦旦，轉而要為國家做貢獻，後經考古隊發掘，果然是一座京城極罕見的大型漢墓。

　　盜墓的行道深似海。

跋

我的文化不遠行

....

文化之行豈能斷流？我的這篇跋正是接著序來寫的。

人生的轉折有時候會是轟轟烈烈的，有時候又幾乎是無聲無息的。

1974 年冬，我灑淚告別了養育教育過我七年的橫山村和曾經朝夕相處的鄉親們，坐上給我拉行李的毛驢車，一路向南，向定襄縣城而去。放眼望去，寒冬籠罩下的田野，彷彿是一幅剛剛收筆的油畫。終於看見滹沱河了。七年前，我第一次從滹沱河南岸跨過滹沱河，一河之隔，我已然變成橫山村農民了，接受貧下中農的 "再教育"；七年後的這一天，我再從滹沱河的北岸跨到南岸，竟然一下子變成了工人階級了，那個時代的最強音是工人階級領導一切！站在滹沱河邊上，捫心自問：這到底是一種什麼變化？是哲學理念的變化？還是化學元素的變化？望著和我對眼相視的灰毛驢，突然唱起："灰毛驢驢上山，灰毛驢驢下，一輩子也沒有坐過好車馬……"

灰毛驢驢把我送到了定襄縣色織廠，那竟是我一輩子難忘的工廠。

從農民變成工人的第一感覺是什麼？有這種經歷的人各有各的說法。我的第一感覺是洗澡。當我平展展地浸泡在色織廠職工澡堂不冷不熱的溫水中時，才真正有了工人的感覺，色織廠給我上的第一堂課，就是洗澡，讓我刻骨銘心。

插隊七年，夏天在橫山村大渠裏、井沿上洗過澡，但從來沒在冬天洗過澡，沒在澡堂裏洗過澡。那時候回北京的第一件事就是去呼家樓澡堂洗澡，痛痛快快地洗，"脫胎換骨" 地洗，才感覺到北京到底是北京。而如今四平八穩地躺在色織廠的職工澡堂的清水裏，那舒服、那滋潤、那享受、那感覺，方知工農差距、城鄉差距原來就在洗澡上。定襄色織廠的辦公樓粗糙簡陋，北京人稱之 "筒子樓"，其後便是讓人回味無窮的職工食堂，五十多年過去了，至今仍然難忘。當年進食堂猶如進 "天堂"，千層餅、打滷麵、炒茄子、小炒肉，整個定襄縣絕無尋處，現在想起來仍感到口生香津。"錢來伸手"，到月簽字拿工資；"飯來張口"，到點拿著飯盆進食堂。我和同一宿舍的另一位北京知青王立生探討過什麼是社會主義？"錢來伸手，飯來張口"，就是社會主義！

因為是學徒，所以車間為每個人配備了師傅。那天班長賈金生把一位四十多歲的老師傅叫來，對我說這就是你師傅，叫秦書蓮，織二六元貢呢的。

秦師傅一臉滄桑，雖然一口天津話，但我判斷他不是天津人。既然拜師，難道一點儀式都沒有？我問賈班長，賈班長個不高，挺粗壯，五十多歲，天津話說得更純正、更勁道。我對賈班長一開始沒點好印象，他一翻眼，用天津話說："咱這兒又不是你們農村，搞什麼儀式？是拜師傅，又不是拜江湖！""秀才"遇見賈班長，有理說不清。我和賈班長相處了將近 1500 個日日夜夜，越來越感到，這位老工人師傅光明磊落，任勞任怨、心直口快，敢負責、敢擔當，一心一意撲在工作上，幾乎具備了老工人所有的優秀品質，就是文化程度差一點，有時候會鬧出笑話。有一次開班後學習會，他問我《蝴蝶夢》的作者是誰，我愣了一下，確實不知道，他急得一腦袋熱汗，因為車間的領導也跟班一塊參加學習。賈班長氣得說，白在領導面前表揚你了，連《蝴蝶夢》都不知道，毛主席還教導我們，不看三遍《蝴蝶夢》，沒有發言權。我終於鬧明白了，賈師傅說的《蝴蝶夢》是《紅樓夢》。賈班長大笑，說誰知道是紅蝴蝶還是黃蝴蝶，反正毛主席說過。

秦師傅教徒弟幾乎一言不發，全靠示意；他家養貓，他說：大貓教小貓說過一句話嗎？小貓什麼沒學會？

秦師傅在織機行中來回走是十分有講究的。邁的步，步步是方步，步步是台步，走得端正，不急不躁；四台織機佔地面積大約有 20 多平方米，秦師傅哪一步要踩在哪兒似乎都有定式。走到織機前，眼睛要查看布面；走到織機後，眼睛要查看經線；走到織機側，要查看織機綜片的起落；步步有講究。

秦師傅是位"老槍"，拜師的第一天我就知道，看他焦黃的中食兩指，一日非十支以上燻不成那樣。每當織機開順了，會有個師傅按程序來替換他一下，秦師傅便急如星火，快步去廁所，因為車間絕不能抽煙。我跟進去方懂得，豈止學校、影劇院、街頭巷尾的公共廁所有廁所文化，工廠也有廁所文化，師傅們扎堆到廁所不唯為"上"，更主要的是抽、聊，有滋有味地抽著香煙，有聲有色地海闊天空。那純正的津腔津調，實在有樂，我真愛聽，覺得是一種語言享受，也是接受工人階級的"再教育"。再有一個師傅們的樂園是班組辦公室，師傅們都會提前十五到二十多分鐘進車間，聚在辦公室抽煙喝茶聊大天，有時候抬起槓來面紅耳赤，寸步不讓。

有一天在班前會上，秦師傅和焦師傅等幾位師傅抬起槓來，原來這些天津師傅幾乎個個都是「戲迷」，無論在天津還是在定裏，真心喜歡京劇，一群「票友」，到點準聽「話匣子」。秦師傅認為京劇《智取威虎山》中的楊子榮是武小生，焦師傅他們認為是武老生。秦師傅人少勢寡，漸漸敗下陣來，但仍氣沖斗牛，而焦師傅幾位也不依不饒，咄咄逼人。「戲迷」鬧起來猶如兩軍對陣。我得幫幫秦師傅。我講扮楊子榮的是童祥苓，童老闆就是天津衛人。一句再無吵鬧。因為在「票友」中稱「老闆」是行話，至少懂戲。師傅們都看著我這個小徒弟。我講鬚生中的文武兼行，唱唸做打，文武兼備，一直扯到上班。賈班長高興得哈哈大笑，打虎親兄弟，上陣父子兵，還是人家師徒啊！從那以後，秦師傅沏茶，總是把頭茶從他大茶缸裏倒到我茶缸裏。我那時候剛從農村出來，不懂喝茶，只喝白水。師傅們說，我從「龍套」的「四旗」升「三旗」了。後來賈班長讓我在班前會上講講京戲的「花臉」，他也是「戲迷」、「票友」，尤其喜愛「花臉」。記得我侃過《智取威虎山》中李勇奇的唱腔「自己的隊伍來到面前」，講了「銅錘花臉」和「架子花臉」的區別，著實讓賈班長和師傅們好生誇讚了一番，給秦師傅臉上增了光。

當時那些天津師傅們最大的文化享受就是捉魚。我沒有統計過天津師傅中有多少張網，但普及率相當高，秦師傅就有一張，平時上班就經常扎堆討論魚情，研究水情，規劃路程。我見過他們打的魚，坦率地說，很少見半斤以上的魚，幾乎統統是「麥穗」、「柳葉」，皆魚子魚孫，累一天，回來的興頭猶如中狀元歸來，絲毫未有倦意，哼著「西皮流水」在水龍頭下收拾「戰利品」，天津人講究吃「熬魚」，不是天津人體會不到高元培說的相聲《釣魚》有多厚的文化積澱。

文化是精神，精神變物質，我切切實實體會到了。

首先是車間閻主任讓我在星期日去他家。閻主任長得像「架子花臉」，去他家讓我丈二和尚摸不到頭腦，他夫人瘦小苗條精幹，一副「刀馬旦」的作派。請我吃飯？我怕「張冠李戴」，上桌容易下桌難，忐忑不安，有種冒名頂替的感覺。閻主任一臉深笑，一個勁兒讓酒讓菜；我終於搞明白了，原來是想請我給他孩子當數學輔導老師，和孩子見了面，詢問了孩子的情況，翻閱了一下他的試卷作業。我心裏一百個踏實，真的如「左手托泰山，右手抱嬰兒」。突然想起賈班長曾喝斥我的話：「你以為是農村呢？還拜江湖？」原來這是「拜師宴」，這才正式開吃，記得那天晚上把閻主任喝高了，沒想到臨出門，還讓我帶上一飯盒天津風味的「熬魚」。樂不樂兮在其中。那盒"熬魚",讓我和王立生好好喝了兩頓。

以後我的名氣似乎大起來,請我去給孩子們輔導功課的師傅也多起來。"拜師酒"喝得也頻繁起來,感到培根的那句"知識就是力量"講得不夠全面,我感到,"知識還是物質"。後來秦師傅也請我去他家喝"拜師酒",我怎麼敢喝師傅兒子的拜師酒?櫃面也壓不住,就把賈金生賈班長請來,這才開喝。終於把賈師傅喝成《盜御馬》中的竇爾敦,秦師傅也成了《打登州》中的秦叔寶。師娘讓我帶一大飯盒菜回去,我說什麼也不帶,吃上師傅的,再拿上師傅的,此理何在?師傅到底是師傅,第二天上班,又把菜帶到車間。

1978年9月21日,我正在車間裏忙著幹活,賈班長興奮地從後面捶了我一拳,回頭一看,賈班長像喝了半斤"高粱白",興奮得又喊又叫。

走進車間辦公室方知,我考上南開大學的錄取通知書到了,誰能相信,從那時那刻,車間裏幾乎所有的老師傅通通改口,不再叫我秦師父的徒弟,而是一口的崔老師,車間裏正在休息的老師傅們都懷著一種羨慕、敬佩的目光看著我,讓我一時難以適應。

車間閻主任告訴我,我的這封南開大學錄取通知書,在我看到之前至少有二三百人傳看過。閻主任用天津方言幽默地說,你看看,這上面的指紋攞起來足有二寸厚!

閻主任對我說,這份南開大學的錄取通知書預定借閱的就有十幾位師傅了,他們想讓他們的孩子沾沾靈氣,受受教育。師傅們的共同心聲是,我們這輩子就這樣了,只有一個願望,希望孩子能回天津。去南開大學讀書他們不敢想,但誰不望子成龍?

秦師傅在家裏給我送行時,他那兩間平房擠得滿滿的,我親眼看見,家長們是那麼一往情深地把南開大學的錄取通知書雙手捧著,遞給孩子,讓他們好好看看,說全家變騾子變馬都不怕,只要你也能拿回這麼張"聖旨"。我激動得心頭直發熱。

四年的工廠生活就那麼戛然而止,從河邊經由定襄開往太原的列車一聲長鳴,緩緩起動,我忙著和來相送的師傅、師兄弟們揮手告別,往北眺望,那就是色織廠,但覺得兩行熱淚緩緩流過雙頰,那些往事就是人生啊……

我的"天堂"，我的"杠房"

走進南開大學大門，一直前往緊挨著馬蹄湖的一間小賣部，我一氣買了印有南開大學四個字的信封二百個，印有南開大學的信紙四本，買了20塊錢的郵票，幾乎花光了我所有的"儲備"。因為我答應過廠裏的師傅們，要把對南開大學的教育，送給他們正在上初、高中的孩子們。我給秦師傅的小子寫道："天堂的大門上只有四個大字：南開大學。"現在看可能有些荒唐，但當時的確倍感神聖，秦師傅回信說，他兒子怎麼怎麼受感動，他老婆感動得拉著他兒子哭得一把鼻涕一把淚的。

走進南開大學才知道"天堂"裏除了書，並無其他。

用"如飢似渴"來形容我們那屆大學生真是一點都不過分，除了上課，一天都待在圖書館或教室裏"發瘋"似地看書，也鬧出過一齣齣"佔座位"的"時代劇"。當時南開大學的圖書館廁所的使用率可能是世界上最高的，找見一個空位絕對比在閱覽室找到一個空座要難一百倍，最好的辦法就是絕水少食，最殘酷、最無情的選擇是要讀書還是要上廁所？要在圖書館找見一處飲水處，那就是李白感嘆蜀道之難。踏進"天堂"方知，"天堂"也非理想國。那時候我們都習慣背著書包，裝著滿滿一書包書和筆記本，像一個中學生一樣，帶著校徽，無限自豪地走在大路上。

史蜀君曾經拍過《女大學生宿舍》，其實男大學生宿舍更有戲。

我們宿舍中，七個人有三個是老六六屆的，都是二十八歲才重圓大學夢，都插過隊，受過苦，經過風雨，見過世面。宿舍就是我們的窩，當我們都背著書包，像歸巢的鳥，"風雪夜歸人"時，宿舍裏就熱鬧了。當都躺在床上時，爭論才進入高潮。

那時候學生宿舍是十點半熄燈，誰能那麼早就入睡？黑暗中爭論似乎更能體現出自由、平等，不用察顏觀色，我們宿舍的爭論極具時代特色。用哲學系的一位"杠友"觀點看，真理出自狡辯，一個岔口，可以有十條途徑；用我們中文系的語言解釋，一千個觀眾，就有一千個哈姆雷特。我們的大學時代，正是撥亂反正的歷史時期，哪能沒有爭論呢？

四十年以後，回頭再看那時候發生在男大學生宿舍的爭論；那些在黑暗中的"抬杠"、較真兒，仍然是那麼尖銳、鮮明、讓人興奮。

每次"抬杠"似乎都是"風起於青萍之末"，一開始的話題往往是歷史的、遙遠的、微小的、學術的，逐次升溫到現實的、重大的、眼前發生的、繞不過去的。那次我們好像是從海瑞的一首詩談起，談到海瑞的為官為人，談到明嘉靖皇帝，說到海瑞罷官，直說到嘉靖皇帝罷了海瑞的官，我們罷了彭德懷的官，海瑞罷官的要害是罷官，終於爭論到罷官的要害是什麼。

那時候我們爭論的焦點是此海瑞非彼海瑞，此海瑞的官罷得對不對？冤不冤？突然有人在黑暗中提出，歷史上海瑞罷官是錯案冤案，彭德懷被罷官，是什麼案？是不是錯案冤案？那時候盧山會議的真相還在迷霧之中，彭德懷還身陷冤案之中。話題激烈到劍拔弩張，突然陷入一片沉寂，方知不但莫斯科之夜靜悄悄，男大學生宿舍也靜悄悄，但依然能聽見七條漢子粗壯的喘息聲。

這是一個多麼尖銳而敏感的"杠題"，終於有人用降低八度的聲音在說，隆慶皇帝能為海瑞平反，我們為什麼不能為彭德懷平反呢？又是一片沉靜，突然有人提高了嗓音說，如果彭德懷能平反，那難道劉少奇也能平反嗎？於無聲處聽驚雷，劉少奇被定的"三大罪名"是黨的全會上一致舉手通過，且形成中央決議的，難道也能推翻嗎？中國的赫魯曉夫能平反，那麼蘇聯的赫魯曉夫也能平反嗎？如此論下來，"九評"也是錯的嗎？一波接一波，一"杠"接一"杠"。

終於又爭論到世上有沒有真理？有沒有戰無不勝的真理？放之四海皆準的真理？真理有沒有標準？像宇宙一樣無限的無限？寬廣的寬廣？真理能不能被驗證？是被一次驗證還是能被千百萬次驗證？真理能不能被發展？能發展的真理還是不是真理？如果馬克思主義是真理，那為什麼還要和中國的革命實踐相結合？歐洲的無產階級革命失敗了，是失敗的真理，還是真理的失敗？馬克思主義需要什麼來檢驗？坦率地說，那時我們並不知曉"實踐是檢驗真理的唯一標準"，但我們在實踐中得出真理也需要檢驗，也需要實踐。

那時我們的思想真夠解放的，觀點也真夠鮮明的，反正在"杠房"中，反正在黑暗裏，大家都有所思，有所言，有所爭，有所論，似乎沒有什麼禁區。那時我不知道，幾乎在和我們宿舍爭論的同時，作為安徽省委書記的萬里也在中央召開的一次省委書記會議上和一位領導就當時農村、農業和農民問題發表意見時產生了爭論。萬里說，我絕不能再讓安徽農民餓肚子，逃荒要飯。你說得再好，也不能當飯吃。那位領導也急了，進入"抬杠"狀態，直面問萬里，你要社會主義還是要人民群眾？萬里問，你要什麼？他朗聲答道，我要社會主義。

一片沉默，其靜也像我們宿舍中的夜安靜，所不同的是大家都眼瞪眼地看著萬里。這可是大是大非的原則問題。那種靜場和我們宿舍的不同在於，它有些恐怖。萬里緩緩地站起來，堅定地說，我要人民群眾！又是一片沉靜，當時在場的還有貴州省委書記池必卿，他也緩緩地站起來，對那位要社會主義的領導堅定地說，你走你的陽關道，我走我的獨木橋。在場的新華社記者其名吳象，寫了一篇報導《陽關道與獨木橋》發表在《人民日報》上。現在回想起來，我們也挺了不起的，在大學生宿舍"抬槓"也敢"抬"到那個份上。

池必卿是山西省平定縣人，我在新華社山西分社當記者時，曾專程去平定縣他老家採訪過，說實在的，充滿一腔的敬穆。

四十多年過去了，有多少個難忘今宵，但最難忘的還是母校，難忘大學生活，難忘男大學生宿舍，難忘那一場場"抬槓"，難忘那 1978……

水有源，人有緣，文化亦有緣；文化遠行之緣其緣皆在楊健先生、周建華先生、李斌先生、王婉珠先生，無先生之緣之力，文化行之不遠，難以遠行。謹此再謝，《遠行的文化》再謝！

崔濟哲於 2021 年秋

於北京頭髮胡同 58 號院

逸然齋

責任編輯　　梵一如

書籍設計　　吳丹娜

書　　名　　遠行的文化

著　　者　　崔濟哲

出　　版　　三聯書店（香港）有限公司

　　　　　　香港北角英皇道 499 號北角工業大廈 20 樓

　　　　　　Joint Publishing (H.K.) Co., Ltd.

　　　　　　20/F., North Point Industrial Building,

　　　　　　499 King's Road, North Point, Hong Kong

香港發行　　香港聯合書刊物流有限公司

　　　　　　香港新界荃灣德士古道 220-248 號 16 樓

印　　刷　　美雅印刷製本有限公司

　　　　　　香港九龍觀塘榮業街 6 號 4 樓 A 室

版　　次　　2022 年 1 月香港第一版第一次印刷

規　　格　　16 開（170 mm × 240 mm）336 面

國際書號　　ISBN 978-962-04-4902-4

The
Traveling
Culture